당신이
사랑한게
나였을까

FANTASMI
by Vincenzo Cerami

Copyright ⓒ Giulio Einaudi editore S.p.A., Torino, 2001~2002
Korean Translation Copyright ⓒ Munhakdongne Publishing Corp., 2008

This Korean edition is published by arrangement
with Giulio Einaudi editore S.p.A.
All Rights Reserved.

이 도서의 국립중앙도서관 출판시도서목록(CIP)은
e-CIP 홈페이지(http://www.nl.go.kr/cip.php)에서 이용하실 수 있습니다.
(CIP제어번호: CIP2008002406)

당신이
사랑한게
나였을까

Fantasmi

빈첸초 체라미 장편소설 — 한리나 옮김

문학동네

차
례

제
1
악
장

안젤라, 이 글의 형태엔 너무 신경 쓰지 말아요. 나란 사람을 당신에게 고백하려는 열망에 휩싸여 여기저기 두서없이 쫓기듯 적었으니까. 이제 당신에게 이야기하려 하오. 난 가능한 한 생각이 흐르는 대로 머릿속에 떠오르는 말들을 컴퓨터에 쏟아부었소. 당신이 나에 대해 아는 것이라곤, 내가 당신 마음에 들려고 또 당신에게 비춰질 모습에 스스로 만족하기 위해 매일 아침 가면을 쓰고 보여주었던 것이 전부니 말이오. 하지만 더이상 진실을 회피할 수는 없을 것 같소. 그것이 가혹하기 이를 데 없고 당신을 씁쓸하게 할지라도 위험을 무릅쓰고 털어놔야만 하겠소. 당신이 평생토록 내 곁에 있을 사람이라면, 내가 진실로 어떤 사람인지 알아야 할 권리가 있겠지. 어떤 면에서 예술가들은 조금 공상적이고 허세에 찬 오만을 부리게 마련이오.

이제 당신이 읽게 될 내 자화상에 나오는 무대와 배경은 현실과 일치하지 않아요. 내가 묘사하는 시대 역시 실제와는 다르다오. 난 나 자신이 걸어온 길과 전혀 다른 길을 가는 7세기의 한 인물 속으로 스며들었소. 아마 당신은 이렇게 묻겠지. 왜 그토록 동떨어진 시대로 거슬러 올라갔는지, 나 자신을 고백하는 데 왜 이런 속임수들이 필요한지 말이오. 유감스럽게도 내가 전혀 다른 시대와 장소에 있다고 상상할 때에야 비로소 한 남자로서 진정한 내 모습을 그려낼 수 있었소. 터무니없는 소리로 들릴지 모르지만 사실이오. 나는 어느 예언자의 모습을 통해 나 자신을 이야기하려 하오. 내 안에 있는 것, 또 내가 잘 모르는 미지의 것을 장면 속에 담으면서 말이오. 물론 개인적인 기억의 감상에 빠져 허우적대지 않고 묘사하려고 애썼소.

지금부터 당신이 읽게 될 글은 내 첫 영화이자 어쩌면 마지막이 될지 모를 영화의 내용이라오. 처음엔 등장인물 속에서 내 모습을 찾아보기 어려울 것이오. 하지만 "보바리 부인이 바로 나"*—뻔한 표현을 써서 미안하오—인 셈이고 당신 또한 이야기 속에 자리잡고 있다오. 그럼 잘 읽어주길 바라오.

✳

늙은 그리스도교 수도자 바히라는 수도복 두건을 뒤집어쓰고

---

* 『보바리 부인』의 작가 귀스타브 플로베르가 남긴 말로, 현실과 이상을 혼동하고 이상만을 좇는 보바리 부인에서 유래한 '보바리즘'을 의미하는 표현으로 자주 인용된다.

손에 샌들을 든 채 사막을 걸어가고 있었다. 마타모로가 그랬듯이 고통을 겪음으로써 자기 몸을 낮추고 육체의 욕망을 걷어내려고 커다란 돌멩이를 주머니에 가득 넣고서. 오직 그만이 들을 수 있는 천사의 노랫소리가 그를 따르고 있었다. 걷는 동안 무거운 물고기 모양 메달이 그의 가슴을 때렸다. 드디어 마지막 남은 모래 언덕들 뒤로 아득히 멀리 하늘이 불타오르고 새들의 그림자가 어슴푸레 어른거렸다.

그 아래로는 유프라테스 강이 흐르고 있었다. 강가에는 행렬이 길게 늘어서 있었는데, 그들은 바로 사막을 지나는 대상들이었다. 야자수 그늘 아래엔 아랍인들이 옹기종기 빙 둘러앉아 있었다. 모래 한가운데에는 가운데를 매듭지은 긴 끈 하나가 놓여 있었다. 대상들의 주술사 카힌은 공포에 질린 얼굴을 부풀리며 그 가는 끈을 노려보았다. 그는 주문을 외우며 숨결을 불어넣고 또 불어넣었다. 모래는 바람에 흩날리다가 이내 아래로 떨어져 끈을 덮었다. 그러자 주술사는 손가락 끝으로 끈을 들어올리더니 즐기는 듯 다시 떨어뜨렸다. 그러면서 처음에 한 행동을 되풀이했다. 다른 사람들은 두 팔을 들어올린 채 열정적으로 기도문을 외우며 사막에서 떠도는 혼령을 불러들였다.

대상 행렬 가운데 연장자인 아부 탈리브도 그들 안에 있었다. (그 어둡고 무표정한 얼굴은, 마렘마에서 여름휴가를 보낼 때 폭염에 시달리던 아버지의 얼굴에서 따온 것이라오.) 그 옆에는 아부 탈리브의 나이 어린 조카가 공포에 질린 얼굴로 말없이 앉아 있었다. (사랑하는 안젤라, 그 소년은 여드름투성이였던 사춘기 때 내 모습이라오. 그때는 마치 미래가 금방이라도 엄청난 굉음을 내며 내 위로 산처럼 무너질 것만 같았지.)

빙 둘러선 아랍인들은 바닥에 있는 끈에 대고 차례대로 있는 힘 껏 침을 뱉기 시작했다. 얼마 못 가서 사람들의 입에서는 더이상 침이 나오지 않았다. (나는 그 대목에서 수수께끼같이 다가오는 삶을 받아들이리라 마음먹었소.)

"어서 뛰어가서 모두가 마실 물을 가져오너라!"

노인이 조카에게 말했다. 하지만 소년은 얼어붙은 듯 꼼짝도 하 지 않았다. 그는 아부 탈리브의 소매를 잡아당겼다.

"뭐라고 하셨어요? 무슨 말인지 모르겠어요!"

그러나 숙부는 다시 환영에 사로잡혀 정신이 이미 다른 세계에 가 있어서 그의 말에 대답하지 못했다.

"뭐라고 하셨냐구요? 다시 말씀해주세요!"

하지만 소용없었다. 아부 탈리브는 소년의 말에 귀 기울이지도 않았다. 소년의 양 볼을 타고 두 줄기 눈물이 흘렀다. 그는 천천히 자리를 피해 근처에 있는 바위로 가서 걸터앉았다. (당신도 라비 니오 근교에 있는 커다란 바위 기억하지?) 소년은 절망스럽고 허 전해서 낙담한 눈길을 떨어뜨리고 앉아 있었다.

집요한 주술사는 끈 주위에 있는 모래를 손바닥으로 힘껏 내려 치기 시작했다. 드디어 끈이 아주 짧은 순간 움직여 매듭 위쪽으 로 말려올라갔다. 그 광경을 본 젊은이들은 혼비백산해서 도망쳤 고, 다른 이들은 자리에 남아 더욱 소리 높여 열성적으로 기도문 을 외쳤다.

주술사는 땀으로 흥건히 젖어갈 때쯤 입가에 미소를 지었다. 끈은 작은 뱀처럼 꿈틀대기 시작했고, 느리지만 계속 움직이더니 매듭이 풀렸다.

바로 그때, 소년은 멀찌감치 떨어져 앉아 있다가 숙부가 자신에게 한 말을 떠올렸다. 그는 자리에서 벌떡 일어나 나무물통을 집어들었다. 그런 후 서둘러 모래언덕 뒤편으로 자취를 감췄고 얼마 안 있어 작은 오아시스에 다다랐다.

작은 폭포에서는 투명하도록 맑고 시원한 물이 흘러내렸다. 소년은 양동이에 물을 긷다가 누군가의 목소리를 듣고 고개를 돌렸다.

"난 무척이나 오랫동안 갈증을 참으며 지내왔지. 하지만 물소리를 들으니 갈증이 끓어올라 더이상 참지 못하겠군. 소년이여, 내가 죽는 꼴을 보고 싶지 않거든 물을 마시게 해주게!"

바히라가 소년에게 말했다.

어린 소년은 손에 샌들을 든 그리스도교 수도사에게 눈길을 떼지 않고 양동이를 건넸다. 그는 앞으로 다가오더니 양동이를 머리 위로 들어올려 단숨에 벌컥벌컥 들이마셨다. 그러고는 다시 숨을 고르며 말을 건넸다.

"이름이 뭐지?"

"제 이름은 무함마드이고, 숙부는 아부 탈리브예요."

물을 다 마신 바히라는 몇 걸음 뒤로 물러났다. 소년은 다시 흐르는 물줄기에 양동이를 담갔다. 바히라는 손에 든 샌들을 바닥에 내려놓더니 옷을 벗기 시작했다. 당황한 무함마드는 황급히 고개를 돌렸다. 벌거벗은 수도사는 옷들을 차례대로 개어 바닥에 놓았다. 양동이에 물이 철철 흘러넘쳤지만, 소년은 손이 떨려 양동이를 들고 갈 엄두가 나지 않았다. 바히라는 도와주려 했지만 소년은 자존심 때문에 도움을 거절했다. 잠시 후 소년은 등에 온 힘을 주어 양동이를 들어올리는 데 성공했다. 수도사는 온화하고 가볍게 미소 짓더니 몸을 씻으려고 물속으로 들어갔다.

소년은 얼마 못 가서 그만 손에 힘이 풀리고 말았다. 바히라가 도와주려고 급히 다가갔다. 그는 허리에 두른 띠를 풀고는 온화한 눈길을 하고 자애로운 목소리로 구약성서의 전도서 구절을 들려주었다.

"그래서 나는 이미 오래전에 죽은 고인들이 아직 살아 있는 사람보다 더 행복하다고 말하였다. 그리고 이 둘보다 더 행복하기로는 아직 태어나지 않아 태양 아래에서 자행되는 악한 일을 보지 않은 이라고 말하였다."*

어린 무함마드는 그 말을 듣고 두려움에 휩싸여 한 발짝도 움직일 수 없었다. 그러는 동안 수도사는 허리띠를 양동이 손잡이에 묶어 어깨 끈 두 개로 만들었다. 그리고는 계속해서 성경 구절을 암송했다.

"혼자보다는 둘이 나으니 자신들의 노고에 대하여 좋은 보상을 받기 때문이다. 그들이 넘어지면 하나가 다른 하나를 일으켜준다. 그러나 외톨이가 넘어지면 그에게는 불행! 그를 일으켜줄 다른 사

---

* 전도서, 4장 2~3절.

14

람이 없다. 또한 둘이 함께 누우면 따뜻해지지만 외톨이는 어떻게 따뜻해질 수 있으랴?"

(안젤라, 당신에게 구체적으로 설명하고 싶진 않소. 바히라와 소년의 만남은 분명히 가장 오래된 기억 저편에서 괴로워 몸부림치는 어떤 것이라오. 이해되지 않겠지만, 내가 어릴 적 모직 스웨터를 입으라고 강요하던 어머니가 갑자기 떠올랐소. 스웨터는 짙은 녹색에 목에 노란 테두리가 있었지. 친구들과 정원에서 공놀이를 하고 있었는데, 어머니는 단호한 손길로 내 셔츠를 벗기더니 초록색 스웨터에 내 머리를 밀어넣으셨소. 아마도 그날 난생 처음 고통이란 것을 알게 된 것 같소. 스웨터를 입자마자 거칠고 빳빳하게 살갗을 찌르는 느낌에 후끈후끈했지. 마치 불길 속에 던져진 기분이었소. 지금도 그 생각만 하면 오싹하군. 아무튼 이야기를 계속해봅시다.)

수도사는 양동이의 물을 조금 따라버리고, 소년의 어깨에 물통을 지워주며 말했다.

"자, 이제 가거라. 아까보다 훨씬 수월할 거다!"

그러고는 다시 몸을 씻으러 갔다. 무함마드는 몇 발자국 앞으로 나아가다 양동이를 땅에 내려놓고 뒤돌아서며 물었다.

"근데 성함이 어떻게 되세요?"

"바히라."

"이번엔 제가 좀 도와드릴까요?"

"마음대로 하려무나."

소년은 달려가 둥그스름한 돌멩이 하나를 줍더니, 기뻐하는 얼굴로 수도사에게 다가갔다.

"씻는 걸 도와드릴게요."

소년도 옷을 벗고는 물속으로 들어가 늙은 수도사의 등을 밀어주었다. 그다음엔 바히라가 돌멩이를 건네받아서 무릎을 꿇은 자세로 소년의 등을 밀어주었다. 그러다 갑자기 놀라 뒤로 물러났다.

"이 자국은 뭐지?"

무함마드의 등에는 별 모양 흉터자국이 있었다.

"모르겠어요. 태어날 때부터 있었는걸요."

소년은 대답했다. 바히라는 벌떡 일어나 황급히 옷을 주워입었다. 자리를 떠나면서 그는 소년에게 말했다. "옷을 입고 당장 네 숙부에게 가거라. 그리고 이 말을 명심해라. 유태인 부족의 눈에 띄지 않도록 조심해야 한다. 만에 하나 그들이 나처럼 흉터를 알아보기라도 하면 너를 해칠 것이다! 자, 어서 옷을 챙겨입고 가거라!"

수도사는 말을 채 끝맺지도 않고 그 자리를 떠났다. 어찌나 서둘렀는지 땅에 놓아둔 샌들을 잊어버렸다. 소년은 화가 치밀어올랐지만 아무 말도 하지 않았다. 그는 다시 양동이가 놓인 곳으로 가 어깨에 짊어지고 떠나려 했다. 순간 수도사가 놓고 간 샌들에 눈이 멈췄다. 소년은 샌들을 집어들고 모래언덕 꼭대기로 올라갔다. 그리고 사막으로 사라져가는 수도사에게 소리쳤다.

"여기, 샌들이요. 샌들 두고 가셨어요!"

바히라는 아주 잠깐 고개를 돌리더니 점점 더 겁에 질린 얼굴로 발걸음을 재촉했다. 그는 바람에 밀려오는 모래 물결 너머로 사라져갔다. 천사들의 노래가 그의 발자취를 지우며 그 뒤를 따랐다.

어린 무함마드는 한참 동안 사막을 바라보았다. 모래는 바람을 따라 서서히 물결치며 변화무쌍하게 모습을 바꾸었다. 소년은 수도사가 남기고 간 커다란 샌들 속에 맨발을 집어넣었다.

태양은 지평선 너머로 기울고 대지엔 서늘한 기운이 불어왔다. 무함마드는 샌들을 벗어 한 짝을 바위 쪽으로 힘껏 내던졌다. 신발은 물에 휩쓸려 멀리 떠내려갔다. 소년은 나머지 한 짝마저 던졌다. 이번엔 물가에 떨어져 바위틈에 끼고 말았다. 물은 은근하고 부드러운 손길로 그것을 어루만지며 천천히 삼키기 시작했다.

✳

안젤라는 불을 끄고 읽던 원고를 침대 밑에 내려놓았다. 새 하루의 맑고 투명한 기운이 창문으로 스며들고 있었다. 밤새도록 내린 비에 빗방울이 고여 있다가 어느 순간 빛나면서 후드득 쏟아져내렸다. 어쩌면 클라우디오는 자신이 그린 무함마드의 시대를 지금 꿈속에서 만나고 있는지 모른다. 높은 사원의 종탑들과 비극적인 분위기, 한적하면서도 광휘에 휩싸인 무함마드의 시대를. 그는 낙타들의 고즈넉한 고독만을 벗삼아 사막을 거닐고 있을 것이다. 반면에 안젤라는 중산층이 모여 사는 연옥 같은 세계에서 다시 눈을 뜨고 말았다. 무수한 자동차와 비행기, 그리고 아스팔트 도로가 길게 뻗은 이 시멘트 성전에서 그들은 소리없이 바삐 움직였다. 21세기가 시작한 즈음, 밀라노의 부에노스아이레스 거리 한편 어느 을씨년스런 아파트에서 그녀는 눈을 떴다. 너무 일찍 끝나버렸다. 모든 것이 너무나 빨리 끝나가고 있었다.

하품을 하듯 자연스럽게 벌린 입술 사이로 그녀의 진짜 이름이
새어나왔다.

"모레나……"

그녀는 의자에 걸려 부딪히며 창가에 다가섰다. 빗방울은 희미
하게 흩날리고 있었는데, 비가 아니라 진눈깨비같이도 보였다. 흐
릿한 날씨 속에서 일상은 갑자기 꿈틀거리면서 이제까지처럼 변
함없이 머물러 있었다. 창문 유리에선 카레와 젖은 가죽 냄새가
뒤섞인 듯 야릇한 냄새가 풍겼다. 모레나는 유리창에 뜨거운 입김
을 불고 손가락 끝으로 조금 우스꽝스럽고 동그란 얼굴을 그렸다.
그리고 얼굴 주위를 빙 돌아가며 장식하듯이 머리카락을 그려넣
고는 그 옆에 '안젤라'라고 썼다. 하지만 이내 손바닥으로 그림을
지우고 소파로 걸어갔다.

잘 개어놓은 속옷과 잠옷을 보자 그녀는 기분이 언짢았다. '이
렇게 정돈되고 따분한 상태로 모든 게 끝나는구나.' 그러자 목이
메어왔다. 삶에서 멀리 떨어져 있던 몇 주 전이 그리워 벌써부터
그녀는 괴로웠다. 아침에 일찍 눈을 뜨면 옷들은 바닥에서 뒹굴
고, 스타킹과 속옷은 올이 뜯겨나간 채 카펫에 던져져 있었다. 욕
망에 불탄 손길로 벗긴 그의 바지 밑에 깔린 구두는 침실 통로 한
가운데 삐죽 놓여 있었다. 하지만 더이상은 일어날 수 없는 일이
었다. 평화롭고 낭만적인 순간은 한 번으로 족했고 그것이 끝이었
다. 샤워를 하는 동안 기쁨은 온데간데없이 사라졌다. 박하향 치
약, 반쯤 닫은 블라인드, 그리고 바닥에 놓인 전등갓에서 스며나

오는 어슴푸레한 불빛만이 남았다. 그후로 어느 순간부터 서로의 얼굴을 쳐다보지 않고 사랑을 나누게 되었다. 그러면서 다시 불행이 시작됐다.

모레나는 거리를 내려다봤다. 아침 여섯시였다. 그녀는 발가벗은 몸에 이불을 두르고 서 있었다. 바깥에는 조용히 비가 내리고 있었다. 어느 노부인이 떨어진 빗방울이 튀는 인도를 걸어가고 있었다. 노인은 교차로까지 나란히 고인 물웅덩이에 구두굽이 닿지 않게 신경 쓰면서 서둘러 걸어갔다. '정말이지 클라우디오의 영사기로 담아낼 만큼 아름다운 영상이야. 프랑스 흑백영화의 한 장면 같아!' 트뤼포나 샤브롤* 감독의 영화처럼.

그 동네는 1950년대에 전성기를 누렸는데, 아스팔트 위로 웅장하게 자리 잡은 그 모습이 지금은 마치 비에 흠뻑 젖은 개처럼 보였다. 모레나는 그곳의 변화없이 나른한 일상을 사랑했고, 줄지어 선 허름한 상점들과 그들의 일상에 깃든 정겨운 소박함을 사랑했다. 슈퍼마켓의 셔터문은 아직 굳게 잠겼고, 신호등은 노란 불빛을 연신 깜박였다. 극장 간판들은 빗물에 흥건히 젖었고, 비좁은 발코니엔 작은 갈색 전나무가 시들어가고 있었다.

클라우디오는 베개 아래 머리를 파묻은 채 잠들어 있었다. 그의 아름다운 엉덩이가 하얀 침대 시트 사이로 동그랗게 드러났다. 그는 숨을 길고 거칠게 몰아쉬었고 그 깊은 숨결은 느릿느릿하게 이어졌다. 모레나는 창문으로 비쳐드는 미미한 빛 속에서 어둠으로

---

* 프랑스의 누벨바그 영화감독들.

몸을 돌렸다. 그녀는 여전히 이불을 두른 채로, 자고 있는 클라우디오에게 다가가 침대 위에 무릎을 올리고 앉았다. 그러고는 그의 셔츠 속으로 손을 넣어 사랑스럽게 등을 어루만졌다. 하지만 클라우디오는 모레나의 손길을 전혀 눈치 채지 못했다. 모레나는 뒤로 물러나 그의 아름다운 엉덩이에 자신의 얼굴을 살며시 댔다. 눈을 감고서 한참 동안 그 자세로 있었다. 그의 숨결이 잠잠해질 때까지 그녀는 자기 온기를 전했다. 마치 달콤한 물이 담긴 컵 속에 잠겨 있는 것 같았다. 심장은 온몸을 뒤흔들 듯 맹렬히 용솟음쳤고, 그녀는 지금 이 순간 그와 그토록 강렬한 유대감을 느끼는 자신이 두려워졌다. 그것은 아주 자연스럽고도 절대적인 일치감이었다. 그녀는 다시 침을 삼키며 자신의 감각을 완전히 추상적인 공간으로 옮겨놓았다. 그 세계엔 뚜렷한 윤곽이나 형태가 없고 방금 느낀 클라우디오의 따뜻한 온기만 머물렀다. 모레나는 부드럽고 사랑스런 키스를 조용히 이어 하고, 한기로 목이 얼어붙어 이불에 얼굴을 파묻고 쓰러졌다. 그녀는 잠시 잠이 들었다. 클라우디오가 옆으로 몸을 뒤척이는 바람에, 그녀는 하마터면 침대에서 떨어질 뻔했다.

서늘해진 공기와 오래도록 바구니에 담겨 있는 빨랫감, 그리고 커피 찌꺼기에서 풍기는 익숙한 냄새가 그녀의 코에 와 닿았다. 테이블에 있는 컴퓨터 옆에는 인쇄물 여러 묶음과 자필 원고, 사우디아라비아 관광책자며 이국적인 사진 스크랩이 어지럽게 널려 있었다. 사진 속에는 알제리나 모로코 같은 나라의 전통 시장들과 오아시스의 파노라마, 그리고 백색 하늘에 불타는 모래산이 있었다. 그 위엔 여전히 더러운 셔츠와 넥타이 몇 개가 놓여 있었다. 모레나가 유일하게 가방에 챙겨넣은 것은 부적처럼 늘 지니고 다니는 작은 거북이 모양 액자였다. 그것은 침대 맡 테이블 위에 있었다. 액자 속에는 아버지의 빛바랜 흑백사진이 들어 있었다. 아버지는 상반신만 보인 채 돌아서 있었는데 희끗희끗한 잿빛 머리가 하얀 셔츠깃을 뒤덮다시피 내려와 있었다. 클라우디오는 대저택의 집사처럼 꼿꼿이 서 있는 그 남자가 도대체 누군지 전혀 알아채지 못했다. 그가 물을 때마다 모레나는 미소만 짓고 고개를 저었다.

그녀는 종이를 반쯤 찢은 다음, 그를 위로하는 달콤한 거짓말을 볼펜으로 적어내려갔다. '내 인생에서 가장 아름답고 행복한 시간이었어요. 잘 있어요. 당신의 안젤라. 열한시에 제작자와 만나기로 한 약속 잊지 말아요.' 그녀는 클라우디오가 읽어보라고 건넨 원고를 집어들고 발끝으로 조심스레 걸어 집을 빠져나왔다.

잠시 후 그녀는 벨벳 후드 모자를 쓰고 노란색 레인코트를 걸친 차림으로 한쪽 어깨엔 가방을 메고 길을 건너고 있었다. 이른 아침 도로를 메운 차들의 사납고 난폭한 소음에 그녀는 귀가 멍멍해질 지경이었다. 번잡한 거리와 끝없이 늘어선 건물들이 보였다. 정거장에서는 아직 잠이 덜 깬 사람들이 조용히 운명을 따르듯 발디딜 틈 없이 전차에 올라타고 있었다. 행인들은 바삐 종종걸음을 쳤다. 저 멀리, 하늘은 지상에 있는 인간들의 소란을 방해하지 않으려는 듯 나지막히 울음소리를 냈다. 우산을 펼쳐 들고 인도를 지나는 사람들 사이에선 묘한 신경전이 말없이 감돌았다.

모레나는 다시 기분이 좋아졌다. 그날 아침 하늘과 동네를 감도는 약간의 상쾌한 분위기에 빠져들어 그녀는 따뜻한 옷을 차려입은 것처럼 다시 삶에 가까워진 느낌이었다. 잃었던 삶의 힘을 새로 태어난 듯 되찾은 기분이었다. 그녀는 마음 깊숙이 조금씩 치유되어 되살아나는 자신의 영혼을 음미했다. 상쾌한 기분이 안에서 샘솟자 좋은 소식을 들은 사람처럼 행복해졌다.

모레나는 첫 기차를 타기로 했다. 다행히 역 구내에 있는 바에서 차를 마시며 신문 기사를 훑어볼 시간은 있었다. 클라우디오와 있었던 지난 일들은 기억 저편으로 하나 둘씩 자리를 잡아갔다. 그와 보낸 시간은 신비로운 사건과 대답할 수 없는 의문으로 가득했고, 이제 영원히 추억으로 남을 과거의 한 여백이 되었다. 안젤라와 클라우디오는 삼 년간 결혼생활을 했지만, 둘 사이에는 아이가 없었고 부부 사이에 흔한 다툼 한번 없었다.

따스한 어느 일요일, 여행 달력에 등장할 만큼 멋진 곳에서 두 사람은 처음 만났다. "아, 미안해요. 아직 이름도 안 물어봤군요!" 그의 질문에 그녀는 조금도 망설이지 않고 "안젤라"라고 대답했다. 안젤라, 머릿속에 맨 처음 떠오른 이름이었다. 어린 시절 가장 절친했던 친구의 이름이기도 했다. 친구가 집에서 입는 레이스 달린 빨간 앞치마를 그녀는 시샘했다. 애어른처럼 조숙하고 다정했던 친구는 서랍 한가득 안경을 쌓아두었다.

클라우디오는 금세 상처 입을 듯 조심스러운 행복을 느끼며 하루 종일 그녀를 안젤라라고 불렀다. 그녀가 매번 재빨리 화제를 바꿀 때마다 클라우디오는 사뭇 진지한 표정을 지었다. 정신적인 깊이가 있는 사람으로 그녀에게 보이고 싶어서였다. 모레나는 가방에서 선글라스를 찾아 쓰고는, 자기 앞에서 말을 더듬으며 어쩔 줄 모르는 남자를 그때부터 안젤라의 눈으로 주의 깊게 살폈다. 그가 하는 말에 별다른 반응은 보이지 않고 가끔 바보스럽고 엉뚱한 행동을 볼 때마다 웃음을 터뜨렸다.

반면에 모레나는 자기 얘기를 별로 하지 않았다. 예의상 그런 것도 있었지만, 주변 사람들의 그런 나르시시즘은 우울한 불안과 허무한 꿈들로 가득 찬 공허함으로밖에 보이지 않았기 때문이다. 그녀가 스스로 지어낸 이름 뒤에 본모습을 감출 때에는, 어느 누구에게도 거리끼지 않는 자유로운 인물을 즉흥적으로 생각해냈다. 그럴 때마다 아무것도 없는 상태에서 자신이 처한 상황과 장소에 가장 적합한 인물로 분장했다. 그녀는 몇 년 세월보다는 하루하루에, 하루보다는 매시간에 그리고 시간보다는 찰나의 순간에 더 많은 주의를 기울였다.

그녀는 군중 속에 몸을 숨기고 스스로 위장하길 좋아했다. 필요한 몇 가지 인적사항쯤이야 그 자리에서 얼마든지 만들어낼 수 있었고, 기회가 주어지면 회피하지 않을 자신이 있었다. 소설 『모비딕』의 한 장면이 그녀의 심리 상태와 완벽하게 일치해 뇌리에 깊이 남아 있었다. 선원들이 의심스런 눈초리로 요나에게 이렇게 묻는 장면이었다. "당신은 무엇을 하는 사람이고 어디에서 오는 길이오? 당신은 어느 나라 사람이며 어느 민족이오?" 그러자 요나는 이렇게 대답한다. "나는 히브리 사람이오. 나는 바다와 뭍을 만드신 주 하느님을 경외하는 사람이오!"

 클라우디오와 안젤라는 피안 데 줄라리 거리에서 처음 만났다.
그는 항상 카메라를 분신처럼 목에 걸고 다녔는데 여느 때처럼 자
신만의 이미지를 사냥하러 나선 길이었다. 그는 이렇게 말했다.
"아름다운 것들보다는 보기 흉한 것들이 더 훌륭한 사진이 되죠.
우아하기 이를 데 없는 저택도 초라한 건물만 못해요. 과장스러울
정도로 화려한 정원도 낡고 부서진 시멘트 운동장에 비하면 아무
것도 아니에요. 필름에 담아내기에 파시스트의 잔재보다 더 적합
한 건축물은 없죠. 그게 바로 사진의 숨은 비밀이에요. 그렇게 음
울한 이미지들이 뿜어내는 은밀한 미적 욕망이 사진작품의 정수
를 이루는 거예요. 누구나 보기 좋으라고 꾸밈없이 만든 미적 대
상은 멀찌감치서 환상의 여지를 남기지 않고 스스로 위용을 과시
할 뿐이죠."

 모레나는 가족 친구들의 초대를 받고 그곳에 손님으로 가 있었
고, 그는 자기 영화에 투자하겠다는 아버지의 오랜 지인 몇몇을
만나려고 그날 아침 일찍 피렌체에 온 것이었다. 클라우디오는 옛
날 바람둥이처럼 그녀에게 먼저 말을 건넸다. 그들 사이의 대화는
나른한 오후에 주고받는 이야기처럼 끝없이 이어졌다.

 그를 만난 자리에서 모레나는 처음 안젤라라는 이름을 사용했
고, 자신의 직업을 어느 출판사 편집자라고 둘러댔다. 게다가 근
래 몇 년 전부터 『음악백과사전』을 편찬하고 있는데, 자신은 음악
을 모으고 수집하는 일 정도만 한다고 말했다. 하지만 정작 거짓

말을 하는 사람은 사진과 영화처럼 예술적인 주제에 열중해 있는 클라우디오 같았다. 그는 단편영화 여섯 편과, 서구 문명에 남아 있는 고대 의식(儀式)의 흔적을 소재로 텔레비전 다큐멘터리 세 편을 만든 경력이 있었다. 현재는 장편영화로까지 진출하려고 아이디어를 구상하고 있었다.

안젤라는 그가 창작이라는 소명에 사로잡힌 모습에서 어떤 특징적인 성격을 알아보았다. 얼마 지나지 않아 그 역시 새로운 변신을 즐긴다는 인상을 받았다. 두 사람은 미켈란젤로 광장까지 걸어가 그곳 관광객들과 한데 뒤섞였다. 시원한 박하 샤베트 두 개를 사들고, 서늘한 그늘 밑을 찾아갔다. 그때까지도 그는 그녀를 향해 연신 카메라 셔터를 눌러댔다. "내가 사진이 잘 받는다는 말은 하지 말아요. 안 그러면 자존심 상하니까!" 클라우디오는 웃음을 터뜨렸다.

"당신은 정말 예뻐요. 우연히 봤는데 당신 목에 난 작은 흉터 때문에 아름다움이 훨씬 돋보여요. 흉터는 고통스런 기억을 간직하고 있기 마련이니까요. 이제 당신이 지닌 아름다움을 사진에 옮겨놓고 싶어요. 하지만 보이는 모습만 그대로 담는 걸로는 충분하지 않아요. 사진에 나타난 이미지는 고유한 언어를 가지고 있어서 보는 사람에게 전혀 다른 것들을 말하죠. 그것은 실제와는 또다른 리얼리티예요. 이 새로운 리얼리티에서 당신은 다른 사람으로 비칠 거예요. 어쩌면 지금과는 전혀 다른, 이를테면 오만하고 야망으로 똘똘 뭉친 여배우처럼 보일지도 모르죠. 지금 이 카메라로 당신 모습을 찍는다면 실제보다 못 나올 수도 있고, 특정한 앵글로 촬영하는 일을 피할 수도 없어요. 지금 이 빛과 배경은 삶의 표현이자 현실에 존재하는 당신 모습을 기억할 수 있도록 도와주겠죠. 진실은 거짓을 통해서 전해질 수 있으니까."

그 말을 들은 안젤라는 이미 진실을 속인 탓에 갑자기 온몸을 부들부들 떨었다. 그녀는 급소를 얻어맞은 사람처럼 얼굴을 붉혔다. 그러고는 뒤늦게 웃음을 터뜨렸다. 그녀는 카메라 렌즈를 손으로 가로막으며 말했다. "그만 해요!"

클라우디오는 만족스러운 표정으로 샤베트를 남김없이 먹어치웠다. 그녀는 잠시 생각한 후 말문을 열었다. "당신이 찍은 사진을 보면 나조차 내 모습을 알아보기 어렵겠죠! 당신의 시선까지 감쪽같이 속일 거구요." 그녀는 그의 손에서 카메라를 빼앗아들었다. "이번엔 내가 당신을 찍을 차례예요!"

삼 년 뒤, 그녀는 북적거리는 밀라노 중앙역 한가운데에서 신문기사에 머리를 파묻고 있었다. 모레나는 조금도 잘 나오지 않은 그때 사진들을 떠올렸다. 다 부질없어, 인생을 낭비한 거나 마찬가지지, 그녀의 눈에 쓸쓸함이 스쳐 지나갔다. 지나치게 오랫동안 불필요한 짐을 끌고 온 것이다. 어쩌면 그리스도교 수도사가 주머니에 돌을 가득 넣고 자학하던 심리와 다르지 않을 것이다.

클라우디오와는 얼마 전 실제로 관계가 끝났고, 이제 안젤라는 아주 익숙한 길 위에 서 있었다. 그 길은 남쪽으로 향해 있었다. 예전에 클라우디오가 뛰어난 사진 소재에 대해 말해준 것처럼 그녀를 둘러싼 인물들의 이름이 바뀌고 장소와 직업은 물론 배경마저 달라지고 있었다. 그렇지 않다면 모레나는 어둡고 차가운 벽을 마주하고 두 사람의 의례적인 약속을 지킬 수밖에 없었을 것이다.

물론 클라우디오와 맺은 관계는 순수하고 진실했다. 그녀는 과거에 많은 문제를 일으킨 낡은 신념과 고집불통은 물론 뿌리 깊은 반발심까지 포기하면서 다시 새롭게 출발할 수 있었다. 그리고 세월이 흐르는 대로 몸이 가는 대로 스스로를 온전히 내맡겼다. 그녀와 거리가 먼 일들을 말하려고 애쓰면서 말이다. 하지만 모두 부질없었다. "분명히 어딘가에 내 의지를 초월하는 의지가 있어. 그것은 매번 나를 출발선에 몰아세우며 '떠나!' 라고 말하지."

히터가 고장 난 기차는 역을 빠져나오자마자 얼음처럼 변한 더러운 눈에 금세 뒤덮였다. 모레나는 옆에 있는 다른 승객들을 한 번도 보지 않고 골똘히 외투깃을 여몄다. 그녀는 지그시 눈을 감고서 어둠 속에서 모든 기억을 하나하나 지워나갔다.

그러다가 기차 소리를 들으며 잠이 들었다. 그녀가 잠에서 깨어났을 때, 밀라노는 저 멀리 사라지고 난 후였다. 떠나온 거리만큼 클라우디오는 기억 속을 떠돌며 점점 더 작아졌다. 하지만 그에게서 느낀 설명하기 어려운 뿌리 깊은 낯섦은 여전히 풀리지 않았다. 솔직히 안젤라는 클라우디오가 열정적으로 품은 야망들을 단 한 번도 자신의 것으로 받아들인 적이 없었다. 그의 꿈은 겉보기에 타당해 보이지만 부자연스러운데다 심지어 뭔가 병적이다 싶을 정도였다. 그가 다른 인물로 변장했을 때에만 완벽해진다고 스스로 상상하며 자아의 공허함을 채우려 안간힘 쓴다고 안젤라는 생각했다. 그는 세상을 이끈 대다수 인물들이 지닌 환영 속에 자기 자신을 투영하고 있었다.

그는 무함마드라는 인물과 자기를 동일시하며 그처럼 불멸하는 궤적을 따르고 싶다고 어린아이처럼 바랐다. 그의 아버지는 유명한 정치인이었고, 네 살 위인 형은 테러로 얼룩진 시대에 법관 살해사건에 연루되어 외국에서 은신하고 있었다. 영웅과 저항가에 대한 이야기책들이 넘쳐나는 가정에서 클라우디오는 태어났다.

그는 형에 대한 반발심으로 예술이라는 평화로운 방법을 선택했다. 하지만 두 사람 모두 독실한 가톨릭 신자였으므로, 냉소적이고 부패한 아버지에게 철저히 등을 돌리고 말았다. 형은 정부와 정치계 인사들에게 몰두했고, 동생은 예술의 무정부주의, 즉 정치의 무용성을 믿었다. 하지만 두 사람 다 아직은 자신들의 이상을 끝까지 실현하지 못했다. 그의 형은 투쟁에서 패배해 어쩔 수 없이 망명을 택해야 했고, 클라우디오는 자기 계획을 구체화하는 데 어려움을 겪었다.

안젤라는 시간이 지날수록 자애로운 어머니처럼 그를 위로해야만 했다. 그에게 용기를 북돋아주면서도 한편으로는 궁지에 몰린 느낌이 들었다. 사랑한다고 믿는 남자의 불행과 절망을 헌신적으로 받아들이고 견뎌낼 힘을 잃어갔다. 당장이라도 도망치고 싶었지만 가여운 그에게 상처를 입히고 그의 등을 내리치는 배신행위는 할 수 없었다.

그녀는 가방에서 클라우디오가 쓴 원고를 꺼내, 이전에 읽다 만 부분부터 다시 읽어내려갔다.

✳

　고요한 정적 속에 그가 깨어났을 때, 눈앞에는 여전히 꿈에서 본 예언자의 황야가 어른거렸다. 클라우디오는 커피를 연거푸 세 잔이나 마시고, 쪽지를 네댓 번이나 읽은 후에야 안젤라가 다시는 돌아오지 않으리라 생각했다. 순간 그는 체념한 듯 어깨를 들썩였다. 하지만 그녀가 어디로 갔는지 의문이 들자 두려움이 몰려왔다. 그제야 그녀에 대해 별로 아는 게 없다는 걸 깨달았다. 부모님의 주소라든가 심지어 행방을 알 만한 전화번호 하나 갖고 있지 않았다. 그녀의 성이 베르디라는 건 기억했지만, 그것도 유명한 오페라 작곡가와 같은 성씨이기 때문이었다. 안젤라 베르디가 그녀의 이름이었다.

　집 안에선 더이상 그녀의 자취를 찾아볼 수 없었고, 침대 시트엔 그녀가 남긴 희미한 향기만이 맴돌았다. 더욱이 그의 원고와 거북이 모양 액자는 온데간데없이 사라졌다. 어쩌면 자신이 단 한 번도 진심 어린 애정과 관심을 기울인 적이 없어서 안젤라가 떠났을지 모른다고 생각하자, 오른쪽 눈에 눈물이 맺혔다. 그는 눈에 넣을 안약과 휴지를 찾으며 분노에 찬 고함을 질러대기 시작했다.

　전날 말다툼이 있긴 했지만, 이토록 심각한 결정을 내릴 정도는 아니었다. 그에 비하면 예전에 일어난 말다툼이 그보다 훨씬 격렬했다. 아무런 예고도 없이 갑작스레 이별이 닥칠 거라고 결코 상상하지 못했다. 불과 몇 시간 전만 해도 두 사람은 앞으로 인생을 함께하리라 약속했었다. 클라우디오는 눈물을 훔치고 스스로에게 소리를 질렀다. "넌 형편없는 자식이야!" 그 말을 내뱉자마자 아무 이유 없이 벌받는 아이가 된 기분이 들었다.

그는 소파에 털썩 주저앉아 천장에 드리운 그림자를 응시했다. 심장은 그녀를 향한 분노로 갈기갈기 찢어졌다. 마치 예술가가 몰이해와 고독의 형벌에 처해진 것처럼, 몸속 어딘가 알 수 없는 곳에서 비애가 스물스물 올라와 극적이고 극명한 고통에 사로잡히게 했다. 그는 그녀와 보낸 마지막 날들을 다시 떠올렸다. 그녀가 사랑을 위해 쏟아붓는 열정적인 헌신 뒤에는 뭔가 부자연스럽고 참기 힘든 것이 있었다. 그는 젖병을 물려야 할 갓 태어난 어린 새끼처럼 취급당했다. 어느 때 보면 안젤라는 스스로를 위해 존재하는 것이 아니라 클라우디오가 안겨준 행복이 얼마큼인지 가늠하고만 있는 것처럼 보였다. 항상 입가에 미소를 머금고 그가 자신에게 해줄 수 있는 것에 골몰했다. "너무 부족하다고 생각했나보군." 그는 허공에 내뱉은 침을 얼굴에 고스란히 맞으며 말했다.

그는 참을 길 없는 화를 누그러뜨리려고 잠시 상상에 잠겼다. 더 나아가 칼로 그녀의 목을 베는 상상까지 했다. 얼굴에 대고 이렇게 외치고 싶었다. "당신은 아무것도 몰라. 반드시 후회할 거야!"

그런 후, 배신감에 몸서리치는 남자는 자신이 안젤라에 대해서 아는 것이 별로 없다는 사실을 다시 한번 뼈저리게 느꼈다. 삼 년 만에 처음으로 그는 혼잣말을 쏟아냈다. 자신에게 따귀라도 흠씬 갈기고 싶은 심정이었다. 벌떡 자리에서 일어나 서랍을 모조리 뒤지고 집어던졌다. 하지만 안젤라의 흔적은 눈 씻고 찾아봐도 없었다. 어쩌면 그 안은 원래부터 텅 비어 있었을지 모른다. 아무튼 가구 안에는 그의 옷만 걸려 있었다. 그러다 문득 머리를 스치는 것이 있었다. "그래, 출판사!"

그는 한 시간째 수화기를 붙잡고, 무릎에 펼쳐놓은 전화번호부를 보며 밀라노에 있는 모든 출판사에 일일이 전화를 걸었다. 하지만 어느 한군데에서도 『음악백과사전』을 출간하려는 곳이 없었고, 누구도 안젤라 베르디라는 저자를 알지 못했다.

"혹시 밀라노에 있는 출판사가 아닐지도 모르지. 어쩌면 매일 사무실이 아니라 도서관에 갔을지도 모를 일이야." 그는 잠시 어지러웠다. 이젠 다른 쪽 눈에서도 눈물이 흐르기 시작했다. 그러자 그는 소리내어 통곡하고 싶었다. "나쁜 년, 나쁜 년!"

삼 년 가까이 시간을 보냈어도 결국 아무것도 남지 않았다. 클라우디오는 믿을 수 없는 사실에 혼란스러워하며 지난 세월을 되짚어봤다. 피렌체에서의 첫 만남, 아프리카 여행, 집 앞 피자 식당에서 함께한 잊을 수 없는 저녁식사, 음악과 영화에 관한 대화와 이런저런 얘기들, 그리고 뒤틀린 세상에 대해 나눴던 이야기들까지.

안젤라는 타인의 말에 귀 기울일 줄 아는 여자였고, 사소한 이야기에 금세 감흥하는 보기 드문 사람 가운데 하나였다. 피안 데 줄라리에 있을 때, 그녀는 정상에 오른 후 숨을 고르기 위해 작은 담장에 걸터앉았다. 그날은 꽤 무더웠다. 아름다운 아가씨에게 윙크를 보내는 청년처럼, 그녀는 짙은 선글라스를 쓰고 그를 바라보았다. 두 사람이 대화를 시작했을 때 그녀는 이내 상냥하고 순수한 어조로 그를 대했다. 웃으며 접근하는 낯선 이방인의 썩 유쾌하지 않은 행동도 너그럽게 눈감아주었다.

먼저 전화번호를 건네고, 혹시 밀라노에 들르거든 연락하라고 말한 쪽은 그였다. 그러면서 단지 피렌체에서 촬영한 사진들을 돌려주고 싶을 뿐이라고 했다. 안젤라는 정해진 주소가 없었고, 편찬할 음악자료를 찾아다니느라 오래전부터 이곳저곳 떠돌아다닌다고 했다. 실제로 그녀는 호텔을 전전하며 생활했다. 클라우디오는 차분하고 세련되며 때론 어린아이처럼 순진무구한 이 우아한 여인에게 본능적으로 매료당하고 말았다. 무엇보다 예술적 관심을 보여주는 뛰어난 감수성에 사로잡혔다. 드디어 그 자신을 이해하는 데 큰 힘이 되어줄 특별한 사람을 발견한 것이다. 이제 마흔 고개에 다다른 인생의 중요한 시점에서, 불확실하고 위험한 수많은 갈림길들이 고개를 내미는데 옳은 길을 가도록 이끌어줄 특별한 사람을 만난 것이다. 그녀는 이제 그의 미래였다.

안젤라는 한 달 반이 지나서야 그에게 전화를 걸었다. 그가 더이상 그녀를 기다리지 않을 때였다. 안젤라는 여전히 연구를 계속하려고 꽤 오랫동안 밀라노에 머무를 예정이었다. 처음에는 어느한 쪽이 시간 여유가 날 때만 잠깐씩 만났다. 그렇게 몇 달이 흘러갔다. 두 달 정도 그들은 첫날 느낀 호의와 친밀감을 유지하면서 지냈고, 한편으론 두 사람 모두 자신들의 감정이 사랑으로 바뀌지 않을까 속으로 불안해했다.

확실히 그때가 두 사람에겐 가장 긴장감이 감돌던 시기였다. 처음 섹스를 할 때, 둘을 제외한 다른 모든 세계는 그들 앞에서 사라지고 말았다. 온순하고 절제된 영혼을 지닌 안젤라는 축제를 위한 만찬을 마련하는 듯한 모습이었다. 숨바꼭질 놀이와 숨이 멎을 듯 은밀한 시선 게임을 하는 인상을 풍겼다. 그녀는 그의 몸에 체취를 남기며, 자신의 자유롭고 거침없는 몸짓이 그를 두렵게 한다는 것을 알아차리지 못했다.

클라우디오는 그녀를 통해 사랑의 기술이 지닌 신성함을 발견했다. 그것은 자신을 내던질 때에야 비로소 체험할 수 있는 것이었고, 나약한 연인들이 사랑하면서 서로 위안받으려는 보상심리와는 거리가 먼 것이었다. 안젤라의 몸짓 하나하나엔 뭔가 숭고한 기운이 감돌았고, 매순간이 처음인 것처럼 절정에 올라 온몸을 부르르 떨었다.

"나쁜 계집!" 클라우디오는 눈물을 흘리며 혼자 소리쳤다. 사랑을 나눌 때 그녀는 마치 어린 창녀처럼 행동했다. 아마도 그녀는 점점 더 애정이 깊어지고 자신들의 쾌락이 늘어나길 바랐는지도 모른다. 그러나 클라우디오가 사랑의 행위를 마치고 곧바로 다음 날 있을 약속을 생각하는 걸 그녀는 알지 못했다.

하지만 그 어떤 것도 그녀의 갑작스런 결단을 설명해주진 못했다. "다른 놈과 눈이 맞은 거야." 그는 낮디낮은 천장 때문에 질식할 것 같다고 느끼며 혼잣말을 중얼거렸다. "아냐, 그럴 리 없어. 살아 있다면 연락을 하겠지, 아님 편지라도 쓸 거야!" 그는 서둘러 마음을 추스르고 일어나 영화 제작자를 만나러 가야 했다.

✳

  섬뜩하게 생긴 헤아릴 수 없이 많은 타락한 우상들, 괴상한 모양의 과자들, 성흔이 새겨진 이상한 돌멩이들, 머리와 팔이 없는 인형들, 박제된 도마뱀, 말려놓은 거미, 역겨운 냄새를 풍기는 짐승들의 고깃덩어리. 그 앞에는 군중들이 올리는 높은 기도 소리와 통곡하는 울부짖음이 길게 이어졌다. 불구가 되어 고통받는 사람들과 죽은 이를 애도하며 말할 수 없는 슬픔에 잠긴 사람들, 주술사, 거리의 음유시인, 그리고 도둑들이 군중 속에 한데 모여 있었다.

  검은 돌은 바닥에서 일 미터 오십 센티미터 정도 되는 높이로 사람 키만 한 신전 제단 외벽에 모셔져 황금띠에 둘러싸여 있었다. 그 성스러운 돌은 열두 개쯤 되는 조각들이 단단히 굳어져 대략 십팔 센티미터 정도 되는 타원형 알 모양을 이루고 있었다. 한 남자가 다리를 절뚝거리며 팔을 벌린 채 힘겹게 숨을 몰아쉬면서 그곳에 가까이 다가갔다. 잠시 후 보이지 않는 어떤 힘이 바람처럼 그의 앞을 가로막았다. 그는 온몸으로 저항하며 계속 앞으로 나아가려 했지만, 그럴수록 몸이 더욱 심하게 흔들렸다. 얼마 못 가 그 남자는 털썩 무릎을 꿇고 쓰러져 눈물을 쏟았다.

  한 남자가 그를 일으켜 세워 다른 곳으로 데려갔다. 남자는 먼지 날리는 길거리에 그를 두고 돌아서려다 주머니에서 동전 몇 닢을 꺼내 질그릇에 던져주었다. 그러자 이 고매한 율법학자의 자비로운 미소를 보고 너도나도 구걸하러 몰려들었다.

  어느덧 청년이 다 된 무함마드는 분노와 적개심에 찬 눈으로 그 광경을 지켜보았다.

"조국에서 피난민처럼 사는 것이야말로 비극이로구나." 늙은 숙부가 말했다. 함께 있던 아부 탈리브의 아들 알리가 한마디 덧붙였다. "가장 불쌍한 사람은 제 집에서 이방인 대접을 받는 사람일 겁니다!"

그때 어느 대문에서 개 한 마리가 사납게 짖으며 달려나왔다. 순식간에 그 개는 걸인 한 사람을 덮쳤고, 가엾은 걸인은 개에게 옷자락을 물린 채 빠져나오려고 안간힘 썼다.

"저리 가, 어서…… 이 몹쓸 개야!" 그는 고함을 치면서 목발로 개를 내려쳤다. 결국 사나운 짐승은 꼬리를 내렸다.

아부 탈리브가 말했다. "개들까지도 부유한 사람을 보면 꼬리를 감추지. 하지만 가진 것 하나 없는 가엾은 빈민을 보면 저렇게……" 알리가 또 거들었다. "저 가엾은 남자는 십년감수한 거예요. 저 사람한테 목발은 배고픔을 달랠 스프 한 접시보다 더 값질 테니까요."

그러자 무함마드가 말문을 열었다. "넌 너무 사소한 일들로 번번이 큰 행운을 놓치려 하는구나!"

그 말에 알리의 얼굴이 일그러졌다. 무함마드가 말하는 행운이 무엇인지 그는 이해하지 못했다. 세 사람은 각자 낙타를 타고 메카의 거리를 지나 언덕으로 향했다.

(안젤라, 당신은 분명히 내가 왜 무함마드를 나의 분신으로 선택했는지 궁금해할 거요. 당혹스럽진 않더라도 꽤나 이상하게 여길지 모르겠소. 하지만 내 말을 믿어줘요. 글을 쓰면서 괜한 자만

심에 빠진 적은 없었소.

영화를 보는 사람 누구도 나 자신에 대해 이야기하는지 모를 거요. 그러나 등장인물에 진실성을 부여하려면 그 안에 숨어들어 그와 비슷해져야 하오. 적어도 무의식적이고 내면 깊이 자리 잡은 욕망만큼은 말이오.

이렇게 결정한 데에는 아마 오래된 이유가 있을지 모르겠소. 진정 무함마드는 실존한 인물이고, 그가 한 일 역시 실제로 행한 일이오. 이해하겠소? 진정한 혁명을 일으킬 수 있는 인간, 그런 사람이 존재할 수 있다는 걸 신화처럼 보여줬소. 왜 그는 가능한데 나는 아닐까?

어쩌면 역사의 주인이 아니라 노예로 살다 간 또다른 인물만이 나를 속속들이 이해할 수 있을 거요. 내가 어느 예언자의 영혼과 고뇌에 몰입하며 느끼는 기쁨을 당신은 모를 거요. 세상 사람에게 이해받지 못한 그의 고독은 내가 느끼는 고독과 아주 닮았소. 고독은 누구도 피해갈 수 없고 천재나 불운한 사람 할 것 없이 똑같이 느끼는 감정이기 때문이오.

이제부터 시작하는 장면들을 주의 깊게 읽기 바라오. 앞으로 당신이 이야기에 등장할 테니. 지극히 순결하고 눈부시게 아름다운 여인으로 말이오.)

아부 탈리브의 움막은 한쪽이 허물어지긴 했지만 말끔했으며 부유한 대저택과 마주 보고 있었다. 청년 무함마드는 나무그릇에 담은 콩요리를 먹고 있었다. 그는 생각에 잠긴 표정으로 석류나무 밑 바위에 걸터앉아 있었다. 이웃에 사는 아름답고 부유한 마흔

36

살 과부 하디자는 기둥 뒤에 숨어 그에게 흠모하는 눈길을 보냈다. 마치 어두워진 태양을 삼키는 일식처럼 그를 흠모하는 그녀의 마음엔 설렘과 안타까움이 깃들었다.

그리고 다음 날 동이 터올랐다. "자, 받아라." 아부 탈리브는 뜨거운 찻잔을 아들에게 건네며 말했다. "반 시간 후면 사막의 대상들이 출발한다. 어서 일어나거라!"

알리 옆에서 자던 무함마드 역시 따뜻한 음료를 들이켜고 나서 말했다. "이번 길은 숙부님을 따르지 못할 것 같습니다."

"왜 그러느냐?" 노인은 근심스런 얼굴로 물었다.

"아부 바크르가 제게 다른 상인들의 대리인이 되어 시리아까지 인도해달라고 요청했습니다. 그들과 동행하면 숙부님께서 제게 주시는 금액의 두 배를 준다는군요."

숙부는 깊은 슬픔에 잠긴 표정으로 의자에 앉았다. 그러나 잠시 후 환한 미소를 띠며 말했다. "그렇게 하거라. 신들이 너와 함께 하시길!" 그러고는 무함마드를 힘껏 껴안았다.

낙타를 타고 먼 길을 여행하는 동안 하늘에는 빛과 어둠이 변함없이 번갈아가고 시간은 흘러갔다. 마침내 무함마드의 손에 돈주머니가 쥐어졌다.

"이건 당신 몫이에요." 하디자가 말했다.

과부 여인의 정원 정자 아래서 두 사람은 서로 마주하고 있었다. 청년 무함마드는 배낭에 돈을 집어넣고는 몹시 당황스러운 듯 인사를 건네고 그 자리를 떠났다. 그는 밖으로 나와 따뜻한 호의를 베풀어준 은인 아부 바크르를 만났다.

"새로운 일은 마음에 들었나?"

"네, 하디자 부인께 소개해주셔서 고맙습니다."

"다 자네가 해낸 일이지. 감사는 그분께 돌리게."

"아무쪼록 제 성실함과 노고로 그분의 은혜에 보답했기를 바랍니다."

잠시 후 아부 바크르는 하디자가 이루지 못한 사랑에 상심해 바위에 앉아 있는 모습을 보고 그 앞에 멈춰 섰다.

"왜 그러세요? 몸이 안 좋으신가요?"

"한 달에 한 번이라도 그를 볼 수 있었는데, 이젠 그럴 기회마저 잃었군요. 두 번이나 남편을 잃었지만, 이제야 누군가를 사랑하면 마음이 얼마나 괴로운지 알겠어요."

한편, 무함마드는 음유시인이 사는 붉은 천막 앞을 지나갔다. 생기 넘치는 떠돌이 음유시인은 이마와 양쪽 귀를 장신구로 치장하고 손에는 묵직한 반지들을 꼈는데 손은 오렌지빛으로 물들어 있었다.

"다마스쿠스의 류트!" 그러자 땅바닥에 앉은 남자가 정성스럽게 음악을 연주했다. "타타르의 피리!" 그는 행인들에게 소리 높여 외쳤다. 그러자 또다른 이가 엉성해 보이는 악기에 숨을 불어 넣었다. "페르시아의 하프시코드, 이집트의 하프……"

악사 네 명이 다 같이 연주를 시작하자 음유시인은 노래하듯 읊조렸다.

"자, 여러분 내 말을 들어보세요!"

아이들과 젊은이들이 발걸음을 멈추었다.

"우리가 누구냐고 묻는다면 작은 새들이라고 하겠습니다. 사람들이 뿌리내린 땅에 살고 있지요. 우리보다 먼저 저세상으로 떠난 사람들을 뒤로 한 채, 감히 행복을 꿈꾸고 있답니다! 행복이 누군가에게 빌려온 것이 아니라면 삶은 무엇이겠습니까? 우리는 자주 나타나진 않지만, 별은 항상 제자리에서 빛나고 산은 우리 앞에 우뚝 서 있습니다. 인생은 매일 밤 우리가 잠들어 있을 때 조금씩 사라지는 보물이지요!"

음유시인은 장황하게 노래하다가 인파 한가운데에서 낙타를 탄 무함마드를 보았다. 그러자 그는 갑자기 입을 다물고 벌벌 떨면서 그늘로 숨어들어 무함마드를 주시했다. 공포에 짓눌려 반지 긴 양손을 눈에 가져가더니 급기야 울음을 터뜨렸다. 얼마 후, 악사 네 명과 음유시인은 낙타에 자질구레한 짐을 싣고 메카를 떠날 채비를 했다.

그사이 아부 바크르는 무함마드에게 물었다. "말해보게, 무함마드. 왜 결혼을 하지 않나? 자네 나이가 되면 모두들 결혼해서 적어도 아내와 아이들 몇 명쯤은 두고 살지 않나. 왜 자네는 혼자 지내는가?"

"결혼지참금을 지불할 여력이 없고 같이 살 집을 장만할 형편이 못 됩니다."

"단지 그것이 문제라면 조금도 걱정할 필요가 없네. 지참금을 필요로 하지 않는 부인이 한 명 있다네. 누굴 말하는지 알겠지!"

다음 날 무함마드는 한 손에 주머니를 쥐고 낙타를 끌고서 아름다운 과부 앞에 나타났다.

"여기 있는 낙타와 돈이 내 지참금이요. 다 합해서 오백 디나르*정도 되오. 이것이 당신에게 줄 수 있는 전부요."

결혼식을 치르는 동안 하디자의 저택 테라스에서는 한 소년이 서서 나쿠스** 연주를 그치지 않았다.

침대는 초록잎이 무성한 가지로 꾸몄고, 그 위에는 아름다운 꽃들을 뿌려놓았다. 사방에는 온갖 사프란과 에센스, 박하와 양초들이 가득했다. 무함마드는 양털이불의 부드러움을 음미하며 천천히 자리에 누웠다. 하지만 얼마 지나지 않아 갑자기 두통이 엄습했다. 시간이 지날수록 고통은 점점 더 심해졌다. 그는 외마디 비명을 내지르더니 온몸에 들이닥친 통증에 괴로워하다가 의식을 잃고 바닥에 떨어졌다. 머리는 뒤로 젖히고 팔은 뻣뻣하게 굳은데다 입술은 침으로 흥건히 젖어 있었다.

하디자는 깜짝 놀라 곧장 남편에게 달려갔다. 그녀는 땀에 젖은 남편의 이마를 닦아내고 부드러운 손길로 그를 어루만졌다. 그러자 무함마드는 서서히 원래 호흡을 되찾았다.

바로 그때, 도시 한가운데에서는 무장한 군인과 신분 높은 몇몇 원로의원의 행렬이 지나가고 있었는데, 군중은 원성에 차서 너도 나도 야유를 보냈다.

"야트립***의 아랍인은 우리의 형제란 말이오." 누군가가 외치자 또다른 사람이 소리쳤다. "어째서 그들을 계속해서 학살해야

---

* 고대 아랍 여러 나라에서 사용되던 금화.
** 콥트 음악에서 사용하는 트라이앵글의 일종.
*** 메카 북쪽에 있는 도시로 나중에 메디나가 된다.

하는 거요?"

그들 가운데 신분이 가장 높은 아부 지알은 단호하게 답했다. "평화가 가까이 왔소. 우리는 그걸 쟁취하고 있는 것이오!"

그는 주절거리며 말을 그치지 않았다. 그러자 오른편에 있던 우마르가 나서서 말했다.

"여러분, 조금만 참아주십시오. 평화를 얻으려면 아직 더 싸워야만 합니다!"

몇 달이 지난 후, 배고픔에 지친 한 남자와 여자가 메카에서 조금 떨어진 곳에 작은 구덩이를 파고 갓난아기를 그 안에 내려놓았다. 그들은 가여운 생명의 울음소리를 애써 외면하면서 서둘러 흙을 덮었다. 이내 그들의 눈에서 눈물이 하염없이 흘러내렸다.

무함마드가 다가서자 남자는 손을 벌리며 동정을 구했다.

"알 아민―의인인 그를 사람들은 그렇게 불렀다―이시여, 이 가련한 존재를 살피시어 조금이나마 적선해주실 수 없겠습니까?"

"그 대신 너에게 일자리를 주고 거기에 양 예순 마리를 얹어주겠다. 내일 우리 집으로 오너라."

"알라와 모든 신들이 영원히 당신과 함께하기를!" 의인 알 아민은 수많은 가난한 이들이 이렇게 외치는 한가운데를 지났다. 사람들은 그에게 계속 이렇게 외쳤다. "알라와 모든 신들이 언제나 당신과 함께하기를!"

다음 날, 무함마드의 집 앞에는 걸인들이 구름떼처럼 몰려들었다. 그들은 하디자의 젊은 남편이 앉아 있는 탁자 주변으로 모여들었다. 무함마드는 돈과 가축과 일거리를 나눠주며 일일이 기록

했다.

"신들이 당신의 재산을 지켜주실 겁니다." 모두들 한목소리로 그에게 인사했다. "글 쓰는 건 언제 배웠나?" 알리가 그 광경을 보고 놀라 무함마드에게 물었다.

그날 저녁 아부 바크르는 무함마드를 만나 질책하는 눈으로 쳐다보면서 물었다. "자네는 왜 여느 사람들처럼 우상을 숭배하지 않나?"

무함마드가 대답했다. "난 더이상 그런 것들을 숭배할 마음이 없네." 그러고는 입을 굳게 다물고 더이상 아무 말도 하지 않았다.

그에게 또다른 위기가 다가왔다. 의사도 주술사도 그를 구하지 못했고, 자애롭고 변함없는 아내 하디자만 그를 돌보았다. 그녀는 절망에 빠져 아부 바크르의 집으로 갔다.

"아니, 이토록 슬픈 얼굴로 찾아오다니 무슨 일이오?"

"제가 얼마나 무함마드를 사랑하는지 아실 거예요. 늘 저를 아껴주는데다 정직하고 마음 넓은 사람이죠. 단 한 번도 저 이외에 다른 아내를 들일 생각을 하지 않았어요."

"그래서요?"

"하지만 뭔가가 저와 남편 사이를 갈라놓고 있어요. 몹시 두렵습니다. 혹시 무함마드에게 악마가 씌었는지 알고 싶어요. 도와주세요!"

아부 바크르는 먼 곳에 사는 유명한 치료사를 불러들였다. 그는 앓는 환자의 침대에 커다란 체스판을 펼쳐놓고 각각의 판에 작은 우상을 하나씩 올려놓았다. 그다음 그것들의 위치를 바꾸며 차례

대로 하나씩 밖으로 꺼냈다. 마지막으로 암탉의 두개골만 남았다. 늙은 치료사는 그것을 집어올리더니 촛불로 그을리며 하디자에게 중얼거렸다. "넌 오늘 밤 남편의 신발과 샌들을 불태우거라. 그리고 그것들이 재가 될 때까지 자리를 뜨지 말고 기다려라."

"샌들요?" 그녀는 놀라서 물었다. "왜 샌들을 태워야 하죠?"

노인은 끝까지 대답하지 않았다.

결국 그날 밤 하디자는 남편의 샌들을 가져다 정원에서 불을 붙였다. 드디어 불꽃이 일자 그녀는 사막의 혼령들에게 기도했다. 하지만 등 뒤에서 무함마드가 문을 열고 지켜보는 걸 알아차리지 못했다.

다음 날, 알 아민은 포도나무와 무화과나무, 아몬드 나무 사이로 난 오솔길을 따라 작은 언덕에 올랐다. 언덕 아래 물이 흐르는 샘 옆에는 동굴 하나가 있었다. 무함마드는 동굴 바닥에 앉아 멀리 우주로 향하는 아득한 지평선을 바라봤다. 밤이 찾아올 때까지 그렇게 침묵을 지키며 그곳에 머물렀다. 달은 하늘 높이 떠올랐고, 별들은 기쁨에 겨운 듯 아름답게 빛났다.

날이 저물어 무함마드는 도시로 내려와 인적이 끊긴 거리에서 길을 잃고 말았다. 갑자기 머리가 아파오면서 주위의 모든 것들이 둥둥 떠다니는 것처럼 보였다.

가만히 멈춰 서자, 이윽고 저 멀리 아득한 곳에서 북소리와 하프 소리가 메아리치며 들려왔다. 골목에 휘몰아치는 바람 소리 같았다. 소리가 점점 걷잡을 수 없이 커지자 무함마드는 괴로움을 이기지 못해 자리에 주저앉았다. 머리는 금방이라도 터질 것 같았다.

그는 몸을 피할 만한 곳을 찾아다녔다. 하지만 집집마다 모두 문이 잠겨 있었다. 고개를 들어 하늘을 보니 바로 그곳에서 천상 세계의 음악이 쏟아져나오고 있었다. 그는 말할 수 없는 두려움에 사로잡혀 황급히 집으로 달려갔다.

겨우 골목을 빠져나온 그는 그만 돌처럼 굳어 눈이 휘둥그레졌다. 달빛에 비친 태산만 한 벌거벗은 발 두 개가 도시의 성벽 위에 멈춰 서 있었다. 앞에 놓인 길은 거인의 무게에 짓눌려 전부 땅 밑으로 푹 꺼졌다.

무함마드는 공포에 떨며 위를 쳐다봤다. 하지만 거인의 옷자락 너머는 볼 수가 없었다. 거인의 머리는 하늘 위로, 별들을 지나 우주의 어둠 속에 묻혀 있었기 때문에 눈에 보이는 건 그의 옷자락뿐이었다.

무함마드는 뒤로 물러나다 그만 땅에 넘어지고 말았다. 그는 겨우 몸을 일으켜 눈물을 흘리며 도망쳤다.

집에 돌아온 무함마드는 아내를 껴안으며 말했다.

"오, 하디자, 내가 미치광이가 될까 너무도 두렵소!"

"진정하시고 무슨 일인지 말해보세요!"

"오늘 밤 어떤 거인을 봤소. 그는 또다시 내 앞에 나타날 거요. 머리는 하늘에 닿았고, 발은 땅을 내딛고 있었소. 뭔가를 내게 말하려 하는데 아주 무섭구려!"

"두려워하실 필요 없어요. 당신은 누구보다 선한 사람이니까요. 알라께서 당신을 지켜주실 거예요!" 하디자는 그렇게 말하고 미

44

소를 띠었다.

다음 날 무함마드는 명상을 하러 동굴에 갔다가 다시 온몸이 떨리며 창백해지기 시작했다. 그는 주머니에서 헝겊을 꺼내 입에 물었다. 엄청난 고통이 갑작스레 닥쳤기 때문이었다. 몸의 근육이 오그라들어 얼굴이 파랗게 질리고 말았다. 간간이 날카로운 경련이 일어나 도마뱀의 꼬리를 자르듯 그를 무참히 괴롭혔다. 그 와중에 두 눈은 빠른 속도로 감겼다 뜨였다 반복하면서 돌아갔다. 이를 악물자 헝겊에는 가래와 피가 스며들었다. 거칠게 헐떡이는 동안 얼굴은 숨이 넘어갈 듯 창백해졌다.

한바탕 고통이 사라지자 그는 깊은 잠에 빠져들었다. 해가 훤히 떠올라 그를 비출 때까지 파리떼가 날아와 땀을 빨아먹었다.

환영은 다시 나타났다. 이번엔 무함마드의 눈 속에서 일어났다. 그는 깜짝 놀란 얼굴로 무언가를 뚫어지게 응시했다. 겁에 질린 채 하디자의 팔을 붙잡고 나오지도 않는 목소리로 겨우 말했다.

"보여, 그가 보여…… 여기 내 앞에 있소!"

아내는 남편의 얼굴을 들어 자신의 품에 안았다.

"아직도 보여요?" "응, 여전히 보여!"

그러자 여인은 얼굴에 드리운 베일을 벗고 머리를 풀어헤치고는 다시 물었다. "지금도 보이나요?"

그는 잠시 침묵하더니 믿을 수 없는 듯 말했다. "아니, 이젠 보이지 않소."

하디자는 남편의 손을 감싸쥐며 차분한 목소리로 말했다.

"마음을 가라앉히세요. 당신이 본 건 사악한 혼령이 아니랍니다. 바로 천사예요. 내 뜻을 받아들여 떠났어요!"

✻

테르미니 역에는 택시마저 찾아볼 수 없었다. 대신 관광객들의
긴 행렬이 눈에 들어왔다. 그들 대부분은 어리둥절한 얼굴로 쉴새
없이 혼잣말하며 짐을 찾아 뿔뿔이 흩어졌다. 모레나는 담뱃가게
에서 버스 티켓을 몇 장 사들고, 정류장에 도착한 70번 버스에 올
랐다. 버스 안에는 눈부시도록 붉은빛을 띤 진한 로마의 모든 냄
새가 다 들어 있었다. 나프탈렌향에서 애프터셰이브며, 교회의 제
대초, 심지어 구두약 냄새에 이르기까지 그 모든 냄새가 배어 있었
다. 나치오날레 거리를 지날 때 버스는 몇 번씩 가다 서기를 반복
하며 신호등 앞에서는 특히 오래 멈춰 섰다. 곧이어 가슴을 설레게
하는 베네치아 광장을 지나 예수 광장과 비토리오 가를 지났다.

모레나는 산 안드레아 델라 발레 성당*을 조금 지나 양초가게
앞에서 내렸다. 그녀는 성당 쪽으로 걸어내려와 성큼성큼 길을 건
너 자기 아파트 출입문 앞에 섰다. 하지만 집으로 곧장 들어가지
않고 잠시 광장 쪽을 바라보고 서 있었다.

건너편 바 주인은 그녀를 알아보고 서둘러 밖으로 나와 정중하면
서도 다정하게 악수를 청했다. 그녀는 당황하거나 놀라지 않았다.

"이런, 내 눈을 믿을 수가 없군요. 그렇게 오랫동안 어디 가 계

---

* 푸치니의 오페라 〈토스카〉의 무대가 된 유명한 성당.

셨어요?” 바 주인 줄리오 씨가 말했다.

“일 때문에요……”

“지금은 아내가 자릴 비웠지만, 우리 둘이서 당신 얘기를 얼마나 했는지 몰라요!”

“아드님들은 잘 있나요?”

“안드레아는 군대에 갔고, 다른 녀석은 글쎄 뭐랄까…… 공부를 한다고 해야 할까요. 강도가 든 후로 애가 조금 이상해졌어요. 말도 잘 못하고 더듬거리죠.”

“강도라니요?”

“예, 아가씨가 떠난 뒤에 일어난 일이지요. 벌써 이 년 가까이 됐어요. 바를 새롭게 단장한 지 얼마 안 돼서 마약중독자 하나가 주사기를 들고 들어왔어요. 정말 정신 나간 놈이었죠! 불행히도 그때 제 옆에 학교에서 금방 돌아온 마르코가 있었어요. 아이가 소리를 지르자 그놈은 발길질을 해댔고, 불쌍한 아들 녀석은 벌벌 떨기 시작했죠. 그놈이 해코지할까봐 전 꼼짝하지 못했어요. 그다음 곧바로 난장판이 벌어졌고, 의회로 가던 헌병경찰이 급히 도착했어요. 마약중독자는 주머니에서 권총을 꺼내 허공에 쏘며 도망쳤지요. 그때 창밖을 내다보던 어느 부인이 총에 맞았지 뭡니까. 결국 경찰관 두 명이 산 유스타키오에서 그놈을 붙잡았지요. 그 자식은 추격하던 차에 치여서 한쪽 다리와 팔이 부러졌어요. 미친놈! 아가씨, 정말이지 얼마나 무서웠는지 모릅니다! 그날 일로 제 혈압이 삼백까지 올라가 병원에 실려갔었죠. 곧바로 심장 발작이 일어났거든요. 마르코는 그 사건 때 기절해서 여태껏 완쾌하지 못했어요. 저나 아내가 몇 번이나 가게 문을 닫으려고 했는지 몰라요. 하지만 그렇다고 어떻게 잊겠습니까? 좋은 시절은 끝난 걸요…… 오랜 친구들은 전부 사라지고 없어요. 지금 이 동네엔 관광객만 찾아오고 전 아침부터 저녁까지 카푸치노를 만들지요. 그 사람들은 며칠 보이다가 금세 사라지고 또다른 관광객이 도착하지요. 모두들 미소 띤 얼굴로 말입니다. 뭘 모르는 사람들! 바에는 브랜디도 있습니다. 어떤 독일 아가씨들은 술을 마시고 쓰러져 허벅지까지 훤히 드러내는데, 그런 날이 허다합니다. 그러면 제가 의자에 앉혀놓고 신문으로 부채질을 해주죠. 그건 그렇고 할머니는 어떻게 지내시는지?"

"아, 잘 지내세요……"

"가엾은 양반! 당신보다 더 고통스런 사람이 세상에 또 어디 있을까요!"

"그렇죠……"

"이런 질문 해도 될지 모르겠습니다만…… 이후에 누구와 결혼하셨다는 얘기를 들었는데……"

모레나는 말을 가로막았다. "아닙니다, 아니에요……"

"이렇게 다시 만나니 정말 반가워요! 코스탄치 아가씨가 언제나 돌아올까 아내와 항상 얘기했지요. 플리퍼 게임을 하러 자주 들렀던 것 기억하세요?"

"물론이죠."

"아가씨 아버님도 우리 바에서 게임을 하셨는데, 그날 생각나시죠? 정말 대단했어요. 세 시간 넘게 플리퍼 게임을 하셨죠. 그 놀라운 실력에 모두 입을 다물지 못했답니다. 정말이지 감탄할 만한 손이지 뭡니까! 아, 가늘고 긴 손가락하며…… 찻잔과 티스푼을 집을 때는 마치 꽃을 다루듯 하셨지요. 커피를 조용히 젓고 한 모금 겨우 들이켜고는 자리를 떠나셨죠. 말씀이 별로 없었지만 늘 미소를 지으셨어요. 화내는 모습은 두 번인가 세 번밖에 못 봤어요. 한번은 누가 차를 견인해가서 무척 화를 내셨죠."

그는 옛날을 그리워하는 눈길로 모레나를 바라봤다.

"앞으로 여기에 계속 머무르셨으면 좋겠어요."

"글쎄요, 두고 봐야죠."

말을 끝맺고 모레나는 문으로 들어가려 했다.

"아!" 남자는 잠시 하늘을 쳐다보며 말했다.

"가장 중요한 걸 깜박했군요. 친구분인데, 이름은 기억나지 않지만 어떤 부인이 자주 찾아왔어요. 엊그제도 다녀갔죠. 우리 집 바에 앉아서 하염없이 기다리고 또 기다렸답니다. 토스트와 오렌지주스를 주문하고 나중엔 커피까지 시켜놓고 기다렸죠. 오 분마다 나가서 아가씨댁 초인종을 누르더군요. 그러고는 돌아와 자리에 앉아서 하염없이 또 기다리는 거예요. 그래서 제가 늘 일렀지요. 전화번호를 남기시면 코스탄치 아가씨가 돌아왔을 때 곧바로 연락하도록 전하겠다고요. 하지만 매번 고개를 절레절레 흔들더군요. 조금은 이상한 사람 같기도 해요."

그 말을 들은 모레나는 돌처럼 굳었다. 아무 말이라도 하려 했지만 좀처럼 목소리가 나오질 않았다. 남자는 그 사실을 전혀 눈치 채지 못하고 계속 말했다.

"안쓰러운 사람, 어쩜 그리도 변했는지! 몸은 비쩍 마르고 머리는 산발을 한데다 해진 스타킹을 신고 있었어요. 가끔은 부랑자가 아닌가 할 정도예요. 누가 봐도 상태가 좋지 못하다는 걸 단박 알 수 있을 겁니다. 그래서 제가 전화번호를 남기라고 여러 번 말했답니다. 하지만 대답조차 하지 않더군요. 웬만한 동네사람들은 다 그녀를 알고 있지요. 아가씨, 어서 연락해보세요. 전화번호는 갖고 계시죠?"

"뭐라고 하셨죠?"

"전화하시라구요. 누굴 말하는지는 아시죠?"

"아, 네. 알아요. 나중에 제가 연락할 테니까 걱정하지 마세요!"

모레나는 문 안으로 들어서려다 말고 돌아서서 성당을 가리켰다.

"먼저 저곳에 가봐야겠군요…… 적어도 성당 내부만은 예전 그대로였으면 좋겠네요."

"어서 가보세요! 소매치기들을 조심하시고요. 이렇게 다시 뵙다니 몹시 기뻐요. 빨리 마르게리타에게 이 사실을 전해야겠군요! 아무튼 좋아 보이시니 다행입니다. 언제나처럼 아름답고 다정하시군요!"

"고맙습니다. 그런데 안드레아가 정말 군대에 간 게 맞나요?"

"얼마 안 있으면 제대한답니다!"

마음을 짓누르던 생각들은 어느새 날아가버렸다. 관광객들은 피곤에 지친 나머지 신발을 벗고 계단에 주저앉아 있었다. 모레나는 그 사이를 비집고 계단을 올라갔다. 위대한 운명이 오페라 〈토스카〉를 탄생하게 한 매혹적인 성당 안으로 들어갔다. 한낮에 할머니가 낮잠을 주무실 때면, 그녀는 작은 녹음기를 귀에 대고 오페라의 제1막 전곡을 들으며 성당 의자에 앉아 있곤 했다.

성당 안에는 아무도 없었다. 안으로 몇 걸음 더 들어가자 바깥 세상의 소음은 들리지 않았다. 이제 돌보는 손길이 없어 꽃 한 송이, 제대초 하나 찾아볼 수 없었다. 예전 그대로 남은 성당 지붕에서 어슴푸레한 빛만 습하고 생기 없이 새어들어 맴돌 뿐이었다. 성당 안 공기를 은은히 비추는 황금빛 햇살 사이로 그림들은 어둠 속에 잠겨 있었다. 한쪽에 있는 고해소는 말끔히 칠을 마치고 송진 냄새를 풍기고 있었다. 어쩌면 고귀한 정부에 맞선 볼테르 사상의 신봉자 마리오 카바라도시의 옷에도 그와 똑같은 냄새가 배어 있었을 것이다. 그는 성모화를 그리는 사람이었는데, 무릎 꿇고 기도를 올리는 신앙심 깊은 소녀를 모델로 삼았다. 그가 그린 푸른 눈동자의 성모는 눈부시게 아름다웠지만, 정작 토스카는 검은 눈동자였다. 그녀는 오해 때문에 변덕스런 질투심에 사로잡힌 화신이었다.

토스카가 그랬듯 모레나 역시 예술가를 사랑했다. 특별한 이유는 없었다. 카바라도시는 성당에 있는 소녀들을 바라보며 성모 마리아를 그렸고, 클라우디오는 스스로를 생각하면서 무함마드를 끌어냈다. '그럴듯한 사기꾼 두 명이군!' 그녀는 미소 지으며 생각했다.

모레나는 제1막의 아리아들을 떠올리며 반 시간쯤 그곳에 앉아 있었다. 누군가 등 뒤에서 인기척을 내기 전까지. 뒤를 돌아보려

했지만 누군가가 그대로 있으라고 말했다. 여자 목소리였다. 발자국 소리는 날카롭고 메마르게 바닥에 부딪히며 성당 전체에 울려 퍼졌다. 모레나는 어두운 통로 쪽으로 비켜섰다. 어리석은 방법으로 목숨을 부지하던 '토스카'의 시대, 바로 그 불한당 시대의 음악속에서 그녀는 터질 듯 가슴이 벅차올랐다. 가엾은 안젤로티는 천사의 성에 있는 감옥에서 탈옥해 간수들의 눈을 피하려고 구두와가발, 붉은 립스틱까지 써서 궁녀로 변장했다. 모레나는 긴 레인코트 자락을 성당 기둥에 스치면서 대리석 바닥에서 끝까지 시선을 떼지 않고 출구를 찾아냈다.

'아, 드디어 빠져나왔어! 난 이때까지 어리석은 두려움에 빠져모든 걸 추악하게 본 거야.' 두 눈은 감격에 겨워 일렁였다. 눈이어둠에 익숙해진 탓인지 앞이 잘 보이지 않아 내려오다가 그만가이드 옆에 있던 어떤 관광객과 부딪혔다. 모레나는 빨간 신호등이 켜진 도로를 건넜다. 그리고 뛰다시피 아파트 출입문으로들어섰다. 다행히 경비실은 비어 있었다. 그녀는 서둘러 계단을올라갔다.

햇빛에 바래고 비를 맞아 낡은 아파트 건물은 18세기에 지어진작은 궁이었다. 모레나는 그곳 맨 꼭대기 4층에 살고 있었고, 같은층에 있는 열두 개 방들은 창문이 양쪽으로 나 있었다. 서재와 침실엔 머름 장식을 한 천장이 있었는데 황금색과 연초록색 어린아이가 조각되어 있었다. 가짜 대리석으로 만든 기둥머리는 화환 모양으로 꾸몄는데 세월의 흔적이 겹겹이 쌓여 있었다. 방 안엔

1968년의 냄새가 희미하게 남아 있었다. 나머지 방은 썰렁한 벽만 남은 채 아무것도 없이 텅 비어 있었다.

거실 중앙에는 야마하 그랜드 피아노가 크기에 꼭 맞는 붉은 커버에 덮여 있었다. 피아노 바퀴와 건반 모서리는 정성스럽게 치장되어 있었고, 현이 있는 판 부분은 핀 하나 꽂히지 않은 부드러운 보르도 직물이 덮고 있었다. 꽁꽁 싸여 휑한 공간에 덩그러니 놓인 피아노는 우주에서 떨어진 운석이나 고대 신전의 제대처럼 보였다.

그녀는 피아노를 어루만지는 듯하더니 이내 그곳을 스쳐 지났다. 집 안은 제법 추웠다. 보일러 눈금은 제로를 가리키고 있었고, 창문의 철제 블라인드는 목재 덧문으로 바뀌어 있었다. 난방장치를 틀고 나서 그녀는 신발을 벗었다. 침대망 위에 반으로 포개져 있는 매트리스를 펴고 시트를 찾아 깔고는 옷도 벗지 않은 채 그 안으로 들어갔다. 해질 무렵, 쾅쾅거리는 천둥소리에 그녀는 다시 눈을 떴다.

단 몇 시간 자는 것으로도 기분을 전환하기엔 충분했다. 그녀는 불을 켠 후, 혼잣말을 하며 샤워실로 들어갔다. "온통 푸른빛으로 물들어 우리를 맞이할 사랑스런 집을 고대하지 않았던가?" 사나운 빗줄기가 도시를 씻어내리는 동안 클라우디오의 마지막 흔적까지 물에 휩쓸려 사라져갔다.

장롱에 걸려 있는 옛날 옷들을 살펴보다가 그녀는 그만 웃음을 터뜨리고 말았다. 옷들이 하나같이 우스워 보였다. 각각의 옷들은 이미 지나간 인생과 각기 다른 여인을 의미하는 것처럼 보였다.

어린아이일 때부터 아버지의 죽음을 맞이할 때까지 그녀는 늘 자신을 감추기 위해 옷을 입었다. 누구 눈에도 띄지 않겠다는 알 수 없는 망령에 사로잡혀 살았다. 그 순간 클라우디오가 사진에 대해 품었던 피란델로*적인 철학이 떠올랐다. "우리는 보이는 그대로 존재한다."

실제로 모레나는 아주 오랜 세월 프로테우스처럼 변신을 거듭하며 살아왔고, 다시 혼자가 됐을 땐 작동을 멈춘 장난감 인형으로 전락한 기분이 들었다. 그러한 내면의 고독감을 헤아려준 유일한 사람은 아버지였다. 그는 아무 말 없이 미소를 지었다. 그녀가 잠옷을 입고 거울 앞에 서서 생각에 잠긴 채 꼼짝하지 않고 있으면 아버지는 재빠른 시선으로 그녀를 살폈다. 그리고 슬픔에 잠긴 오펜바흐의 여걸을 부르듯 아주 멋지고 수줍은 미소를 지으며 "나의 올림피아"라고 그녀를 불렀다. 그리고 잘 자라는 키스를 해주었다.

모레나는 입고 있던 옷을 손질해서 다림질한 다음 다시 옛날 옷으로 갈아입었다. 그리고 가방에서 불필요한 물건들을 꺼냈지만 클라우디오의 원고는 그대로 두었다. 그녀는 집을 나와 현관문을 꼭꼭 걸어잠그고 64번 버스를 타러 아르헨티나 광장으로 향했다.

갑자기 조명이 꺼졌다가 얼마 안 있어 다시 들어왔다. 모레나의 머리를 매만지던 두 여자는 정전 때문에 멈춘 손질을 계속했다.

---

* 1867~1936, 이탈리아의 극작가이자 소설가.

한 여자가 염색약을 준비하는 동안 다른 여자는 머리카락을 목덜미에서부터 여러 갈래로 나누었다. 친절하고 인상 좋은 미용사 질베르토는 소리도 없이 살롱에 모습을 드러냈다. 예순이 훌쩍 넘은 나이에도 건장한 체격인 그는, 푸른색 더블 상의에 에르메스 넥타이를 매고 목에는 안경을 걸고 있었다. 그는 살롱 바닥을 내려다보더니 언짢은 표정을 지었다. 곧바로 전화기를 들어 보조 직원을 당장 올려보내라고 조용히 명령했다. 바닥에 떨어진 머리카락을 치우라는 것이었다.

모레나는 눈을 감고 있다가 남자의 목소리가 들려오자 빙긋 웃었다. 지난번 이곳에서 마지막으로 들은 매혹적인 목소리를 떠올렸기 때문이다. 그때도 질베르토는 더러워진 바닥을 보고 흥분한 나머지 직원더러 빗자루를 가져오라고 전화로 명령했다. 아주 가볍고 익숙한 불안감에 그녀는 가슴이 조여왔다. 아주 잠시였지만 삼사 년 동안 그곳에 앉아 있었다는 느낌이 들었다. 기분이 씁쓸해지자 미소는 점점 지워졌다. 질베르토는 아무 말 없이 손님 무릎에 있던 클라우디오의 원고를 집어 테이블에 올려놓았다. 그리고 안경을 올려쓰고는 나눈 머릿결의 모근 부분부터 자신 있는 손놀림으로 염색약을 바르기 시작했다.

미용사와 보조 여직원들의 염색 작업은 시간이 꽤 오래 걸렸다. 모레나는 지루한 시간을 보내려고 이런저런 공상을 하고 있었다. 거울에 비친 손들은 기계같이 정확하게 분주히 움직이며 그녀의 머리 모양과 색깔을 바꿔놓고 있었다.

'가브리엘라, 가브리엘라. 괜찮은데?'

그녀는 여러 번 속으로 되뇌며 그 이름에 익숙해지려 했다. 서서히 거울 앞에 형태를 갖춰가는 여인의 모습을 보니 조금은 유행에 뒤진 그 이름이 딱 어울린다는 생각이 들었다. 아기자기한 장난감으로 꽉 찬 카리용* 뮤직박스에서 흘러나오는 음악처럼 말이다. 단순하지만 고상하면서, 본래의 대중적인 유래도 잃지 않은 이름이었다. '가브리엘라', 기억하기도 잊기도 쉬운 이름이었다.

모레나는 점점 상상을 즐기며 '가브리엘라'라는 수수께끼 여인의 삶을 만들어내기 시작했다. 그녀는 부유하지도 가난하지도 않으며 밝고 쾌활한 성격을 지녔고, 비록 쉽게 풀이 죽기는 하지만 그렇다고 심각하지 않으며, 가끔 다시 기운을 차리려고 약간 악의적으로 구는 인물이다.

성씨는 이제까지 자신의 탄생 배경이 되어준 베르디를 배신하지 않으려고 '알지라'**라는 성을 맨 먼저 떠올렸다. 가브리엘라 알지라.

그다음엔 사바*** 같은 시인의 성을 따서 가브리엘라 사바나 코라치니**** 같은 이름으로 정하는 게 더 나은 듯 싶었다. 그러다 결국 또다른 음악가인 알보레아로 결정했다.

가브리엘라의 아버지는 무능한 치과의사나 연금생활을 하는 상인일 리는 없다. 체신부 같은 정부기관의 성실한 말단 공무원이라

---

* 모양이나 크기가 다른 많은 종을 음계 순서로 달아놓고 치는 타악기.
** 1945년 나폴리에서 초연된 베르디의 오페라.
*** 1883~1957, 움베르토 사바, 이탈리아의 서정시인.
**** 1886~1907, 세르지오 코라치니, 이탈리아의 시인.

면 좋다.

그녀의 어머니는 가정주부가 적당하다. 만약 전직 영어교사쯤으로 정한다면 모든 것이 엉망진창이 되고 말 것이다. 어쨌든 그런 것은 불필요한 설정이었다. 가브리엘라 알보레아는 오래전부터 부모와 연락을 끊고 지내기 때문이다. 학교를 졸업할 무렵, 고상한 언어를 비웃는 피둥피둥 살찐 건달 녀석과 동거하면서 그녀는 부모의 애정과 오랜 믿음을 저버렸다. 그러나 남자는 가브리엘라와 지내면서 자상함을 잃지 않았고, 단 한 번도 그녀가 자신의 선택에 죄의식을 느끼지 않게 배려해주었다. 더구나 이따금 그를 배신하는 행위까지도 눈감아주었다. 그의 이름은 자코모였다. 남부 출신의 쾌활한 대다수 남자들이 그렇듯 그 역시 쉽사리 우울한 감정에 사로잡혔다.

'지금쯤 어디에 있을까? 가끔은 날 기억해줄까? 속은 참 따뜻한 사람이었는데!'

모레나는 환영인 가브리엘라의 쓸쓸한 심정을 상상하는 것이 즐거웠다. 과거의 허상 속에 등장한 비극적이고 고통스런 이별은 자코모와 가브리엘라를 영원히 갈라놓았다. 여기, 자코모가 허공을 응시하며 우수에 찬 인생 앞에서 눈물을 글썽이고 있다.

'영원히 안녕, 내 사랑 가브리엘라. 내 살결엔 동방의 코르크향이 당신의 체취로 남아 있다오. 그리고 내 외투엔 당신이 향신료와 사철쑥을 곁들여 만든 요리 냄새가 여전히 배어 있소. 내 입술엔 아직도 당신의 복숭아 빛깔 립스틱 향기가 남아 있다오. 그 길고 긴 밤, 사랑의 영광을 드높이고 육체가 뜨겁게 달아오르던 달콤하고 괴로운 밤들에 영원한 작별을 고하오. 아주 오래전에 당신은 내 곁을 떠났고, 지금은 절망만이 남았소. 가브리엘라 알보레아, 하늘거리는 실크 손수건에 드리워진 노란빛과 연보랏빛으로 당신을 마음속에 간직하겠소!'

모레나는 두 사람의 이별 배경을, 포스터로 도배된 어느 어수선한 아파트 안 겨자빛 소파와 황마 카펫이 있는 방으로 옮겼다. 그녀는 동양 옷감으로 만든 긴 치마와 페루 스타일 스웨터를 입고, 소매 속에 꼭 쥔 두 주먹을 숨긴 채 샌들을 신고 바닥에 앉아 있다. 그녀는 다리를 오므리고 두 팔로 무릎을 감싼 채 이마를 파묻고 있다. 반면에 일어선 남자는 흥분한 나머지 이성을 잃고 소리 지른다.

"내가 원하는 건 그 이상이야, 알아! 당신이 절대자를 찾고, 난 집세 낼 궁리에 빠져 있는 사이 우리 둘 다 지금 같은 곤경에 빠지고 만 거야."

가브리엘라는 고개도 들지 않고 대답한다.

"당신은 아무것도 이해하지 못했군요. 너무 괴로워요. 고통스럽다구요. 모르겠어요?"

"나도 마찬가지야! 가끔은 다른 사람도 돌아보라구!"

"정말 괴로워지고 싶어서 그래요? 그러면 한 가지 말해두죠. 아니, 말 안 하는 편이 낫겠어요."

"무슨 말을 안 하겠다는 거야?"

"그만둬요."

가브리엘라는 얼굴을 두 팔로 감싸고 있다가 불타오르는 나무

장작처럼 고개를 든다.

"말해봤자 소용없는 일이에요. 부질없는 짓이죠!"

자코모는 그녀 앞에 무릎을 꿇고 애써 미소를 지어 보이려 했지만 거친 숨이 터져나온다.

"그렇지 않아. 어서 말해줘!"

가브리엘라는 벽 쪽으로 고개를 돌리고 화가 미로의 전시회 포스터에 시선을 떨어뜨린다.

"자코모, 당신에게 늘 진실하지 못했어요. 우린 거짓 놀이에 즐거워한 거예요!"

"지난여름에 함께한 저녁식사도?" 그가 충격받은 표정으로 묻는다.

"그래요!" "그렇다면 말하지 마……" 몹시 창백해진 자코모는 그녀 옆에 주저앉는다.

"당신에게 두 가지 거짓말을 했어요." 그녀는 냉정하게 말한다.

"아니, 말하지 마! 다 우스워!" 그는 흐느껴 운다.

"아무 말 하지 않는 편이 나았어요. 지금 당신이 어떤지 알아요?"

그는 탄식한다. "아, 결국! 어리석은 두려움에 사로잡혀 모든 것이 추악하게 보이는군! 너무 끔찍해. 내가 왜 이런 일을 겪어야 하지!"

가브리엘라는 그를 자기 품으로 끌어당긴다.

"용기가 없었어요. 당신을 알기 전에 난 많은 남자를 만났어요. 어쩌면 나를 자유롭게 해줄 남자를 찾고 있었는지도 모르죠. 정말 바보 같았어요. 그들이나 당신 손에 내 행복이 달려 있는 것처럼 생각했으니까. 수년 동안 오르가슴을 느껴보려 혈안이 되었죠. 순진하게도 그걸 행복이라 여기고 부질없고 헛된 질주를 한 셈이에요. 난 오르가슴과 행복을 동일시했어요. 아니 더 정확히 말하자면 불감증을 삶의 고통이라고 여겼어요. 그러니 내가 어떤 지옥에서 살았는지 생각해봐요. 기쁨이 뭔지 내게 느끼게 해줄 남자를 꿈꿔왔어요. 이 남자는 분명히 하늘에서 내려온 천사일 거라 확신할 수 있는 남자를요. 그리고 언젠가는 그를 만나리라 믿었어요."

자코모는 폭소를 터뜨리며 자리에서 일어난다.

"믿을 수 없군. 내 두 눈으로 똑똑히 봤는걸. 마치 태양과 빛, 공기를 가득 머금은 장미처럼 열려 있던 당신을 느꼈는데 말이야. 당신은 내 품 안에서 떨며, 마치 처음인 것처럼 전율했어. 당신의 눈동자엔 묘한 미소가 흐르고 있었지. 나 역시 생각했어. 그래, 이제 기억나는군. '죽음 같은 고통 속에서 마지막 한 방울의 쾌락까지 들이켜는 그녀를 보라!'라고 말야."

그는 고개를 치켜들고 말을 이어간다.

"그때 마지막 숨결을 느끼고 잠시 내 입술이 뜨겁게 달아올랐지. 그러고는 서로 멀어져 깊은 잠에 빠져들었어. 한여름에 펼쳐진 내 생애 가장 화려한 축제를 앞두고서 말이지. 살며시 몸을 떠는 당신을 바라볼 때 나한테 당신이 가느다랗게 '오, 맙소사!'라고 속삭여서 얼마나 기뻤는지 몰라."

자코모는 고개를 떨어뜨리고 힘겹게 일어난다.

"그게 다 연기에 불과했군. 오르가슴을 느낀 게 아니었어."

"전혀요!" 여전히 그녀는 힘없이 대답한다.

두 사람 사이에 무거운 침묵이 흐른다.

"당신은 날 속였어."

"미안해요. 하지만 당신을 만족시켜주고 싶었어요."

"그렇지만 난 당신에게 어떻게 해달라고 한 적 없어!" 자코모는 소리친다.

"어쩌면 그 때문인지도 모르죠. 당신은 내게 아무것도 바라지 않았어요. 심지어 내 얼굴조차 보지 않고 당신만의 쾌락을 즐겼으니까요!"

"그럼 내가 어떻게 했어야 해? 당신 시선이 내게 쏟아지는 걸 느끼고 있었어. 믿기지 않아? 뜨겁게 달아오른 육체 위로 음란하게 몸을 구부린 나 자신을 바라보고 있었어. 나만의 체취와 땀으로 얼룩진 육체 위에 있는 나를. 혼자만 끔찍한 행위를 계속했지. 결국 스스로 체념하고 말았어. 그렇게 만든 건 바로 당신이야."

"그래요. 당신을 체념하게 만든 건 나예요. 하지만 당신이 내 기분에 아랑곳하지 않으면서 우리 잠자리는 너무 쉽게 끝났어요. 성급하게 행위를 끝내려고만 했죠. 그러고는 키스조차 하려고 들지 않았어요."

"가브리엘라, 유감스럽지만 우리가 나눈 키스는 매번 마음에 상처를 남겼어."

"그래서 당신을 속였던 거예요. 당신에겐 견디기 어려운 일이었으니까요."

"도대체 왜 이제 와서 속임수를 그만두고 싶어졌지? 당신은 정말 사악한 여자야. 자, 어서 말해보시지. 왜 이제야 진실을 털어놓는 거지? 왜 그래야 해?"

가브리엘라는 조용히 눈물을 떨어뜨렸다. "진실을 외면한 적은 없어요."

"그렇다면 계속 사실을 숨긴 채 지낼 수 있었을 텐데."

자코모는 여자의 침울한 얼굴에 대고 거침없이 분노를 쏟아낸다. 더 나아가 증오의 눈길로 그녀를 노려본다.

"다시 게임을 즐기지 않겠어? 이런, 약물까지 동원해 별의별 시도를 다했으니 더는 불가능하겠군."

"당신 머리에서 나온 가엾고 한심한 생각이었잖아요. 당신이 한껏 기대에 부풀어 침대 밑에 놓았던 쾌락의 알약들을 한번은 세면대에 뱉어버렸어요. 그것도 당신을 속인 셈이죠. 마치 사냥개가 점박이 산토끼를 뒤쫓듯이 당신은 끈질기게 내 오르가슴을 정복하려 했어요."

가브리엘라와 자코모 얘기의 마지막 장에 등장하는 짧은 에피소드에 모레나는 진하게 감동했다. 가브리엘라의 과거와 미래를 창조하면서 이야기를 영원히 계속할 수 있었고, 그녀의 운명을 결정짓는 것도 가능했다. 로또에 당첨된다든지 충격적인 사건을 겪지 않고도 점점 삶 속에서 소멸해가는 운명을 그려낼 수 있었다. 평범한 인물을 내세워 비범하고 구체적인 실존을 부각하려는 의도였다. 실제로 그러한 순간을 살았는가 하는 것은 별로 중요하지 않았다. 어떤 결정을 내리고 여전히 환상을 품고 살아가는 모습을 그려내는 것으로 족했다. 진실한 눈물을 드러내 보일 때까지 말이다.

가브리엘라의 이야기는 그녀 안에 있는 혼란스런 기억과 조화를 잘 이룰 듯싶었다. 추억의 다양한 조각 사이에는 수많은 다른 삶들을 위한 자리가 있었다. 별빛을 감춘 기억의 어둠 속에서 거대한 바다가 느리고 장엄하게 꿈틀댔다.

"내가 정말 불감증일까? 아니면 곤경에서 헤어나려고 일부러 꾸며낸 걸까?" 그녀는 스스로에게 물었다.

그들의 대화는 모호한 방향으로 전개된데다 미궁 속으로 빠져들어갔다. 한편, 열정적이고 숨겨진 가브리엘라의 욕망을 표현할 적당한 직업을 그녀에게 찾아줘야 했다. 그녀처럼 실존주의자 타입의 인간은 사무실 안에서 하루에 여덟 시간이나 갇혀 지내기가 불가능했다. 특이하고 도발적인 직업이 그녀와 가장 어울렸다.

가브리엘라는 어른이 되어도 유년 시절의 꿈에 매달리는 여리고 섬세한 피조물이었다. 어린 소녀가 거울 앞에 서서 왕자와 결혼하는 상상을 하거나, 수건을 이마에 두르고 엄마의 하이힐을 신고서 갈채와 꽃다발이 객석에서 쏟아진다고 상상하는 것은 지극히 자연스런 일이다. 그녀는 배우가 되고 싶어할 테고, 그다음엔 꿈에 그리던 왕자와 결혼하길 바란다.

대부분의 소녀들이 그렇듯 세월이 흘러 어른이 되어서야 비로소 자신의 꿈이 이루어지지 않았다는 것을 깨닫는다. 그렇게 그녀는 오랜 환상에서 벗어나 현실의 행복을 가늠하는 법을 배운다. 가브리엘라의 연인은 그녀처럼 낭만적인 패배자, 이를테면 왕위에서 물러난 군주 같은 존재여야 했다.

가브리엘라가 몰염치한 과거를 위장하는 일도 가능했다. 가령 클라우디오의 형처럼 전직 테러리스트가 되지 말란 법도 없었다. 그것보다는 교회에서 쫓겨난 파계 수녀가 낫겠다. 아니면 고요한 가운데 머리를 흩날리며 달려가는 매력적인 귀머거리에 벙어리 처녀도 괜찮았다.

상상의 끝에 이르러 모레나는 자코모의 온순한 연인이야말로 가브리엘라에게 가장 생동감 있고 매력 넘치는 역할이라고 확신했다. 그런 후, 그녀는 다시 소탈한 사람들의 성스러운 일상 속으로 추락한 기분을 느꼈다. 에드거 앨런 포라면 두말할 필요 없이 그녀가 누군지 또 그녀의 새로운 계획이 무엇인지 알아차렸을 것이다.

*

시간이 흐른 어느 날, 무함마드는 전혀 딴사람처럼 변해 있었다. 언덕에서 내려올 때 그의 걸음걸이는 날렵하고 단호했으며, 두 눈은 평온한 기쁨과 행복이 넘쳤고, 표정엔 평화가 깃들어 있었다. 그는 나무 그늘 아래 수많은 오솔길을 지나면서도, 사람들이 길을 비켜나 자신에게 머리를 조아리며 인사하는 것을 의식하지 못했다.

무함마드가 하디자에게 말했다. "항상 내 앞에 나타나던 그가 오늘 말을 건넸소."

아내는 놀라 눈이 초롱초롱해지며 한 걸음 뒤로 물러섰다.

"뭐라고 했죠?"

"'너는 하느님의 예언자이며, 나는 천사 가브리엘이다'라고 내게 말했소."

그들 사이에 두렵고 고뇌에 찬 침묵이 흘렀다. 하디자는 할 말을 찾지 못했고, 무함마드는 지친 듯 어깨를 늘어뜨리고 의자에 앉았다.

"하디자, 내 몸을 좀 덮어줘요. 추워서 견딜 수 없소!"

그녀는 그의 어깨에 망토를 둘러주었다. 그러고는 곧장 아부 바크르의 집으로 달려갔다.

"혹시라도 무함마드를 영영 잃는 것이 아닌가 두렵습니다."

아부 바크르가 말했다. "그는 인간의 한계를 넘어섰습니다. 그의 정신은 이제 우리와 다른 이치로 생각하고 있어요. 그렇다고 절망하진 맙시다. 주술사 노인을 부르세요. 그는 영의 세계와 소통할 수 있어요!"

두 사람은 멀리서 온 주술사와 얘기를 나눴다. 무함마드가 보인 이상한 증세를 하나도 남김없이 그에게 묘사했다. 주술사는 고개를 끄덕이며 듣고 나서 여인에게 말했다. "모래 위에 원 하나를 그리세요. 가운데에는 나무지팡이를 세우셔야 합니다. 그런 다음, 긴 실을 원의 반지름 정도 길이로 지팡이에 묶으십시오. 그리고 실 끝에 스카라브* 한 마리를 묶어놓으세요. 스카라브는 원을 따라 걷기 시작할 겁니다. 자연히 실은 지팡이에 감길 거구요. 곤충이 지팡이에 다다르면 부인의 남편은 나을 겁니다!"

---

* 고대 이집트인이 매우 신성시했던 갑충.

그녀는 주술사의 말대로 했다.

(안젤라, 틀림없이 당신은 나와 예언자를, 그리고 당신과 하디자를 연관지으려 애쓰겠군. 특히 이 고대의 이야기와 우리 사이에 어떤 공통점이 있는지 발견하고 싶어할 거요. 하지만 초인적인 한 남자의 지극히 고독한 감정에 초점을 맞춰주기를 바라오. 물론 그가 인간 무함마드를 넘어선다는 것이 나 자신의 초월을 의미하는 건 아니오. 그렇지만 그것에 가까운 것이라 해두고 싶군. 지나치게 자아중심적인 처신을 너그러이 용서해주시오. 실제로는 정반대라고 볼 수 있지. 그의 신화는 우주와 시간을 초월한 것이고 내 신화는 내재적이고 주관적이니까. 그는 내가 추구하는 이교도의 다신 숭배를 거부했소. 그것을 통해 내가 의도하는 바는 뭘까? 여기 등장하는 나의 영웅은 역사에 실존한 무함마드와 확실히 아무런 연관이 없소. 이 글 속에서 그는 자신과 알 수 없는 신비 사이에 놓인 어두운 숲을 건너려고 할 뿐이오. 반면에 나는 내가 존재하는 공(空)의 세계에서 진실의 조각들을 손에 넣으려고 더듬거리고 있소. 내가 실패하면 당신 역시 음울한 그림자로만 남을 거요. 무함마드는 위대한 무함마드이고 나는 나일 뿐이지만, 그와 내가 느낀 소외감은 언제나 같은 것이오. 이 세상 저편의 진실은 두 사람 모두에게 똑같이 고통스럽소.)

여러 날 낮과 밤이 지나도록 무함마드는 하늘을 향해 활짝 연 창문 앞에서 시간을 보냈다. 그의 아내는 방 한구석에 앉아 수를 놓으면서 가끔 그를 지켜봤다.

"지금 뭐 하는 거지?" 사촌 형이 구름을 뚫어져라 보는 모습을 보고 알리가 물었다.

"지금 누구 앞에 무릎을 꿇고 있는 건가?"

"하느님 앞에. 난 그분이 보낸 예언자니까!"

알리는 눈물을 쏟으며 달려나갔다. 무함마드는 사촌이 벌써 사라진 걸 알면서도 자리를 지키며 계속 말했다.

"가브리엘 천사가 나에게 하느님을 경배하고 사람들을 그분 앞으로 불러들이라 이르셨어. 당신이 나의 믿음을 의심하지 않는다면, 이교도의 다신 숭배와 우상 숭배를 당장 그만두시오."

하디자는 그 말을 수백 번 넘게 들었던 터라 하던 일에서 눈을 떼지 않았다.

그날 밤, 무함마드가 별을 바라보며 기도를 올리는 동안 하디자는 정원에 나갔다가 원 한가운데에서 죽어 있는 스카라브를 발견했다. 주술사 노인은 그 성스런 곤충이 지팡이에 채 도달하기도 전에 죽은 걸 알고는, 자신의 주술 도구들을 내팽개치고 어딘가로 자취를 감추고 말았다. 그후 누구도 노인을 본 사람이 없었다.

몇 주가 지나자, 무함마드를 따르는 첫 추종자들이 생겨났다. 아부 바크르는 힘주어 말했다. "내가 이르노니 알라 외에 다른 신은 없다!" 예언자 무함마드가 그를 포옹했다. 이번에는 알리의 모습이 보였다. "아버지가 오시기 싫어해서 나 혼자 왔어. 우상을 부정하고 당신의 종교에 입교하겠소."

무함마드와 그의 사도들은 신전으로 발걸음을 옮겼다. 그리고 그곳에서 각자 흩어져 말씀을 전했다. 예언자는 한 아랍인을 멈춰 세웠다. "말해보아라, 내가 어떤 태도로 너희를 대해왔느냐?" 남자는 대답했다. "당신은 옳은 분이고 당신의 입에서 어떤 험담이나 욕설을 들어본 적이 없습니다."

무함마드는 그의 어깨에 손을 올려 명령했다. "그렇다면 너에게 일러줄 말이 있으니 나를 따르라."

어느새 사도들은 각자 무리를 이끌고 예언자 주위로 모여들었다. 무함마드는 큰 소리로 말했다.

"여러분께 묻겠습니다. 내가 어떤 태도로 여러분을 대해왔습니까?"

"옳은 일만 보이셨습니다. 알 아민이시여!" 사람들은 일제히 한목소리로 대답했다.

그러자 그의 눈빛은 온화해지고, 목소리는 단호해졌다.

"좋소. 여러분에게 말하건대, 나는 알라가 보낸 사도요! 알라를 경배하고 우상을 없애시오. 그렇지 않으면 그분의 저주가 하늘에서 내려와 여러분을 파멸시킬 것이오!"

도시의 지도자들은 뿌리를 무수히 내린 나무같이 많은 추종자를 거느리고 있었다. 지도자 가운데 누가 개종한다는 것은 무함마드가 세운 종교에 더 많은 사람들이 다가온다는 것을 의미했다. 하디자는 야외에 점심상을 차려놓고 메카에 있는 거의 모든 원로의원과 부유한 상인 들 같은 권력인사들을 초대했다. 분위기가 무르익자 그녀는 남편에게 자리에서 일어나 이야기를 시작하라고 청했다.

무함마드는 자리에서 일어났지만, 권력자 아부 지알은 그에게 말할 기회를 주지 않았다. 그는 비아냥거리는 말투로 말했다. "여러분, 무함마드가 왜 우리를 초대했는지 궁금하지 않습니까? 오늘 우리에게 신기한 마술을 보여주고 싶어서지요!"

사람들의 웃음소리가 터져나오고 또다른 원로의원인 베니 타임이 자리에서 일어났다. "그래요, 무함마드. 어서 기적을 보여주시오."

예언자는 그들을 바라보고는 침묵했다. 그러자 한 상인이 한술 더 떠서 말했다. "자, 뭐라고 대답하겠소? 어디 들어봅시다!"

무함마드는 대답 대신 그곳을 떠나 정원으로 사라졌다. 그날 웃음거리는 그것으로 끝난 것처럼 보였다. 그러나 잠시 후, 집주인 무함마드는 정원의 나무 아래에서 격노한 눈빛으로 무섭게 호통쳤다. "사악한 것들을 물리치려고 기적에 연연하지 않을 것이다! 어째서 기적을 행해야 한단 말인가? 나는 하늘이 보낸 사람이다! 하늘에서 내린 선을 행하고 너희를 위협하는 악을 두려워하도록 일깨워주려고 한다! 내게 계시하신 대로 말하고 예언할 뿐이다! 내 말을 듣지 않는 자는 화를 면하기 어려울 것이다!"

이 말을 들은 사람들은 급히 의자를 박차고 일어났다. 그 와중에 동요하지 않은 유일한 손님은 우마르였다. 그는 휘둥그런 눈을 무함마드에게 못박았다.

사람들은 예언을 한 나무 앞으로 모여들었다. 예언자는 온 힘을 다해 깊은 숨을 내쉬고 있었다. "악인을 밀어내고 선인을 불러들이실 때가 이르면, 땅이 무섭게 갈라지고 산은 처참히 무너져내려 먼지로 변할 것이다…… 그래서 이르노니 너희 앞에 선한 형제들이 나타날 것이다. 오, 선한 형제들은 얼마나 복된가! 그다음엔 죄지은 형제들이 모습을 드러낼 것이다. 오, 죄지은 자들은 그 얼마나 불행한가!"

무함마드가 서 있는 나무에서 얼마 떨어지지 않은 곳에 원로의 원들의 궁전이 있었는데, 그곳에서는 아부 지알이 무함마드를 뿌리 깊이 증오한 나머지 이성을 잃고 연설을 늘어놓고 있었다. "누구라도 그를 믿고 따른다는 사실이 밝혀지면 뱀의 머리를 짓이기듯 그 사람의 머리를 내치겠다. 만약 무함마드가 사원에 와서 우리가 섬기는 우상이 아닌 다른 뭔가를 숭배하는 꼴을 본다면 가차 없이 쫓아낼 것이다!"

종교 간 분쟁의 첫 징후가 나타나기 시작했다. 새로운 시대를 알리는 예언자의 목소리가 거리에서 사그라지는 동안, 무함마드가 세운 신흥 종교의 젊은 신자들은 메카에 대혼란을 불러일으켰다.

아부 지알은 무함마드의 늙은 숙부를 의회로 불러들여 그에게 비난을 퍼부었다. "당신 조카는 제멋대로 날뛰는 미치광이에 분열을 조장하는 악마요. 우리의 인내심은 한계에 다다랐소. 우리가 섬기는 신들을 그가 모욕하고 새로운 종교를 세웠는데도 우리는 그를 눈감아주었소. 우리를 어리석다며 비하했을 때도 끝까지 참았다는 걸 알아두시오!"

아부 탈리브는 조카를 보자마자 이렇게 말했다. "그들은 도리를 지켜 너를 대하는데 넌 그렇게 하지 못하는구나. 그 사람들은 네가 원하는 것을 하되, 자신들의 신들을 모욕하지 말라고 당부하고 있다. 지금처럼 나간다면 나도 더이상은 널 도울 수가 없구나."

그러자 무함마드가 답했다. "존경하는 숙부님, 알라께서 제게 그렇게 하도록 명하셨습니다. 만일 제게 적대감을 품은 사람들이 제 오른손에 태양을 왼손에 달을 쥐여준다 하더라도, 설령 저를 불 속에 넣어 화형에 처한다 해도, 제가 예언한 그분의 말씀을 거두지 않겠습니다."

그의 가장 열렬한 추종자들은 나이 든 종교 지도자들을 비난하며, 권력자들과 그들의 군대를 조롱했다. 무함마드는 끝까지 자신의 행보를 멈추지 않았다. "인간이 감쪽같이 사라진 나비 신세가 되고, 물든 양털처럼 시체가 산같이 쌓이는 날이 도래하면, 저마다 심판의 저울 앞에 선다. 그간 쌓아올린 선행의 무게가 많이 나가는 사람은 행복한 삶을 누릴 것이요, 그렇지 않은 사람은 영원히 지옥으로 떨어질 것이다!"

무함마드는 시름시름 앓게 되어 병상에 누워 있었다. 아부 지알은 그 틈을 타서 그를 병문안했다. "쾌유를 빕니다, 무함마드. 우린 늘 당신을 자비심 넘치고 관대하며 의로운 사람으로 알고 있어요. 당신이 말한 예언이 민중을 얼마나 혼란스럽게 했는지는 말할 필요가 없겠죠. 분명하게 말해보시오, 도대체 어디까지 갈 작정이오? 혹시 돈이 필요하시오? 그렇다면 당신이 원하는 만큼 메카 시를 대변해 돈을 지불하겠다고 약속하겠소. 아니면 부인을 더 원하시오? 그럼 메카에서 가장 아름다운 여인들을 차지하시오. 권력의 수장이 되고 싶은 거요? 그렇다면 그전에 우리를 먼저 만나러 와야 마땅한 일이오. 우리의 종교적 신념을 모독해선 안 될 것이고, 지옥에 갈 거라는 얘기는 더이상 하지 말아야 할 것이오. 건강이 좋지 않다면 영혼과 육체를 치료해줄 뛰어난 주술사를 대령하

겠소. 이유야 어찌 됐든 우리가 세운 질서가 침해당하고 혼란에
휩쓸리는 꼴을 보고 싶지 않소."

예언자가 대답했다. "저도 당신들처럼 언젠가 죽음을 맞이하겠
지요. 하지만 신은 한 분이라는 진리를 깨달았습니다. 어서 그분께
죄의 용서를 구하십시오. 우상 숭배는 재앙을 불러올 것입니다!"

아부 지알은 의원들이 모인 자리에서 패배를 시인했다. 그때부
터 크고 작은 앙갚음이 시작됐다. 목자 마수드의 양이 희생되었
고, 아부 탈리브의 판잣집이 불태워졌으며, 무함마드가 예언을 선
포한 나무는 밑동까지 잘려나갔다.

무함마드는 폐허가 된 그루터기 앞에 서서, 그의 말을 들으려고
몰려드는 군중에게 소리쳤다. "알라 외에 다른 신은 없다! 그분께
서는 다른 존재를 용납하지 않으신다. 우리가 세상에서 보는 것
어느 하나도 그분을 닮은 것은 없다. 우리는 그분의 형태와 빛깔
과 모양을 알 길이 없다. 그분은 아버지와 어머니가 없으시며 아
들과 딸, 아내도 없으시다. 오직 알라만이 유일하다. 그분은 주무
시지도 먹지도 잠들지도 않으시며, 웃거나 눈물을 흘리시지도 슬
퍼하거나 기뻐하시지도 않는다. 그분은 위나 아래에도 오른쪽이
나 왼쪽에도 계시지 않지만 어느 곳에나 계신다. 그분의 생명은
누구의 손에도 좌우되지 않는 까닭에 영원하다."

*

가브리엘라는 미용실의 파마 기계 아래에서 새 사람으로 태어

72

났다. 미용사가 큰 빗으로 재빠르고 노련하게 빗질을 하자 밝은 갈색 웨이브 머리가 제 모양을 드러냈다. 질베르토는 다른 한 손으로 머릿결을 따라 파마 머리를 마무리했다. 비테 거리의 연륜 있는 미용사는 자신과 말 한마디 나눈 적 없는 단골손님이 성장해온 모습을 지켜보았다. 그는 여성 특유의 자존심을 간직하고 살아왔는데, 어쩌면 매번 여자가 새로운 모습을 요구하며 마술같이 변신하는 모습에 이상하리만치 이끌리는 자신이 두려웠을지 모른다. 기묘한 정신세계를 지닌 그녀는 어떤 것도 즐거워하지 않는 것처럼 보였다.

＊

　클라우디오가 약속을 연기한다면 그에 따른 희생이 얼마나 클지 알 수 없는 노릇이었다. 운 나쁘게도 영화 제작자는 약속이 잡힌 그날만 밀라노에 머물 예정이었다. 그는 그곳에 잠시 들렀다 이탈리아와 프랑스, 독일이 공동 제작하는 영화의 몇몇 계약을 마무리하려고 프랑크푸르트로 떠날 예정이었다. 그들은 저녁 일곱시 밀란 호텔에서 만나기로 되어 있었다. 감독을 맡을 클라우디오는 제작자에게 소개할 영화자료를 끼고 먼저 호텔에 도착했다. 그는 제작 계획을 뒷받침해줄 포트폴리오 또한 준비했다. 그 안에는 아랍의 풍경과 사막의 대상들, 메디나 시의 바위 계곡이며 유대인의 성곽을 재현할 수 있는 다양한 계획안, 그리고 하디자의 저택과 메카의 신전 사진이 담겨 있었다. 표지에는 미리 준비한 영화

제목들이 적혀 있었다. 무함마드, 예언자, 시대를 앞선 예언자, 이슬람, 무함마드는 열두 살에 죽었다, 코란, 성전(聖戰), 무함마드 2000 등이었다. 한쪽에는 작은 글씨로 '클라우디오 파트리치 작품. 저작권법에 따라 보호받음'이라 적혀 있었다. 그는 로비에 있는 소파로 가서 자리를 잡고, 조금이라도 덜 어설프게 보이려고 준비한 자료들을 늘어놓았다.

그 호텔은 주세페 베르디가 머문 곳이어서, 위대한 작곡가의 아름다운 유화 초상화를 아담한 이젤에 전시하고 있었다. 클라우디오는 고개를 들어, 근엄하면서도 불운해 보이는 그 19세기 인물을 한참이나 바라보았다. 그와 안젤라가 닮은 점을 찾아보면서. 어쩌면 그녀는 정말 베르디의 후손이었을지 모른다. 그녀는 베르디와 같은 성(姓)을 가진데다 음악에 대단한 일가견이 있었다. 단순히 우연일까? '거장 음악가의 족보를 한번 찾아봐야겠군. 혹시 안젤라란 이름이 있을지도 모르잖아!'

클라우디오의 서랍은 이런저런 이유로 제작하지 않은 영화의 시나리오와 시놉시스로 가득 차 있었다. 하지만 이번 영화는 거절하기 어려우리라. 그는 충분한 재능이 있었다. 다만 감독이라면 으레 갖추었으리라 여겨지는 조건이 없을 뿐이었다. 그러나 어째서 반드시 그래야만 하는가. 분명히 그는 경험 없는 신출내기도 아니고, 흥행 실패로 좌절을 맛본 적도 없었다.

클라우디오는 제작자 간돌피 씨가 무함마드라는 인물에 대해 얼마나 알고 있을지 생각해봤다. 어쩌면 생소하면서도 호기심이 생겨 당장 시나리오를 읽으려 할지 모른다.

시나리오와 자료를 덮고 잠시 눈을 닦은 다음, 담배에 불을 붙였다. 여전히 엘리베이터를 쳐다보고 있었다. 약속 시간이 지났는데도 간돌피 씨는 나타나지 않았고, 클라우디오는 그와 나눌 대화 내용을 몇 번이나 반복해서 기억해두었다. 그런 다음, 혹시 대화를 그르치게 될까 두려워서 지나가는 사람들을 쳐다보면서 긴장을 풀려고 애썼다. 하지만 영화에 대한 생각을 쫓아낼수록 그의 위는 바싹 오그라드는 것 같았다. 안젤라의 환영이 계속 주위를 맴돌았다.

일 년 전 일이 느닷없이 불쑥 떠올랐다. 정확히 일 년 전이 아니라 지난여름에 있었던 일이었다. 시칠리아에서 밤새 차를 타고 집으로 돌아오던 중에 그녀는 옷을 껴입으며 말했다. "나 임신했어요." 그 자리에서 클라우디오는 기뻐 어쩔 줄 몰랐다. 그러나 그후로 두 사람은 그 일에 대해 거의 아무 말도 하지 않았다. 가끔 그가 "괜찮아?"라고 물으면 그녀는 "네"라고만 답했다.

그 무렵, 그는 로마의 국립영상원을 자주 찾았다. 오래된 영화 뉴스 자료로 구성한 몽타주 영화를 만들기 위해서였다. 집에 돌아오면 "잘 지냈어?"라고 물었고, 그녀는 다시 "네"라고 답했다. 다시 일상은 평온하게 흘렀지만, 언제부턴가 영화의 버전이 바뀌듯 그녀에게 아무것도 묻지 않게 됐다. 한참 후에야 어린아이들이 모여 있는 학교 앞을 차로 지나면서, 클라우디오는 앞으로 자신의 아이가 태어날 거라는 사실을 깨달았다. 그는 가슴이 먹먹했다. "멍청한 놈!" 그는 방향을 돌려 곧장 집으로 갔다. 안젤라는 평상시처럼 밝고 차분하고 여전히 날씬했다. 그는 차마 먼저 말을 꺼낼 용기가 나지 않았다. 그래서 꼬치꼬치 따져 묻지 않고 지금 그대로 내버려두기로 했다. 혹시 그녀가 말 한마디 없이 낙태를 했을까봐 의심하고 쓸데없는 걱정에 휩싸인 건 아닌가 하는 생각이 잠시 스쳤다.

지금 밀란 호텔에서 그는 안젤라가 그를 시험해보려고 단순히 거짓말을 했을지도 모른다고 생각해보았다. 만약 그렇다면 시험은 돌이킬 수 없이 실패하고 만 것이다.

그는 전보다 더 많은 눈물을 흘렸다. 손수건으로 눈물을 훔치는 사이, 간돌피 씨가 정중하고 활달한 미소를 지으며 다가왔다.

"죄송합니다. 사무실에서 걸려온 전화가 생각보다 길어졌어요."

그는 푸른색 양복을 입고 짧은 흰머리를 하고 있었는데, 손에서 풍기는 강렬한 향수 냄새가 인상적이었다. 그는 감독과 마주 보고 앉은 후, 두 사람이 마실 음료를 주문했다. 그러고는 시계를 쳐다보고 나서 말을 꺼냈다. "이 호텔에 와본 지도 한참이군요. 리노베이션 공사를 했나본데 영 마음에 들지 않아요. 꼭 비스콘티 감독의 세트장 같군요. 제 방으로 모시고 싶었지만 밖에서 저녁식사를 하기로 되어 있어서…… 그건 그렇고 어디 봅시다."

"여기 있습니다." 클라우디오는 한 손으로는 소개할 자료를 제작자에게 건네고, 다른 손으로는 손수건을 주머니에 집어넣으며 말했다. "여기 시나리오 초고와 배경 구상을 위해 준비한 사진이 몇 장 있습니다."

"음, 좋아요. 당장 읽어보고 싶군요." 제작자는 자기 옆에 시나리오를 내려놓고 다시 말을 이었다. "감독님이 만드신 영화를 몇

편 봤습니다. 제 견해를 말씀드리죠. 제가 보기에도 확실히 촬영 카메라를 다루는 솜씨가 능숙하고 이해력이 뛰어나더군요. 영상이 아름답고 극적 흐름이 뛰어난데다 인물을 고르는 안목도 탁월해요. 정말 훌륭합니다. 감독님의 단편영화들을 감상하는 동안 제가 무슨 생각을 했는지 아십니까? 도시인의 사랑을 담은 애절한 러브스토리에 완벽하게 들어맞는다고 생각했습니다. 혹은 남부 시골을 배경으로 한 러브스토리도 괜찮겠지요. 감독님은 냉정하면서도 뜨겁고 열정적인 면이 있으니까요. 한 말씀 더 드리자면 로맨틱 코미디에 딱 어울리십니다. 단 한 가지 음악과 관련한 점이 아쉬울 뿐이지요."

"아실지 모르지만, 지금까지 정해진 레퍼토리로 작업을 해야 했습니다…… 모차르트와 바흐, 알비노니같이 이른바 대중적으로 알려진 음악가들의 음악을 썼죠. 단편영화의 사정상 제작비가 적어서 불법으로 제작한 옛 소련연방 앨범들로 녹음 작업을 해야 할 형편이었습니다."

"하지만 파트리치 씨." 제작자가 머리를 앞으로 내밀며 말했다. "니노 단젤로가 출연하는 영화를 만들어보면 어떨까요? 최근 비평가들에게 높은 평가를 받은 배우죠. 감독님이 지성인이라 말씀드리는 겁니다."

"니노 단젤로요?"

"예전에 나폴리 건달이었던 배우죠. 인상이 무척 친근하고 노랫소리는 신의 목소리 같답니다."

"그럼 안 될 이유가 없죠."

클라우디오는 즉시 맞장구를 쳤지만 서둘러 말을 끊으려는 듯 얘기했다.

"그에 걸맞은 영화 스토리를 찾아내면 되겠군요."

"바로 그거죠!"

"……그렇지만 제가 선생님께 제안한 영화는 전혀 다른 장르인데요."

"아, 내가 깜박했군요." 간돌피 씨는 딴청을 피우며 물었다. "부친께선 어떻게 지내십니까? 잘 지내시죠?"

"글쎄요, 그럭저럭…… 사태를 관망하고 계세요."

"모두 공소시효에 걸릴 겁니다."

"아버님은 그러지 않길 바라세요. 단 한 번이라도 모든 일을 속 시원히 밝히길 원하시죠."

"옳은 생각입니다. 불길이 갑작스레 휘몰아쳤죠. 누구도 예상하지 못했지만…… 안타깝게도 그 연기는 사악한 것뿐 아니라 선량한 많은 부분까지 휩쓸었죠. 제 말을 믿으세요. 아버님은 의인이셨고, 진실로 존경과 경의를 표하며 그분을 기억하고 있어요. 형편없는 이 나라를 위해 얼마나 좋은 일을 많이 하셨는지 모릅니다!"

"시간이 흐르면 진실이 밝혀지겠죠."

"찾아뵈면 안부 전해주세요. 감독님께서 이름을 바꾸지 않으신 점을 정말이지 높이 평가해왔습니다. 그 자리에 있으면 너나할것 없이 예명을 가지려고 혈안이지요."

"저도 그런 생각을 해본 적이 있는 걸요. 그건 그렇고, 선생님께서 영화를 제작할 의향이 있으시고 제 의견에 동의하신다면, 이 영화에 있는 제 모습을 다른 인물로 옮겨놓을 생각입니다. 제 자신을 숨기기 위해서가 아니라 영화가 작품 그 자체로 평가받도록 하고 싶습니다."

잠시 침묵이 흐르자 지금까지 한 얘기가 무용지물이 되어버리는 것 같았다. 클라우디오는 갑자기 제작자가 자리를 털고 일어나 작별 인사를 할까봐 먼저 정적을 깼다.

"영화에 관련해 두 가지를 말씀드리고 싶습니다. 제가 볼 때 이 영화는 전 세계적으로 통하는 보편적인 스토리를 다루고 있습니다. 특정 지역을 배경으로 한 시대물이지만, 제작비를 많이 들이지 않고도 만들 수 있을 겁니다. 아랍이나 북아프리카에 있는 나라와 공동 제작할 수만 있다면 충분히 가능하다고 봅니다."

"아프리카라고요?" 제작자는 코웃음을 치더니, 소파 위에 있는 시나리오를 쳐다보았다. "도대체 어떤 영화죠?"

"잘 생각해보세요. 이건 콜럼버스의 달걀입니다!" 클라우디오는 흥분한 기색이 역력했다. 그러면서 담배 한 개비를 새로 꺼내 불을 붙이고는 허리를 세웠다. "이 영화는 예언자 무함마드의 이야기입니다. 아주 격정적이고 지극히 현대적인 요소가 깃든 역사적 사건이지만 어느 누구도 그를 언급한 적은 없었습니다."

"무함마드라?"

"무함마드를 모르는 사람은 없지만 그를 제대로 아는 사람도 없죠!"

간돌피 씨는 골똘히 생각에 잠기더니 혼잣말했다. "무함마드가 산으로 가지 않는다면 산이 무함마드에게 가겠지!"

"바로 그겁니다! 서구인 대다수가 그의 이름만 알고 있죠. 오늘 날까지도 그의 이름으로 자행하는 전쟁과 폭동에 날이면 날마다 관여하면서도 말입니다."

"성전 말이군요!"

"게다가 우리는 코란이 무엇인지조차 모릅니다!"

"음, 코란은 그렇죠!"

"간돌피 선생님, 무함마드처럼 다채로운 인물은 이탈리아 배우든 외국 배우든 어떤 배우라도 소화해낼 수 있을 겁니다. 물론 미국 배우라도 가능할 겁니다."

"젊은 오마 샤리프라면 제격이겠군!"

"그렇습니다! 무함마드를 어떻게 생각하십니까? 틀림없이 굉장한 거물급 인물이죠!"

"글쎄요, 자세히 살펴봐야겠죠. 어디 봅시다. 말만 들어서는 하나같이 무척 흥미롭군요. 하지만 무함마드의 생애 역시 흥미롭습니까? 그리고 마지막 결말은 어떤지…… 러브스토리도 포함되나요?"

"첫번째 부인 하디자와 젊디젊은 여인 아이샤가 등장하는데, 무함마드가 몹시 사랑한 여인들이죠. 영화 속에는 그들과 나누는 깊은 사랑이 그려져 있습니다. 하지만 제가 볼 때 가장 눈겨봐야 할 점은 무함마드가 살았던 시대입니다. 다신교에서 유일신교로 변한 시대…… 어떤 면에선 지금 우리가 사는 시대와 여러모로 닮았죠. 무함마드가 멀리한 우상들은 오늘날 우리 시대의 물질주의 우상들이라 할 수 있어요. 그 시대에 초월적 존재를 절실히 갈망하던 모습은 지금 우리가 보이는 모습입니다."

웨이터가 다가와 음료수 컵을 내려놓았다. 머리가 희끗희끗한 제작자는 안경을 쓰고는 사진자료를 자세히 넘겨봤다. 그는 한참이나 머리를 끄덕였다.

"좋아요! 대중들이 정말 무함마드란 인물이 누군지 알고 싶어 해서 큰 반향이 일어날 거라 생각하십니까?"

"아니요. 그렇게 생각하지 않습니다. 적어도 그에 관한 영화를 계속 상영하지 않는 상황이라면 말입니다."

"교육적인 영화만은 아닐 거란 말씀인가요?"

"환상만 불러일으키는 영화도 아니죠. 연대나 역사적 사건, 그리고 모든 학문적 정보엔 크게 개의치 않았습니다. 더 자세한 지식을 알고 싶다면 책을 사서 봐야겠죠. 하지만 전 열정적인 시나리오를 쓰는 데만 전념했습니다. 실제로 존재했기 때문에 더욱 비범하고 중요한 위치를 차지한 인물을 생각하며 말이죠. 예수님처럼요!"

"그렇다면 더 바랄 나위가 없군요! 많은 제작자들이 예수님 영화로 엄청난 수입을 거둬들였으니까."

"간돌피 선생님, 저를 믿어주세요. 제가 잘못 알고 있는지 모르겠지만, 선생님께서는 영화에선 어떤 것도 단정 지을 수 없다고 제게 가르쳐주셨어요. 하지만 저는 이 영화가 큰 반향을 일으키리라 마음속 깊이 확신하고 있습니다. 소홀히 지나칠 수 있는 영화는 결코 아니죠!"

두 사람은 한동안 말없이 음료수를 마셨다. 제작자가 다시 말문을 열었다.

"오랫동안 영화를 제작해왔지만, 이처럼 열의에 찬 감독은 처음 만났군요!"

"제 인생을 건 작품입니다. 아니, 제 생애에 남을 작품이죠." 클라우디오는 잠시 침울해졌다.

"좋아요. 읽어보는 것밖에 다른 도리가 없군요!" 간돌피 씨는 시나리오를 들고 자리에서 일어났다. "동료 제작자들에게도 읽어보게 하겠어요."

"천천히 시간 갖고 봐주서도 됩니다, 선생님."

"되도록 일찍 연락을 드리죠!" 간돌피 씨는 겉옷 자락을 아래로 잡아당기며 말했다. "꼭 아버님께 안부 전해주세요. 항상 기억하고 있다고 말입니다."

클라우디오는 그날 좋은 예감을 음미하고, 앞으로 자신이 취해야 할 태도를 심사숙고하려고 걸어서 집으로 돌아왔다. 빈집에 들어서는 두려움을 조금이나마 늦게 맞닥뜨리고 싶어서이기도 했다. 그는 부질없는 말을 하며 만조니 거리를 건넜다. "영화가 성공을 거둔다면 그녀는 어쩔 줄 모르며 내 곁을 떠나버린 걸 후회하겠지!" 찻길을 건너 반대편 인도에 올랐을 때 그의 마음엔 벌써 후회가 밀려왔다.

"바보 같은 녀석! 때론 나 자신한테 놀란다니까. 나를 두고 가길 잘했어. 그녀를 붙잡을 처지가 못 돼!"

골목 모퉁이를 돌자 다시 눈물이 핑 돌았다. 그래서 생각을 다른 데로 돌려보려고 간돌피 씨를 떠올렸다. 절망스럽게도 기분은 조금도 나아지지 않았다. '도대체 얼마나 쓸데없는 말을 그 사람한테 지껄인 거야! 시나리오나 전해주고, 읽어본 다음 전화해달라고 해야 했어. 그 정도만 해도 충분하다구. 그런데 난 무슨 싸구려 장사꾼처럼 떠들어댔어. 안젤라가 그런 모습을 봤더라면…… 어우, 창피해! 제안이 나왔을 때, 니노 단젤로가 무함마드 역을 맡도록 수락했어야 했는데. 물질주의 우상이니, 초월적 존재를 갈망한다느니 하는 말은 아주 우스꽝스러웠다구. 예술가라면 그렇게 말하지 않아. 떠벌이 장사치나 사기꾼이 그렇게 하지. 제일 소름끼치는 건, 말을 해대면서 언젠가 모두 실행하리라고 그 순간 아무 거리낌 없이 믿었다는 점이야. 어쩌면 나도 그와 다를 바 없는 인간인지도 모르지. 조금도 연관성이 없는 척하지만 근본적으로 보면…… 그 사람은 내가 그런 줄 알고 있었어. 난 대면하는 사람과 비슷해지려는 본능을 갖고 있어.'

그러나 안젤라를 생각하자 그는 위로가 되었다. 그녀가 그의 곁에서 정말 삼 년 동안이나 머물렀다면 그의 내면 어딘가에도 좋은 점이 있다고 깨달아야 했다. 그녀는 그에게 격려를 아끼지 않았고, 온화한 미소를 띠며 자주 이렇게 말했다. "당신이 생각하는 것들은 당신보다 훨씬 나아요!"

'맞아. 나 자신을 더 사랑해야지. 그게 문제야!' 그렇게 집으로 가면서 클라우디오는 간돌피 씨와 만난 일을 원하는 방향으로 머릿속에서 재구성했다.

"제작자 양반, 난 물질주의 우상 따위는 전혀 개의치 않소. 무함마드가 누군지, 그가 남긴 사상적 유산이 무엇인지 아무 말도 하고 싶지 않소. 자, 이것이 내 프로젝트요! 왜 시나리오를 썼는지 나 자신도 모르겠소. 어쩌면 영화를 보고서야 그 이유를 이해할지도 모르겠소. 흥미가 있으시다면 함께 뜻을 모아 영화를 만듭시다. 그렇지 않더라도 마찬가지로 감사드립니다. 다른 제작자를 찾으면 그만이죠. 그럼, 또 뵙겠습니다!"

클라우디오는 더욱 확신에 찬 발걸음으로 집 앞에 다다랐다.

✳

모레나 역시 걸어서 집으로 돌아왔다. 저녁식사는 시내에 있는 허름한 식당에서 했다. 묵묵히 식사만 하는 사람들 틈에서 그녀는 클라우디오의 원고를 읽으며 저녁을 먹었다. 언제부터인가 로마는 더이상 마음에 들지 않았다. 코르소 주변의 작은 골목들을 무심히 스쳐 지나가다보니 어느새 산 안드레아 델라 발레 성당에 도착했다.

이번만큼은 자신을 보자마자 울음을 터뜨리는 프랑카와 만나는 걸 피해가지 못했다. 처음에 문지기 부인은 모레나를 알아보지 못했지만 바 주인이 귀띔해준 덕분에 그녀를 알아보았다.

프랑카 부인은 어느덧 오십 줄에 들어서 눈에 띄게 살집이 불어나 있었다. 입술 사이로 틀니가 언뜻 비쳐 얼굴이 다른 사람처럼 보였다. 목소리는 방금 전화기 속에서 튀어나온 것처럼 생생했다. 그녀는 무릎 아래까지 내려오는 손수 짠 짙은 장미색 스웨터를 입었고 몸에선 셀러리향이 진동했다.

프랑카는 바 주인이 한 말과 별반 다르지 않은 이야기를 꺼냈다. 장성한 아들들 이야기를 더 감칠맛나게 늘어놓았지만, 곧 화제는 남편이 앓는 중병 얘기로 넘어갔다. 말을 다 끝내고서야 편지와 소포가 가득 든 큼직한 비닐봉지를 그녀에게 건넸다. "아가씨한테 온 우편물이에요. 광고지는 항상 빼버렸죠. 등기소포는 아가씨가 당부한 대로 변호사분께 보냈어요. 미리 봤는데 거의 은행에서 날아온 통지서와 친구분이 보낸 편지들이에요. 아마 백 통도 더 넘을걸요!"

쾌활하고 몸집 좋은 부인은 눈앞이 캄캄해질 얘기를 느닷없이 덧붙였다. "그 여자분이 오면 올려보낼까요?" 모레나는 말을 더 들었다. "아, 아니요. 전 집에 없을 거예요." 그러고는 우편물이 든 봉지를 힘겹게 들고 계단을 올라갔다. 집에 온 그녀는 한 시간 정도 식탁에서 우편물을 읽었다. 책과 잡지 들은 한쪽에 쌓아놓고, 은행계좌 결산서와 저작권협회 회비 고지서 들은 다른 한편에, 음악출판사의 서신들 역시 다른 편에 쌓아두었다. 그리고 아직 읽지도 않은 편지 대부분을 휴지통에 버렸다. 대개는 알레산드라가 보낸 것들이었다. 알아보지 못할 문장들이 깨알같이 적힌 전보 오십여 통도 함께 섞여 있었다. 그녀는 오랜 친구들과 할머니가 보낸 편지 열두 통 정도를 챙겨 침대로 가 이불 속에 들어가서 읽었다. 편지들을 다 읽고 난 후, 머리맡의 전등을 끄고 눈을 감았다.

상념이 끊임없이 밀려오고 좀 두렵기도 해서 마음이 혼란스러웠다. 눈을 뜨자니 잠드는 것보다 더 귀찮았다. 본능이 이끄는 대로 그녀는 다시 일어나 차를 마시고 무함마드를 마저 읽고 싶었다. 그러나 침대에서 꼼짝할 수가 없었다. 악몽에 시달릴까봐 다시 불을 켜고 잠시 동안 미동도 하지 않은 채 그대로 누워 있었다. 하지만 그 순간 알레산드라의 환영이 다시 얼굴을 내밀었다. 그러자 그녀는 더이상 머뭇거리지 않고, 침대 맡 테이블에서 무함마드 이야기를 집어들고 옛 동화 같은 그의 이야기에 빠져들 자세를 취했다. 클라우디오는 재봉틀로 원고를 엮어놓았는데, 원고는 군데군데 서로 붙어 있는가 하면 얼기설기 접혀 있기도 했다. 게다가 저녁때 식당에서 그녀가 커피와 소스를 흘려 얼룩까지 졌다. 손때 묻고 얼룩진 그 원고가 마치 쓰레기로 내던져질 딱딱하고 오래된 빵처럼 보여 마음이 찡했다. 인생의 한 부분도 그렇게 흘러가리라.

그녀는 클라우디오가 신비롭고 영적인 주제와 환상적인 이미지에 그토록 지대한 관심을 기울이리라고는 미처 생각지 못했다. 어쩌면 그의 글은 단순히 무함마드의 생애를 환상적으로 재구성한 데 그친 것이 아닐 것이다. '이야기 초반에 등장한 그리스도교 수도사는 누구이며, 클라우디오의 삶에서 무엇을 상징할까? 혹시 어린 시절 그를 공포로 몰아넣은 누군가이거나 그 이상의 무엇일지 모른다. 무함마드의 등에 있는 운명적인 표적은 견디기 힘든 이질성의 징표일까? 클라우디오는 그러한 이질성을 추구하거나 두려워하는 걸까?'

표시해둔 페이지를 펼쳐들자, 모레나는 그와 전화 통화라도 해볼까 싶어졌다. 자신의 행동을 설명하기 위해서가 아니라 단지 마음을 담은 안부 인사를 건네고 그동안 함께한 세월이 결코 헛되지 않았다고 말하기 위해서였다. 하지만 그녀는 전화하지 않았다.

＊

마침내 예언서가 세상에 나올 때가 되었다. 예언자 무함마드는
자신의 동굴 밖에 나와 손을 정결히 하려고 이따금 모래에 손을
넣어 휘저었다. 그런 다음 작은 샘으로 가 흐르는 물에 무릎을 꿇
고 손을 맡겼다.

남편이 가부좌를 하고서 항상 무언가를 쓰는 데 열중하는 모습
을 하디자는 곁에서 지켜보았다. 그녀는 음식 그릇을 남편 옆에
놓아두고 그릇이 비면 다시 거둬들였다. 음식을 나르는 작은 수레
는 동굴에 도착하자마자 언덕의 가파른 오솔길로 되돌아 내려갔
다. 그녀는 몹시 지쳤다.

무함마드는 어깨에 무거운 모포를 두르고 수염을 길게 기른 모
습으로 동굴에서 촛불을 앞에 두고 글을 써내려갔다. 신의 계시에
관한 글이었다. 그의 아내는 잠두콩 요리가 담긴 그릇을 들고 채
소 냄새를 풍기며 그의 뒷바라지를 계속했다.

어느 날 여인의 손에서 빈 그릇이 떨어져 바퀴가 구르듯 하염없
이 비탈길을 굴러내려갔다. 그릇은 이내 바위에 부딪혀 산산조각
나고 말았다. 하디자가 숨을 거둔 것이다.

예언자는 오랫동안 하늘의 말씀에 귀 기울인 후 다시 동굴 안으
로 들어가, 전달받은 하늘의 계시를 가죽 위에 옮겨 적고 있었다.
그 앞에 사촌 알리가 빵과 치즈를 챙겨서 나타났다. 알리는 용기
를 내어 조용히 그에게 속삭였다. "자네 숙부 아부 탈리브께서도

돌아가셨네." 무함마드는 그의 말에 귀 기울이지 않았다. 아주 잠시 손을 멈췄을 뿐이었다. 그런 후 다시 영감의 흐름을 따라 글을 쓰기 시작했다.

얼마 후 무함마드는 배낭을 짊어지고 집으로 돌아왔다. 그는 정원을 가로질러 침실로 갔다. 모든 것이 제자리에 있었다. 의자 쿠션에는 하디자가 놓은 자수가 있었다. 무함마드는 그것을 들어올렸고, 크나큰 슬픔에 잠겨 한참이나 눈을 떼지 못했다. 손끝으로 아라베스크 문양을 따라가다 그만 멈췄다. 수 놓인 실들이 마음을 사로잡아 머리를 어지럽혔기 때문이다. 그 신비한 문양은 천사들의 합창 소리처럼 풍요로운 멜로디로 넘쳤고, 눈을 멀게 할 만큼 황홀하고 아름다운 색채의 미로 한가운데로 그를 데려갔다.

시간이 흐르자 추종자들이 모여들었다. 그는 여전히 격앙된 눈빛으로 말했다. "나는 천국을 여행했고 그곳에서 신을 만났다. 첫번째 하늘은 모든 것이 은으로 만들어졌으며 천공(天空)에는 별들이 황금사슬 형상으로 매달려 빛나고 있다. 눈처럼 하얀 닭은 별들보다 더 크고 거대하다. 두번째 하늘은 모든 것이 아주 눈부신 황금으로 만들어졌다. 세번째 하늘은 진귀한 보석으로 장식되어 있다. 그리고 네번째 하늘은 수많은 천사들의 노랫소리가 맑고 깨끗한 에메랄드 차양 안에서 울려퍼진다. 다섯번째와 여섯번째 하늘은 투명하고 아름다운 보석 하나만으로 이뤄져 있는데, 그 한가운데에 꿀보다 더 달콤하고 우유보다 더 희고 눈보다 더 시원한 강물이 흐르고 있다. 천국의 복자(福者)들은 황금잔으로 그 물을 마시고 있다. 그다음엔 일곱번째 하늘이 나타난다. 그곳에는 머리가 칠만 개인 천사가 노래하고 있는데, 각각의 머리에는 입이 칠만 개 달려 있고, 각각의 입에는 혀가 칠만 개 달려 있으며, 혀 하나하나가 칠만 개의 언어로 노래한다.

아부 바크르와 알리, 오마르, 마수드뿐 아니라 다른 모든 이들이 숨을 멈추고 그의 말을 경청했다. 오직 한 사람, 알리만이 무함마드가 이야기를 마쳤을 때 고개를 떨어뜨렸다. "아부 탈리브 숙부는 천국에 없었다. 그래서 나는 슬픔의 눈물을 흘렸다." 집으로 들어가기 전에 예언자는 미소를 지으며 말했다. "그러나 여섯번째 하늘에서 하디자를 보았다. 그녀는 지극히 행복해 보였다!"

(사랑하는 안젤라, 얼마 후면 다시 비범한 소녀로 부활할 테니 상심하지 말아요. 어쨌든 당신도 봤지? 무함마드는 당신을 천국의 여섯번째 하늘에 올려놓았소. 나도 그의 결정에 공감해요. 당신은 만족하오? 안타깝게도 그녀는 너무 일찍 세상을 떠났지. 하지만 어떤 의미로든 당신이 새로운 삶을 이어가도록 궁리했소. 그 이면에는 잃어버린 사춘기 시절을 당신에게 되돌려주려는 의도가 있소. 잠시 후, 당신 모습으로 나타날 아이샤란 인물은 전생에 바로 하디자였을지 모를 사춘기 소녀라오. 어느 정도 무의식에서 비롯했겠지만, 그녀의 내면에는 예언자의 첫번째 아내가 여전히 숨쉬고 있다오. 당신은 공간을 초월한 시간 속에서, 하디자와 아이샤 사이에서, 당신을 만나기 전 내가 경험한 정신적 혼란과 광장 공포증을 발견할 수 있을 거요. 내 시간과 에너지를 탕진하게 한 그 많은 무의미한 여자들. 왜 그토록 무능했던 걸까? 글쎄, 혹시

나를 알아보고 그녀들과 똑같이 도망친 바히라는 알고 있을지 모르겠소. 앞으로 이야기를 읽으면서 아이샤가 다른 사람으로 태어난 하디자 자신이라고 상상해봐요. 자기 정체를 밝히지 못하도록 신에게 명령받아 여인으로 변신한 천사라고 말이오. 무함마드는 그 사실을 직감하고 두려움에 떨게 되지. 이제 다음 이야기를 읽어봐요.)

무함마드와 그를 따르는 신도들은 메카의 권력자들에게 매수된 청년 집단에게 수치스런 모욕과 공격을 당했다. 다행히 남자 네 명이 어디선가 별안간 나타났다. 그들은 옷 속에 무기를 숨기고 있었다. 그 사내들이 검을 뽑아들고, 무함마드에게 위협을 가하던 무리를 공격하자 무리는 부리나케 도망쳤다.

예언자와 신도들이 동굴에서 다친 사람들의 상처를 맑은 샘물로 닦아내고 있을 때, 오마르가 말문을 열었다. "스승님, 아까 스승님을 구한 사람들은 야트립에서 온 이들입니다." 그가 신호를 보내자, 수풀 뒤에서 아까 봤던 구원자 네 명이 모습을 드러냈다. 그는 계속 말했다. "저 사람들은 스승님께서 자기네 도시로 거처를 옮기시길 간청하고 있습니다!"

예언자는 그들에게 인사했지만 아무 말도 건네지 않았다.

그러자 그 네 사람 중 한 명이 앞으로 나섰다. 아부 아유브라는 자였다. "오, 믿는 자들의 군주시여! 당신의 명성은 저희에게까지 이르렀습니다. 이곳 메카에선 당신을 음해하는 적들이 너무 많습니다!" 그때 야트립의 두번째 시민이 한 걸음 앞으로 나왔다. "누군가가 많은 금을 내세워 당신의 머리를 노릴지 모릅니다." 이번

에는 세번째 남자가 뒤따라 말했다. "당신이 하시는 일은 저희와
도 무관하지 않습니다!" 무함마드가 망설이는 것을 눈치 챈 네번
째 남자가 말했다. "모세 역시 유대인을 이끌고 이집트 땅을 떠나
지 않았습니까!"

야트립 시에서 가장 가난한 지역에 작은 사원이 세워졌다. 공터
를 막아 세운 소박한 담장 건물이었다. 멀리서 유대 부족의 다섯
지도자가 지켜보는 가운데 무함마드는 사원 짓는 일을 계속해나
갔다. 지도자들은 큼직한 별 모양 메달을 가슴에 달고 있었다.

우바이다는 예언자에게 다가와 그 다섯 남자를 가리켰다. "저들
은 유대인입니다!" 무함마드는 그 말을 듣고 흠칫 놀랐다. 우바이
다는 그들에 대한 이야기를 들려주었다. "유대인은 산 위에 있는
성곽 주변에 칠백 명이 넘게 모여 살고 있습니다."

지도자 다섯 명은 무함마드에게 면담을 요청했다. 그들은 무함
마드의 거처를 찾아와 테라스로 안내받았다. 그들 중 가장 높은
지도자인 시몬은 위협적으로 팔을 쳐들며 그에게 비난을 퍼부었
다. "우리가 기다리던 예언자는 이 사람이 아니오! 틀림없이 하느
님의 저주가 그에게 내린 것이오!"

무함마드는 그 말을 듣고도 전혀 동요하지 않고 부드럽게 대답
했다. "오, 이교도여! 나는 당신들이 믿는 것을 믿지 않을 것이오.
당신들도 내가 믿는 것을 믿지 않을 것이오. 당신들이 섬기는 것
을 나는 섬기지 않을 작정이오. 그러니 당신들은 당신들의 종교를
따르시오. 나는 내 길을 가겠소." 말을 마치고는 집 안으로 들어갔

다. 유대인들은 아무 말도 하지 못하고 멀거니 서 있었다.

도시의 크고 작은 광장과 거리에서는, 메카에서 피신해온 예언 자와 유일신을 섬기는 신흥 종교 이야기로 모두들 떠들썩했다. 몇 몇 거리 한구석에서 무함마드의 추종자들이 소리 높여 외쳤다. "신은 위대하다! 알라 이외에 다른 신은 존재하지 않는다. 무함마 드는 그분이 보낸 예언자이시다. 어서 새 사원으로 모여 기도를 올려라!" 같은 순간 유대인들은 도시의 다른 골목에서 행인들에 게 외쳤다. "야트립은 이제 예언자의 도시 메디나로 불리고 있소. 우리는 무함마드를 신이 보낸 예언자로 인정하지 않습니다. 성경 의 어느 구절도 아랍인 예언자를 언급하지 않았습니다!"

오마르는 군중에게 다가가 큰 소리로 선포했다.

"성월(聖月)에 성지(聖地)에서 신을 두고 맹세하겠소. 무함마드 는 이스마엘의 후손인 나비트의 자손이오. 이스마엘은 노아의 자 손이며 노아는 에녹의 아들, 그러니까 세렛와 마할라엘, 에노스와 셋의 자손인 마투살렘의 후손이오. 알라께서는 아담의 직계 후손 이며 믿는 자들의 군주인 무함마드에게 모든 권한을 허락하셨습 니다."

메디나의 저택 테라스에서는 무함마드의 지지자들이 그를 에워 쌌다. 그는 우수 어린 군주처럼 슬픔에 잠긴 듯 근심 섞인 목소리 로 말했다.

"하디자가 몹시 그립소. 하늘이 내려주신 가장 큰 은총은 미덕 과 온화함을 갖추고 남편에게 순종하는 여인이 있는 것이오. 도 덕적이고 내적인 미덕과 아울러 정숙함을 갖춘 여인을 아내로 둔 남편은 행복할 것이오. 하지만 진실로 여러분께 말하건대, 여러분을 따르고 순종할 줄 알며 여러분이 없을 때에도 여러분의 재산을 지켜내면서 평생 명예롭게 살아갈 여인을 찾기란 쉽지 않은 일이오."

무함마드는 속마음을 고백하며 새로운 아내를 맞이할 준비가 되었다고 알렸다. 그렇게 해서 알라의 예언을 받은 남자의 인생에 지극히 젊고 불가사의한 매력을 갖춘 신비한 여인 아이샤가 등장하게 되었다. 그녀는 지상에서 가장 아름다운 꽃보다 더 아름다운 여인이며 아부 바크르의 딸이었다.

"베일 속에 감춘 얼굴을 보여다오."

그는 부드러운 음성으로 명령했다.

그녀는 순순히 말을 따랐고, 무함마드는 천사 같은 그녀의 초록빛 눈동자에 눈이 멀 지경이었다. 그는 적의 동정을 살피듯 그녀의 눈동자 깊은 곳을 주의 깊게 응시했다. 아이샤가 조용히 말을 건넸다.

"자, 제게 손을 주세요. 그리고 우리 놀이하러 가요!"

그는 미소를 지으며 조용히 대답했다.

"그렇지만 난 노인이나 마찬가진걸. 게다가 몸도 편치 않고."

그녀는 상심한 얼굴로 말했다.

"아니에요, 무함마드. 당신은 예전과 다르지 않아요…… 그리고 언제나 지금 모습 그대로일 거예요. 자, 가요. 당신에게 놀이 하나를 가르쳐줄게요!"

예언자는 한시도 그녀에게서 눈길을 떼지 않으며 입술을 다문 채 위압적으로 말했다.

"설마 이교도가 되지는 않을 테지?"

그녀는 목청 높여 말했다.

"알라 외에 다른 신은 없어요! 당신을 의심했다면 용서해주세요!"

그녀는 양탄자 위에 몸을 조아렸다.

"아이샤, 네 나이 땐 그럴 수 있으니 용서한다! 하지만 너에게는 오래전부터 가슴에 담아온 비밀이 있는 듯하구나."

아이샤는 눈을 마주치자마자 안색을 굳히고 목소리를 낮췄다.

"전 매듭 하나였어요. 누군가 힘들게 절 풀어주었지요. 그래서 지금 이 자리에 있는 거구요."

결혼식은 아부 바크르가 거행했다. 그는 예언자의 마음에 영원히 남을 하디자의 절친한 친구이자 새 신부의 아버지이기도 했다.

"여러분에게는 두세 명이 넘는 아내가 허락되지 않습니다."

신랑 신부가 같은 물병의 물을 따라 얼굴과 손을 씻는 사이 그가 공언했다. 그는 이렇게 말을 맺었다.

"만일 그녀들에게 호의를 가지고 대하다 나중에 미움이 생긴다면 자신도 모르는 사이에 죄를 짓는 것입니다. 그것은 바로 신이 여러분을 위해 남겨놓으신 무한한 선의 존재를 혐오하게 되는 것입니다. 확실히 그분은 지혜롭고 현명하십니다!"

한편 성의 뜰에는 모든 유대 시인들이 모여들었다. 나무 그늘 아래 있는 시인이나 널찍하고 시원한 회랑에 있는 시인까지 모두들 시를 짓고 있었다. 시몬은 큰 소리로 웃고 떠들며 그들 앞을 지나고 있었다.

"내 민족의 시인들이여, 마음껏 쓰시오. 유일신의 예언자라고 칭하는 자가, 여러분은 죽지 않을 것이고 여러분을 빛으로 가득한 영원한 천국에 들여보내줄 거라 하지 않았소!"

청년 아스마는 커다란 바위에 올라가 자신의 시를 읊었다.

그대, 무함마드여
악마의 사신이여⋯⋯

아부 바크르가 아스마가 쓴 시를 예언자에게 전했다.

⋯⋯게헤나*의 악마들이 보낸 사신이여
내가 펜으로 무엇을 썼는지 읽어보시오
당신의 지혜는 무엇을 원하는가
나의 동족을 억압하여 다스리려 하지 않는가!

예언자의 마음엔 분노의 불길이 일었다. 알리는 또다른 시를 꺼내들고 무함마드에게 흐느끼는 목소리로 읽어주었다.

뱀과 같은 영혼은
날카로운 이를 드러내며

* 성경에 나오는 지옥.

독을 흘리는구나
마치 날카로운 이로
독을 뿜어대는
사악한 독사처럼!

그 외에도 저주 섞인 다른 많은 모함을 예언자는 전해들었다.
마침내 그는 걷잡을 수 없는 분노를 터뜨렸다.

"대체 당신들은 무슨 목적으로 여기에 온 거요? 신을 증오하는
시인 작자들이 나를 사악한 독사로 탈바꿈시키고, 내가 죽기를 바
란다는 걸 알려주러 왔소? 잘 들으시오, 신도들이여…… 때로는
도를 넘은 믿음보다 분별심이 더 필요합니다. 어서 행하십시오.
알라를 위해 뭔가를 하십시오! 여러분도 알다시피 나는 그 시인들
을 미워하고 또 증오하오! 어리석은 이교도가 날 어떻게 대하든
상관하지 맙시다!"

그가 그렇게 말하는 동안, 아이샤는 어두운 방 한구석에서 그를
지켜보고 있었다.

그후로 아부 아팍이 무참히 살해된 채 발견되었다. 그의 양손은
예리하게 잘려나가 시신에서 멀리 내동댕이쳐져 있었다. 시인 아
스마는 맨 처음 뭇매를 맞고 나서 참수당했다. 똑같은 일이 카브
에게도 일어났다. 그는 시장 한가운데에서 무함마드 추종자들의
손에 죽임을 당했다. 예언자 무함마드를 따르는 신도들의 손에 모
든 유대 시인들이 알라의 이름으로 단죄받았다.

죽음의 보복을 계속하는 사이, 무함마드는 극심한 두통으로 괴로워하다가 고통을 덜어보려고 욕조에 들어갔다. 그는 뜨거운 김을 뿜어내는 물에 몸을 담그고, 아이샤가 방에서 움직이는 모습을 눈여겨보았다. 그의 눈에 김이 서려, 여인이 물이 가득 찬 양동이를 드느라 몸을 굽히는 자태가 희미한 빛의 형상처럼 어렴풋이 보였다. 그녀의 미소는 눈부시게 빛나며 평화로워 보였다. 무함마드는 그녀가 겉으로는 수고로워 보이지만 마음은 그렇지 않다고 확신했다.

그녀 또한 욕조에 들어와 손에 짚을 쥐고 목과 등을 부드럽게 문지르기 시작했다.

"이건 무슨 자국이에요?"

그녀는 손가락 끝으로 별 모양 흉터를 가리키며 물었다. 무함마드는 아무런 대답도 하지 않았다. 대신 그녀의 얼굴을 붙잡고 뚫어지게 쳐다보았다. 그의 손 사이에는 화려하고 생명력 넘치는 수생화가 한 송이 빛나고 있었다. 그 모습은 에메랄드로 장식한 하얀 도자기 수련 같았다. 혹시라도 그녀를 다치게 할세라 그는 섬세하고 부드럽게 키스했다. 그런 후 따뜻한 물속에 그녀를 남겨두고 욕조 밖으로 나왔다. 하지만 또다시 격렬한 고통이 엄습했다.

예언자는 자신의 추종자들과 함께 유대인의 성에서 시몬과 대면했다. "당신이 여기 웬일이오?" 시몬은 깜짝 놀라 물었다. "어째서 우리 거처를 모독하러 온 거요? 당신 얘기라면 듣고 싶지 않소."

무함마드는 말했다. "당신들에게 평화를 제안하러 왔소."

유대인들은 그를 종족의 살인자이자 박해자이며 거짓 위선자로 여겼기에 그의 말에 너도나도 비난을 퍼부었다. 하지만 무함마드는 흔들리지 않고 계속 말했다.

"내가 당신들의 자유로운 종교의식과 재산의 소유권을 인정하겠으니 의견 일치를 봤으면 하오."

추종자들이 수군거리고 유대인들이 불신하는 가운데 무함마드는 말을 이어갔다.

"이 제안을 따르는 유대인은 무슬림과 똑같은 혜택과 보호를 받을 것이오. 누구에게도 속박당하지 않을 것이며 적들의 궁지에 몰릴 일도 없을 것이오. 평화를 위협하는 자는 자신과 가정에 해를 끼치는 자요. 이 도시를 공격하는 자에게 맞서 무슬림과 유대인은 서로 협력할 것이오. 우리 사이에는 공정함과 우의와 아름다운 질서가 세워질 것이오!"

"시몬, 그의 말을 듣지 마십시오!"

몇몇 유대인이 소리쳤다. 그러자 무함마드가 공표했다.

"나, 무함마드는 알라의 예언자요. 당신들에게 내 순수한 의도를 보여주기 위해 나를 따르는 신도들에게 예루살렘을 향해 기도를 올리라고 명하겠소!"

그는 유대인들의 반발에 그렇게 못박았다.

그날 밤 아이샤는 달빛이 흐르는 테라스에 홀로 나와 마음을 읊었다.

"오, 밤이여, 사랑 얘기를 들려주는 이야기꾼에게 내 얘길 전해다오. 하릴없이 네게 잠을 청했노라고!"

"형제 여러분."
예언자는 메디나의 사원에서 목소리를 높여 말했다.
"형제 여러분, 여러분은 알라께서 이 땅에 많은 예언자를 보내셨다는 사실을 알아야 합니다. 전지전능하신 하느님은 그들에게 새로운 뜻을 전하라고 분명한 임무를 맡겼습니다. 하지만 모든 예언자가 아낌없이 노력해도 인간 본성에 깃든 죄악을 설명해내지 못했습니다. 인간은 오류에 빠졌고, 모세부터 그리스도에 이르는 모든 기적을 불신에 찬 눈으로 해석했습니다. 이제 그분은 일어나서 정의의 칼을 뽑아드셨습니다. 그래서 알라는 나 무함마드를 보내셨습니다. 나는 그분께 악과 싸울 임무를 부여받았습니다! 비록 여러분이 달가워하지 않더라도 성전은 이미 예언되어 있습니다. 여러분은 모르지만 알라께서는 알고 계십니다!"
무함마드의 목소리는 우렁차면서도 평정을 잃지 않았다. 그의 목소리는 잠시 멈췄다가 이어지면서, 성전의 의지로 불타오르는 무슬림의 귀와 마음에 울려퍼졌다.
"참된 믿음을 위해 기꺼이 싸우는 자는 승리하든 패배하든 이 세상과 내세에서 영광스런 보상을 받게 될 것이다! 가서 우상을 섬기는 다신교도를 없애시오. 어디서 보든지 눈에 띄는 대로 포로로 잡아들이고 공격하시오!"
유대인은 무함마드가 다신교가 점령한 메디나를 정화한 뒤 메카인을 공격하리라 확신했다. 이슬람의 깃발 아래 여러 부족들이 일치해 전투에 참가했다. 무함마드의 목소리는 전사들의 마음속에 울려퍼졌다.

"전투중에 죽음을 당한 자는 죄를 용서받을 것이며, 그가 받은 상처는 용연향과 사향처럼 은은한 향기를 뿜어낼 것이다!"

"전투에서 승리했습니다!"

무함마드의 추종자 오마르가 유대인 족장 시몬에게 알렸다.

그리고 덧붙여서 말했다.

"언젠가 아랍인은 하나로 통합될 것입니다. 우리와 함께 당신들도 싸우기를 청합니다! 우리와 협력할 생각입니까, 아니면 그 반대입니까?"

"협조하지 않겠소."

시몬은 달리 대답할 수가 없었다.

무슬림 민중은 승리로 사기가 드높아져 자신들의 예언자가 권좌에 올라 알라의 이름으로 설파하길 내심 기대했다. 오마르는 당나귀를 타고 돌아와 무함마드에게 갔다. 무함마드는 이전과 달리 몹시 예민했는데 신도들과 한 약속을 이행하려는 찰나였다. 오마르는 그에게 간단히 전했다.

"협조하지 않겠답니다!"

예언자는 오랫동안 깊은 침묵에 잠기더니, 마침내 열렬한 환호소리를 들으며 군중 앞에 나아가 말했다.

"친구여, 갈 곳 모르는 자네가 하늘 아래 어디로 머리를 둘지 몰라 헤매는 모습이 우리 눈에 보이는군. 자네가 기도해야 할 방향을 이제 우리가 일러주겠네. 어서 메카의 성전으로 고개를 돌리게!"

그후로 무함마드는 하프샤와 자이나브를 포함해 여러 명의 처녀와 혼인했다. 몇몇 결혼식에서 그는 적대적인 부족들 사이에 동맹관계를 맺고 조약을 체결했다고 밝혔다.

조금 떨어진 성에서는 시몬이 유대인 지도자들을 불러놓고 자기 뜻을 강하게 펼쳤다.

"지금이야말로 싸울 무기를 준비해야 할 때입니다. 하지만 아직 공격하기에는 이릅니다. 무함마드는 강한 상대이니 적절한 때를 기다립시다. 메카 사람들은 남쪽 다른 부족들과 협정을 맺고 동맹군을 결성했습니다. 앞으로 우리가 나설 때가 올 것입니다!"

한편 아이샤는 무함마드의 주변에서 물러나 있었다. 그가 오랫동안 그녀에게 말 한마디 건네지 않았기 때문이다. 그는 아이샤에게 선문답 같은 질문을 종종 했다. 그러면 그녀는 의식을 비추는 거울처럼 충격적이고 당혹스럽고 내밀한 진실을 알려주는 조용한 목소리로 대답했다. 아이샤는 아무래도 예언자 남편이 의구심을 키워가도록 알게 임무를 부여받은 듯했다. 그것은 그가 한 인간으로서 가지는 확신을 무너뜨리는 것이자 신앙의 뿌리로 삼을 만한 내용이었다. 진실보다 더 비극적이고 불신을 불러일으키는 것은 없었다. 아이샤는 수나*를 지키도록 신이 보낸 인물 같았다. 후대 무슬림은 수나를 통해 예언자 무함마드의 전범을 따라 교리의

---

* 이슬람교의 전통적 습관 또는 규범.

총체를 세울 수 있었다. 신앙이 자리 잡으려면, 무함마드의 생애에 관한 모든 일화들을 코란의 수라*처럼 분명하고도 신비스럽게 전해야 했다. 아이샤는 수나의 첫번째 수호자였다.

두 사람은 서로 응시했다. 무함마드는 그녀의 눈동자에서 앞으로 다가올 운명을 홀린 듯이 감지했다. 그들의 숨은 따뜻한 하나의 숨결이 되었다. 입술과 입술을 맞댄 채 잠이 들 만큼 두 사람은 오래도록 키스를 나누었다.

고통 때문에 예언자의 머릿속은 혼돈의 구렁텅이였다. 그는 연고를 바르고 의료 도구를 사용하기 편하게 머리를 밀었다. 목자 마수드는 자신의 딸이 무함마드의 열아홉번째 부인이 되어 그와 사돈이 되었다. 그사이 아이샤를 비롯한 다른 아내들은 슬픔의 눈물을 흘렸다.

✳

모레나는 아르코 디 트라베르티노 역에서 내릴지 아니면 콰드라로 역이나 수바우구스타 역에서 내릴지 망설였다. 지하철이 테르미니 역을 지난 후로 산 조반니 인 라테라노 역에선 벌써 승객이 절반쯤 줄었다. 서두를 필요가 없었기 때문에 모레나는 푸리오 카밀로 역에서 내려 지상으로 나갔다. 아침 햇살은 그녀가 내린

---

* 코란의 각 장.

도시의 한 구역을 골고루 비췄다. 그 동네는 비교적 근래에 생겨났으면서도 로마 시내보다 훨씬 오래되어 보였다. 특히 프라티 궁전과 베네토 거리, 포폴로 광장의 외관은 재단장한 이후의 로마 시내보다 더 오래된 듯했다. 이곳은 허름한 교통편 때문에 변두리 지역쯤으로 여겨져 왔는데, 성벽에서 알베로네를 거쳐 신(新) 아피아 가도와 투스콜라나 지역에 이르기까지 얼마 전에야 거리의 여자들을 그곳에서 쫓아냈다. 여전히 이 지역에는 전쟁 직후의 암울한 분위기가 깔려 있었다. 그 시절과 다른 점이라면 몇몇 슈퍼마켓과 발코니에 놓인 꽃들, 하늘 높이 솟은 수많은 텔레비전 안테나, 그리고 지긋지긋한 교통 체증뿐이었다. 관광객은 그림자도 비치지 않았다.

로마가 그녀 눈에 가장 아름답게 보일 때는, 국도와 고속도로를 연결하는 인터체인지 부근에 위치한 신 주거지의 지극히 현대적인 아파트 단지에서나, 아니면 그림엽서에 담을 만큼 북새통으로 변한 도심 한가운데에서 바라볼 때였다. 건물들은 파시즘이 휩쓸고 간 시대나 지금이나 그대로 남아 있었다. 그리고 점점 더 육중해진 새로운 건축물들은 대부분 1950년대나 1960년대에 세운 것들로 본능을 찾아 헤매는 인간 집단을 사방 벽 안에 가둬둠으로써 도시의 이상을 구현하는 역할을 할 뿐이었다. 그것이 또다른 로마의 모습이었다. 도심의 유적과 유서 깊은 건축물의 수보다 더 많은 사람들이 모여 살고 있는 곳, 클라우디오가 봤다면 아주 멋진 사진 소재라고 할 숨겨진 로마의 모습이었다. 빽빽한 공동생활에는 눈에 보이지 않게 퍼져나간 나름의 스타일과 리듬, 색다른 풍습이 있었다. 그곳에 사는 주민들은 모두 고상하고 치명적이며 소리없이 이뤄지는 대사 작용에 따라 소화할 만한 것을 삼키고 기형적인 것을 뱉어내는 하나의 거대한 유기체였다.

아찔하고 비밀스러운 그 대양의 연안에서 모레나는 엉뚱하게도 장난기 어린 행복감을 맛보았다. 그녀는 무한히 경이로운 어느 소설의 첫 장 앞에 서 있었다. 그 이야기는 비밀로 가득한 인간들이 하나의 광대한 공간에 빼곡히 모여 사는 모습을 묘사하면서 시작했다. 상점 주인, 행인, 거리를 오가는 노인 할 것 없이 모두가 그녀를 몰래 훔쳐보는 듯 강렬한 인상을 받았다.

정오가 다 되도록 그녀는 이곳저곳 걸어서 돌아다녔다. 시장을 둘러보기도 하고 낡은 대로와 아피아 거리 여기저기를 거닐기도 했다. 시선을 끌 만한 것을 발견하는 데는 꽤 오랜 시간이 걸렸다. 처음에는 본능에 이끌려, 역사 유적의 발자취를 따르는 관광객처럼 가장 독특한 건축물과 문 앞에 발길을 멈추기도 했다. 나중에는 메디나나 메카처럼 이국적인 땅에 온 것 같은 착각마저 들었다. 그녀는 주변 사람들을 관찰하기 시작했다. 그들의 옷차림, 몸짓, 표정, 언어까지. 그들 사이에 오가는 대화와 대꾸, 불평불만, 수군거림 등을 따로 떼어내 이해해보려고 애썼다. 열린 문틈으로 새어나오는 시원한 바람과 표백제 냄새에 취하기 전까지는. 그녀는 시장에 들어가 싸구려 옷감과 수건, 꽃무늬나 삼각형을 새긴 시트 등을 직접 손으로 만져보는가 하면, 과일과 채소 판매대에서 풍기는 서늘하고 쾨쾨한 냄새를 맡기도 했고, 병원에서나 볼 수 있는 하얀 냉동고 안에서 다채로운 냉동식품이 차가운 김을 내뿜는 모습을 구경하기도 했다. 거기에 그치지 않고, 장을 보고 돌아가는 어떤 젊은 부인의 뒤를 조금씩 따라가보기도 했다. 아주 예쁘고 우아하게 차려입은 여자였다. 어쩌면 의사나 변호사일지도 몰랐다. 그러나 실제로 따라가보니 그 동네에서 가장 허름한 아파트에 살고 있었다. 회칠은 보기 흉하게 벗겨진데다 창가에 유일하게 빨래가 널린 아파트였다.

바깥세계에 흥미를 잃어갈 무렵, 모레나는 오래된 철책 너머를 보고 놀라서 눈을 떼지 못했다. 보통보다 높은 1층의 열린 창문으로 크고 작은 왕실 스타일 선반이 있는 화려한 식당 안이 보였다. 뚱뚱한 남자가 가끔씩 의자를 옮겨놓으며 화가 난 듯 씩씩거렸다. 잠시 후 빼빼 마른 소년이 보였는데, 곱슬머리에 얼굴은 온통 여드름투성이였다. 소년도 역시 그곳을 들락날락하면서 소리를 지르고 있었다. "좋아요! 좋아!"

남자는 이따금 고함을 내질렀다. 하지만 지나칠 정도로 감정이 격해 있어서 모레나는 그가 하는 말을 한마디도 알아들을 수 없었다.

아마 서너 번 "안 돼!"라고 스스로 혼잣말을 한 것 같다. 소년은 울지 않으려고 애쓰며 억지로 웃음을 지어 보였지만, 끊임없이 자기 허벅지를 주먹으로 내리쳤다. 남자는 그런 그를 가만히 지켜보았고, 그렇게 두 사람은 한참이나 꼼짝하지 않았다. 마치 다른 방에 있는 누군가가 고함치는 소리를 듣고 있는 것처럼 보였다. 모레나는 그들의 얘기를 자세히 들어보려고 조심스럽게 가까이 다가갔다. 하지만 아무 소리도 들리지 않았다. 그녀는 두 사람을 더 잘 보려고 뒤로 물러섰다. 그때 갑자기 남자가 비닐 씌운 의자에 앉아 식탁에 팔을 올려놓고 고개를 파묻었다. 이번에 소년은 더 크게 소리쳤다. "좋아요! 좋다구요!" 하지만 남자는 미동도 하지 않았다. 소년은 다가가 가엾은 남자의 머리를 쓰다듬더니 방에서 나가려고 했다. 그러다가 아마도 남자가 부르는 소리를 들어서인지 뒤로 돌아섰다. 그러자 뚱뚱한 남자는 의자에서 일어나 소년에게 달려갔다.

"안 돼요, 아빠!" 모레나의 귀엔 이렇게 들린 것 같다. 그녀는 순간 숨이 멎는 듯했다. 그 둘은 서로 힘껏 포옹하고, 남자는 소년의 뺨과 이마에 애절한 키스를 퍼부었다. 하지만 그것도 잠시, 엉성한 덤불 탓에 훤히 드러난 모레나를 보고, 그녀가 철책 너머에서 자신들을 훔쳐보고 있었다는 사실을 알아차렸다. 그는 태도를 바꾸더니 창문으로 다가와 불쾌한 표정을 지으며 갈라진 목소리로 고함쳤다. "썩 꺼져버려…… 제기랄, 뭘 구경하고 있어!"

그 집에서 조금 더 내려오니 녹색 동과 유리로 된 대문이 있고 그 앞 계단에는 먼지가 수북했다. 그곳에서 세 살 정도로 보이는 여자아이가 상상 속 못된 친구와 힘겹게 말씨름을 하고 있었다.

"그러면 안 돼!" 어린아이는 아무도 없는 계단에 대고 말했다.

"그건 내 거야!"

모레나는 꼬마가 하는 말에는 관심이 없었다. 그저 어린 시절의 자신을 보는 것만 같았다.

'저 아이가 나일 수도 있어. 안 될 거 없잖아? 우연히 정해진 부모님을 통해 어찌어찌해서 이곳에 태어난 거야. 저 꼬마는 나일 수도 있어. 어느 누구도 기억하지 못하는 나이 때의 아이. 암흑에 묻힌 나이지! 망각의 세계에서 우리 모두는 똑같아. 그곳에 실재하지 않으면서 존재하지.' 유년 시절에서 가장 오래된 기억은 대여섯 살 무렵인 것 같다. 그때 감나무에는 잎이 떨어진 가느다란 나뭇가지에 노랗게 익은 열매들이 주렁주렁 열려 있었고, 감을 만진 두 손은 끈적끈적했다. 두 집 건너에서 돼지 잡는 소리가 들려왔다. 돼지의 비명은 도움을 청하는 그리스도인이 내는 소리 같았다. 사방에 고요가 내려앉을 때면 활짝 열린 창문에서 달콤한 피아노 선율이 흘러나왔다. 하지만 그 이전의 기억은 암흑 속으로 사라지고 말았다. '저 꼬마는 나야. 글쎄 어른이 되면 어떤 사람이 될지 궁금하군!'

그녀는 유년 시절의 풍경을 기억하려는 듯 주위를 둘러보았다. 그러자 고통스러울 정도로 가슴이 조여왔다. 모레나는 삶의 반대는 죽음이 아니라 추억이라는 사실을 아주 어렴풋이 직감했다. 그녀는 성장한 자의 권한으로 다시 태어나려는 시도를 하고 있었다. 머릿속에 오래도록 각인하려는 듯, 마치 지상에 나타난 최상의 세계인 것처럼 그녀를 둘러싼 냄새와 소리, 색채를 자기 것으로 흡수했다. 그렇게 함으로써 모든 아이들은 자신이 태어난 장소를 가늠할 수 있을 것이다.

모레나도 어렸을 때는 가상의 친구와 이야기를 나누었다. 그녀는 계단에 앉아 끊임없이 말하고 또 말하고 다투면서 놀기를 반복했다. 게임에서 카드를 속였기 때문에 마지막엔 늘 그녀가 이기는 것으로 끝이 났다. 어쩌다 울고 싶을 때는 상상 속의 친구가 그녀를 모욕하는 것으로 충분했다. 그다음엔 반대로 그 친구를 울렸고 결국 모레나가 이겼다. 그러고는 만족스런 기분으로 집에 돌아왔다. 어머니는 환영들과 말하는 그녀를 보면 항상 손에 뭔가를 쥐여주었다. 한번은 털북숭이 강아지를 선물하면서 이렇게 말했다. "강아지와 얘기해. 이름이 니모란다. 아주 착하고 널 좋아한단다!"

모레나는 꼬마의 땋아 내린 갈래머리를 사랑스런 손길로 가지런히 해주었다. 그녀는 드디어 카베 거리 부근에서 부동산 중개소를 찾아냈다. 안으로 들어가 가브리엘라 알보레아라는 이름으로 방 세 개 딸린 아파트를 구한다는 양식을 작성했다. 가능하면 인근에 있고 높은 층이며 너무 비싸지 않았으면 좋겠다고 직원에게 말했다. 남자가 전화번호를 묻자 일주일에 한 번 자신이 전화하겠다고 답했다. 일 관계로 이탈리아 전역을 돌아다녀야 하기 때문이라고 이유를 댔다.

지하철역으로 가다가 그녀는 젊은 남자 하나가 일찍 나이 들어버린 모습으로 오토바이 옆에 기대 선 것을 보았다. 왠지 아는 사람 같았다. 마르고 창백한 남자는 약간 유약해 보였다. 스쿠터에 올라탄 친구는 그가 듣고 싶어하지 않는데 뭔가를 설득하려는 것처럼 신경질적으로 팔을 휘두르고 있었다.

분명히 로코였다. 블랙진에 반짝이는 금목걸이를 하고 목이 훤히 드러난 흰 셔츠를 입었는데 조끼 역시 검은색 가죽이었다. 반면에 친구는 키가 작고 말랐으며 머리에 작고 흰 모자를 쓰고 있었다. 그는 여러 색이 뒤섞인 큰 스웨터를 입고, 회색 줄무늬가 있는 바지 위에 소매가 긴 체리색 미니 스웨터를 걸치고 있었다. 그 역시 화려한 목걸이를 하고, 손목에는 메탈 시계를, 손가락에는 눈에 띄는 반지를 잔뜩 끼고 있었다.

그에게 다가갈까 잠시 망설이는 동안 모레나는 심장이 거의 멎은 듯했다. 로코는 이제 어엿한 남자가 되어 있었다. 다듬지 않은 수염과 잠에서 덜 깬 듯 부스스한 머리에 알아볼 수 없을 만큼 지친 어깨를 한 어른이었다. 그녀가 기억하는 그는 아주 생기발랄했고, 한시도 가만있지 않고 활발했다. 그는 모든 사물에서 재미있는 일면을 밝혀내려고 호기심 있게 관찰하는 소년이었다. 그가 언제나 예상치 못한 말들을 속삭이면, 그녀는 웃느라 바닥에 나뒹굴었다. 모레나는 그를 남동생처럼 아꼈다.

그녀는 용기를 내어 친구의 등 뒤에 서서 그와 마주했다. 로코는 바로 그녀를 알아보지 못했다. 그는 눈부신 커다란 에메랄드빛 눈동자로 그녀를 빤히 응시했다. 친구 녀석은 뒤를 돌아보더니 흉터 자국처럼 얇은 입술로 미소를 지었다.

"애가 맘에 들어요?"

로코는 그의 등을 내리치곤 곧바로 말을 건넸다.

"저, 혹시……"

그녀는 대답할 힘도 없이 눈물을 글썽이며 먼저 청년에게 와락 달려들었다. 그는 그녀의 뺨에 키스하고 놀라서 말을 더듬었다.

"모레나! 이게 웬일이에요! 꿈인지 생시인지 믿어지지 않아요. 아마 당신 집에 천 번도 더 갔을 거예요. 꽃을 사들고 갔지만, 항상 뜰에 있는 쓰레기통에 던져버리고 와야 했어요."

그러고는 떨리는 입으로 어색한 미소를 지어 보였다.

"오랫동안 집을 떠나 있었어. 그건 그렇고 넌 어떻게 지내니? 지금은 어디 살아?"

"형편없이 지내고, 형편없는 동네에 살고 있어요. 하지만 괜찮아요. 근데 여긴 웬일이세요?"

"너한테 설명하기엔 좀 길구나. 집이 이 근처니?"

"아뇨. 여기 있는 제 친구를 만나러 왔어요. 이름은 프레드예요."

"프레드?"

"네, 프레드요!"

친구 녀석은 흥미를 느끼고 모레나를 머리부터 발끝까지 훑어보며 악수를 청했다. 그녀는 그의 모자에 적힌 '파머스톤'이란 글자를 읽으면서 악수를 했다. 그런 후 둘에게 말했다.

"같이 뭐 먹을래?"

"사주시는 거예요?" 프레드가 물었다.

하지만 로코는 사양했다. "아, 아니에요. 신경 쓰지 마세요. 배 안 고파요! 집에는 전혀 안 가보세요?"

"잠깐씩 들른단다."

"조르조는 어떻게 됐어요?"

"유명한 음악가가 됐단다. 알고 있니?"

"잘됐네요. 저한테 참 잘해줬죠. 로돌포는 저한테 늘 조르조가 재능 있다고 말했어요."

"은행에 갔는데, 돈은 아무 문제 없이 정기적으로 네게 송금되고 있다고 안심시켜주더구나."

"맞아요. 발코니에서 뛰어내리기 전에 항상 도착하죠!"

"돈은 잘 오고 있어요!" 프레드는 히죽거리며 말했다.

모레나는 한 걸음 뒤로 물러서더니 말했다.

"아무튼 조금 당황했단다. 어느새 벌써 어른이 되다니!"

로코는 갑자기 감정적 동요를 일으켰다. 그는 두 사람 사이에 있던 오토바이에 엎드려 울음을 터뜨리더니 그칠 줄 몰랐다. 목걸이는 손으로 잡아당겨 뜯어지기 일보 직전이었다. 로코는 몸에서 팔을 떼어내고 싶어하는 것처럼 몸부림쳤다. 프레드가 친구를 일으키려고 힘쓰는 동안 모레나는 냉정을 유지했다.

"대체 왜 이러는 거야? 오토바이랑 넘어진 꼴 좀 보라구!"

다른 사람이 달려와 도와주려 했지만 로코는 고개를 젓고 곧 정신을 차렸다. 그는 바닥에 앉아 눈물범벅인 얼굴을 셔츠로 닦았다. 잠시 후 그녀는 그 옆에 앉아 어깨를 쓸어주었다.

"널 도울 수 있는 방법을 알려줘."

"그가 미워요!"

모레나는 아무 말도 하지 않았다.

"지옥에서 천국으로, 다시 지옥으로 떨어졌어요. 앞으로 절대 빠져나올 수 없어요. 절대로요. 모레나, 난 망했어요. 망했다구요…… 차라리 날 만나지 않는 편이 나았어요!"

"늘 저렇게 말해요." 프레드가 씁쓸하게 말했다. "지금 안 좋은 시기를 보내고 있어요. 시간이 지나면 나아지겠죠!"

"무슨 일이 있었던 거야?" 모레나가 물었다. 로코는 대답 대신 어깨에 올린 그녀의 팔을 내려놓았다. 하지만 그녀는 물러서지 않았다.

"내가 있잖아. 널 도와줄게!"

"그는 돈이 필요해요!" 프레드는 교활한 빛을 띠며 말했다.

로코는 불쾌한 기색으로 그를 쏘아봤다. "망할 자식!"

그녀는 가방을 열어 수표를 꺼내들었다. 하지만 로코는 더더욱 화를 내며 사양했다.

"아무것도 원하지 않아요. 저한텐 필요도 없구요. 돈하고는 아무 상관 없어요!"

그 순간 프레드는 버럭 화를 냈고, 모레나의 가방을 뚫어지게 바라보며 말했다.

"뭐가 상관없어! 부인, 저 녀석 말은 듣지 마세요. 분명히 돈 문제예요. 그것도 적지 않은 돈이죠!"

"쓸데없는 수작 부리지 마. 경고했다!"

로코가 고함쳤다.

"이분은 진짜 내 친구란 말야!"

"내가 뭘 어쨌다고? 부인, 저는……"

"부인이 아니라 아가씨야." 로코가 바로잡았다.

"아가씨, 이 녀석은 실상 도움이 필요해요. 별의별 어려운 일을 많이 겪었지요…… 혹시 창문에서 뛰어내리지나 않았나 보려고 매일 저 자식 집 앞에 간다니까요!"

"입 닥쳐, 바보 새끼!" 그는 친구의 말을 가로막았다.

"모레나, 저놈 말은 듣지 마세요. 정말 한심한 녀석이죠!"

로코는 가방을 닫아 그녀에게 건넸다.

"항상 이렇게 하고 계세요. 아무 사람 앞에서나 열어 보이지 마시고요······ 약속하죠?"

그녀는 미소 지으며 가방을 가슴에 꼭 껴안았다.

"약속할게."

"이제 먹으러 가도 돼요. 제가 모시고 갈게요. 타세요!"

로코의 기분은 순식간에 완전히 바뀌었다. 기분 좋게 헬멧을 쓰고는 오토바이에 시동을 걸었다.

"잘 가, 프레드. 다음에 또 보자!"

"오, 나도 갈래!"

"맘대로 해!"

오토바이가 앞서고 스쿠터가 그 뒤를 따랐다. 세 사람은 산 크로체 대성당을 향해 달렸다.

"그런데 약속이 있어서 서둘러야 해요. 항상 로돌포와 가는 식당으로 안내할게요. 아주 맛있는 집이에요. 이집트콩과 홍합 요리 좋아하세요?"

"이집트콩과 홍합이라구?"

"진짜 맛있어요!"

그곳은 고급스런 식당이었다. 그 시간에도 벌써 넥타이 맨 남자들과 손거울과 분첩을 든 여비서들로 식당 안은 발 디딜 틈이 없었다. 세 사람은 따로 떨어진 구석 자리로 안내받았다. 식당 주인은 모레나를 호기심 어린 눈으로 보면서, 이토록 우아한 여성이 웬일로 저런 못생긴 두 녀석과 함께 있는지 몹시 궁금해했다.

"오스발도 없어요?" 로코가 주인 남자에게 물었다. 남자는 화들짝 놀라 고개를 절레절레 흔들었다.

"오스발도는 여길 팔고 떠났어요."

"그럼 지금은 아저씨가 주인이세요?" 프레드가 물었다. 남자는 대꾸조차 하지 않았다.

"이전하고 똑같은 요리를 먹을 수 있나요?"

"이게 메뉴요. 먹을 만한지 보시구려!"

주인 남자는 종업원에게 대신 주문을 받으라고 신호를 보내며 자리를 떠났다.

"정말 맘에 안 들어!" 프레드가 말했다.

"자꾸 화나게 하면 내일 아침 식당에 연기 나는 꼴을 볼걸!"

"무슨 소릴 하는 거야, 조용히 해! 여기 메뉴가 얼마나 다양한지 보라구!"

"안타깝다. 이 시간엔 조금밖에 안 먹거든." 모레나가 말했다.

"두 분 주문하세요. 다 괜찮네요!"

프레드는 반지 낀 손을 비비며 외쳤다.

"돼지고기 요리도 있네. 이걸 말하고 싶었던 거 아니야?" 로코는 투덜거리며 말했다.

"이집트콩과 홍합 요리는 없지만, 괜찮다면 백화채 향료를 곁들인 바칼라* 요리를 추천할게요. 난 이것만 먹을래요."

그는 메뉴판을 테이블에 내려놓았다.

조촐한 점심식사를 하는 동안 모레나는 거의 말이 없었다. 두 친구는 그녀를 아랑곳하지 않고 자기들끼리 조용히 입씨름을 했

---

* 소금에 절여 말린 대구.

다. "스모킹 재킷은 옷장 안에 묵혀둬서 이젠 들어가지도 않잖아!" 프레드가 열기를 띠며 말했다.

"입든지 선물로 주든지 팔아! 아니면 그 흑인처럼 하지 그래. 이름이 뭐더라. 왜 운동복 위에 스모킹 재킷을 걸치고 농구하던 제퍼튼인가 제퍼슨인가 하는 그 흑인 선수처럼 말야. 멋지던걸! 옷을 늘리고 소매는 떼어버리는 거야. 안에는 모자 달린 스웨터를 입고 혼다를 타고 돌아다니는 거지. 거기다 훈장을 몇 개 달면 정말 멋지겠다!"

"야, 그 옷은 샤르망에서 산 거야. 집에 보관해두고 싶어. 파리의 추억이 담겼단 말야, 알겠어? 그리고 너도 잘 알다시피 우린 취향이 달라…… 네 녀석이 어떻게 하고 다니는지 봐. 다들 널 보고 비웃는다구. 넌 돈만 낭비하지 센스는 없는 녀석이야!"

"그건 고정관념이지! 이 분야에 관한 한 넌 순 멍텅구리야! 지금 그 조끼는 너만 입고 다녀. 네가 조끼를 산 상점은 얼마 전에 문 닫고 샌드위치 가게가 들어섰더라. 아무래도 제대로 된 곳으로 널 데려가야겠다. 이 스웨터 보이지? 내 친구가 시카고에서 직접 갖다줬는데 값은 거저야. 뭘 잘 모르는 사람들만 비꼬겠지. 로마 전체를 돌아다녀봐, 이런 모자 같은 게 있나. 찾아보라구. 신발은 어떻고? 이건 에어캡 기능이 있는 컨버스의 리액트 모델이야. 1992년도 시즌 우승자이자 1991년도 신인왕인 골든 스테이트 워리어스 농구팀의 33번 선수 스프리웰이 신은 거란 말야!"

"근데 그게 너랑 무슨 상관이야? 넌 키가 일 미터 사십 센티미터밖에 안 되잖아. 제발 말도 안 되는 소리 하지 마! 두 달 전만 해도 넌 그런지 스타일이었고, 스스로 펑키맨이라고 했잖아. 벌써 다 잊은 거야? 야, 다 집어치워!"

모레나는 대화에 끼어들길 포기하고 로코의 얼굴을 조용히 뚫어지게 살폈다. 그의 곁을 늘 맴돌던 아름다움의 흔적을 다시 찾아내기란 쉽지 않았다. 지금 그는 가난과 폭력적인 환경에 찌들었지만, 그녀는 그를 항상 세상에서 경이로운 아름다움을 잘 찾아내는 호기심 많고 행복한 천사라고 표현했었다. 그녀가 감탄한 그의 우아함은 이제 몇 가지 제스처에, 특히 손짓에 머물러 있었다. 그 깊이 있는 온화함은 달라진 모습에서도 완전히 지워지지 않았다. 모레나는 어린 시절 그가 멋진 꼬마 신사처럼 차려입고 파이프 담배를 물고서 눈부시고 아름답게 셔츠 소매를 드러내고 다닐 때의 그 생기발랄한 쾌활함을 기억했다.

웨이터가 커피를 가져왔다. 프레드는 테이블 위로 몸을 숙이고 비웃듯 코웃음을 치며 로코에게 말했다. 로코는 모레나의 시선을 눈치 채지 못했다.

"저 남자가 여길 쳐다보는데!"

"누구?"

"아까부터 계속 널 보고 있는데, 아는 사람이야?"

로코는 멀리 떨어진 테이블로 시선을 돌렸다. 그곳엔 한 남자가 혼자 아스파라거스 요리를 맛있게 먹고 있었다.

"전혀 모르는 사람이야!"

"게이가 확실해. 한시도 가만 있지 않고 널 꼬시려드는 그런 남자 중 하나인가보다!"

"무슨 말을 하는 거야!"

"바보야, 그게 안 보여? 어쩌면 몇 번 본 적이 있을 거야!"

"그럼 가서 말을 걸어보지 그래?"

"저 남자는 부자라 나랑 안 어울려…… 게다가 난 키도 작고 말야!"

로코가 벌떡 자리에서 일어나는 바람에 테이블에 있던 커피가 쏟아졌다. 그는 옷걸이에서 헬멧을 집어들고 말 한마디 없이 성큼성큼 레스토랑 문을 나섰다. 잠시 후 그의 오토바이는 엄청난 속력을 내며 그곳을 떠났다.

모레나는 자리를 뜨지 않고 천천히 자신의 커피를 마셨다. 놀라 눈이 휘둥그레진 프레드는 그녀를 쳐다보며 말했다.

"아가씨, 저 녀석은 미친놈이에요. 어느 때고 그놈의 혼다 오토바이를 타다 크게 사고가 나고 말 거예요. 제대로 운전할 줄도 몰라요. 보셨죠? 아무 말도 못 한다니까요!"

모레나는 음식값을 지불하고 자리에서 일어났다.

"제가 바래다드릴게요. 어디 사세요?"

"고맙지만 그럴 필요 없어요. 여기 산 조반니 역에서 지하철 타고 가면 돼요."

"스쿠터가 괜찮으시면 기꺼이 태워드릴게요. 오세요."

"아니요. 걸어서 가고 싶어요. 고마워요." 모레나는 귀찮다는 듯이 말했다. 그리고 로코를 쳐다보던 남자를 재빨리 냉정하게 쏘아보고 먼저 레스토랑을 나섰다.

프레드는 그녀와 보조를 맞추느라 스쿠터 핸들과 씨름하면서 뒤따라왔다.

"거절하지 마세요. 눈 깜짝할 사이에 금방 시내에 가요."

"미안해. 더이상 고집부리지 마!"

다행히도 프레드는 그녀 주위를 맴돌다가 마주치고 싶지 않은 누군가를 보고 말았다. 그는 급히 시동을 걸더니 라이트 위로 고개를 숙인 채 연기를 자욱하게 뿜으며 내달렸다. 모레나는 안도의 한숨을 내쉬고 산 조반니 광장으로 향했다.

역은 지하철을 기다리는 사람들과 내리는 사람들로 북적였다. 잠시 후 지하철이 도착했는데 이미 만원 상태였다. 그녀는 마지막으로 올라탔고, 문이 닫히면서 안으로 밀려들어갔다. 다음 역에서는 승객들이 내릴 수 있도록 그녀도 따라 내려야 했다. 다시 지하철에 올라타면서 그녀는 옆 칸에서 프레드가 똑같이 움직이는 것을 보았다. 그는 어둡고 나이 들어 보이는 얼굴에 체리색 스웨터를 입었는데 틀림없이 프레드였다. 그녀는 불안한 마음에 가방을 부여잡고는, 생각을 다른 데로 돌리려 애썼다.

✸

충격적인 소식이 날아왔다. 그 사실을 무함마드에게 곧바로 전한 사람은 오마르였다.

"오, 위대한 선지자시여, 동맹국들은 우리를 공격하고 유대인들은 그들끼리 연합했습니다. 우리는 궁지에 몰렸습니다!"

이것은 이슬람교의 영광에 앞서 나타난 상황이었다. 예언자는 최후의 순간까지 항전하라고 추종자들에게 명령했다. 메디나 사원의 옥좌에서 그는 소리 높여 외쳤다. "오, 믿음을 가진 이들이여, 결전의 장으로 나오시오!"

그가 내린 지시는 아부 바크르를 통해 아주 먼 지역까지 멀리멀리 퍼져나갔다. 알리는 무장한 군사들 곁에서 우렁차게 외쳤다.

"오, 믿음을 가진 이들이여, 결전의 장으로 나오시오!"

무함마드의 말은 골목골목까지 다다랐고, 전쟁에 나가려고 무장한 무슬림과 이미 이교도의 머리를 친 무슬림의 입에서 울려퍼졌다.

"현세의 삶에서 얻는 이익은 보잘것없으니 내세를 위해 사시오. 만약 항전에 동참하지 않으면 알라께서 고통스런 형벌을 내리실 것이오! 오, 심판의 날에 영혼을 구원받고자 한다면 알라가 위대하다는 사실을 명심하시오!"

어느 이름 모를 무슬림 병사 하나가 깃발 달린 창을 들어올려 죽은 시몬의 배를 있는 힘껏 내리 찔렀다.

결국 오마르는 유대인 포로들을 어떻게 처리할지 무함마드에게 물었다. 예언자는 사원 제대에 앉아 일렀다.

"너희는 마지막 유대인 하나가 바위 뒤로 숨을 때까지 그들과 싸울 것이다. 그러면 바위가 이렇게 말할 것이다. '신의 충실한 종이여, 여기 유대인이 있다. 그를 죽여라!'"

그러면서 더욱 격앙해서 말했다.

"그들이 나약한 모습을 보일지라도 풀어줘서는 안 된다! 그들은 죽음이라는 형벌을 받아야 하는 자들이고, 그들의 몸은 갈기갈기 찢겨나갈 것이다. 압수한 재산은 물론 여자와 어린아이 들은 노예처럼 팔려나갈 것이다. 이것이 알라의 뜻이다!"

성전이 일어났다. 여기저기 훼손된 시신들은 커다란 웅덩이에 던져져 모래로 덮였다.

밤은 고요히 다가왔다. 새벽 녘엔 이슬람 사원의 첨탑들이 신자들을 불러모았다. 무함마드는 카바 신전으로 가 저주를 퍼붓고 그들의 무지함을 비난하면서 손수 우상들을 쓰러뜨리고 파괴했다. 메디나로 돌아오는 길에 예언자는 아부 지알의 시체와 우연히 맞닥뜨렸다.

"그가 알라께 어떤 형벌을 받았는지 보아라! 내가 너희에게 이르노니 자신의 잘못을 바로잡지 않는 자는 저 같은 일을 당하리라!"

메디나의 사원에서 무함마드는 사도들에게 둘러싸여 위대한 설교를 전했다.

"오늘 나는 너희를 위해 너희 종교를 완벽히 했고, 너희를 위해 알라께서 부여한 임무를 완성했다. 나는 신성한 종교로서 이슬람을 창시했다. 너희 중에 하느님 앞에 나설 자격이 있는 자는 그분을 더 경외하는 사람이다. 자비를 베풀지 않으면 어떤 아랍인도 이방인보다 우월하지 않다!"

그런 후 마지막으로 인간적인 의혹을 털어놓았다.

"그래서 내가 알라의 뜻을 전할 수 있었던가? 오, 신이시여, 그것을 증명해주소서!"

무함마드가 집에 돌아왔을 때, 아이샤가 그에게 부탁했다.

"전 병이 들었어요. 얼마 동안만이라도 친정집에 가 있도록 허락해주세요."

무함마드는 그녀를 실망스럽게 쳐다보더니 자리를 떠나며 그러라고 했다. 그는 혼자 있고 싶었고, 머릿속에서는 통증의 징후들이 날뛰기 시작했다. 잠시 후 그는 비명을 지르며 의식을 잃었다. 그의 아내들 모두가 걱정스러운 얼굴로 달려왔다. 가장 민첩한 하프샤는 기름 항아리를 가져왔다.

"갈증이 극심해서 그래. 기름은 목마를 때 통증을 달래주는 가장 좋은 약이지!

다른 두 아내가 그의 턱을 들어올리자 하프샤는 기름 몇 방울을 콧구멍에 떨어뜨렸다. 무함마드는 코로 들어간 기름에 괴로워하면서 벌떡 일어나 기름을 뱉어냈다. 놀라 뒤로 물러난 아내들에게 그는 눈을 부릅뜨고 고함쳤다.

"나한테 무슨 짓을 한 거야? 누가 그랬지?"

"저희가 그랬어요. 갈증이 심해서 정신을 잃으신 줄 알았어요." 하프샤가 대답했다.

"죽음의 문턱에서 영영 의식을 잃을 뻔했는데 알라께서 날 구하셨구나!"

그는 사우다를 불러 그녀를 포함한 모든 아내의 코에 기름을 붓도록 명령했다. 그런 다음 힘겹게 몸을 이끌고 침실로 가 털썩 쓰러졌다.

밤이 깊어지자, 그는 오한으로 치를 떨며 끝없이 아이샤를 불러댔다. 문이 열리고 사우다가 나타났다.

"아이샤가 보고 싶어!" 그가 말했다.

"신의 예언자시여, 아이샤는 지금 집에 없습니다. 친정으로 돌아갔어요!" 그때 무함마드는 죽음을 예감했다.

동틀 무렵에 그는 식량과 물을 낙타에 싣고 메디나를 떠나 먼 여행길에 나섰다. 그는 하얀 염소 모피를 둘렀는데 얼굴엔 낙심한 기색이 역력했다. 사막의 초입을 지나 그늘도 피신처도 없는 모래 천국으로 들어갔다. 그는 혹여 하늘에 머리를 부딪히기라도 할까 봐 그러는 듯 계속 고개를 떨어뜨린 채 낙타를 타고 갔다. 하늘 아래서 그는 작은 점 하나로 변해가고 있었다.

얼마 지나자 불에 탄 작은 산이 보였다.

옛날에 노새들이 목을 축이던 물가 야자수 근처에서 무함마드는 모래언덕 색을 한 양치기 개들을 만났다. 그는 한참이나 불에 타버린 바위들의 참상을 바라보다가 그 사이에 군데군데 비어 있는 자리가 바로 사람들이 살던 마을이라는 것을 알았다. 비탈 위에는 기하학적인 선 모양으로 담장과 울타리, 그리고 야생 덤불이 먼지를 쓰고 드문드문 자라고 있는 테라스 들이 세워져 있었다. 산은 서서히 자신에게 속한 것들을 거두어들이며 본래 모습을 되찾고 있었다. 마을의 모든 것은 황폐해졌다. 태양이 벽과 돌을 불로 태워 그을리기라도 한 듯 보였다. 한편에선 사막의 뜨거운 열풍과 바람이 태양을 도와 모든 것을 모래 속으로 사그라지게 했을 것이다. 무함마드는 어렵게 찾은 그늘 아래 들어가 생각에 잠겼다.

'나는 인간들의 세상에서 멀리 떨어져나왔다. 이제 어떤 사회적인 의무와 속박에서도 자유롭다. 수많은 역경이 도사리고 있을 테지만, 그 어떤 위험도 나를 해치지 못할 것이다. 오직 두려움 없이 평화롭고 완전한 무위(無爲)에 잠긴 무한한 지평선만이 있을 뿐. 광활한 사막을 오래 여행하며, 투명한 대기 속에 경이롭게 펼쳐진 자연의 공연을 보며 거니는 것이다. 그 안에서 나는 떠도는 섬이다!'

예언자는 깊숙한 황토 계곡에 둘러싸인 고대 수도원 옆을 지나 계속 앞으로 나아갔다. 어느덧 저녁이 다가왔고, 다음 날이면 전날 머문 흔적은 자취도 없이 사라졌다.

(안젤라, 당신이 무척 좋아하던 파올로 콘테의 노래 〈우리 떠나요〉가 떠오르는군. 가사는 이랬지. '내 손을 잡고 여길 떠나요. 우리 중에 많은 이들이 그렇게 해요. 아무도 우리의 빈자리를 눈치채지 못할 거예요…… 모든 것이 영원히 작별이죠. 언젠가는 공드랑*이 지나갈 거고, 그가 몰고 온 노란 트럭이 모든 걸 싣고 떠나버릴 거예요. 그러면 이 세상엔 더이상 아무것도 남지 않겠죠……')

'사막은 바다보다 인내심이 덜해.' 무함마드는 다시 한번 생각에 잠겼다. 그는 저 멀리 짙은 구름 모양으로 무리 지어 나는 새들을 응시했다. 그 아래엔 유프라테스 강이 드넓고 완만한 곡선을 그리며 흐르고 있었다. 무함마드는 며칠 더 강물을 따라 나아갔다. 얼마 가다가 그는 길을 멈추고 낙타에서 힘겹게 내려 강둑으로 발걸음을 옮겨 맑은 물이 흐르는 물가에 자리를 잡았다. 물을 마시고 몸을 씻고 나서 하늘을 올려다보았다. 그는 메카가 있는

---

* 스위스의 운송회사로, 노란 트럭 이미지로 잘 알려져 있다.

방향으로 고개를 돌리고 무릎을 꿇은 후 신께 기도를 올렸다. 그러자 그늘에 있는 동굴이 눈에 들어왔고, 그는 그곳에서 기운이 돌아올 때까지 앉아 있었다.

그는 물이 흐르는 냇가에 맨발로 내려갔다. 그러고는 물속에 손을 담그려고 나란히 붙어 있는 돌 두 개 사이로 몸을 숙였다. 그곳에는 절반쯤 이끼가 덮여 검게 변한 가죽 조각 하나가 끼어 있었다. 그는 힘을 줘서 가죽 조각을 빼냈다. 바로 바히라의 신발 조각이었다. 오랜 세월 동안 그대로 물속에 잠겨 있었던 것이다. 무함마드는 옛 형태를 잃은 그 조각을 깨끗이 닦아 말린 다음, 셔츠 속에 집어넣고 자신의 은신처로 돌아왔다.

그는 무릎을 꿇고 가죽을 꺼내 조심스럽게 모래 위에 올려놓았다. 희미한 기억을 더듬으며 그것을 바라보았다. 아주아주 먼 과거의 그날이 격렬한 싸움의 소용돌이처럼 생생히 되살아났다. 평범한 삶을 포기하고 순명하게 된 순간이었다. "더 행복하기로는 아직 태어나지 않아 태양 아래에서 자행되는 악한 일을 보지 않은 이라고 말하였다!" 그리스도교 수도사는 그렇게 말했었다. 무함마드는 늙은 수도사 바히라의 미소년 같은 섬세함과 자상함에 이끌렸고, 그 즉시 행복의 기쁨을 맛보았다. 지금 그의 앞에 놓인 가죽 조각은 그토록 소박하고 조용하며 생생한 어린 시절의 한때를 증명하고 있었다. 움직이지 않는 숭배의 대상을 앞에 두고 무함마드는 전혀 새로운 고독의 희생양이 된 기분을 느꼈다. 그 고독은 죽음의 세계에 같이 갈 또 한 명의 동반자를 찾아나서도록 부추겼다. 그는 열두 살 무렵으로 돌아가, 마치 죽음을 피해 도망치듯 사라져버린 바히라를 다시 바라보고 있었다.

무함마드는 바히라가 남긴 유물에서 눈을 떼지 않았다. 그리고 과거의 시간으로 거슬러 올라가 잃어버린 그날의 풍경이 마법처럼 다시 나타나게 해달라고 자신도 모르게 빌었다. 지나온 인생이 그리워서였을까? 늙은 그리스도교 수도사와 계속 말하고 싶어서였을까, 아니면 또다른 운명을 맞이하기 위해서였을까? 누구도 알지 못할 일이었다.

어느덧 밤이 되었다. 예언자는 자신이 우상 앞에 무릎을 꿇고 있다는 데 생각이 미쳤다. 자기도 모르는 틈에 혼령을 부르고, 신의 경지를 넘보면서 주술적 행위를 벌인 것이다. 그는 스스로 한 행동에 소스라치게 놀랐다. 그동안 살아온 삶과 시대의 의미를 손상했기 때문이다. 그는 메카를 향해 다음 날 아침까지 기도를 올렸다.

해가 중천에 떴을 때, 그는 가죽 조각을 집어들고 물속 제자리로 가져다놓으러 갔다. 계곡에서 흘러내린 물은 천천히 부드럽게 다시 그것을 휘감았다. 종이처럼 얇게 변한 그 작은 가죽 조각은 원래 끼어 있던 좁은 돌 틈에 들어가 물살에 흔들렸다.

얼마 후, 무함마드는 숨을 거두었다.

그를 죽음으로 내몬 것은 가혹한 두통이었다. 그는 오로지 아이샤만을 곁에 두고 싶어했다. 그녀는 자애로운 목소리로 말했다.

"겸손하고 지복한 영혼들은 소박한 침상 위에 누워 태양도 얼음도 보지 못할 거예요. 탐스러운 과일이 열린 나무들이 그들 옆에서 그림자를 드리울 겁니다. 영혼들은 은항아리와 크리스털 컵을 주고받으며 향연을 벌일 거예요. 천국의 항아리는 영혼들에게 기쁨을 주려고 끝없이 채워진답니다."

예언자는 극심한 고통의 정점에 이르자 주먹으로 관자놀이를 때리기 시작했다. 그를 오랫동안 괴롭혀온 형벌을 또다른 고통으로 없애보겠다는 환상에 사로잡혔다. 아이샤는 계속 이야기했다.

"그들에게는 살사빌이라는 천국의 샘에서 길어올린 생강 향기 가득한 물컵이 건네질 거예요. 영원히 늙지 않는 어린아이들이 그들 사이를 돌아다닐 겁니다."

무함마드는 참을 수 없는 고통으로 괴로워하면서 침대에서 떨어졌다. 그대로 바닥에 있고 싶었다. 그러자 젊은 아내는 다시 말을 이어나갔다.

"당신은 이루 말할 수 없는 행복에 젖어 거대한 왕국을 보게 될 거예요. 지복한 영혼들은 우아한 초록빛 비단옷을 입고 은팔찌를 두를 겁니다. 당신의 주님은 그들에게 아주 맑고 깨끗한 물을 베풀어주실 거예요. 이것은 진실로 당신이 살아 있을 때 겪은 고통의 보상으로 주어질 겁니다……"

무함마드는 조용히 눈을 감았다. 그가 떠난 후, 그 침묵은 오늘날까지 계속되고 있다.

제
2
악
장

불을 켜둔 채 잠이 든 모레나는 꿈속에서 헤매다가 느닷없는 소음에 잠을 깼다. 그녀는 전등빛이 깜빡이는 어슴푸레한 불빛 속에서 눈을 떴다. 얼마 동안이나 그랬는지 초인종이 울렸지만, 그녀는 소리를 듣지 못했다. 얼마 후, 멀리서 스쿠터가 요란한 소리를 내며 지나가는 소리와 구급차의 사이렌 소리가 들렸다. 아마도 테베레 강변에서 리페타 방향으로 달려가는 것 같았다.

"모레나! 모레나!

누군가가 그녀를 부르고 있었다. 그녀는 번쩍 눈을 떴다. 처음에는 꿈의 마지막 잔영 속에 있다고 착각했다. 갑자기 들이닥친 빛과 세상이 그녀를 에워쌌다. 그녀는 산 안드레아 델라 발레 아파트에 있는 자신의 침대에 누워 있었다. 전등이 켜져 있고 클라우디오의 원고가 소파에 놓인 걸 보고는 깜짝 놀랐다. 악몽을 꾸듯 심장은 정신없이 뛰었다.

광장에서 기분 나쁜 목소리가 드문드문 그녀의 이름을 외칠 때, 그녀는 호흡을 가다듬으려고 일어나 앉았다. 창문 가까이 다가가 커튼을 젖히고 아래를 내려다보았다. 분수 옆에 차 한 대가 서 있었다. 차 문은 열려 있고 조명등은 켜둔 채였다. 소리 높여 뭔가를 외치는 그 목소리가 다시 들려왔다.

"괴물, 그래, 넌 괴물이야!"라든가 "두려워서 도망치는구나. 하지만 소용없어. 내가 가만히 놔둘 것 같아. 독사 같은 년!"이라고 고함치는 듯했다.

굳게 닫힌 줄리오 씨의 바 앞에서 알레산드라는 하늘을 쳐다보며 두 팔을 들어올리더니 허공을 향해 두 주먹을 불끈 쥐었다. 그러다 갑자기 조용해지는가 싶더니, 급히 자동차에 올라 마다마 궁 쪽으로 사라졌다. 떠났다. 모레나는 침대로 돌아와 앉아 불을 끄고 어둠 속에서 머리를 두 손으로 감쌌다. 그녀는 방금 전 일을 머릿속에서 떨쳐버리려고, 아예 지워버리려고 울음이라도 터뜨리고 싶었다. 그 여자는 모레나에게 견디기 힘든 고통을 주었다. 오랜 세월 동안 그녀를 쫓아다니고 오매불망 기다리는가 하면, 느닷없이 정신 나간 모습으로 나타나곤 했다. 그러면서도 두 눈은 조심스럽게 도움을 청하고 있었다. 다른 사람에게 종속된 한 인간이 유일하게 내보이는 속내 같았다.

오래전부터 모레나는 그녀가 보낸 편지와 전보, 전화는 물론 문틈이나 초인종에 붙여놓은 메시지 들로 파묻힐 지경이었다. 그녀는 모레나가 어디 있는지 알아내려고 지구 반대편에서도 전화를 걸어왔다. 게다가 망상에 사로잡혀 어처구니없는 익명의 편지를 지금까지 한 차례 이상 경찰서에 보냈다. 그녀가 어디 있는지 알아내려고 수사를 의뢰할 요량이었다. 그리고 늘 모레나의 친구와 지인, 심지어 상점 주인에게까지 접근해서 주의를 주곤 했다. "코스탄치를 조심해요. 믿을 수 없는 여자죠. 사람들에게 해를 끼치고 자기 인생에 발을 들여놓는 사람 몸에 독을 주입하려고 돌아다니고 있어요."

그녀는 지칠 줄 모르고 계속 집착했다. 매번 갈등을 겪을 때마다 그녀는 점점 더 빈번하게 비정상적으로 행동했고, 상처받은 자신을 스스로 추슬러갔다. 그녀는 밖으로 드러내지 못한 또다른 불안과 고민을 기괴한 방식으로 해소하려는 것처럼 보였다. 자학에 가까운 고통에서 만족감을 얻는 것이었다. 모레나는 공포와 죄책감이 뒤섞인 알 수 없는 심정에 사로잡혀, 자신이 알레산드라에게서 절대 빠져나오지 못할 거라고 느꼈다. 그녀에게서 소중한 것을 빼앗은 게 화근이었다. 이제 그녀는 무슨 일이든 저지를 수 있었다.

모레나는 과거에 여러 번 온갖 모욕과 협박을 참아가며 차분하게 그녀와 대화하려고 시도했다. 하지만 그녀는 어김없이 모레나에게 달려들었다. 모레나의 고상하고 품위 있는 지성이 오히려 증오심을 부채질한 셈이었다. 그녀는 어떤 말이든 가리지 않고 모레나에게 퍼부었다. 알레산드라가 품은 엄청난 분노의 근원엔 질투가 자리 잡고 있었다. 오래전부터 조르조를 만나지 않는다고 다른 누가 아무리 설명해도 그녀는 믿지 않을 태세였다. 알레산드라는 그 둘이 몰래 만난다는 증거를 가지고 있었고, 그중 가장 확실한 증거는 모레나의 간교한 술책이었다. 모레나가 자신에게 전혀 반대로 얘기하며 설득하려 한다는 것이었다.

"사실이 아니라면 변명할 필요가 없잖아!" 그녀가 소리쳤다.

"지금 난 변명하는 게 아냐. 어떻게든 널 진정시켜서 네 머릿속에 든 그 터무니없는 생각을 없애버리려는 거라구!"

"대단해. 그렇게 해서 너희들의 부끄러운 애정 행각을 조용히 계속해나갈 수 있겠구나! 이거 축하해야겠는걸! 정말이지 너희 둘은 교활해! 입을 꾹 다물고 날 미치게 할 속셈이겠지. 하지만 난 괜찮아. 아주 멀쩡해. 내 머리는 여전히 잘 돌아가고 있어."

"말해봐, 도대체 내가 어떻게 해야 돼?"

모레나는 그녀에게 매번 물었다. 그러면 그녀는 어김없이 똑같은 소리를 했다.

"그건 네가 더 잘 알 텐데!"

"아냐, 얘기해봐. 이런 미치광이 짓을 그만둔다면 편지에 쓴 대로 해줄게!"

"미친 건 너야. 모르겠어? 너와 네 아버지는 조르조를, 그다음엔 나를 망쳐놨어! 그리고 넌 조르조의 머릿속으로 들어가 둥지를 틀었지. 이제는 네 손아귀에 있으니 캐러멜처럼 빨아먹고 뱉어내는군!"

모레나는 억지 주장에 어떻게 대꾸해야 할지 도무지 갈피를 못 잡았다. 그래서 달리 얘기해보기로 했다.

"네가 말한 대로라면 조르조는 이미 널 떠난 거야. 왜 쓸데없이 이래야 하지? 너한테 상처가 될 뿐이야."

알레산드라는 악의적인 눈빛을 띠며 웃었다.

"내가 그런 생각을 안 해본 것 같아? 아주 날 바보 취급하는구나? 그 사람도 너랑 있고 싶어하지 않아. 내가 널 미워하듯이 그도 널 미워해. 그리고 무서워하지."

"그럼 문제가 뭐야? 날 미워한다면 질투할 이유가 없잖아!"

"질투가 아냐. 내가 질투하는 거라고 스스로 믿고 싶겠지. 그래야 네가 편할 테니까. 하지만 난 질투하지 않아!"

"도대체 원하는 게 뭐야?"

"조르조의 머리에서 사라져줘!"

"어떻게?"

"더이상 몰래 그를 지켜보지 마! 대신 집으로 와서 우리랑 잠시 머물다 가. 날 밝을 때 말야…… 내가 방에서 나가기도 전에 도둑놈처럼 내 뒤에서 키스하지 마. 네가 생각하는 것을 모든 사람들 앞에서 큰 소리로 말해. 건강한 사람들이 아무것도 숨기지 않고 말하는 것처럼 말야. 그런데 넌 밤에 전화해서 내 목소리가 들리면 조용히 속삭이지. 가짜 서명으로 편지를 쓰고 말야. 그러다 가끔 어딘가에서 둘이 몰래 만나고 있어. 글쎄, 어느 허름한 싸구려 모텔일까. 하지만 언젠가는 너희를 붙잡고 말겠어. 그래서……"

"알레산드라, 왜 내가 그래야 하지? 왜 내가 나를 싫어하는 사람을 몰래 만나야 하는 거냐고……"

"왜냐면 그는 자기 자신이 널 미워하는지 모르니까. 그는 널 두려워하지만 그 사실을 모르고 있어. 본능만 따르는 거야……"

"그만해. 내가 졌어! 넌 앞뒤가 안 맞는 엉터리 말만 늘어놓고 있어. 불행히도 네 머릿속에선 모든 것이 비정상적이고 정교한 논리로 자리 잡고 있구나. 내가 어찌해볼 도리가 없어. 내 말을 믿어줘. 얼마나 속상한지 넌 상상조차 할 수 없을 거야. 널 좋아해. 이런 네 모습을 봐서 마음이 얼마나 아픈지 얘기해봐야 소용없겠지. 넌 내가 지독히 교활하고 마녀 같다고 하겠지……"

그러자 알레산드라는 얼굴을 찡그릴 정도로 날카로운 웃음을 터뜨렸다.

"날 좋아한다고? 그럼 왜 연락을 끊었어? 왜 우리 집에는 발걸음조차 하지 않는 건데? 우리가 함께 보낸 그 많은 아름다운 날들을 기억해? 테라스에서 즐겼던 저녁식사, 눈부시게 아름다웠던 여름. 그리고 갑자기 모든 게 폐허로 변했지. 너와 그 남자도……"

"무슨 말이야?"

"조르조는 나와 아이만 남겨두고 떠났어. 다른 건 몰라도 그건 기억하겠지?"

"그후에 집으로 돌아갔잖아. 대체 나한테 뭘 원하는 거야? 내 인생하곤 절대 아무 상관도 없는 일이야!"

"거짓말쟁이!"

거짓말쟁이. 알레산드라가 그녀의 면전에 대고 가장 자주 내뱉은 말이었다.

그 말은 다른 어떤 단어보다 부당하고 악의에 찬 말이었다. 알레산드라는 진실을 말하지 않는다고 모레나를 비난했지만, 알고 보면 그녀는 최근 들어 사소한 거짓말로 일관하며 살았다. 이른바 진실이라는 것을 그녀는 뿌리 깊이 불신했다. 그녀에게 진실이란 또다른 거짓을 숨기는 거짓에 불과했다. 그래서 모레나가 더이상 조르조를 만나지 않는다고 단언할 때도 그녀는 전혀 납득하지 못했다. 그녀의 목소리엔 죄의식인지 무의식적인 냉소인지 확실치 않은 기색이 엿보였다. 알레산드라가 보인 질투는 어떤 의미에선 그녀에게 필요한 요소이고, 죽어서 땅속에 묻힌 희망을 그녀 인생에 다시 불어넣어주는 역할을 하는 듯싶었다. 불행히도 알레산드라는 자신의 통제할 수 없는 분노와 알 수 없는 우유부단함에 휩싸여 오래전부터 망상이란 공중누각을 세우고 있었다. 떠들썩한 비난과 원망의 외침이 사그라질 때까지.

모레나는 느닷없는 충격에 생각을 중단했다. 밖에서 알아듣기 어렵게 고래고래 소리 지르며 욕설을 내뱉는 소리가 들려왔다. 알레산드라가 돌아온 것이다. 그녀는 차에서 내려 모레나의 창문에 돌을 던지고 있었다. 어디서 주워왔는지 모를 돌멩이들은 창문까지 날아오지 못하고 아파트 정면과 아래층 집의 닫힌 창문에 부딪혔다.

"널 봤어. 거기 있는 거 다 알아! 내려와!"

고함과 울음이 뒤섞인 그녀의 말을 모레나는 듣고 있었다.

"너한테 할 말이 있어. 중요한 얘기야! 말한 다음에는 조용히 내버려둘게. 약속해! 문 열어!"

누군가가 참다못해 창문을 열고 광장을 향해 고함을 질렀다. 그러나 알레산드라는 멈추지 않고 자동차 좌석에 쌓아놓은 돌멩이를 꺼내 계속 던졌다. 모레나는 음습한 방 안에서 망연자실하게 있다가 울음을 터뜨렸다. 사방에서 불안과 고통이 뿜어나왔다. 지독한 광기에 휩싸인 알레산드라는 끊임없이 옛 상처를 들춰내면서, 모레나가 잊으려고 한 과거를 단죄하듯 끄집어내 팽개쳤다.

잠시 후, 경찰차의 사이렌 소리가 요란하게 들려왔다. 그들은 난동부리는 그녀를 별다른 얘기 없이 멀리 쫓아냈다. 모레나는 유리 창문 가까이 다가섰다. 제복을 입은 경찰 한 명이 알레산드라의 차에 올라 리나쉬멘토 대로 방향으로 차를 돌려 출발하는 것이 보였다. 잠시 동안 자동차 불빛이 산 안드레아 델라 발레 성당 정면을 요란하게 비추었다. 광장에는 바위처럼 무거운 침묵이 내려앉았고, 창문들의 불빛은 하나 둘씩 꺼졌으며, 비둘기들은 다시 처마 밑 홈으로 들어갔다.

그러나 모레나는 여전히 충격에서 헤어나오지 못한 채 불을 켜고 물을 마시러 부엌으로 갔다. 약이란 약은 모두 유효기간이 지난 것뿐이어서 안정제 한 알조차 찾지 못했다. 그녀는 대신 캐모마일 차를 마시기로 했다. 오래되어 향이 다 달아난 티백이긴 했지만. 가스레인지에 물을 올려놓고 다시 방으로 돌아와 옷장 서랍에서 누렇게 빛이 바래고 구겨진 흰 천가방을 꺼냈다. 겉에는 붉은 자줏빛 꽃무늬와 함께 주소가 인쇄되어 있었다. '아드리아노 데스테 베이커리, 프락큐소 가 73번지.' 모레나는 식탁 위에 내용물을 쏟았다. 그 안에서 낡은 빈 봉투와 편지, 엽서, 급하게 적은 메모지, 그리고 펜으로 쓴 카드 뭉치가 쏟아져나왔다. 아주 오래전의 추억이 담긴 물건들이었다. 캐모마일을 담은 찻잔에 뜨거운 물을 붓고 나서 그녀는 식탁에 앉았다. 차가 우러나길 기다리며 수북이 쌓인 종이더미 속에서 하나씩 끄집어내 읽기 시작했다.

사랑하는 그대에게

처음엔 그런 경험을 하려고 힘들게 산에 올랐다고 말하고 싶었어요. 하지만 당신이 비웃을 걸 상상하니 거짓말을 못하겠더군요. 아무튼 코르티나에서 잊지 못할 추억을 경험했어요. 그 지방이 정말 매력적이어서 처음엔 충격을 느꼈어요. 하지만 이틀 정도 지내면 금세 싫증날 것 같은 곳이에요. 처음 받은 인상이 영원히 남았으면 하고 바라지요. 상점들은 더할나위없이 멋진데, 당신이 남성용품들을 본다면 입을 다물지 못할 거예요. 당신이 갖고 있는 스웨터들보다 훨씬 더 특색 있죠. 게다가 호텔들은 아주 화려하고 고급스러워요. 카도레*에서 가장 아름다운 것은 뭐니뭐니해도 19세기 말과 20세기 초에 지은 목조주택들이에요. 경사진 지붕과 발코니, 나무로 만든 작은 테라스를 베고니아 같은 형형색색 꽃들로 꾸며놓았어요. 현대적인 주택도 이런 양식을 맹목적으로 따라했어요. 그래서 처음에는 아주 아름답게 보일 수 있겠지만 나중에는 실패작처럼 보이죠.

어제는 당신도 눈치 챘겠지만, 할머니를 모셔 오려고 브레시아에 갔어요. 그동안 못 본 곳을 둘러보고 싶어서 할머니랑 많이 돌아다녔어요. 아름다운 것들과 꿈 같은 환상을 두 눈 가득 담았죠. 산과 당신 모습이 오묘하게 겹쳐 보였어요. 신문에서 로마가 폭염

---

* 이탈리아 북부 돌로미티 지역.

에 휩싸였다는 기사를 보고 당신이 프라스카티에서 잠깐 피서를 즐길지도 모른다고 생각해봤어요. 까무러칠 만큼 당신이 그립고, 당신이 내 곁에서 아주 멀리 떨어져 있는 것처럼 느껴져요. 우리를 갈라놓은 칠백 킬로미터보다 더 멀리 말이에요. 당신을 놀라게 할 방법은 예정보다 빨리 돌아가는 것뿐이겠죠. 그 방법이 마음에 들지 않는다면 알려줘요.

어제 아버지한테 전화했는데, 아버지는 할머니가 산에 또 가시길 바라세요. 일요일이나 월요일에 몬테 카보 지역에 쉴 만한 자리가 있는지 알아보고 우리가 돌아가야 하는지 전화로 알려주실 거예요. 할머니는 썩 달가워하지 않으시지만, 아버지는 일하는 동안엔 신경 쓰고 싶지 않다고 말씀하시죠.

내가 당신을 그리워하듯 당신도 나를 그리워했으면 좋겠어요. 이렇게 형편없는 글을 써서 미안해요. 그렇지만 생기를 잃으니 꽃이 시드는군요. 아무튼 내가 하는 말을 알아듣지 못하는 사람들 틈에 살고 있는 기분이에요. 난 우리 친척하고만 소통하지 못하나 봐요.

뜨거운 포옹을 보내며, 모레나

추신: 정말 문맹자처럼 썼군요. 용서해줘요.

조르조에게
잠에서 깨어나니 내가 아닌 다른 사람이 된 듯한 착각이 들었어요. 오래전부터 이런 생각에 사로잡혀 있었죠. 자존심이나 자부심이라곤 털끝만큼도 없는 이 어리석은 존재에게 지금까지 수천 번도 넘게 충고를 했어요. 야만적인 살육 행위의 제물이 되어 예민하게 반응하는 이 못난 인생에게 말이죠. 한 부분이 다른 부분을 삼키며 소진되어가고 있어요.

이 모든 것에서 자유로워지려면 조금 비겁해질 필요가 있어요. 눈을 뜨거나 감은 채 침대에 드러누워 몸과 정신을 완전히 이완하고 아주 수동적으로 내버려두는 거죠. 다른 사람들의 말과 행동은 내버려두고 아무런 반응을 하지 않는 거예요. 어제의 일과 사람들을 기억에서 지우면서 집을 나서고 길을 떠나는 거죠. 새롭고도 묘한 흥미를 느끼면서 다가오는 모든 만남에 가능성을 열어두는 것. 언제든 곧장 사랑에 빠지도록 여지를 두는 일이기도 해요. 그래야 지난 추억과 사랑스럽고 달콤한 순간들이 뒷걸음칠 테고 어쩌면 새로운 것들이 생겨날지도 모르죠. 하지만 삶이 그렇게 단순하진 않겠죠. 나는 절망감을 숨기고 어느 한 사람에게만 사랑의 욕망을 아낌없이 분출하고 싶지만 그게 전부는 아닐 거예요.

당신은 타인을 위해 어느 것 하나 희생한 적이 없어요. 당신의 마음을 흔들지 못하면 아무것도 주지 않고 늘 받기만 했죠. 언제나 당신 주위엔 사랑이 있었지만, 당신 스스로 주는 사랑이 아니어서 별로 중요하게 여기지도 않았지요. 당신의 정직함은 비겁함의 또 다른 형태예요. 당신은 그 어떤 것도 놓치지 않고 손쉽게 모든 것을 얻으려 하죠. 그러고는 이해하는 척 스스로 속이고 있어요.

이제 당신은 더이상 예전의 당신이 아니에요. 욕정에 들뜬 동물에 불과하고, 신혼 때 잠자리를 함께한 남편이자 환상이 사라진 부르주아일 뿐이죠. 그것이 옳든 그르든 당신을 더욱 미워해요. 더이상 헤어날 수 없는 어떤 무서운 힘이 하루하루 날 파괴하고 있어요. 확실한 건 오로지 죽고 싶지 않다는 것뿐이에요. 하지만 이런 생각도 살아갈 힘을 주진 못하는군요.

모레나

사랑하는 모레나

우선 당신에게 당부할 말을 몇 줄 적고, 내 얘기를 조금 들려준 다음 작별 인사를 해야겠소. 내일부터 오케스트라 단원 전체와 중요한 작업을 시작하기 때문에 일찍 잠자리에 들어야 하오. 난 잘 지내고 있소. 당신도 그런 것 같군.

내 여권을 부탁해요. 혹시라도 병무과에서 귀국 시한을 연장해준다는 허가증을 받게 된다면 말이오. 몇 개월 더 연장해줄 가능성이 없진 않지. 일과 관련해 매우 중요한 사항이라고 말해줘요. 되도록 빨리 결과를 알려줬으면 좋겠소.

얼마 전 스테파니아에게 축하 인사를 보내며, 당신 할머니와 아버지께 안부를 전했소.

글이 잘 써지지 않아 길게는 쓰지 못하겠군. 여기에선 거의 누구에게도 편지를 쓰지 않았다오. 잔카를로나 다른 친구들한테조차 답장을 쓰지 못하고 있소. 유일하게 당신과 우리 아버지, 그리고 숙부에게만 글을 쓰고 있지. 그래서 별 뜻 없이 재미있고 장황한 편지를 받아보진 못해요. 글쎄 내가 변한 건지 모르겠지만 가까스로 쓴 것 같은 음울한 편지들만 도착하는 건 확실하오. 매번 실망감은 점점 더 커지고 있지. 아이처럼 들뜬 마음에 편지를 집어들고 방으로 가져가 읽는다오. 하지만 읽고 나서는 슬픔 때문에 눈물을 흘릴 지경이 된다오. 다행히 내일부터는 상념에 잠길 시간이 없을 거요.

안타깝게도 당신 역시 그렇군. 별것 아닌 얘기들로 날 맥빠지게 했소. 고양이들 얘기며 씁쓸한 경험을 들려주었지…… 하루도 빠짐없이 편지 보내지 말고 기분 내킬 때 써요.

이곳에 있는 사람들은 내게 아주 호의적이오. 모두들 날 좋아하지. 이젠 어느 정도 안정을 찾아 내 일에 전념할 시간을 가졌으면 하오.

아버지께서 편지 한 통을 보내셨는데 그 편지가 내 마음을 뒤흔들었소. 난 정성을 다해 답장을 해드렸소. 내 편지를 읽고 아버지께서 행복해하시길 바라면서 말이오. 살아오면서 행복한 순간을 거의 누려보지 못한 아버지께 그렇게 해드리고 싶었소. 모레나, 할 수 있다면 아버지를 찾아가 당신께서 내 얘기를 하실 수 있게 해줘요. 그럼 아버지는 무척 행복해지실 거요. 내가 훌륭하고 똑똑한 아들이고, 그렇게 기른 건 아버지였다고 말하실 수 있게 말이오.

모레나, 어쩜 난 변했나보오. 제발 그러길 바랍시다. 이제 자러 가야 하니 당신에게 작별 인사를 해야겠소. 지금 일본은 새벽 두시요. 로마는 저녁 여덟시가 되겠군. 여덟시면 난 클라리넷 연주자와 공연기술자, 사무직원과 함께 카드놀이를 해요. 그동안 텔레비전 화면에선 스모 선수들이 겨루고 있다오.

사랑을 가득 담아 포옹을 전하며, 당신의 조르조

조르조

당신이 여전히 살아 있는지 제발 내게 알려줘요. 당신과 당신 아버지가 몹시 걱정돼요. 두 줄 정도 쓴다고 해서 당신 시간을 많이 빼앗기진 않을 거예요. 언제쯤 로마에 다시 갈 수 있을지 모르겠어요. 솔레 고속도로가 화요일까지 폐쇄라, 날씨가 다시 좋아지면 수요일 아침에나 여기에서 출발할 수 있을 거예요.

문득 목에 난 작은 혹들을 없애고 싶더군요. 그래서 닷새나 목을 꽁꽁 감싼 채 불쾌하고 불안한 심정으로 돌아다녔어요. 내일은 그것들을 없애러 갈 거예요. 아마 혹보다 더 보기 싫은 흉터가 남을지도 몰라요. 그래도 견딜래요!

할머니는 아주 잘 지내세요. 정말이지 이곳에서 지내는 편이 할머니께는 최선책이죠.

당신은 새로운 소식 없어요? 당신이 소식을 전해주었으면 하고 간절히 바라게 돼요. 당신한테 자질구레한 이야기를 털어놓지만 사실 난 몹시 불안해요. 당신이 즐겁게 지내느라 소식을 들려주지 않는 거라면 차라리 행복할 거예요. 하지만 뭔가 문제가 있다는 느낌이 들어서 잘 지내지 못하겠어요. 당신이 힘들 때 옆에 있어서는 안 되는 건가요? 당신을 정말 사랑해요. 그 누구와도 바꿀 수 없어요.

당신을 꼬옥 껴안고 싶은, 모레나

나의 모레나

시롤로에서 당신에게 보낸 엽서를 보고 알았겠지만 집을 떠나 있어서 답장을 곧바로 할 수 없었소. 지금은 집에 돌아와 당신의 주소를 알았소. 할머니의 안부를 들려준 당신의 두번째 편지를 지금 읽고 있소. 유감이오, 심각한 병이 아니시길 바랄 뿐이오.

전에 내가 말한 일은 전혀 손을 대지 못했소. 이제야 뭔가를 시작할 수 있겠는데 시간이 별로 없군. 리허설과 작곡, 여권 관련 일에 신경 쓰느라 시간 여유가 없소. 열정적으로 뭔가에 몰입할 시간은 얼마 되지 않아요. 짧은 휴가가 끝나고 지금 내 입술에는 이상한 냄새가 감돌고 있다오. 폭력과 온화함, 역겨움과 천국의 향기가 뒤섞인 냄새지. 솔직히 말하면 작지만 커다란 내 근심거리들을 놔둔 채 가능하면 당신과 대학교 분수에 앉아 미래와 이데올로기에 대해 이야기하면서 한겨울을 나면 좋겠소.

진실을 말하자면 낡아빠진 스웨터처럼 속이 축 늘어지는 느낌이오. 망할 놈의 악마가 나를 부르주아의 삶으로 밀어뜨리는 것 같군. 진정 다른 누구보다, 어떤 것보다, 특히 내 두 손—기차 사고로 두 손을 잃는 꿈을 자주 꾼다오—보다 더 사랑하는 사람에게 무관심하게 되면서 악마가 나를 이 꼴로 만들었다는 생각이 드오.

모레나, 이 편지는 당신에게 도착할 거고, 당신은 언제나 그대로 영원히 새롭고 신비로운 모습으로 거기에 있겠지. 하지만 당신의 글에서 직감하듯이, 만일 뭔가가 아주 미미하게 당신을 바꿔놨다 해도 내게 당신은 늘 변함없는 사람일 거요. 위선의 가면을 쓴다 해도 말이오. 사는 건 얼마나 힘든 일인지!

당신의 조르조

무척이나 사랑하는 조르조

지금 보내는 편지는 이제껏 당신한테 보낸 글 중에 가장 중요한 편지예요. 당신이 어떻게 여길지 몰라서 더 그렇네요. 부탁이에요. 미룰 것도 없이 지금 당장 말할게요. 제발 전화로 대답하지 말아줘요. 이런 얘기를 나누는 것이 적절치 못하다거나 때가 맞지 않다고 생각하겠지만, 며칠 전부터 끊임없이 해온 생각이라 당신에게 말해야겠어요. 당신도 내가 뭔가를 숨기고 있다는 걸 어느 정도 깨달았을 테니까요. 아버지는 이 문제와 전혀 상관없어요. 맹세컨대 당신이나 당신 음악에 관해 조금이라도 뭔가 말씀하신다면 그 사실을 당신한테 숨기지 않겠어요. 당신과 그런 얘기를 나눌 때 내가 불안해한다면, 그건 당신을 좀더 돕고 싶고—아니면 당신을 따르고 싶어서란 표현이 낫겠죠—당신이 더 안정감 있고 낙관적으로 지낼 수 있기를 바라기 때문일 거예요.

내가 하고 싶은 말은 '아직 태어나지 않은 아기의 탄생을 위한' 당신의 칸타타* 소곡과 어느 정도 관련이 있어요. 언젠가 당신에

144

게 말한 것 같군요. 멋진 직업과 아이를 갖고 내 집에서 독립적으로 살아가는 미래를 꿈꾼다고 말이에요. 나는 결혼을 항상 끔찍하게 여겼고 전혀 신뢰하지 않았어요. 그러나 아이는 갖고 싶다고 늘 생각했어요. 그리고 당신을 아주 사랑한다는 사실을 깨달았을 때—더이상 당신에게 마음을 열어 보일 수 없을 정도로요—우리의 사랑이 오래 지속되기를 바랐어요. 가정에 얽매이지 않고 나 자신을 온전히 자유롭게 펼치고, 그다음에 당신의 아이를 가지게 해달라고 말하고 싶었죠. 비록 미래에 대해선 알지 못하지만 난 확신해요. 이런 바람을 털어놓게 한 당신 같은 사람을 앞으로 절대 만날 수 없을 거라고. 그리고 전에 당신의 음악을 피아노로 들으면서 왠지 모르게 태어나지도 않은 아이에게 격렬한 질투심을 느꼈어요. 터무니없는 감정을 설명할 수 없지만 굉장히 불안해졌고 내 '계획'을 다시 생각하게 됐어요.

이 글이 당신을 쓸데없는 상념의 바다에 빠뜨릴까봐 두려워요. 하지만 다른 한편으론 말도 안 되는 내 머릿속에서 어떤 생각들이 떠도는지 당신이 아는 편이 더 나을 거라 믿어요. 마음속 이야기를 다 털어놓으니까 벌써 전보다 더 만족스럽네요. 당신이 내 곁에 있어서 나를 힘껏 안아줬으면 좋겠어요. 안녕, 내 사랑.

모레나

---

* 독창, 중창, 합창과 기악 반주로 이루어진 성악곡.

당신에게 편지 보내기가 두려워 오후 내내 괴로웠어요. 지나친 솔직함 역시 상처를 줄 수 있겠죠. 하지만 내가 모든 것을 망치지 않기를 간절히 바라요. 당신에게 내 생각을 숨기고 싶지 않았던 것도 오로지 그 이유 때문이에요. 표현을 잘못했다면 용서해줘요.

조르조, 지금 난 아주 고통스러워요. 나에겐 내게 일어난 일들을 이해하고 이성적으로 판단하고 받아들일 강한 힘이 있었어요. 그런데 지금은 엄청난 혼란에 빠지고 말았어요. 완전히 제정신이 아닌 것 같아요. 단 한 가지 진실은 다른 누구와도 비교할 수 없이 매혹적이고 순수한 당신을 믿는다는 사실이에요. 나는 당신이 자신이 믿는 뭔가를 사랑하고 그걸 실현하고 있다는 것을 알기 때문에 멀리서도 사랑할 수 있어요. 그 사실 때문에 당신이 괴로워한다고 해도 말이죠. 믿고 싶진 않지만, 만약 당신이 그런 내 바람을 저버린다면 난 고통의 수렁 속으로 빠져 하나도 후회하지 않고 나 자신을 철저히 파괴할지 몰라요. 당신은 결코 이해하지 못할 거예요. 정말 모르겠어요. 당신의 믿음을 얻기엔 내가 너무 미쳐버렸나봐요. 난 그저 알고 싶을 뿐이에요. 만약 당신이 변함없이 당신 그대로라면, 난 어떤 고통이든 견뎌낼 수 있어요. 당신에게 알레산드라가 있듯이 내게는 당신이 있어요. 그래서 나는 당신과의 불가능한 관계와 나의 고독까지 이해할 수 있어요. 만약 내 말이 사실이 아니고 당신에게 충분한 설명이 되지 못했다면 끝까지 당신을 파헤쳐보고 싶어요. 그리고 나 자신을 돕기 위해 당신을 돕고 싶어요. 당신을 믿어야 하고 그렇게 믿고 있어요. 수없이 다양한 사건과 감정의 소용돌이 속에서도 당신을 따르겠다면 그래야겠죠. 적어도 그렇게 믿고 있어요. 냉정하고 객관적으로 살아가는 것이 얼마나 어려운지, 균형을 잃지 않고 타인의 말에 귀 기울이며 자신을 지나치게 드러내지 않고, 또 스스로 방관하지 않고 도움받지 않으려고 관심조차 없는 것들을 이야기하는 것이 얼마나 어려운 일인지 알아줬으면 해요. 사랑해요, 안녕.

모레나

사랑하는 그대

당신을 더 가까이 느끼고 싶었어요. 그래서 우리가 만난 이후에 이 편지가 도착하리란 걸 알면서도 여전히 당신한테 글을 쓰고 있어요. 전화로 얘기하는 건 얼마나 힘든지 몰라요. 아주 오래전부터 느끼고 갈망하던 것을 매번 당신한테 털어놓을 수 없어서 씁쓸해요. 당신이 위기감을 느끼고 예민해지지 않았으면 좋겠어요. 전혀 그럴 필요 없어요. 인내심을 가져봐요. 어쩌면 지금 음악에 신경을 덜 쓴다면, 다음 주엔 더 열심히 작업할 수 있을 거예요.

난 당신과 당신의 지성, 그리고 당신의 감성을 절대적으로 믿어요. 웃지 말아요. 어떻게 표현해야 좋을지 모르겠지만 진심이니까. 난 앞으로 당신이 많은 일을 해낼 거라는 걸 알아요. 물론 당신이 바라는 세계로 안내해줄 길을 전념해서 찾아줘야 한다는 것 역시 깨달았어요. 어떻게 하면 우리의 관계를 밝히지 않고, 아무런 위험 없이 당신을 도울 수 있을지 곰곰이 생각했어요. 당신이 깜짝 놀랄 만큼요. 아버지와 나의 관계가 달랐다면 문제는 더 쉬

윘겠죠. 아버지와 평범하게 대화할 수 있고, 당신의 상황과 음악적 야망을 말씀드려서 어떤 의견과 도움을 구할 수 있다면 복잡하게 생각할 필요가 없었을 거예요. 그러나 난 견디기 힘든 괴팍한 성격을 지녔고, 아버지는 당신 나름대로 생각이 있으시죠. 내가 아버지와 얘기 나누고 조언을 얻고 싶어하는 걸 짐작조차 못하실 거예요. 만약 아셨더라면, 나는 이곳 로마에 있을 때부터 하루에도 수천 번 아버지와 대화하고 몇 가지 문제를 깊이 있게 상의한다든지 내가 가야 할 길을 선택하는 데 아버지께 도움을 청했을 거예요. 음, 아직 그렇게 해볼 용기를 얻지 못했어요. 당신에게 내가 부족한 사람이라고 말했을 때 당신은 무척이나 놀랐죠! 유감스럽게도 나한테서 아직 발견하지 못한 단점들이 많을 거예요.

당신은 내가 행복해져야 한다고 말하죠. 나도 당신에게 똑같이 말하고 싶어요. 비록 내가 당신에게 모든 것을 받으면서도 많은 것을 내줄 수 없는 작은 존재에 불과하지만 말이에요. 요즘 들어 걱정거리가 연이어 있었어요. 정말이지 당신이 없었다면, 나 역시 아무런 의미가 없었을 거예요. 당신을 생각하면 난 안정감을 되찾고 평화로워지죠. 내가 당신의 음악과 야망의 십분의 일만큼이라도 중요한 존재가 될 수 있다고 생각하나요? 그렇다면 행복할 거예요.

정말 정신 나간 사람마냥 두서없이 쓴 것 같군요. 미안해요, 정말 미안해요.

키스를 전하며, 모레나

조르조에게

당신은 내 손을 붙잡고 어느 긴 오솔길로 이끌었어요. 부드러운 자갈이 깔려 있고 빗물이 채 마르지 않은 하얗고 깨끗한 길이었죠. 그렇게 있어줘서 고마워요. 내게 아무런 상처도 주지 않고 그토록 끔찍이 사랑해줘서 고마워요. 우리의 사랑은 서서히 조금씩 커나갔어요. 그 감정은 아주 적은 양으로도 몹시 달콤하고 향기가 나서 우리는 우리 외에 모든 것을 잊으면서 절대적으로 순수해졌어요. 어떤 저속함도 이별의 슬픔도 없이 심연에까지 이르는 사랑이죠. 한 편의 시처럼 아름답게 빛나며 고요하게 기억될 그런 사랑이요.

모레나

사랑하는 모레나

어제 당신은 내가 뭔가를 숨기고 있다는 인상을 받았군. 확실히 그런 느낌이었소. 하지만 내가 뭘 숨기고 있는지 나조차 모르겠소. 이 세상에 태어난 이유가 오로지 당신을 기쁘게 해주는 데 있는 것 같소. 그 쓸쓸한 느낌에 자주 빠져든다오. 모든 것이 어둡게만 보이는군. 나를 두렵게 하는 당신이 너무나 그립소.

조르조

나의 조르조

두 사람 사이의 진실한 관계를 위해 가장 중요한 건 대화라고
생각해요. 하지만 일반적으로 사람들이 생각하는 대화 방식을 뜻
하는 건 아니에요. 대화는 어떤 두려움이나 걱정 없이 모든 것을
말하는 걸 의미해요. 하지만 모든 것을 말하려면 듣는 사람의 관
심을 끌어야 해요. 난 생각에 잠길 때면 말을 아주 잘해요. 그래서
천재가 된 기분이 들어요. 그리고 천재라는 것은 어떤 어려움 없
이 자기 내면 깊숙이 다다르려는 열망에 지나지 않아요.

모레나

숭배하는 여인 모레나에게

이곳 뉴욕에서 매일매일 느끼는 다양한 감정을 제대로 설명할
수 있을지 막막하군. 눈부시게 아름답고 거대한 이곳은 세상 모든
민족과 인종이 넘쳐나는 아주 아름답고 거대한 도시라오. 마천루
를 가로지르는 거리마다 사람들이 가득한 광활한 세상이지. 북적
이는 사람들의 얼굴과 눈동자엔 들려줄 이야기가 가득하오. 하지
만 내가 본 뉴욕은 절망에 빠진 도시이기도 해요. 분출하지 못한
외침 같은…… 미국인의 언어로 말하지 못해서 이방인인 내 이질
감이 더욱더 커지는 것 같소. 난 한 번도 나의 절망감을 냉정하게
바라본 적이 없었소. 무능함도 빼놓을 수 없겠지. 간단한 제스처
로도 나 자신을 표현하지 못하니까 말이오. 지금 이 순간처럼 타
인이 극도로 두려운 적이 없었소. 울타리 친 공간 안에 살고 있다

는 썩 달갑지 않은 기분이 들어요. 정신의 고삐를 늦춘다면 미치고 말 거요. 요즘 악몽을 꾸는데, 내가 잠든 사이에 누군가가 나를 밖으로 데려가면 어쩌나 하는 내용이오. 손은 개미들에게 물려 있고, 아침에 눈을 뜨면 개들이 달려와 킁킁거리며 냄새를 맡으려 하고, 하늘 위에서는 갈매기가 날 내려보며 낮게 날아다니겠지. 그리고 꾀죄죄한 외투를 걸친 노숙자 역시 의심스런 눈길로 나를 쳐다볼 거요. 당신이 없다면 말이오……

당신의 조르조

조르조에게

어떤 방식으로든 싸우고 또 싸워나가는 당신을 한순간도 놓치지 않고 보고 싶고 당신의 목소리를 듣고 싶어요. 여기서 투쟁이란 당연히 고도로 집중하는 삶을 뜻해요. 나처럼 당신을 좋아하는 주변 사람들에게 상처를 주면서까지 집중하는 그런 삶 말이에요. 다른 건 중요하지 않아요. 음악을 작곡하고, 당신만의 독창성을 느끼고, 당신이 원하는 모든 것을 사랑하세요. 위기에 휩쓸리지 않고 다른 사람에게 이끌려다니지 않으면 그만이에요. 어젯밤에 난 두 팔과 신경이 당겨지는 기분을 느꼈어요. 하지만 그건 사랑의 욕구나 할머니에 대한 염려 때문만은 아니었어요. 바로 당신 때문에 일어난 격정이었어요. 설명하긴 어렵지만, 결코 멈추지 않고 세상 곳곳으로 퍼져나갔으면 하는 감정이에요. 당신은 무심해 보이네요. 알아요. 당신이 세상 모든 음악과 대기 중에 진동하는 모든 소리를 듣는다는 걸. 당신은 부드럽고 온화한 얼굴로 입을 다물고 있지만 그사이 사람들의 인상과 평가, 영향에 귀 기울여 성숙해진다는 걸 알아요. 하지만 그런 다음엔 연주나 연습에 시간을 빼앗기지 않고 그대로 작곡에 몰두하는 당신 모습을 봤으면 좋겠어요. 당신은 자신감을 가져야 해요. 안녕, 내 사랑.

모레나

*

알렉산드라는 운동하러 가듯 일주일에 두 번 집을 나섰다. 운동복과 테니스화, 수건을 가방에 챙기는 대신, 전날 밤 꾼 꿈과 몇 가지 기억의 실마리, 그리고 마지막 순간에 세상의 위선에 대해 떠오른 세 가지 생각만 염두에 둔 채로. 그렇지만 다른 무엇보다 그녀는 영혼의 성찬과 같은 딱딱한 망각의 덩어리 덕분에 일상을 지탱할 수 있었다. 판단력이 흐린 노인들이 그렇듯, 삶에서 아주 오래전 기억은 자잘한 부분까지 상세하게 묘사할 줄 알았지만, 정작 어제 저녁 뭘 먹었는지는 기억하지 못했다. 하루도 빠짐없이 삶 속에 끼어드는 이 텅 빈 자리들을 그녀는 충분히 인식했지만, 애써 태연한 척하는 것 외엔 별다른 도리가 없었다. 환영이 정신세계를 차지하고 그 빈자리가 갑자기 덮쳐오는 상상을 할 때면, 그녀는 완전히 불안감에 사로잡혔다. 심연의 무의식이 폭발해서 그녀의 몸이 텅 빈 껍데기가 되어버리거나, 조종하는 대로 이리저리 생기 없이 움직이는 꼭두각시 인형으로 전락할까봐 두려웠다. 잠자는 것과 먹는 것, 화장실 가는 것, 심지어 집에 돌아갈 전차를 타는 것까지 잊어버릴 지경이었다. 듬직하고 말수가 적은 발리아니 박사와 정기적으로 만난 덕분에 그녀는 불안을 어느 정도 잠재울 수 있었다. 그는 알레산드라와 마주앉아 쉬지 않고 쏟아지는 말을 참을성 있게 듣고 또 들어주었다. 그녀가 토해내는 말은 세상에 실재하는 것들과 그대로 일치하는 듯 여겨질 정도였고, 그녀의 기억 역시 한 치 어긋남도 없이 온전한 듯했다. 중요한 점은 그것이 기억의 훈련이자, 변하게 마련인 뇌세포들을 감퇴시키지 않으려고 스스로 뇌에 가해온 자극이란 점이었다.

알레산드라는 모레나와 동갑이었다. 앞으로 그녀는 모레나의 변신 게임에 등장하는 수수께끼 여인들 중 하나가 될 것이다. 그녀는 머릿결이 검고 몸은 말랐는데 불면증에 시달리고 있었다. 팔꿈치 바로 위에는 시퍼런 멍 하나가 태연하게 드러나 있었다. 발리아니 박사는 알레산드라가 짧은 소매 셔츠를 입은 건 그가 멍을 발견하고 왜 그렇게 됐는지 물어봐주기를 바라기 때문이라는 걸 알았다. 바로 그 점 때문에 그는 입을 열지 않았다. 변함없이 편안한 미소로 그녀를 맞이하면서 늘 그래왔듯 자기 앞에 놓인 소파에 그녀가 편안하게 앉도록 했다. 그는 예순 살은 족히 돼 보였는데 억지로 꾸민 듯 생글생글한 눈빛을 하고 흰 구레나룻을 기른 사람이었다. 그는 미소를 지었고, 그것으로 이야기를 들을 준비는 끝났다.

그녀는 소파에 털썩 주저앉아 경쾌하고 들뜬 어조로 바에서 만난 친구 이야기를 곧바로 늘어놓았다.

"박사님, 이곳에 오면서 확실히 배운 것이 한 가지 있어요. 생각하는 걸 소리 높여 말하는 것이 더는 부끄럽지 않아요. 제 머릿속에 들쑥날쑥 튀어오르는 수천 가지 생각 중에서 망설이지 않고 한 가지를 결정하는 법을 배웠어요. 정말이지 얽히고설킨 생각의 실타래를 풀어낼 수 있는 능력이 생긴 것 같아요. 아시겠지만, 옳고 바람직한 생각을 명확히 말한다는 뜻이 아니에요. 아쉽게도 전 아침에 눈떴을 때부터 분명하고 확신에 찬 생각을 하는 부류가 아니거든요. 모레나는 그런 여자죠. 그녀 내면에는 사악한 악마가 있어서 모든 걸 다 보고 알고 있답니다. 그리고 벌처럼 요리조리 재빠르게 움직이는 뇌를 갖고 있어요.

이 얘기를 왜 꺼냈지? 아, 그래요…… 박사님, 여름에 대해 얘기해보죠. 그녀를 생각하면 여름, 태양 이런 것들이 떠올라요. 그 여자는 태양이고 전 그 빛에 그을리는 셈이죠. 말이 없고 때론 자애롭고 따뜻하기도 한 태양처럼 그녀는 거기 멀리서 언제나 침묵하고 있어요. 가끔 맹렬히 불타오르기도 하는데 그녀 자신도 거의 깨닫지 못하는 눈치예요. 최소한 저는 그런 인상을 받았어요. 절 뜨겁게 달구는 그 열을 그녀에게 전해줄 수 있다면 좋겠어요. 몸에 좋은 산림욕을 즐기러 얼마나 자주 이곳에 오는지 아세요? 꽤 여러 번 왔죠. 일주일에 두 번은 오고 있어요. 제 친구들은 어렸을 때부터 많이들 정신과 상담을 받고 있어요. 지지라는 한 친구는 일주일에 여섯 번이나 의사를 찾아가죠. 그래서 모두들 그를 놀려대요. 사람들 말로는 의사가 진료비를 벌려고 그 친구를 붙잡아두고 있대요. 물론 저한테도 그런 말을 퍼붓고요…… 모두들 정신 분석은 끝장났다느니 정상인은 더이상 존재하지 않기 때문에 상 담도 필요 없다느니 말들이 많아요. 저는 애호가라고 볼 수 있죠. 왜 이런 말을 하는지 아시겠어요? 저번에 제가 이곳에 왔을 때, 금요일이었던가요? 네, 금요일이었어요. 문 앞에서 그녀에게 기 분 좋게 인사를 했어요. 실은 여느 날과 마찬가지로 이곳을 나설 때 느끼는 감정에 덧붙여 이전 감정 역시 뒤섞여 있는 상태였어 요. 저 자신이 조금 달라진 기분을 느끼기엔 아직…… 이른 감이 없지 않았으니까요. 실은 그녀가 출입문 아래 있는 걸 보고 기분 이 몹시 좋지 않았어요. 제가 박사님께 여름 이야기를 꺼낸 건 그 때문이에요. 성홍열처럼 어느 한순간에 전부 터져나오죠. 그런 다 음 서서히 발진과 부스럼이 사라지죠. 늘 피부 얘기를 꺼내다니 괴상하지 않나요? 어떻게 생각하세요?

전 서 있지도 못하고 계단에 앉아 있어야만 했어요. 딸 마르티 나가 태어난 날, 제왕절개 수술을 받기 전에도 그와 비슷한 상황 이었죠. 아마 박사님께 이미 말씀드렸을 거예요. 보기 흉한 멍 하 나가 생겼는데 태반의 영향 때문이라고 의사 선생님들이 그러시 더군요. 두 발로 서 있지 못할 정도로 혈압이 내려갔죠. 머리는 굉 장히 어지러웠구요.

그때처럼 금요일에 머리가 어지러워서 무척 놀랐어요. 그 순간 깨달았죠. 육체와 정신 사이에는 콘크리트 다리가 놓여 있다는 걸 요. 정신에서 험하고 거친 말들이 제멋대로 튀어나와 그 다리 위 로 굴러와 육체를 난폭하게 덮치고 할퀼지 몰라요. 마차에서 튕겨

나온 바퀴처럼 말이죠. 선생님께도 상처를 낼 거예요! 지금도 여전히 '피부' 얘기를 하고 있으니 우습군요. 기분이 말할 수 없이 괴로워지자, 좁고 긴 모양을 한 흉물스런 다리가 보였어요. 이상하죠. 철근이 콘크리트 밖으로 삐져나온 채 미완성으로 방치된 구조물이었어요. 그 다리 위에서 전 어지러웠어요. 가만히 서 있었는데 다리가 현기증을 일으키며 제 발 아래에서 흐느적거리고 꿈틀거렸죠.

얼마 동안이나 계단에 앉아 있었는지 모르겠어요. 문지기가 절 일으켜 세워줬지요. 그러고는 자기 집으로 데려가 브랜디 한 잔을 건네줬어요. 다시 선생님이 계신 이곳으로 돌아와 처음부터 다시 시작하고 싶었어요. 제게 무슨 일이 벌어졌는지 당장 알고 싶었죠. 제 안에 있는 얘기를 조금이나마 털어놓으려고요. 하지만 선생님은 다른 환자를 보셔야 했어요. 선생님처럼 수염을 길렀지만 솔직히 아주 못생긴 젊은 남자가 재킷에서 지독한 향수 냄새를 풍기고 있었던 게 기억나는군요. 그때 전 '이 남자는 못생겼기 때문에 여기 온 거야'라고 생각했어요. 그리고 사람들의 이목을 끌려고 그 독한 향수 냄새를 풍긴다고 생각했어요. 맞아요, 사람들의 시선을 끌어 자신의 추함을 드러내 보이려구요. 제가 그랬듯이 말이죠. 그가 냄새를 피우지 않았다면 전 그 남자를 쳐다보지도 않았을 거예요. 누군가의 눈에 띄기 위해선 뭔가가 있어야 해요. 그렇지 않으면 아무도 그 사람을 쳐다보지 않아요. 그러면 그 사람은 자기가 무가치하고 아무것도 아니라고 믿게 되죠.

제 다음에 온 환자 얘기를 물고 늘어져도 절 정신 나간 사람 취급하진 말아주세요. 왜 그런지 모르지만 뭔가 제 얘기와 연관되어 있으니까요. 제가 느끼는 불안을 털어놓으려고 이곳에 돌아오고 싶었던 심정과도 관련이 있어요. 그러니까 저 출입문에서 일어난 일에 대해서…… 저는 가까스로 기운을 냈지만 선생님이 걱정하는 모습을 보고 전차를 타고 집으로 돌아갔어요. 그러고는 집 안에 틀어박혀, 벌겋게 달아오른 피부를 진정시켰어요. 그 순간에 느낀 고통의 근원을 따라 거슬러 올라가보았죠.

그러자 몇 년 전에 남편과 제가 집에서 식사를 마치고 친구들과 함께 어울리던 때가 생각났어요. 맞아요. 그날 그 자리에 모레나도 함께 있었어요! 훌륭한 음악가 로돌포 마리아 코스탄치의 딸이라고 수차례 말씀드렸죠. 모레나는 밝게 웃고 농담도 했지만, 조금 기분이 가라앉아 있었어요. 그날 밤 짐과 그의 여자친구도 자리를 함께했죠. 짐은 어렸을 때 미국에서 알게 됐어요. 지금은 샌프란시스코에서 수학 선생으로 일하고 있어요. 그날 그가 우리에게 마리화나 한 개비를 건넸어요. 한물간 가벼운 마약이라 모두들 거부감이 없었죠. 조르조는 처음이라 뭔지 모르는 눈치였어요. 몇 모금 피우면서 이렇게 말하더군요. "난 모르겠는데, 아무 느낌이 없어!" 그는 아마 그 얘기를 수백 번도 더 했을 거예요. 그러더니 우리 한 사람 한 사람에게 다가와 아무 느낌이 없다며 똑같은 말을 계속 되풀이했어요. 오직 이 말밖에 하지 않았어요. 끝까지요.

그날 일화는 아주 강렬하게 기억에 남았어요. 왜 그런지 아세요? 그가 횡설수설하는 동안에 저는 모레나에게 남편이 타락한데다 대단치도 않으며 빈둥거리는 게으름뱅이라고 쉬지 않고 흉을 봤지요. 조금도 그를 사랑하지 않는다는 말까지 하면서요. 날이 밝을 때까지 똑같은 넋두리를 해댔죠.

정말이지 제가 돈으로 인색하게 군 적이 단 한 번도 없었다는 사실을 지금 말씀드리고 싶어요. 돈 문제로 크게 고생한 적도 없었고, 늘 여유 있게 살아온 편이었죠. 그 말은 제게 돈이란 아무리 높이 평가해봤자 종잇조각에 불과하다는 뜻이에요. 보기 좋은 그림이 인쇄된 종잇조각말이에요. 뭐, 쓰임새도 많고 꼭 필요하긴 하지만 그래도 여전히 종이일 뿐이죠.

마르티나는 이번 주에 프라스카티에 있는 시댁에 갔어요. 그래서 집에 저 혼자 있었죠. 전화선을 뽑아놓고 사흘 동안 혼잣말을 하고 지냈어요. 어떤 결론에 도달한 건 분명히 아니에요. 음, 뭐라고 하죠? 생각의 정화라고 하나요? 아뇨! 다시 말하지만, 저를 사로잡은 모든 결론은 단 하나의 결론으로 향해 있어 궁극적으로 다 옳은 셈이에요. 스스로 이해했다고 여겼을 때 전 더이상 혼자 얘기하지 않았어요. 그건 정말 사실이에요. 저 혼자 질문하고 답하는 것도 그만두었어요. 그후로는 조금이나마 집안일에 신경을 썼죠. 침대를 정돈하고 청소도 좀 하고, 창문을 열어 환기도 시켰어요. 꼬리에 꼬리를 문 생각들과 충돌하는 생각들, 거기다 가설로 얽힌 강박관념의 덩어리를 언제쯤 떨쳐낼 수 있을까 지금 저는 불안해요. 결국 제가 금전 문제에 봉착한 건지 아닌지가 중요하겠죠. 어쩌면 실제로 그렇다고 믿은 점이 중요하겠죠. 하여간 제가 느낀 위기는 선생님이 한 번도 정확하게 얘기하신 적 없는 상담 비용을 지불한 후 터져나온 것이 분명해요.

부탁드리지만, 절 완고한 모럴리스트라고 생각하지 말아주세요. 혹시라도 지금까지 저도 모르게 선생님을 모욕했다면 용서해주세요. 제가 꺼내는 얘기가 편협하지 않고 조금이라도 그럴 의향이 없다는 걸 알아주세요. 아주 미묘한 문제지만, 그래서 제겐 더더욱 난해하고 모호하죠. 도무지 어찌해야 좋을지 모르겠어요. 이 모든 게 선생님이 제게 '고맙다'는 말을 꺼내셨을 때부터 시작됐어요. 아무렇지도 않게 저절로 튀어나온 말처럼 자연스럽게 들렸죠. 어떤 슬픔이나 과장이나 움츠린 기색도 없이 말이에요. 단순히 '고마워요!'가 아니라 부드럽게 '고마워요!'라고 말이죠.

아무튼 선생님의 감사 인사는 훌륭했고 듣기 좋을 정도로 상냥했어요. 속삭임처럼 들렸지만 조금도 숨김없는 진실한 목소리였죠. 게다가 형식적인 느낌도 없었구요. 조용히 제 눈을 바라보면서 말씀하셨기 때문이죠.

제가 치료비를 내는 건 당연해요. 그것이 상담치료의 기본요소라는 걸 잘 알고 있어요. 아주 실리적이고 현실적인 견해들과는 상관없이요. 그 사실을 매우 잘 알고 있어요. 거듭 말씀드리듯이 물질에 연연하는 질문은 하지 않겠습니다. 이론적으로 파고들고 싶진 않아요. 아주 고루하고 식상한 주제란 것도 알고 있어요. 그러나 제 생각은 누구의 영향도 받지 않은 저 자신만의 지극히 주관적인, 어찌 보면 내밀한 견해죠. 제가 품는 생각은 마치 절대적인 관념처럼 나타나죠. 생각을 하나라도 소홀히 지나친다는 건 있을 수 없는 일이에요. 적어도 그건 모순이 아니에요. 깔때기를 한 번 상상해보세요. 지금 상황을 잘 표현하는 상징이니까요. 깔때기는 한쪽 편에 넓디넓은 구멍이 뚫려 있고, 다른 편엔 그보다 좁은 구멍이 있잖아요. 그 좁은 구멍에서 큰 구멍에 이르는 사이에 무수히 많은 구멍들이 층을 이루며 점점 늘어간다고 떠올려볼 수 있을 거예요. 구멍들은 점점 더 넓어지며 가장 밝은 구멍에 다다를 때까지 깔때기 면을 따라 더욱더 커지겠죠. 그걸 반대로 돌려 다른 쪽을 보면 조금 전 구멍들이 이번엔 점점 작아져서 깔때기의 좁고 어두운 입구에서 끝나게 되죠. 희망과 절망은 다르지 않아요. 단지 시각 차이죠. 선생님을 찾아뵈면 한편으론 빛에 가까운 깔때기의 넓은 면으로, 다른 한편으론 숨 막히는 깔때기의 좁은 구멍으로 떨어지는 느낌이 들어요. 지레짐작인지도 모르죠. 현실에선 단 한 방향으로만 가는 느낌이 들거든요. 이 방향은 다른 모든 사람들을 향해 있다고 할 수 있죠. 물론, 그 사람들이란 제가 보는 사람들을 뜻하지 실재하는 이들을 지칭하는 것은 아니에요. 저 자신이 다른 이의 진실을 숨기지 못하는 까닭에 제 내면의 가장 암울한 부분을 잘 알 수밖에 없는 거죠. 어쨌거나 개와 다를 바 없는 인간들을 보면 아무리 짖어대봤자 소용없다고 느끼지요. 그들은 짐승이라서 절대 이해하지 못해요. '배워야 해!'라는 생각이 들 때는 아름답고 거창한 소재를 떠올려야 해요. 그건 다름 아닌 '나'라는 화두예요. 전 암소로 둔갑한 제우스의 연인이에요. 어떤 사람이 그녀 곁을 지날 때면 가여운 여인은 소 울음소리를 내보지만, 누구도 본래의 그녀를 알아보지 못했죠. 그러자 그녀는 사람들이 알아보도록 진흙 위에 발굽으로 이런 글을 썼어요. '나, 나, 나예요……' 말하지 못하는 몸뚱이 안에 갇혀 있는 건 너무 끔찍해요!

왜 이런 말씀을 드리는지 아시겠어요? 왜냐면 요 며칠 동안 딸도 남편도 없이 그야말로 사람 흔적 없는 집에 혼자 틀어박혀 지냈는데, 저 자신에 대해 진지하게 몰입하지 않았거든요. 온전히 자신에게 골몰해본 적이 한 번도 없었어요. 자기 자신에게 몰두하는 것이 성인이 된 여자에게는 늘 어려운 일이죠. 제 눈에 그것이 어떻게 보이는지 아세요, 선생님? 입 없이 걸어가는 커다란 두 개의 귀처럼 보인답니다. 조르조는 항상 '귀의 시대가 온 거야!' 라고 중얼거렸죠.

전 여기에서 처음으로 저 홀로 존재한다고 말씀을 드렸죠. 중요한 말이라는 거 잘 알고 있어요. 제가 무슨 말을 하려고 했죠? 아, 그래요. 요즘 들어 혼자 있을 때 연옥에 간 단테처럼 어떤 자연스런 중압감이 절 좁디좁은 틀로 밀어넣는다고 느꼈어요. 타인들, 이웃들, 세상 모든 사람들과 떨어져 언제나 혼자였어요. 하지만 좋은 점도 있더군요. 철저히 혼자 있게 되니 제 내면 깊은 곳에 더 잘 도달했고, 다른 이들의 내면도 더 잘 들여다보게 되더군요. 생각해보세요, 박사님. 광기는 저를 본래의 저다운 모습으로 돌아가게 하고, 그와 동시에 여느 사람들과 다를 바 없는 사람으로 만들어주는 인간 본연의 확고부동한 어떤 본질이 아닐까요. 제가 이름과 성을 지닌 존재에 국한된 게 아니라 그 이상으로 고대 생명체 같다는 느낌이 들었어요. 어쩌면 휘파람 소리로 불리는 그런 생명체. 뭐 꼭 생명체라기보다 그와 비슷한 뭔가 말이죠. 확실하게는 모르겠어요. 나무일 수도 거북이나 은제 호두까기나 전화기일 수도 있어요. 어쩌면 집에 있는 물건들이 제 유일한 친구이기 때문에 그럴지도 몰라요. 그래서 전 집 안을 장식하는 물건이라든가 침대나 가구가 되어버렸어요. 하나의 존재는 결코 하나에 그치지 않는다고 믿어요. 그건 우리 인간의 법칙이 아닌 바로 자연의 이치지요. 그 때문에 일전에 선생님께 말씀드렸죠. 제가 품은 의문들이 역설적으로 가장 내적이고 절대적인 자리를 차지했고, 그래서 타인의 내면을 들여다보지 않을 수가 없었다고요.

설명을 잘했는지 모르겠군요. 다시 돈 얘기로 돌아가보죠. 전 선생님께 십오만 리라를 드렸고, 선생님은 아주 고상하게 감사 표시를 하셨죠. 전 병원 계단을 내려갔는데 거리로 나서기 전에 이미 기분이 몹시 안 좋아졌어요.

더이상은 말씀드리고 싶지 않네요. 제 마음속에 배회하는 생각을 전부 말씀드렸으니까요. 제가 도달한 결론은 말씀드린 내용 속에 감춰져 있어요. 그러니까 최소한 저 자신한테는 대답을 한 셈이죠.

하지만 선생님께서 제 말을 이해하지 못하셨거나, 아니면 저보다 더 많이 이해하셨을지도 모르겠군요. 아마도 제가 진실로 말하고 싶었던 것 사이에 숨은 모든 의미를 알아채셨겠죠. 만일에 선생님께서 제가 뜻한 것 이상으로 해석하시고, 제 말뜻에 깔린 저의를 알아차리지 못하셨다면 안타까울 따름입니다. 단순하게 표현해서 이해하지 못하셨다면요.

그래요, 어쩌면 선생님께서 하실 일은 제가 내뱉는 말의 행간과 행간 아닌 것 사이에 숨겨진 의미를 읽어내는 일일 겁니다. 어쨌거나 선생님이 제 말을 들으시고 어떤 인상을 받으셨는지는 중요하지 않아요. 선생님은 의사로서 지켜야 할 일종의 비밀로 모든 걸 마음속에 담아두시는 것 같아요.

부탁이니 제발 소파에서만이라도 어떻게 움직여보세요. 어쩜 소리 하나 내지 않죠! 화장실에 가고 싶지만 그러기 싫어요. 지난 금요일에서야 이곳 화장실 창문이 우리 집과 마찬가지로 창살에 막혀 있다는 걸 알았어요. 남편이 그렇게 시켰어요. 당연히 이곳엔 이상한 사람들이 드나들겠죠! 조심해서 나쁠 건 없으니까요. 일전에 선생님의 유명한 동료분이 도벽 환자가 은 담뱃갑을 훔쳐다 자신에게 바쳤다고 경찰에 신고했지요. 선생님은 그처럼 행동하진 않으시겠죠. 잠시만요, 선생님, 아주 잠깐이면 됩니다. 절 환자라고 생각하지 마시고 아는 친구라고 생각해주세요. 선생님의 치료 방식과 의학적인 범주와는 상관없이 직접 말씀드리겠어요. 지금까지 말한 것과는 전혀 상관없어요. 부탁이에요. 잠시만 제 얘기에 귀 기울여주세요.

아뇨, 그만둘래요. 지금 전 모든 걸 뒤죽박죽으로 만들고 있어요. 진정한 불안의 근원을 없앨 수 있다는 망상에 빠지지 말아야 하는 건지 모르겠군요. 그 사실을 받아들이고 인내할 줄 알아야겠죠. 네, 맞아요. 고통을 일으키는 객관적인 원인은 존재하지 않는다는 말이 맞을지도 모르겠군요. 만약 선생님이 보시기에 모든 것이 거짓투성이라면 고통마저도 거짓이겠죠.

생각을 설명하기가 무척 어렵군요. 하지만 선생님 때문에 제가 얼마나 화나고 눈물 나는지 아셨으면 해요. 이유를 모르겠지만,

지금은 신경이 무척 예민해져 있어요. 여기 보세요, 손이 땀에 흠뻑 젖었어요. 살아갈 힘을 찾아야만 해요. 진료비도 내지 않고 밖으로 나가버리고 싶군요. 선생님 면전에 침을 뱉고 싶기도 해요. 하지만 침은 삼켜버렸어요. 좋은 징조라고 생각하실 테죠. 제발 그러길 바라야죠.

잠깐 동안이라도 지구상에 아무도 없다고 상상해보세요. 아니 지구 자체가 없고, 이 방이 지구라고 상상해보세요. 다른 건 떠올리지 마시고 그것만 생각하시면 돼요. 그것은 깔때기 입구고 어두운 안쪽에 선생님과 제가 있다고 말예요.

그만 할게요. 제가 잘못 생각하고 있군요. 다시 곰곰이 생각해보니, 이런 식으로는 제 생각을 이해하게 할 수 없어요. 이것을 저것으로 오해하실 수 있으니까요. 맙소사! 정신분석이 뭘 할 수 있겠어요. 그럼, 이렇게 해보는 게 좋겠어요. 선생님은 제가 모르는, 또 알고 싶지도 않은 어떤 일을 하시는 분이에요. 선생님은 여기 있는 저에 대해 전혀 아는 바가 없으시고 저는 선생님께 말을 걸죠. 선생님은 몹시 안쓰러울 정도로 친절하게 제 얘기를 들어주시는 분이라 가정하죠. 그리고 서로 불신이나 거리감을 가질 이유가 없는 상황이에요. 다시 말하면 제게 뭔가 줘야 할 것도 요구할 것도 없고, 경제적이든 정신적이든 어떤 의미로도 주고받을 것이 없는 관계라고 설정해보죠. 아무튼 전 여기에 있고 선생님은 거기에 계세요. 그 사이에 다른 건 아무것도 없어요. 좋아요. 어쩌면 선생님은 이런 역할을 하기엔 적합하지 않은 분일지도 모르겠네요. 하지만 이건 순전히 의구심일 뿐인데요, 이 세상에 적합한 인간이 존재할까요?

제대로 설명하지 못했죠. 알아요. 만약 사람들이 서로 만날 때마다 한 사람이 다른 사람에게 돈을 줘야 한다면…… 오해는 하지 마세요. 제가 드린 말씀은 구체적인 논리가 아니라 솔직한 느낌과 감정이니까요. 그 생각을 좀더 드러내고 싶어요.

선생님께서는 제가 노이로제에서 벗어나 완치되길 꺼려서 이런 말을 한다고 생각하실 거예요. 치유되지 못할 가능성을 합리화하고 있다고 생각하시겠죠. 물론 가능한 일이에요. 그러나 제가 어떤 식으로든 있는 그대로의 현실을 직시하고 이성적으로 충분히 납득했다면 훨씬 더 홀가분할 수 있을 거예요. 뭐라고 하나요? 더 낙관적인 시각을 가지겠죠. 제 안의 고통과 악의 책임이 온전히 제 것이었으면 하고 간절히 바라고 있어요. 너무 쉽죠. 그래요, 너무 쉬운 일이죠!

수천 번도 넘게 했던 얘기를 또 하고 있네요. 하지만 사회적으로 심각한 물의를 일으킬 의도는 확실히 없었어요. 지금 그런 생각은 전혀 염두에 두고 있지 않아요. 모레나와 남편에 대해 강박관념에 사로잡혀 있다고 짐작하시겠지만, 지금 말씀드리는 주제와 그 두 사람은 아무 상관이 없습니다. 그들 이야기는 이 주제와 너무나 동떨어져 있어서 관심 밖이에요. 어떻게 설명해야 할지 모르겠군요. 그 얘기를 하려면 우선 이런 말씀을 드려야만 해요. 이 세계가 존재하지 않고, 자연에 있는 모든 것이 이 방에 있다고 상상해보세요!

선생님이 절 이해하실지 확신이 서질 않아요. 제가 드리는 말씀은 지극히 여성적이니까요. 근원적인 여성성을 드러내죠. 남자들은 인생을 고작 생물학적인 경험 정도로 생각하는 경향이 있어요. 그 때문에 분명히 선생님도 절 이해하실 수 없을 거예요. 혹 선생님이 여자가 된다면 몰라도……

글쎄요. 사랑에 대해 한번 생각해보세요. 저조차 조금도 확신이 서지 않아요. 두 사람이 만날 때…… 예를 들어 제가 조르조를 알았을 때…… 그 사람이 잘 대해주고, 제게 안정감을 심어주면서 뭔가 숨기지도 않고, 최소한 심각할 정도로 돈 문제는 절대 떠맡기지 않으리라 제가 예상하지 않았을까요? 그 역시 변함없이 순수하고 다정하게 제 성격을 지켜보면서, 제가 경제적인 문제를 절대 일으키지 않을 거란 걸 알았겠죠. 지금 이 모든 생각이 떠올랐어요. 모든 것이 나름대로 가치 있다고 생각할 때면 그렇죠. 하지만 그 가치라는 것은 결국 금전적인 의미로 축소되고 말죠. 우울한 기분이라든지 불행이나 가족 간의 갈등을 잘 따져보면, 거기엔 항상 근본적으로 돈과 관련된 것이 깔려 있게 마련이죠. 그것이 바로 돈이 상징하는 바이고 돈은 권력의 시작점이니까요. 선생님은 남자니까 이 점을 더 잘 아시겠죠.

얼마 전에 끔찍한 일이 벌어졌어요. 남편이 젊은 여자가 자기 때문에 임신했다고 고백하러 왔더군요. 하지만 실은 거짓으로 꾸며낸 걱정이었고 때늦은 시도였어요. 가장 심각한 일은 서둘러 제게 그 사실을 고백했다는 거죠. 바로 그 점 때문에 전 화가 났어요. 얼마나 어리석은 짓인지 아시겠죠! 저는 앞으로의 일을 걱정하기보다는 절 배신하게 된 동기에 더욱 신경을 썼어요.

지금은 남편이 그 일을 털어놓은 사실에 제가 왜 그토록 집착했는지 깨달았어요. 의도하지 않았지만, 그는 은근히 제게 강요했었거든요. 이렇게 말하더군요. "당신이 날 행복하게 해주지 못하니까 딴 데 가서 알아보겠어!"

그때 제가 어떤 죄책감에 빠져들었는지 아세요? 일종의 사업, 그러니까 어떤 작은 투자에 실패한 기분이었어요. 하지만 전 아무 잘못이 없었죠. 선택은 그가 했고, 서류에 서명한 사람도 그였으니까요. 남편은 음악가라 비즈니스에 대해선 아는 것이 없어요. 그는 몇 푼 잃자 그 때문에 어느 가여운 여자를 임신시켰던 거예요. 그러고는 곧장 달려와 그 사실을 털어놨죠. 남편은 저보다 더 낙담한 듯 보였어요. 제 눈엔 그렇게 비쳤어요. 모범적인 모든 가정에서 일어나는 일이죠. 이런 예를 드는 것조차 창피하군요. 선생님도 짐작하듯 조르조는 가난한 가정에서 태어났어요. 가난이 그의 날개를 꺾고 납처럼 짓눌렀죠. 가난한 사람은 행복과 부유함을 구분하기가 쉽지 않아요. 비록 그렇게 되지 못하더라도, 부유함이 따라주어야만 행복을 느낄 수 있죠. 가난했던 남자는 절대로 그 점을 놓치지 않아요. 절대로요. 부자들은 이 점에서도 운이 좋아요. 남편이 몹시 존경하는 스승이 그런 행운을 누렸어요. 풍요로운 가정에서 태어나신 분이었죠.

조르조가 실로 오랜 세월 동안 구속되어 있던 운명과 환영에서 자유로워지는 데 제가 아무 도움도 줄 수 없다고 깨달았을 때였어요. 누구든 어떤 행위에 대해 적어도 자신에게는 답해야 한다고 결론내렸어요. 한마디로 '스스로를 구하라'라는 거죠.

제겐 오빠와 언니가 있어서, 애정이 휘두르는 횡포를 피해 스스로를 방어하는 데 익숙해요. 조르조는 외아들이라 어려서부터 몹시 사랑해주는 할아버지하고만 놀았죠. 아버지는 저희 남매가 아주 어렸을 때부터 저금하는 걸 매우 중요하게 여겼어요. 저금통은 핑크빛 유약을 바른 새끼돼지 모양 도자기였어요. 아버지는 저희가 저금통을 소중히 다루도록 '아치'라는 재미있는 이름을 저금통에 지어주셨죠. 어떤 물건을 우리가 망가뜨리지나 않을까 걱정이 되면 물건마다 그렇게 사랑스럽고 친근한 애칭을 지어주셨어요. 저금통을 살아 있는 것같이 의인화했죠. 저금통을 깨는 행위는 살인을 저지르는 범죄행위나 마찬가지였어요. 그 뒤로 매해 새로운 아치가 등장했어요. 크리스마스가 다가오면 우리는 저금통을 깨서 축제에 필요한 물건들을 샀거든요. 아마 제가 열두 살, 열세 살 때쯤이었을 거예요. 어느 크리스마스인가 우리는 손으로 저금통을 뜯으려다가 손톱이 부러졌어요. 저금통을 에워싸고 실랑이를 벌였죠. 그때는 정말 미쳐서 돌아버릴 지경이었어요. 그러나 그것만 빼면 집에서 우리는 아쉬울 게 없었죠. 간단히 말씀드리면, 그 저금통은 땅에 떨어져 산산조각 나고 말았어요. 그 안에 뭐가 들어 있었는지 아세요? 단추요. 각양각색 단추들이 가득 들어 있었어요. 우리 모두 똑같이 생각한 거죠. 다들 돈을 넣을 테니 난 단추를 넣겠다고요.

정말 최악의 크리스마스였어요. 그래서 더 기억에 남아요. 지금은 웃으며 말할 수 있지만 그때는 끔찍한 비극이었죠. 제가 집에서 도망쳤을 때처럼요. 지금이야 재미있고 흥미로운 추억으로 여기지만, 그 당시에는 세상이 끝장난 줄 알았어요. 그 며칠 전에 첫 생리를 했죠. 모두들 알게 모르게 그 사실을 눈치 챘어요. 어머니가 집에 놀러온 친구들에게 귀엣말로 속삭이는 걸 봤는데, 그분들이 절 보고 마녀처럼 웃으며 알았다는 듯 고개를 끄덕였어요. 아침부터 저녁까지 고개를 숙이고 신발만 바라볼 정도로 부끄러웠어요. 학교에서 아이들이 사실이냐고 물으면 얼굴이 새빨개져서 대답을 하지 못했어요. 상황은 점점 나빠졌고, 전 학교 수업에 빠지기 시작했어요. 학교에 가는 대신 피노키오처럼 다른 길로 빠져서 집에 돌아갈 시간까지 이리저리 발길 닿는 대로 돌아다녔죠. 공원이나 동물원에 가든지 기껏해야 상점 구경을 하러 다녔어요.

적어도 그곳에서는 사람들이 절 쳐다보지 않았거든요. 저한테 조금도 관심을 보이지 않았죠. 그렇게 일탈을 저지르다가 한번은 어떤 남자아이와 친구가 됐어요. 지금은 가난하고 몹시 병든 사람이에요. 전쟁이 일어났다고 생각하고 정원에 모래주머니와 철조망으로 작은 요새를 만들어놓고, 하루 대부분을 군용 담요 덮은 구덩이 안에서 지내요. 순진무구한 성격이라 모기 한 마리 함부로 하지 못할 정도죠. 실상 그를 정신병원에 집어넣진 않았어요. 그럴 필요가 없으니까요. 대신 개처럼 정원에 놔두는 거죠. 정말이지 좋은 사람이에요. 이름이 게리예요. 혹시라도 평화가 찾아왔다는 말을 그에게 한다면, 엄청난 위기가 그에게 닥칠 거예요. 그를 기쁘게 해주고 싶으시면, 공포에 떠는 얼굴로 폭탄 공격을 당할까봐 두려워해야 할 거예요. 그러면 그는 의기양양하게 선생님을 위로하며 안심시킬 거고 부성애를 띤 모습을 보일 거예요. 그러고는 즐거워하겠죠. 작은 벙커로 선생님을 모셔가서 더이상 두려워할 필요가 없다는 걸 보여줄 거예요. 그가 다 알아서 대비해놓았으니까요. 비상식량과 생필품, 큰 물병이 가득 쌓여 있고 구급약 가방까지 있어요. 벙커에서 나가고 싶을 땐 '밤이다, 밤이야!' 하시면 돼요. 그럼 밖에 햇빛이 쨍쨍 비쳐도 손전등으로 길을 밝혀주죠. 그 뒤에 따라나오시면 돼요.

미국에 있는 가족을 만나고 돌아올 때마다 그를 만나러 가요. 그를 처음 알았을 때만 해도 지금처럼 아프진 않았어요. 그는 조금 이상해 보였고, 금세 화를 내곤 했죠. 그래도 정상적으로 행동했어요. 그 역시 학교에 일부러 가지 않았는데, 그의 말로는 어떤 선생님이—과목은 기억나지 않네요—그를 노골적으로 미워하기 때문이라고 했어요. 무슨 일이 있었는지는 모르겠어요. 전 돼지저금통에서 동전 몇 개를 몰래 꺼내왔고, 그는 아버지의 웃옷 안주머니에서 돈을 슬쩍 훔쳤어요. 우리 둘은 돌아다니면서 그 돈을 써버렸죠. 그렇지만 계속 그렇게 지낼 수 없었어요. 시간이 지나면서 그는 점점 병들기 시작했고, 우리는 서로 말다툼을 벌였어요. 죄의식을 느낀 탓에 둘 다 신경이 날카로웠고 자연히 싸움이 잦아졌죠. 왜냐하면 제가 항상 돈을 더 많이 가져왔거든요.

어느 날인가 그를 울린 적이 있어요. 그가 빈손으로 온 날이었죠. 전 돈을 나눠 쓰지 않으려고 도망가버렸어요. 가장 중요한 순간에 벤치에 앉아 있던 그를 바보처럼 내버려두었죠. 전 거기를 떠나 단숨에 가판대로 달려갔고, 마지막 동전 한 닢까지 모두 털어 썼어요. 혼자 아주 배불리 먹었죠. 한참을 거닌 후에 그가 갔으려니 하고 벤치로 돌아갔어요. 하지만 그는 그 자리에 꼼짝하지 않고 있었어요. 제게 버림받은 것처럼 그대로 있었죠. 어찌나 미안하던지! 그는 제 코트를 물끄러미 바라보았어요. 지금도 기억나는데 앙고라로 짠 하늘색 코트였죠. 제가 아래를 내려다보니, 코트 위에 하얀 설탕가루가 떨어져 있었어요. 그는 설탕가루를 보더니 눈물을 그칠 줄 몰랐어요.

그래서 제가 어떻게 했는지 아세요? 또 한번 도망쳤어요. 우리 아빠가 지나간다고 꾸며대고는 뒤도 돌아보지 않고 달아났죠.

그후로 며칠 동안 전 몹시 아팠어요. 자신을 자책하고 미워했어요. 레코드플레이어를 틀어놓고 방에서 한 발짝도 나가지 않았어요. 아무도 보고 싶지 않았죠. 그때 무슨 일이 일어났는지 아세요? 게리를 사랑하게 됐어요. 비겁한 행위로 시작한 사랑이 얼마나 많은지! 어쩌면 용서를 구하고 싶었는지도 모르죠. 모든 러브 스토리를 몰래 들여다보면 얼마나 잔인한 속성이 있는지 몰라요. 또 얼마나 추악한 잘못과 두려움과 속죄의 마음이 튀어나올지 알 수 없는 노릇이죠. 만약에 그날 앙고라 코트를 입지 않고 면셔츠를 입었더라면 설탕이 붙어 있지 않았을 테고 게리를 좋아한다는 생각 같은 건 절대 들지 않았을 거예요.

아무튼 그후로 어떤 일이 일어났을까요? 우리 집에서는 모두들 제가 월경을 시작했다고 관심을 쏟고 있었던 터라, 때마침 제가 레코드 더미에 파묻혀 풀이 죽어 있자 숨죽여 상황을 지켜보기 시작했어요. 모두들 그가 누군지 궁금해했어요. 어머니는 남자라는 존재에 맞서 절 지켜주시려고 혈안이 되셨죠. 어머니보다 제가 더 잘 알고 있었는데도 남녀 사이의 그렇고 그런 행위를 열심히 설명 해주셨어요. 그러니까 어떻게 아기가 생기는지 더 나아가 어떻게 하면 아기가 생기지 않는지를요. 아버지는 저와 무척 얘기를 나누 고 싶어하셨는데 용기를 내어 무엇이 행복이고 그것이 어디에서 오는지, 그리고 왜 언제나 멀리 내다봐야 하는지 설명해주셨어요. 그러다 부모님이 제 뒤를 밟으시면서 제가 학교에 가지 않는다는 걸 알게 되셨죠. 어느 날 아침 공원 울타리를 따라 우리가 화단 사 이를 걷고 있는 모습을 보고 화들짝 놀라셨어요. 아버지는 맨 먼 저 제 손 냄새를 맡으셨고, 오빠는 게리에게 주먹을 날렸죠. 정말 이지 생각하기도 끔찍할 만큼 당혹스러웠어요. 불쌍한 게리, 제가 그에게 전쟁보다 더 큰 재앙을 불러들인 거예요!

다음 날 집을 나왔어요. 살면서 처음 일어난 일이었어요. 그후 로도 여러 번 가출을 했고 그럴 때마다 점점 더 먼 곳으로 도망쳤 어요. 지금은 이곳 로마에서 남편과 딸아이와 함께 살죠. 딸 마르 티나를 떠올리면, 전 엄마가 아니라 그애의 딸처럼 느껴져요. 불 가사의하죠. 왜 그런지 아세요? 저도 그 이유를 알고 싶어요. 그 애는 세상 이치를 가르쳐야 할 순진한 피조물이 아니에요. 전 그 풀리지 않는 수수께끼에 완전히 압도당해 노예처럼 종속되어 있 어요. 선생님이 모든 걸 다 아시면서도 아무 말씀 하시지 않는 것 처럼 의문투성이죠. 벙어리 예언자처럼 말예요.

선생님께서 절 도와주셔야 해요. 전 정말이지 절망적이에요. 도 움이 필요합니다. 자존심을 내세우고 싶지 않아요. 자존심을 내세운다면 여기 오는 게 무슨 소용이 있겠어요. 진작에 그만뒀어야죠. 안 그런가요? 선생님께서는 제가 모레나 코스탄치에 대해 말했으면 하고 바라실 테죠? 그렇지만 절 믿으세요. 여태껏 그녀와 관계없는 얘기는 아예 하지 않았어요. 혹시 그 점을 눈치 챘는지 모르겠군요. 그녀와 매듭이 풀리지 않는 한, 더 명확히 말할 수는 없어요. 어떤 의미에서 모레나는 저보다 더 부유하고 그래서 더 많은 것을 할 수 있는 힘이 있어요. 두려워서 제가 몸서리를 칠 정도로요. 떨리는 제 손을 보세요! 이제는 이쪽 다리에 감각이 없어요! 다리가 움직이지 않아요. 선생님, 도와주세요. 아니요, 그대로 있어주세요. 혼자 힘으로 진정해볼게요. 자꾸 화제를 다른 데로 돌려선 안 되죠. 그 점을 잘 알아요. 제가 무슨 말을 했죠? 이런, 기억이 나지 않네요. 아, 맞아. 저금통 얘길 했지요. 딸 마르티나는 한 번도 저금통을 가져보지 못했어요. 그래서 제 딸이 수수께끼라는 거예요. 자기 아버지처럼 알 수 없는 아이죠. 그애는 마치 자식을 둔 아버지 같아요. 제가 드리는 말씀은 너무나 여성적인 영역이라 선생님은 이해하실 수 없을 거예요. 마르티나는 결코 순진한 아이가 아니에요. 딸애는 자기가 아는 걸 말하지 않아요. 그리고 전 그걸 알지도 못하고요. 그러니 딸에게 무엇을 가르칠까요? 사실 그애가 이미 아는 것을 가르친다는 게 겁나요. 정말 끔찍한 일이에요! 대신 그애에게 아직 존재하지 않는 것을 가르치고 싶어요. 그애는 아직 어린아이인걸요. 만약에 마르티나가 없다면 전 미쳐버릴 거예요. 절대 그럴 수 없어요. 마르티나는 두려움을 향해 열린 문 같은 존재예요. 거기서 전 뭘 보는지 아세요? 계단에서 발을 헛디뎌 아래로 떨어진 어린아이를 봐요. 조심하라는 말은 소용없죠. 남편은 그런 경험으로 디프테리아를 영원히 두려워하고 있어요. 작곡가로서 이름을 얻었지만, 아주 값비싼 대가를 치르며 주위에 있는 모든 애정을 파괴하고 오로지 불행만 불러들였어요.

선생님, 보셨죠? 지금 전 수다스러울 정도로 말을 잘해요. 의학적으로 건강해졌다고 확신해야겠죠. 그래서 마음이 급해지네요. 전 항상 서두르는 경향이 있었어요. 결혼도 한눈에 반해서 했죠. 어느 정도 감정이 분명해진 상황인데다 안정적으로 준비가 되었다고 생각했죠. 이상적이진 않았지만요. 몬테베르데 베키오에 있는 알콩달콩한 신혼집에서 자상하고 잘생긴 예술가 남편과 함께 현대적인 아내이자 어머니로서 활달하고 유쾌한 가정을 꾸렸어요. 환상과 실패의 가능성에도 창문을 활짝 열어둔 셈이죠.

그러다 느닷없이 철책을 덧댄 문과 창살 달린 창문을 눈앞에 보았어요. 문득 전 깨달았어요. 조르조가 수수께끼 문장처럼 복잡한 사람이라는 것과 스승과 그의 딸 모레나에게서 강박관념처럼 헤어나지 못한다는 사실을요. 가장 심각한 것은 제가 극단적으로 완전히 실패할 수 없다고 스스로 생각한다는 거죠. 어쩔 수 없이 뭔가 부족한 절반의 삶에 만족해야 해요. 편안히 잘 지내고 제 가정을 불만 없이 받아들이기 위해서 마음먹은 대로 어떤 생각이든 할 수 있어요. 하지만 그렇게 하기 힘들어요. 제 안에는 숨 막히는 딱딱한 응어리가 옥죄는 마개처럼 남아 있어요. 이것 때문에 좌절하고 말아요. 지금은 따분함에 괴로워하는 부자 동네 부인처럼 이곳에 있는 것이 실망스럽군요. 그러면서도 일상은 항상 분주히 돌아가고, 해야 할 일들이 수없이 많아요. 다행히 그 일 대부분을 기꺼이 하고 있어요.

가끔은 모든 걸 뒤엎고 싶지만, 결국에 가서는 가구를 옮기고 담배 상표를 바꾸는 데 그치죠. 종종 집을 바꾸려고 시도해요. 다른 곳으로 옮기고 싶다고 헤아릴 수 없을 만큼 생각했지요. 그 때문에 조르조를 몹시 괴롭혔어요. 동네를 옮기고 오븐을 바꾸고 이전과 다른 새로운 친구들을 만나고 싶어요. 모든 것을 다시 처음부터 시작하고 싶어요.

이 모든 욕망을 부정하지 않겠어요. 그 욕망을 떠올리면 스스로 겸손해져요. 단지 불편한 것이지 두렵지는 않아요. 하지만 하나하나를 놓고 보면 액수와 가격이 내재하지요. 즉, 돈이요. 전 이렇게 자문해본답니다. 만약 내가 돈이 없다면 노이로제에 걸릴까? 만약 부자가 가난을 택하지 않는다면 몇 가지 문제는 짊어지고 가야겠죠. 선생님께서는 그렇다고 하시며, 즐기며 사는 데는 돈이 든다고 말씀하시겠죠. 선생님이 우익 쪽에 선 분이라면 또한 저더러 모럴리스트거나 조금은 좌파 성향이라고 하시겠죠. 그 정도로 표면에 드러난 사실에만 국한하지 말아주세요. 저도 돈을 생각해요. 하지만 말씀드렸다시피 돈은 하나의 수단에 불과해요. 전 돈을 써버린 다음에야 돈에 대해 생각해요. 금요일에 선생님께 그랬던 것처럼요.

선생님께 치료받으러 다닌다고 남편에게 곧바로 알리지 않았어요. 아, 그래요…… 이곳에 온 첫날 말했네요. 전 줄곧 몸이 좋지 않았고, 잠도 못 자서 무척 흥분한 상태였어요. 조르조가 스스로 믿듯 그의 탓은 아니었어요. 상담은 제가 결정했지만 남편이 그 일로 신경 쓰고 괴로워할까봐 걱정했어요. 남편은 그 사실을 알자마자 이렇게 첫마디를 꺼내더군요. "뭐라구? 그러면 당신은 나랑 사는 게 행복하지 않군. 내가 성에 차지 않는 거야. 마르티나도 그렇고."

전 그런 반응을 보일 거라 미리 짐작하고 할 말을 준비해뒀어요. 대략 이렇게 말했지요. "당신을 괴롭게 했군요. 하지만 정신과 의사를 찾아간 건 당신 때문이 아니에요. 믿어줘요. 난 당신이 일을 하면서 굉장히 만족하고, 그럴 자격이 있다는 사실이 기뻐요. 그렇지만 당신과 상관없는 생각들 때문에 힘들어요! 배신감을 느끼진 말아줘요."

저명한 비평가 리치 교수님이 조르조의 작품 〈에픽 랩소디〉에 감탄하신 날 제 위기는 터졌어요. 그날 저녁 저는 맛깔스런 저녁을 준비했죠. 테라스에 둥근 테이블을 놓고 꽃무늬가 찍힌 흰 리넨 테이블보를 깔아 정성을 다해 준비한 차디찬 와인과 뜨겁게 데운 음식을 내놓았어요. 그날 오후부터 준비에 들어갔는데 그 모든 일이 몹시나 즐거웠어요. 이제 싱크대의 맑고 차가운 물속에 담가놓은 꽃들을 마지막 순간에 테이블에 가져다놓는 일만 남아 있었죠.

그러나 한 가지 중요한 걸 빠뜨리고 말았어요. 바로 조명이었지요. 우리 집 테라스에는 조명이 없었거든요. 전기 설치 공사를 하도록 기술자를 불러야 하는데 늘 잊고 살았어요. 여덟시쯤 꽃을 가지러 갔다가 테라스에 불이 들어오지 않는다는 사실을 깨달았어요.

얼마 안 있으면 밖이 깜깜해질 테고, 앞에 있는 접시조차 보이지 않을 상황이었어요. 그때 좋은 아이디어가 떠올랐어요. 커다란 장식 촛대를 가져다 테이블 한가운데에 놓았죠. 이제 양초만 있으면 되는 거죠. 양초가 다섯 개 필요했지만 집에 하나도 없었어요. 그래서 우리 집 아래에 있는 가게로 달려갔어요. 지갑을 챙겨 아래층으로 쏜살같이 내려갔죠. 가게에서 붉은 양초 다섯 개를 샀어요. 가게 주인이 계산을 마무리하느라 아직 셔터를 완전히 내리지 않아서 천만다행이었죠. 드디어 양초를 촛대에 꽂고 나서 안도의 한숨을 내쉬며 소파에 주저앉았어요. 말할 수 없이 흡족했어요.

그날 저녁 우리는 달콤한 애정과 무아지경의 고요가 깃든 멋진 시간을 보냈어요. 남편은 하늘을 찌를 듯 기뻐했어요. 전 달콤한 술을 넘기듯 행복을 들이켰고요. 사랑에 빠진 두 명의 사춘기 아이들 같았지요. 전 웃고 또 웃었어요. 도저히 멈출 수가 없었어요. 바깥엔 바람 하나 없었지만, 제라늄 향기가 감도는 차가운 공기가 맴돌았어요. 우리는 거실로 가 카펫에 드러누워서 코스탄치의 음악을 감상한 후, 새벽 세시가 돼서야 침실로 갔어요.

전 제대로 잠을 자지 못한 탓에 반쯤 몽롱한 상태로 아침에 일찍 일어났어요. 테이블을 치우고 지저분한 그릇과 컵을 안에 들여놓으러 테라스로 갔죠. 그 순간, 전 영문도 모른 채 울음을 터뜨렸어요. 의자에 앉아서 얼마나 울었는지 몰라요. 눈물을 쏟다가 제 모습에 흠칫 놀라고 말았죠. 뭐 하는 거야. 왜 우는 거야, 왜?

무엇이 절 울리는지 알았지만, 이유는 몰랐어요. 이해하시겠어요? 그건 바로 양초가 타고 남은 붉은 촛농 때문이었어요. 눈길이 쏠려 양초를 바라보다가 울음을 터뜨린 거예요. 왜 양초가 절 울렸는지 아세요, 선생님? 아마 천 번도 넘게 이 질문을 했죠.

전 한시도 떨쳐버릴 수 없는 어떤 생각을 품고 지냈어요. 죽음이 가진 두 가지 상반된 의미지요. 양초는 형체를 잃고 처절히 사라졌는데 그 잔재를 보니 그토록 아름다웠던 지난밤이 떠올랐어요. 다시는 똑같은 모습으로 돌아오지 못할 흘러간 과거의 밤이요. 하지만 그 잔재를 보면 양초 다섯 개가 지난밤의 행복을 증명하며 마지막 순간까지 타들어갔다는 사실 역시 알 수 있었죠. 전 그토록 숭고한 희생을 감당하지 못할 거라는 기분이 들었어요.

미치광이 말처럼 들린다는 거 알아요. 제가 정신적으로 탈진해 있었던 건 사실이에요. 실은 눈물을 흘렸던 그날, 전 선생님을 급히 찾아왔어요. 그때부터 끊임없이 말하고 또 말하는 것에만 매달렸어요. 그렇게 혼자 스스로 얘기 상대가 되어주었죠. 지금은 많이 나아져서 구체적으로 판단을 내리고 정리도 하면서 전에 비해 이해력도 높아졌어요. 금요일에 외출할 때 기분이 정말 좋았어요. 제 말 믿으시죠? 상담을 마치고 출입문으로 내려오면서, 제가 아직도 살아 있는지 느끼려고 따귀를 때렸어요. 정말 이상한 공포 아닌가요?

선생님, 사 분 정도 더 말씀드려야겠네요. 사 분 후엔 진료비를 내고 가겠어요.

이번 진료비는 봉투에 넣었어요. 바람직한 취향이라고 해야겠죠. 그럼, 선생님께서 허락하신다면 이 사 분은 조용히 침묵하며 보냈으면 해요. 그렇다고 진료비를 깎아달라고 하지는 않겠어요.
제가 말을 하든 하지 않든 선생님께서 할애하는 시간은 당연히 같
을 테니까요. 그럼, 이제 입을 다물겠습니다."

제
3
악
장

2층에 사는 촐리 교수는 기꺼이 안내자 노릇을 자청했다. 그는 체구가 자그마한 신사였는데, 염색한 곱슬머리는 부드럽게 귀 위로 흘러내렸고, 흐늘흐늘한 회색 톤 옷을 입고 있었다. 그리고 재킷 주머니에 손을 넣고 걷는 게 습관이었다. 연두색 셔츠 위로 방금 다린 무지갯빛 넥타이가 아스라히 드러나 도드라지게 눈에 띄었다. 그는 머리를 꼿꼿이 세우고 다리를 모은 채 걸어갔다.

"가브리엘라 부인, 사각형을 떠올려보세요. 우리는 지금 왼쪽 아래 꼭짓점 카실리나 구역에 있습니다. 이곳은 카멜리에 광장이죠. 오른쪽으로 피옵피 가를 따라가면 다른 꼭짓점인 온타니 광장에 도착합니다. 이것이 사각형의 토대가 되죠. 위로 가려면 가르데니에 광장이 나올 때까지 프리마베라 가 전체를 거슬러 올라가야 합니다. 오른편에 교차로 세 개가 나오면 사각형의 마지막 꼭짓점인 제라니 광장에 도착하게 되죠. 사각형의 중심에는 이 지역의 꽃이자 핵심인 아름다운 미르티 광장이 있습니다. 쉽죠! 거리 이름은 숲 속을 헤매듯 헷갈리기 쉬워요. 주위를 둘러보세요. 온통 건물과 건물이 이어지고 오래된 낡은 집들이 보이죠. 우리는 시멘트 광산 같은 콘크리트 더미에 살고 있다고 해도 과언이 아닙니다. 하늘은 겨우 보일락말락하지요. 아침은 라르도* 같고 오후는 모르타델라**처럼 변하고 저녁은 잘 익은 브레사올라***가 되지요."

가브리엘라는 웃음을 참지 못했다. 촐리 교수도 재미있다는 표정을 지었지만 다시 안내자 같은 목소리로 말했다.

"무엇보다도 겉모습에 속아선 안 됩니다. 보세요. 여기는 한 도시라 할 만큼 큰 동네랍니다. 하지만 하루빨리 깨달으셔야 합니다. 파리 한 마리조차 눈에 띄지 않고는 지나다니지 못하는 곳이랍니다. 그뿐만이 아닙니다! 다음 날 똑같은 파리가 돌아오면, 이곳 사람들은 그 파리가 어느 고요한 밤에 이곳을 지났는지 판가름해낸답니다. 텔레비전 가게나 과일 상점에 들어가면 누군가 부인께 괜찮으시냐고 물어올 겁니다. 그 말뜻은 부인의 안색이 몹시 좋지 않다는 뜻이며, 다시 말해 기분이 좋아 보이지 않는다는 뜻이죠. 그 말은 곧 부인에게 뭔가 일이 생겼으며, 바꿔 말하면 최근에 상심할 만한 일이 부인께 일어났다는 의미가 되죠. 그러므로 부인이 상황을 확실히 밝히지 않으면, 온갖 추측이 오가느라 사방

---

* 이탈리아 산 베이컨.
** 잘게 썬 돼지고기, 쇠고기에 마늘, 후추 등을 첨가해 물에 삶아 훈연한 소시지.
*** 쇠고기 육포.

이 썰렁하게 조용해질 겁니다. 만일 그다음 날, 아무도 입을 벙긋하지 않는다면, 다행히 연옥에 안착했다거나 의심 많은 사람들 사이에 있다고 생각하세요. 이곳 분위기로 봐서는 당연히 그다음 날에도 지나치다 싶을 정도로 인사말을 건넬 겁니다. 향토 축제에 선보이는 화환처럼 밝은 목소리에 미소를 던지면서 말이죠. 맙소사! 으스대는 행복보다 더 추악한 건 없죠. 자신이 불행하다는 걸 무모하게 겉으로 드러내 보이는 거나 마찬가지라구요. 올바른 잣대를 찾아내기란 어려운 노릇입니다. 그럼 그 잣대로 뭘 할 수 있을까요? 세상 이치를 제자리에 되돌려놓는 것, 그리고 사람들에게 세상에는 괴로운 문제도 있다는 걸 받아들이게 하는 것이지요. 그게 안 됩니다! 왜냐하면 그들의 잣대로는 강렬한 메시지를 읽어 내지 못하기 때문이죠. '나의 모든 일이 잘 되어가고 있는 것처럼, 당신들은 나를 그런 척 대해주세요. 내가 당신들에게 하듯이'라고 말하는 메시지를. 그러면 지극히 당연한 반응이 일어나죠. 사람들은 부인에 대한 신뢰의 표시로 관심을 거둘 겁니다. 그럼 부인은 제게 물으실 겁니다. '만일 제가 잘 못 지내면요?' 걱정 마세요. 이곳에 친구나 친척이 없다는 건 아무 문제가 되지 않습니다. 부인을 도울 준비가 된 사람도 있고, 쇼핑한 물건을 집에까지 들고 가줄 사람, 부인의 마음을 위로해줄 사람, 심지어 돈을 빌려줄 사람까지 있답니다. 아주 친절하다고 부인은 생각하시겠죠. 하지만 실상은 그렇지 않습니다. 세상에 적의란 없다는 걸 그들 자신에게 증명하기 위한 행동이니까요. 다시 말해 얼마 가지 않아 부인 곁을 떠날 수도 있다는 거죠. 희생자는 외롭고 험난한 예정된 길을 홀로 헤쳐나가야 하지요. 얼마 전에 어린 아들을 떠나보낸 한 아주머니가 몇 주 만에 불행을 추스르고 다시 나온 걸 봤지요. 창가에서 보았는데, 사람들은 한결같이 그녀를 여기저기로 데려가려고 아우성이더군요. 사람들에게 등 떠밀려 가는 모습이 마네킹 같았어요. 성당이며 작은 마을의 정원을 돌아 병원에까지 데려갔답니다. 그후로는 그 여자가 동네 수위실에 앉아 텔레비전을 보며 오후를 보내게 했어요. 바로 어제 그 부인을 봤습니다. 예전과 똑같은 모습으로 돌아왔더군요. 이제는 아무도 그녀를 쳐다보지 않아요."

가브리엘라는 입을 반쯤 벌린 채 눈이 동그래져서 이야기를 듣고 있었다. 촐리 교수는 이야기를 계속해나갔다.

"복잡한 위계질서를 이해하려면 이곳에서 오래 살아야 합니다. 처음에는 동네 터줏대감들이 부유층에서 빈곤층으로 쇠락하는 상인들처럼 보이지요. 거리를 두고 떨어져서, 판매대에 서 있는 그들의 모습을 보세요. 그들은 돈에 연연하는 모습을 보이지 않으려고 계산대를 등지고 서서 사람들의 사소한 움직임 하나 놓치지 않지요. 일요일이면 그들은 문 닫은 상점 앞을 지나가고 또 지나가는데 꼭 스위스 용병처럼 보인답니다. 항상 마주치게 될 거예요. 누가 그들에게 인사를 건네면 몇 발자국 안 가서 예외 없이 이런 말을 하는 듯한 표정을 짓죠. '저 사람, 돈이 꽤 있을 텐데……' 그들은 모든 사람들에게 똑같은 미소로 인사하기 때문에 상점 주인이란 걸 금세 알 수 있죠. 그들은 숲 속에 사는 코끼리 같아요. 사자조차 무서워하지 않고 하나같이 나이 들어서 죽지요. 때때로 고

186

용한 점원보다 더 남의 일에 신경을 쓰는데, 그걸 이해하려면 시간이 오래 걸린답니다. 어찌 보면 노인이나 부지런히 오가는 사람들보다 더 신경을 쓰지요. 이 동네를 지배하는 진짜 여왕은 두 사람입니다. 정육점 주인의 아내로 계산대에서 일을 보는 미모의 부인과, 몸이 굽는 병 때문에 일찍 퇴직한 공군 대령의 부인이지요. 전 지금 왕이 아닌 여왕을 말하고 있어요. 오래전부터 우리의 이 거대한 섬은 모계사회가 지배하고 있기 때문이지요. 왜 그들을 여왕이라 하는지, 어떤 특별한 점이 있는지 궁금하시겠죠? 당장 말씀드리죠. 그 까닭은 두 부인이 모두의 사정을 속속들이 알고 있으면서도, 어느 누구에게도 그 사실을 발설하지 않기 때문입니다. 그녀들에게 세상 비밀이란 없죠. 부인께서는 그 두 부인의 귀를 성당의 고해소마냥 상상하셔야 할 겁니다. 그분들을 믿고 따르는 사람들은 안심할 수 있어요. 두 부인은 고해 신부나 다름없어 결코 단 한마디 말도 입 밖에 내지 않을 테니까요. 남몰래 하는 그 얘기 속에는 마을의 음험한 추문들이 오가고 있을 겁니다. 추문이란 고전적인 의미에서 말한 건데, 눈에 띄지 않는 은밀한 상황을 뜻하죠. 글쎄요, 어떤 이들은 남과 동떨어져 살아가는 인간의 신뢰까지 쉽게 얻어내니 놀라울 따름이지요. 아마 그 누구도 은둔과 불행의 동의어인 고립감을 느끼고 싶지 않겠죠. 그 두 부인은 믿음을 얻는 데 돈 한 푼 들이지 않았답니다. 그들이 얘기를 전해듣고 침묵을 지키고만 있어도 거리낄 것 없는 사람까지 움츠러들지요. 어떤 남자가 그 부인들 중 한 사람에게 말을 꺼낼라치면 그는 다른 이들이 벌써 자신에 대한 상당 부분을 모조리 그녀에게 얘기했다는 사실을 알게 되죠.

그래서 여왕님들이 다스리는 침묵과 자비의 평화로운 바다에서 동네 주민들은 모두 너나할것없이 평등하죠. 실제로 이런 일이 일어날 수 있어요. 부유한 상인이 당뇨병에 걸렸는데, 자신이 고용하는 점원이 금연에 완벽하게 성공했다면 그보다 아래 처지로 떨어지지요. 가브리엘라 부인, 몇 마디 말로 사실을 숨기려 하지 마세요. 여기선 비밀이 오래가지 않는답니다. 모두들 다른 사람의 입에 한 번쯤은 오르내리게 되지요. 누군가 뭔가를 숨긴다면 먼저든 나중이든 반드시 알려질 테고, 그동안 겪은 끔찍한 상처가 세상 밖에 드러나게 되지요. 결코 피해갈 수 없습니다. 다행히도 부인은 맑은 물처럼 투명한 분인 듯 싶군요. 하지만 지내다보면 생각하지 못한 장애물을 만나실 때가 있을 겁니다. 그것이 인생이려니 하세요. 얼마 동안 모든 것이 시시콜콜 알려지고 나면 차츰 제자리를 찾아갈 거라 믿으세요. 그러면 개미 집단 같은 이 동네에 부인은 완벽하게 적응하실 겁니다. 그러지 못하면 빨리 이사 갈 생각만 들 겁니다.

절대 과장하는 말이 아닙니다. 그건 그렇고 부인, 혹시 아파트마다 여왕 아래 있는 감독관들이 다스리고 있다는 걸 아십니까? 우리 건물을 다스리는 사람이 누군줄 아세요? 부인은 상상조차 못할 겁니다. 바로 4층 16호에 사는 은행원 마우리지오 만니 씨의 연로하신 어머니랍니다. 부인 바로 위층이지요. 그분을 볼 기회는 거의 없지만, 모두들 백작부인이라도 되는 듯 정중히 모시지요. 실제로 차림새도 고상하고 화려한 반지며 팔찌, 보기 좋은 의치에 향수를 진하게 뿌리고 다니시죠. 외출은 가끔 하시지만 문밖을 나서자마자 맨 먼저 대령 부인과 아름다운 정육점 부인을 만나러 가시죠. 중년의 대령 부인은 투박한 사르데냐 사람인데 여름이면 막달레나 제도에 있는 집을 세놓고 자기 집 발코니에 암탉을 풀어 키운답니다. 정육점 부인은 굼뜬 남편의 정강이를 걷어차주러 가끔씩 고기 판매대 뒤쪽으로 들어가지요. 우리 아파트의 대장은 바로 그분, 마르타 부인이죠. 그분이 쳐다보면 그날 아침 깨끗한 양말을 신었는지 아닌지 당장 확인해봐야 합니다."

드디어 가브리엘라는 마르타 부인과 조우하게 되었다! 미묘한 긴장이 감도는 불안한 만남이었다. 그녀는 이제 막 아파트를 구입했는데, 부동산 중개소에서 그녀에게 제안한 층은 1층이었다. 그런데 그녀는 발코니가 딸리고 빛이 잘 드는 널찍한 방이 세 개나 있는 3층이 마음에 들다. 거리에서 소음이 들리긴 했지만 귀에 거슬릴 정도는 아니었다. 그러나 하루하루 지날수록 집안일을 하는 내내 소음이 배경음악처럼 연이어 들려왔다. 밤보다 낮이 훨씬 심했다. 마치 성난 바다가 쾅쾅거리는 것 같은 소음이 텅 빈 방 안에 끊임없이 울려퍼졌다.

"시끄러운 소리에 익숙해져야 해요." 서로 인사를 나누기도 전에 엘리베이터에서 마르타 부인이 말했다.

"한 달 정도 지나면 무감각해지죠. 귀가 적응하거든요. 내 말을 믿으세요. 습관이란 금방 지나가버려서 성가신 것들을 죄다 없애니까요!"

며칠 후, 우연한 기회에 한 젊은 여자가 초인종을 울렸다. 여자
는 아주 날씬한데다 입술에는 립스틱을 바르고 아름답게 미소 짓
고 있었다.

　"방해해서 죄송해요, 알보레아 부인. 전 위층에 사는 파올라 만
니라고 합니다!"

　"파올라 부인, 들어와 앉으세요!"

　그들은 서로 악수를 나눴다.

　"전 가브리엘라라고 해요. 말씀하세요."

　"괜찮으시다면 주방을 둘러봤으면 해서요. 방금 수도 기술자가
끓는 물과 소다로 수도관을 빼냈는데, 물을 붓다가 혹시 천장에
얼룩을 남기지 않았나 해서요. 좀 보러 가도 될까요?"

　부엌은 모든 게 그대로였다. 파올라는 이상이 없다는 걸 확인하
고 나서 걱정스런 기색이 사라지더니 그 틈에 그녀의 방을 구경하
고 다녔다.

　"책이 정말 많네요!" 파올라는 백화점에서 산 작은 책장 앞에서
탄성을 질렀다.

　"뭐, 얼마 안 되죠……"

　"얼마 안 되다뇨…… 하나, 둘, 셋…… 여덟, 여덟 권이네요!"

　"책 읽는 걸 좋아해서요."

　"책을요?"

　"가끔 읽죠."

　"조금 특별한 분이란 걸 금세 눈치 챘어요…… 그렇게 보여요.
아시죠!"

"특별하다뇨?"

"좋은 의미예요. 글쎄요, 뭔가 있어 보여요…… 커리어우먼 쪽에 내기를 걸겠어요!"

가브리엘라는 웃음을 터뜨렸다.

"아무런 경력도 없어요. 그보단……"

"에이, 겸손하시네요. 그 점이 마음에 들어요…… 그전에 살던 사람들은 태도가 천양지차였어요. 처음에는 친절해 보이다가 서서히…… 하지만 이젠 모든 게 달라졌어요!"

그러면서 그녀는 집 안의 가구들을 둘러보고 다녔다.

"이건 가격표가 그대로 붙어 있네요!"

그녀는 가구 위에 올려놓은 도자기의 꼬리표를 매니큐어 바른 손톱으로 떼어냈다. 가브리엘라는 뭐라고 말하려다 참았다.

"오늘 아침에 샀거든요. 요기 집 앞에서 팔더군요."

"정말 멋지네요. 소파도 최신 모델 같아요."

"파올라 부인, 믿지 못하시겠지만 이 집은 제가 태어나 처음으로 장만한 집이에요. 아직 없는 게 많아서 접시와 포크도 사야 했죠."

"설마 여태까지 부모님 댁에서 사신 건 아니겠죠! 아닌 거 같아요. 별거하셨거나 이혼하신 분 맞죠!"

"맞아요."

"유감스럽네요. 그러나 남편과 더이상 마음이 맞지 않고 갈등이 있을 때는……"

"사는 게 그렇죠!"

"당신은 문을 박차고 나오셨을 분 같아요…… 아무것도 손에 안 들고 나오셨군요!"

"기분이 최악이었죠. 커피를 만들고 있었는데, 드실래요?"

"혹시 화이트 와인 있으면 반 잔 정도 마시고 싶네요."

가브리엘라는 부엌으로 갔고, 파올라가 그 뒤를 따랐다. 가브리엘라는 자기가 마실 커피를 올려놓고 쇼비뇽 와인을 잔에 따라 파올라에게 건넸다. 파올라는 곧바로 잔을 입으로 가져갔다.

"훌륭하군요! 가브리엘라, 우리 서로 말 놓을까요? 그게 더 편하겠어요……"

"그러지 뭐. 파올라, 넌 나랑 다르게 행복한 결혼생활을 하고 있구나!"

"아주 많이!"

"무척 행복해 보이는데!"

"우린 여섯 살 난 딸아이가 있어. 엘리자베타라구. 엘리베이터에서 우리 시어머니 만났지?"

"아, 그 자상한 부인……"

"우리랑 살고 계셔."

"그럼 댁의 남편은? 미안…… 네 남편은?"

"더한 사람이야!"

"시어머니보다 더해?"

"아니, 그냥 더하다는 것뿐이야. 그런데 전에 살던 남자가 생활비는 줘?"

"뭐? 으응…… 주는 게 있긴 해."

"은행계좌를 개설할 거면 말해. 우리 남편 마우리지오가 요 근처 은행에서 일하거든. 성실한 사람이니까 알아서 잘해줄 거야. 눈 깜짝할 사이에 현금카드를 만들어줄 거야!"

"알았어. 고마워."

"그런데 너 일하니?"

"아직은 아냐…… 자코모와 헤어진 지 얼마 안 됐거든. 그렇지만 약속한 게 있어. 되도록 빨리……"

"남편 이름이 자코모야?"

"응, 자코모. 약간은 우울한 남부 남자지."

"지금 다른 사람 생각은 하지 마. 들어오고 싶을 때 들어오고 나가고 싶을 때 나가고 마음 가는 대로 해. 일어나고 싶을 때 일어나고 말야…… 아이는 없어?"

"응."

"다행이다. 지금은 마음껏 즐기기만 해!"

"그러길 바라야지!"

"그래도 조금은 고독하겠다…… 항상 혼자니까. 혼자서 식사하고 혼자 잠자러 가고 텔레비전도 혼자 보고 말이야. 조금 슬프지 않아?"

"아주 슬프지!"

"그래도 저녁식사에 친구들을 초대하고 함께 외출할 수도 있잖아. 집 밖에서 자고 올 수도 있고…… 모를 일이지. 그러다보면 언제든지 자코모보다 나은 남자를 만날 수도 있잖아. 지금도 그를 사랑해?"

"모르겠어. 우린 성적인 면에서 뜻이 잘 맞지 않았어. 그래서 이렇게 된 거고. 힘겨운 생활을 했지. 그러다 둘 사이의 문제가 하나 둘씩 불거져 나왔어."

"성적으로 뜻이 맞지 않았다고? 그게 무슨 말이야?"

"모르는 게 나을 거야."

"그렇다면 알고 싶지 않은걸! 우린 딸아이가 있으니까!"

"그러는 게 좋아!"

"너무 낙담하지 마. 조금은 네가 부러워, 안 믿기지? 모든 일에는 장단점이 있잖아. 너는 혼자지만 하고 싶은 일은 모두 할 수 있고, 난 뭐 가정이 있지만 내 맘대로 모든 걸 할 수는 없어. 시어머니는 항상 세상에 공짜란 없다고 말씀하셔. 정말 옳은 말씀이야! 아무튼 무슨 고민거리가 생기면 위층으로 올라와."

"고마워. 신경 써줘서."

가브리엘라는 뜨거운 커피를 홀짝홀짝 마셨다.

파올라는 그녀에게 눈길을 떼지 않고 와인을 다 마셨다. 테이블에 와인잔을 내려놓고 새로 온 입주민의 옷을 뚫어지게 쳐다봤다.

"그 옷 어디서 샀어?"

"아, 비싼 거 아냐! 스탄다 백화점 매장에서 샀어."

"그 말을 하려던 게 아냐! 그렇지만 너랑 잘 어울린다. 뭐라고 꼬집어 말할 수는 없지만 잘 어울려. 왜 무슨 옷을 입어도 맵시가 나는 여자들이 있잖아! 내가 보기엔 넌 뭘 입어도 잘 어울릴 거야. 말라서 그럴지도 모르지. 많이 배운 여자처럼 보이거든."

"말도 안 돼!"

"정말이야! 너한테는 자연스런 어떤 힘이 있어. 마음도 착하고

194

예뻐 보이는걸."

"고마워!"

"다음 주에 우리 집에서 저녁 먹을래?"

"친절하기도 해라!"

"마우리지오와 우리 꼬맹이 엘리자베타를 소개해줄게."

"어서 만나보고 싶다!"

"그럼 안녕!"

"안녕 파올라, 방문해줘서 고마워!"

"내가 첫걸음을 떼었으니 다음엔 네 차례야."

"물론이지! 부엌 천장이 얼룩지지 않아서 다행이야!"

"그럼!"

"그래!"

정확히 며칠 후, 가브리엘라는 꽃다발과 꼬마를 위한 초콜릿을 사들고 위층 집의 초인종을 눌렀다.

마우리지오는 아직 직장에서 돌아오지 않았다. 그날 오후는 길고 지루하게 흘러갔다. 연로한 마르타 부인은 소파에 앉아 텔레비전을 보고 있었다. 그녀는 목에 흰 양파처럼 굵은 알목걸이를 하고, 손목에는 작은 팔찌들을 두르고 있었다. 얼굴엔 파운데이션을 곱게 펴 발랐는데 검은 반점이 듬성듬성했고 광대뼈께가 붉게 물들어 있었다. 그리고 19세기 인형옷 같은 옷을 입고 있었다. 깔끔하게 정리된 거실 한가운데에 저녁식사가 잘 차려진 식탁이 있었다. 무와 올리브가 곁들여진 채소 샐러드와 빵, 그리시니 과자, 꽃 핀 선인장 화분, 와인 한 병, 그리고 사소 엑스트라버진 올리브오

일이 놓여 있었다. 그사이 여자아이는 자기 방에서 텔레비전을 보고 있었다.

파올라는 주방에서 풍기는 진한 튀김 냄새를 없애려고 멜론향 방향제를 뿌리고 돌아다녔다. 세 여자는 가장을 기다리며 이따금 사소한 애깃거리로 수다를 떨었다. 특히 살 만하게 됐을 때 죽는 것이 얼마나 안타깝고 불행한지 오랫동안 이야기를 나눴다.

가브리엘라는 속으로 몹시 흥분했다. 원주민 사이를 기웃거리는 탐험가가 된 기분이 들었다. 그들과 뒤섞여 되도록 빨리 이질감을 없애려는 이방인 말이다. 어서 그들과 어울리고 낯선 분위기에 적응하기 위해, 그 아담한 가정이 어떻게 구성되었고 어떤 방식으로 대화하는지 이해하고 싶었다. 잠시라도 자신을 잊고 가능한 빨리 자기도 그 사람들의 생각과 언어로 깊이 있게 교류하면 좋겠다고 바랐다. 하지만 여전히 변화의 조짐은 보이지 않았고, 어디서부터 시작해야 할지도 몰랐다. 실상 말수도 적은데다 미소를 짓고 고개를 끄덕이는 정도에 머물렀다. 그러면서 간간이 이것저것 묻고 그들 가족에 관한 정보와 특징을 하나 둘 기억하고 명심했다. 어두운 밤, 섹스에 몰입하면 시력이 퇴색하는 대신 다른 감각이 살아나듯 그녀의 온몸은 그처럼 극적인 행위와 감정을 연기하고 있었다. 그렇게 해서 가슴에서 일고 있는 정신적 동요를 견뎌내야만 했다.

"너, 옷 입은 게 왜 그러니?" 노부인은 눈썹을 찡그리며 며느리에게 물었다.

"마음에 안 드세요?"

"이상해 보이는구나. 게다가 집 안에도 어울리지 않아!"

"가브리엘라, 이 옷 어때? 네가 보기에도 이상하니?"

가브리엘라는 옷을 쳐다보고는 어깨를 으쓱해 보였다.

"아직은 널 잘 몰라서 이상하다 아니다 말하기 어려운데……"

"저렇게 입은 적은 한 번도 없었다구. 너무 딱딱한 차림이야."

마르타 부인은 마음 졸이는 목소리로 근심을 쏟아냈다.

파올라는 푸른 정장을 입고 있었는데 베이지색 셔츠의 단추를 목까지 채웠다. 그 모습은 알리탈리아 항공의 승무원 같았는데 치마는 무릎 위로 껑충 올라가 있었다.

"어제 바겐세일을 하길래 샀어요. 너무 딱딱해 보여요?"

노인은 아무 말이 없었다. 하는 수 없이 가브리엘라가 대답했다.

"조금 그래. 과학 선생같이 보여. 그렇지만 괜찮아!"

"어제 네 집에서 본 책들 때문에 영향을 받았나봐. 오늘 나도 책을 한 권 샀어. 보여줄게!"

그녀는 뜯지도 않은 책을 가브리엘라에게 건넸다.

"시간이 없어서 아직 펴보지도 않았어. 저민 고기 요리에 그렇게 이야깃거리가 풍부한지 몰랐어!"

가브리엘라는 『카르파초』라는 책 제목을 읽고, 재빨리 뒤표지를 훑어봤다. 화가 비토레 카르파초*의 그림을 연구한 책으로, 다각적인 도상학의 방법론을 다룬 논문이었다.

"흥미로운데!" 가브리엘라는 책을 주인에게 돌려주었다.

---

* 1460~1525, 이탈리아 초기 르네상스 시대의 화가.

마침내 마우리지오가 도착했다. 딸아이는 방에서 쏜살같이 나와 아빠 품에 달려들어 쫑알거리며 재롱을 부렸다.

"아빠! 하루 종일 일하느라 힘든데 집에 돌아오니 좋지?"

그는 가방을 의자에 올려놓으며 대답했다.

"당연히 좋지. 귀여운 딸과 사랑스런 아내가 있으니까!"

"그리고 맛있는 치즈 소피치니*가 있죠!"

파올라는 먹음직스런 판제로토** 요리를 접시에 푸짐하게 담아 들고 주방에서 나오며 한마디 거들었다.

"손 씻고 와요!"

"사무실에서 나오기 전에 씻었어!"

아버지와 딸은 손을 뻗어 소피치니 하나를 슬쩍 입으로 가져갔다. 그걸 본 파올라는 당장 제자리에 내려놓으라고 했다.

"먹보들 같으니라구, 내려놔요! 첫번째 요리부터 먹자구요!"

그녀는 접시를 내려놓고 가브리엘라에게 말했다.

"어떻게 하는지 봤지? 항상 저런 식이야. 둘 다 배고픈 걸 못 참아."

"냄새가 아주 좋아." 가브리엘라가 작은 목소리로 속삭였다.

엘리자베타는 입맛을 다시며 어서 빨리 먹고 싶다는 표정으로 제자리에 앉았다.

"생선 요리도 먹고 싶어. 깨물면 바삭바삭거려!"

---

* 치즈가 든 커틀릿 요리.
** 햄, 치즈, 달걀 등이 들어간 라비올리. 파스타의 일종.

파올라는 먼저 시어머니에게, 그다음엔 딸아이에게 음식을 덜어주었다.

"소피치노는 많이 먹으면 안 돼. 그렇지만 생선은 너 먹고 싶은만큼 먹어도 돼. 불포화지방산이 풍부하단다!"

"우리 집에 초대한 손님, 나한테 소개 안 해줘?"

마우리지오는 한편에 물러난 가브리엘라에게 손을 내밀어 악수를 청했다.

"어머, 내 정신 좀 봐! 이쪽은 마우리지오, 그리고 이쪽은 가브리엘라!"

그 집의 가장은 잔잔한 오아시스 같은 남자였다. 미소 띤 얼굴에 코 주위가 불그스름하고 피부는 새하얀데, 허벅지는 전직 축구 선수같이 강인해 보였다.

모두 식사를 시작했다. 잘 차린 음식을 맛있게 먹고 난 후, 파올라는 냅킨으로 입을 닦으며 직장에서의 일과가 어땠는지 남편에게 건성으로 물었다.

"아주 좋았어."

마우리지오가 대답했다.

"사람들이 점점 우리처럼 하고 있어. 미래가 생명보험을 뜻한다는 걸 사람들이 깨달았지."

"페나롤리* 시대처럼요."

가브리엘라가 말했다.

---

* 이탈리아 좌파 정치인.

그는 무슨 뜻인지 몰라 못 들은 척했다. 그러자 파올라가 다시 끼어들어 감격스런 미소를 지으며 말했다.

"정말 멋지지 않아? 가브리엘라. 우리 꼬맹이는 벌써 연금에 들었다구!"

"연금?"

마우리지오는 가브리엘라의 잔에 와인을 따르면서 자세한 설명을 덧붙였다.

"내버려두면 시간이 흐르면서 이윤이 붙는 투자상품이죠. 여윳돈이 조금 있을 때 넣어두면 은행 관리하에 금액이 서서히 불어나요. 당신이 할 일은 없어요. 그저 지켜만 보면 되죠. 이 와인 좀 마셔봐요. 인기 와인이라 이탈리아에서 가장 많이 팔렸어요!"

파올라가 다시 말을 이었다.

"삼십 년 후면 엘리자베타는 그 돈을 탈 수 있을 테고, 그걸로 좋은 자동차를 사든지 대출금을 갚든지 할 수 있겠지. 아니면 그대로 은행에 놔뒀다가 예순 살쯤엔 누구한테 아쉬운 소리 안 하고 안락한 노후를 보낼 수 있을 거야!"

가브리엘라는 그다지 동감하는 눈치가 아니었다.

"하지만 노후를 생각하기엔 조금 이르지 않아? 이제 겨우 일곱 살인데."

그렇게 말하면서 여자아이에게 눈길을 돌렸다. 사내아이처럼 옷을 입은 꼬마는 접시에 코를 대고 음식을 먹고 있었다.

"일찌감치 대비하는 게 좋죠."

그 집의 가장은 단호하게 말했다.

"돈이 적게 들면서 결실은 더 얻으니까요. 언제 냈나 싶을 정도로 소액을 내면 끝이죠."

그의 아내가 덧붙였다.

"그뿐이 아냐. 연금에 들고 나서 난 마음 편히 잠들고 있어."

"만약 은행이 파산하면?"

가브리엘라는 솔직하게 물었다. 파올라는 잠시 멍한 표정을 지었다.

"뭐라구?"

"만약 몇 년 뒤에 은행이 문 닫으면 돈은 어떻게 되는 거야?"

파올라는 갑작스레 남편에게 싸늘한 시선을 던졌다. 예상하지 못한 공격적 시선이라 가브리엘라는 겁이 났다.

"무슨 말을 할까요?"

아내는 남편에게 질문했다.

"은행은 망할 수 없는 거죠, 그렇죠?"

"미안해요, 가브리엘라 부인."

늙은 마르타 부인은 차분한 어조로 갑자기 말문을 열었다. 주변 분위기도 함께 조용해졌다.

"짧은 시간 당신을 잠시 지켜봤어요. 부인은 정말 훌륭한 여성입니다. 지적이고 생각도 자유롭고…… 그렇지만 제가 당신이라면 무엇 때문에 긍정적인 면보다 부정적인 면에 이끌리는지 자문해볼 거예요. 누구나 머리 위에 항아리가 떨어질 수 있겠지만, 그렇다고 헬멧을 쓰고 돌아다니진 않잖아요! 부인은 좀더 긍정적일 필요가 있어요. 은행이 문전성시를 이루더라도 예외 없이 어려움은 밀어닥치고 또 밀어닥치지 않겠어요?"

가브리엘라는 흠칫 놀라 무슨 말을 해야 할지 몰랐다.

와인을 조금 마시고 파올라의 잔까지 채워주려고 할 때 아이가 그녀를 말렸다.

"엄마는 술 안 마셔요. 금조가예요."

"금주가."

아빠가 아이의 말을 고쳐주었다.

"맞아. 난 술 못 마셔……"

파올라가 황급히 대꾸했다. 남편은 손님이 서둘러 궁지에서 빠져나올 수 있게 흰 얼굴을 그녀에게 돌렸다.

"보세요, 부인. 은행은 나름대로 보장되어 있습니다. 더구나 제가 그곳에서 일한다는 사실도 잊지 마세요. 만약 이상한 낌새가 있으면 오 분 안에 부인의 돈을 전부 인출해서 다른 은행으로 옮겨드리죠. 저희 부부는 엘리자베타를 염려할 필요가 없어요. 그런 일은 전혀 일어나지 않을 테니까요. 최소한 경제적 관점에서 보면 그래요. 무시할 수 없는 일이죠!"

파올라가 이어서 말했다.

"아이들을 생각하면 걱정만 앞서고 게다가 양육비도 만만치 않고 어떻게 해야 할지 막막하기만 하지. 우린 그런 상태에 빠지고 싶지 않았어. 내가 임신했을 때 시어머니께서 그 점을 일러주셨어. 참 잘하신 일이지. 시어머니 말씀이 아이는 부모의 눈먼 욕망을 절제해주는 존재래. 분명히 그렇게 말씀하셨어. 눈먼 욕망이라고 말이야!"

"그 말은 무슨 의미야?"

가브리엘라는 용기를 내서 질문을 던졌다. 그가 대답했다.

"머릿속에서 망상을 걷어낼 필요가 있다는 뜻이죠."

"어떤 망상이요?"

그러자 파올라가 말문을 열었다.

"뒤죽박죽 얽힌 일, 무분별하고 어리석은 행동, 무모한 시도같이 가정을 파괴하는 모든 일을 뜻해."

"이 냅킨 얼룩졌어."

마우리지오는 입을 닦으며 끼어들었다.

"자, 이걸로 써요."

그녀는 새로 사귄 친구에게 고개를 돌렸다.

"아이가 있으면 더 신중히 처신하게 되거든."

"왜?"

"왜라니? 넌 아이 없는 티가 나는구나."

"그 말은 내가 제대로 처신하지 못한다는 뜻이야?"

"오해야. 난 그 말을 한 게 아냐. 넌 정말이지 딴 세상 사람이구나. 이 아파트에 사는 사람들 모두 그렇게 말하더라. 이건 상관없는 말이지만……"

"그렇다면 다행이군!"

노부인은 여전히 잘못된 것들을 바로잡으려 애썼다. 하지만 이번에는 얼굴을 쳐다보지 않고 접시를 보며 말했다.

"미안하구나, 며늘아기야, 하지만 부인이 그렇게 알아들어도 무리는 아니지. 만일 어떤 여자가 헤픈 창녀라면 돌볼 자식이 없겠지. 난 네가 무슨 말을 하려는지 알겠다. 넌 자식을 둔 여자가 여자로서의 도리를 다해야 한다고 말하고 싶었던 거야. 그리고 자기 도리를 하는 여자는 그렇지 않은 여자보다 나은 법이고, 한번 자기 도리를 지키지 않은 여자는 아무렇지도 않게 또 할 일을 저버릴 거라는 말 아니냐. 내가 너에게 말한 헛된 망상은 단순히 가벼운 눈속임이 아냐…… 내가 틀렸다면 바로잡아다오."

파올라가 말했다.

"제가 말하려던 것은 그것과 좀 달라요."

다시 마우리지오가 나섰다.

"실상 나도 자식이 없는 여자는 문란한 여자라는 뜻으로 알아들었어."

"하지만 여자만을 얘기하는 게 아니라구요! 미안하지만 머릿속에 온갖 해괴망측한 생각을 하는 건 남자도 예외가 아니죠!"

파올라가 계속 뜻을 굽히지 않자, 가브리엘라는 서둘러 말을 끝맺었다.

"그렇다면 다행인걸!"

식사를 마치고 여자아이는 자기 방으로 돌아갔고, 남은 어른들은 커피를 마시러 응접실로 자리를 옮겼다. 그때 파올라는 자신의 눈을 의심했다. 시어머니가 평소처럼 밤 인사를 하고 잠자리에 들지 않고, 그들과 함께 머무르기를 원했기 때문이었다. 여느 때와 달리 시어머니는 커피를 많이 마셨다.

가브리엘라는 노부인의 시선이 등 뒤에 쏟아지는 걸 느꼈다. 노인은 계속해서 그녀를 관찰했다. 뭔가 도움이 될 만한 정보가 있는지 알아보려는 듯이. 아니면 앞으로 전쟁을 벌일 적과 대면하고 있는 건 아닌지 판단하려는지도 모른다. 이따금 노인은 마우리지오 쪽으로 재빨리 시선을 돌렸다. 현장에서 범인을 잡아채는 눈빛이었다. 혹시 아들이 아래층 부인에게 어떤 관심이라도 보이지 않나 엿보려는 것 같았다. 며느리 역시 그토록 범상치 않은 손님을 앞에 놓고 극도로 긴장하며 예의주시하고 있었다.

어쨌거나, 마르타 부인이 침묵을 지키며 식사 후에 주고받는 일상적인 화젯거리를 조용히 듣고 있는 것만으로도, 가브리엘라는 자기 안에 남아 있는 모레나의 모습을 철저히 숨기기가 어려웠다. 가브리엘라가 앞뒤 이치에 맞지 않게 말하거나, 우유부단한 모습을 보이고 갑작스레 입을 다물 때마다 노인은 경찰관처럼 비밀리에 눈여겨보았다. 가브리엘라는 시련을 오래 견디지 못했다. 그녀와 아주 동떨어진 사고방식과 언어를 갑작스레 자신의 것인 양 내세우기는 어려웠다. 겨우 조금 전에서야 미지의 정글 입구에 발을 들여놓았으니까. 커피를 마시고 나서 그녀는 핑곗거리를 생각해냈다. 그녀는 초대해줘서 감사하다고 진심으로 인사하고 자리를 떠났다.

졸리 교수와 가브리엘라는 동네 이곳저곳을 둘러보고 나서 뭘 좀 마시려고 어느 바의 구석진 곳에 자리를 잡았다. 교수는 자기 얘기를 늘어놓았는데, 꽤 오랫동안 그런 기회가 없었던 터였다. 음료수를 주문하고 교수는 다시 이야기를 시작했다.

"얼마 안 되는 쥐꼬리만 한 돈을 받고 은퇴했지요. 도저히 더 이상은 견딜 수가 없었어요. 부인은 제가 오랫동안 겪은 참담한 불행을 아마 짐작조차 하지 못할 겁니다. 전 도가 지나치게 발끈하고 배려심 없는 사람이 되었고, 교장부터 수위까지 모두들 절 미워했지요. 부당할 정도로 많은 것을 감내해야 했는데 학교에서만 그런 게 아니었어요. 온 이탈리아가 역겨웠고, 지금도 마찬가지예요! 이렇게 말해 뭣하지만, 이 썩어빠진 나라의 부조리에 대항해 젊을 때부터 제 힘이 닿는 한까지 일을 했죠. 한창 68혁명운동이 일어날 때도 참가했고 그후에 투옥생활도 했어요. 얼마나 많은 부도덕과 부패, 폭력, 마피아의 비리, 저질문화가 판을 쳤습니까! 또 권력자의 오만한 위선은요? 거의 대다수 사람들이 힘을 가졌다고 여기지만 실은 기아로 허덕이다 죽는 기분을 느끼지요. 우리는 화려한 잔치 의상을 입은 제3세계 시민들입니다. 인간의 의지로 세상을 더 낫게 바꿀 수 있다고 믿었을 때에는 큰 소용돌이에 휩쓸렸지요. 시위에 쓸 접착제와 나머지 필요한 것들을 사려고 할머니의 저금을 털기도 하고 시위 진압대에 쫓겨 도망 다니기도 했어요. 시위대가 점령한 학교와 공장, 무허가 주택에 숨어들었지요. 가공할 세력에 맞서 시위에 동참했다고 모두가 자랑스러워했어요. 마르크스와 레닌주의자, 브란트 신봉자, 제4인터내셔널*이며, 참, 붉은 여단**도 빼놓을 수 없지요. 하지만 헛수고였어요. 도리어 상황이 악화됐지요. 세상을 바꾸는 건 언제나 자신이라고 모두

---

* 소련연방에 반대해 1936년 레온 트로츠키의 지도하에 소수의 급진적 사회주의자들이 결성한 조직.
** 1970, 80년대 이탈리아에서 결성된 극좌파 비밀 테러 조직.

들 생각했거든요. 물론 상황은 확실하게 바뀌었어요! 아주 부정적
으로 말이죠. 문제는 늘 똑같습니다. 자본주의냐 아니냐 하는 거
죠! 전 반대 목소리를 내는 소수 편에 남았기 때문에 집으로 돌아
와 작별했지요. 이곳 사람들은 제 정치 성향이 어떤지 아무도 몰
라요. 지금 제가 어떻게 사는지 보세요. 조용하게 살고 있지 않습
니까. 이 더러운 세상에 손을 더럽히지 않고 말입니다. 돈도 약간
있고, 아파트도 작긴 하지만 제 소유죠. 한 달에 생활비로 얼마나
쓰는지 아십니까. 삼십만 리라가 채 되지 않아요. 믿기 어려우시
죠, 네? 전 신용만 믿고 떠넘기는 은행이나 상점 같은 데 넘어가
지 않습니다. 생필품 몇 가지만 사면 그만이죠! 가정부 파멜라가
제가 누리는 유일한 사치예요. 아침에 와서 청소를 해주고, 점심
에 먹을 음식을 마련해줍니다. 전 늘 똑같은 걸 먹어요. 러시안 샐
러드와 토마토 스파게티 약간, 그리고 소스를 얹은 얇은 쇠고기
한 조각과 겨자소스를 곁들인 뷔어스텔*, 완두콩 요리. 자본주의
가 한 일 중에 가장 잘한 것은 냉동식품을 만들어낸 거죠. 아무튼
파멜라는 집안일은 죄다 해줍니다. 빨래하고 다림질하고 이른 저
녁쯤 서둘러 돌아가지요. 다섯시쯤이면 집에 가요. 우리 집에서
칠 년째 일하고 있는데, 모든 걸 아주 훌륭하게 해냅니다. 나무랄
데 없는 여성이지요. 항상 조용하고 친절한데다 매사 정확하고 인
정이 많답니다. 제가 호사를 누린다고 했지요. 하지만 그건 사실
이 아닙니다. 전 측은한 그녀를 돕고 그녀는 절 돕는 거죠. 대화는

---

* 독일 소시지.

단절한 채로 말이죠. 그녀와 마찬가지로 저 역시 이민자 같은 기분이 듭니다. 조국에서 이민자가 된 셈이지요. 그녀는 페루 사람입니다. 우리는 경제적 지원 관계에 있지요. 가엾은 부인은 카를로스라는 스물여섯 살 먹은 망나니 아들을 두고 있어요. 두 모자는 공항 근처 파우미치노에 살고 있어요. 아들은 그녀에게 큰 골칫덩이지요. 가끔 눈이 퉁퉁 부어서 오는데, 울어서 부은 건지 카를로스가 때려서 그런 건지 모르겠어요. 전 일일이 끼어들지 않아요. 그냥 모른 척 넘어갑니다. 신중하다고 볼 수 있지요. 그러나 나중엔 다 지나간 일이 되고, 다음 날 아침이면 그녀가 환한 미소를 지으며 온답니다. 월요일에는 꽃까지 사와서 화병에 담아 토요일까지 시들지 않게 잘 보살피지요. 장 보고 남은 돈으로 사는 겁니다. 한 번도 그런 부탁을 한 적이 없는데도요. 순전히 그녀의 아이디어죠. 귀엽지 않습니까? 이것이 지금의 제 삶이에요. 비록 예전엔 훨씬 젊고 파란만장하게 살았지만, 과거보다 지금이 백배 나아요. 어느 날 이런 생각이 들었어요. '이제 그만. 앞으로 집에서 두문불출하겠어. 세상일은 될 대로 되라지.' 어느 누구도 만나고 싶지 않았어요. 전화기도 도통 울려대지 않았죠. 오랫동안 경이롭고 찬란한 고독의 시간을 보내고 지금 제가 사는 모습을 보십시오. 도덕적으로 한 치 오점도 없는 양심을 품고 이 악취 나는 나라의 치부를 조금이라도 없애려 노력한 탓에 치졸한 전과만 안고 살았습니다."

교수는 계속 말했고, 가브리엘라는 고독한 시처럼 황량하고 쓸쓸한 풍경을 바라보고 있었다. 암울한 익명의 존재로 은둔해온 그의 삶이며, 그들이 나누는 가벼운 식사와 침묵하는 몸짓, 그리고 단조로운 일상의 나른한 여유로움에 그녀는 매료되었다. 헛된 야망을 던져버린 사람을 보고 그녀는 감동했다. 누구라도 자신의 미래를 그렇게까지 뿌리 깊게 포기하기는 불가능하리라. 촐리 교수의 유일한 희망은 전날의 일상을 다음 날에도 반복하는 것뿐이었다.

"텔레비전을 보고는 침실로 가지요! 텔레비전을 통해 해넘이를 보는 셈이지요. 세상 어디에서나 보이는 진짜 해넘이가 이곳에서는 절대 보이지 않거든요!"

촐리 교수는 그라파를 들이켜고 나서, 자신을 잘 모르는 여인에게 괜한 수다를 떨어 지치게 만들었나 싶은 생각을 했다.

"죄송해요, 가브리엘라. 제 얘기만 지껄였군요. 부인 눈엔 제가 자기만 생각하는 지독한 인간으로 보이겠어요. 더이상 부인을 괴롭히지 않겠다고 약속드리죠. 그동안 말하지 못한 속내를 부인께 다 털어놓았으니까요. 많지도 않았지만 제 입장에선 또 적지도 않은 이야기지요. 젊은 시절의 연애담도 말씀드릴까 했지만, 다시 떠올릴 가치가 없는 씁쓸한 얘기지요. 마음이 안정되고 나서 제 존재의 마지막 그림자까지 지워버렸습니다. 이렇게 해보는 것도 처음이지요. 부인한테는 솔직히 마음을 털어놓게 하는 뭔가가 있어요. 이러다 혹시 이 동네의 또다른 여왕이 되시는 거 아닙니까?"

"아니길 바라야죠!"

"왠지 모르지만 부인께 믿음이 생겼어요! 부인을 잘 알지는 못하지만요. 어쩌면 부인의 맑은 눈빛과 경청하는 자세, 순수한 호기심 때문인지도 모르겠군요. 당신과 같은 사람을 한 번도 만나본 적이 없었어요. 섬세하면서도 그토록……"

"그토록 뭐죠?"

"강한 힘을 느껴요."

가브리엘라는 웃음을 터뜨렸다.

"힘이라구요?"

"부인을 나타내는 정확한 표현이죠. 강한 힘."

"적당하지 않은 말이에요…… 전 힘 있는 존재라는 느낌이 전혀 들지 않아요."

"진정한 위력자가 그렇지요!"

"교수님이 실수하시는 거예요."

"그렇다고 왕이나 대부호, 마법사 같은 사람이 지닌 힘을 떠올리셔선 안 돼요. 대신 나무에 비유할까요? 그래요! 나무가 지닌 힘을 생각해보세요."

"그게 낫겠군요." 가브리엘라는 이야기를 미소로 마무리했다.

촐리 교수는 조용히 여인을 응시하다가 다시 이야기를 시작했다.

"제 얘기에 드러난 자기중심적인 이미지를 지운다든지, 그 때문에 생긴 마음의 짐을 덜려고 하는 말은 아닙니다. 부인도 이제는 본인의 얘기를 해주시죠. 전 부인 얘기가 몹시 듣고 싶군요. 제 말을 믿으세요. 이건 정말이지 여태까지 느끼지 못한 새로운 감정입니다. 전 사람들이 맨 처음 하는 말만 들어도 어떤 사람인지 알아맞혀요. 대단한 자부심이 있지요. 그런데 부인은 정말 비밀스러워요. 부인을 제대로 파악하기가 어렵군요."

"제가 입을 열지 않으면 어떡하실 작정이세요?"

"그러니까 더 알고 싶은데요."

"그럼, 교수님께서 질문하세요!"

"좋아요. 어디 봅시다. 우선은 제가 느낀 걸 말씀드리죠. 부인은 결혼하셨고 얼마 전에 헤어지셨어요. 맞습니까?"

"맞아요."

"남편 성함이……"

"자코모예요."

"자코모 씨라. 그분 직업은 뭐죠?"

"항공부에서 일해요……"

"공군이요?"

"민간 항공부서요."

"그리고 부인은 살림만 하셨죠."

"가정주부였죠. 하지만 이건 벌써 말씀드렸어요."

"왜 헤어지셨죠?"

"서로 성격 차이를 납득할 수 없었어요. 게다가 자코모는 살이 쪘구요!"

"많이요?"

"교수님 배보다 더 심하게요."

"그건 무슨 뜻입니까?"

"앉아 있을 때나 서 있을 때나 차이가 없었죠. 그를 떠올리면 텔레비전을 보며 소파에 힘없이 늘어져 있는 모습이 생각나요. 바닥에 물병이 있는데도 목이 마르면 절 부르죠. 그럼 저는 병을 집어

그에게 건네줘요. 겨울에는 물, 여름에는 맥주로 바뀌었죠. 항상
셔츠 바람이었어요."

"남편에게 다이어트를 시켜본 적은 없습니까?"

"있었죠. 하지만 울기 시작하더군요."

"어떻게요?"

"소파를 바꾸고 울기 시작했어요."

"왜요?"

"모르겠어요."

"그래도 무슨 생각이 있지 않았을까요?"

"아마 다이어트가 힘들었나봐요."

"혹독한 다이어트였나요?"

"어느 때는 견디기 어려운 경우도 있었어요."

"부인이 외도를 했나요?"

"그뿐만이 아니에요."

"남편분도 알았습니까?"

"그가 알게끔 일부러 바람을 피웠어요."

"어떻게 반응하던가요?"

"소파를 바꾸고 눈물을 흘리기 시작했어요."

"그다음은요?"

"모두 없던 일이 되고 다시 처음으로 돌아갔어요. 전 허리를 숙
여 물병을 집어서는 남편에게 줬어요."

"그래서 어떻게 됐죠?"

"보시다시피 전 여기 있잖아요."

212

"제 말은…… 부인이 남편과 작별할 때 뭐라고 하셨나요?"

"무척 무덤덤했어요."

"무덤덤했다구요?"

"그를 만나기 전이나 그후에도 별다른 감정이 없었어요."

"자코모 씨는요?"

"그 사람은 만족하더군요. 왜냐하면 그를 괴롭히려고 외도를 저질렀지만 제가 기쁘지 않았거든요."

"비참한 위안이군요. 그럼 이제 어떤 계획을 갖고 계시죠?"

"아무 계획도 없어요. 교수님처럼 사는 것도 괜찮겠네요. 인생을 즐기고 싶어요."

"나쁘지 않을 듯싶군요."

"교수님은 눈치 못 채셨겠지만, 전 교수님 말씀을 들으면서 많은 것을 배웠어요."

"예를 들면?"

"다음 날을 기다리는 건 쓸데없는 짓이다."

"절 이해한 것이 그건가요? 이상하군요."

"모르겠어요. 교수님은 불교 신자거나 그와 관련된 사람처럼 말씀하세요. 지나친 욕망은 분쟁과 불만을 일으킨다. 그러니 모두 떨쳐버려야 한다!"

"제가 그랬나요? 어쩌면 당신 말이 옳을지도 모르겠군요."

"공(空)에 몰두해서 그 환희와 명상에 전념하는 길밖에 없겠죠. 그래서 교수님께서 절 나무로 보시는 데 만족해요. 그래요, 나무가 되고 싶어요. 머리는 바람에 휘날리고 눈은 구름에 닿아 있는 그런 나무가 되고 싶어요."

"저보다는 이 주변 거리들의 이름에서 영향을 받으셨군요."

"아무래도 상관없어요. 혹시 교수님이 달가워할지 모를 얘기 한 가지를 해드릴게요."

"말씀하세요."

"전 교수님께서 과거에 꿈꾼 세상이 아니라 항상 거부해온 세상이 좋아요. 교수님은 자각하지 못하셨지만, 현재의 삶에 대해 말씀하시면서 목소리가 바뀌고 사용하는 어휘까지 달라졌어요. 지나간 시절을 말씀하실 때는 약간 말을 더듬고 감정 섞인 표현을 쓰면서 격앙되셨어요. 저는 승자의 평화를 더 선호합니다. 흘러가는 나날에서 빼앗을 만한 것을 손에 넣으려고 자기 주위를 두리번거리는 승자의 평화를요. 이 동네와, 태어난 자손들의 머릿속에서 공상을 몰아내려고 하는 여왕님들의 불행을 사랑합니다. 교수님이 먹는다는 러시안 샐러드와 완두콩 요리에 매료되었어죠. 만니 가족의 핀두스 소피치노도 빼놓을 수 없지요. 성곽에 둘러싸인 이 도시, 수백 개의 문이 있는 이 테베 시는 사람들로 북적거리지만 깊은 침묵의 기운이 감도는 도시예요. 전 이 도시에서 제 시대의 살아 있는 증인이 된 기분이 들어요. 혹시 아세요? 삶에서 낙오한 사람을 제가 얼마나 질투해왔는지? 그들과 완전히 일체감을 느끼는 심정을 어떻게 설명해야 할지 모르겠네요. 시끄러운 자동차 소음을 견디며 지내다보니 남편은 아무렇지 않게 그 소리에 익숙해지더군요. 마치 벌레의 삶에 적응하고 만 그레고르 잠자*처럼요. 전 남편의 평화로운 일상에 질투심을 느꼈는데, 지금 생각해보면

214

남편의 대단함에 무릎 꿇은 거였어요. 오직 그만의 고고한 내면세계를 지키려고, 저에 대한 관심의 끈을 너무 일찍 놓아버렸어요. 오르가슴의 환희까지도. 제 생각엔 오르가슴도 타인을 좇아가는 실수라고 생각해요. 누가 그런 권리를 주었죠? 어째서 그것이 의무여야 하죠? 누가 그런 걸 정해났나요?"

"부인은 솔직히 털어놓지 않는군요! 제 생애 처음으로 뭐라 말해야 할지 난감한 기분이 들어요. 부인, 죄송합니다만 그걸 애써 모르는 척하시는 거예요! 단언하건대, 부인께서는 이 동네에서 잘 지내지 못할 겁니다. 모두 부인께 트집을 잡고 말 거예요. 이곳에 사는 게 마음에 든다고 말하지 말아주세요."

"전 이곳 거리를 아주 사랑해요. 마치 보물섬에 다다른 스티븐슨이 된 기분이에요."

"그렇다면 아침 인사와 저녁 인사 외엔 입도 벙긋하지 마세요! 무례한 줄은 압니다만 제가 보기에 부인께서는 큰 실수를 저지르시는 것 같아요. 소박한 생활로 인생을 즐긴다는 건 사실입니다. 맹세해요. 전 솔직하죠. 어쩌면 그렇게 되려고 스스로 담금질해왔는지 모르지만요. 더 많은 걸 가질 수 있다 해도 전 아무것도 필요 없습니다. 어떤 것도 제 마음을 괴롭히지 못하죠. 그러나 절 본보기로 삼지는 마세요. 부인은 그 정도에 머무르셔선 안 됩니다. 이제 한 가지 질문을 해야겠군요, 부인, 마지막 질문입니다. 당신은 어디에서 오셨죠?"

---

* 카프카의 소설 『변신』의 주인공.

"미용실에서요!"

그녀는 대신 계산을 했다.

어린 딸의 노후를 위해 은행에 들어가는 돈의 대부분이 할머니의 주머니에서 나오고 있었다. 그 돈은 매달 마르타 부인의 연금에서 빠져나가는 고정 납부금이었다. 그것이 집안에서 범접할 수 없는 권위를 노부인에게 부여했다. 머리 아프게 신경 쓸 필요가 없는 위엄이었다. 새롭게 나타난 여인이 감사 인사를 했지만 노부인은 엄격한 태도를 누그러뜨리지 않았다. 어떤 연유에서인지, 저녁식사 만찬이 있던 그날 이후로 몇 주가 흐른 뒤 가브리엘라에게 아는 척하지 않기로 했다.

아파트 출입문에서 몇 번 그녀와 마주쳤지만, 함께 엘리베이터 타기를 꺼렸다. 그래서 가브리엘라는 그 집 젊은 여주인에게 이유를 캐물었다. 그녀는 시어머니가 고집불통에 심술기 있는 노인이라서 그렇다고 얼버무리며 잘 모르겠다는 듯 어깨를 으쓱해 보였다.

가브리엘라는 가끔 동네에서 마우리지오와 마주쳤는데, 그는 변함없이 친절하고 명랑했으며 자주 눈짓을 보내기도 했다. 그러다 어느 날 갑자기 그녀에게 반말을 하기 시작했다.

"언제고 밤에 널 깜짝 놀라게 해줄게. 네 집에 잠옷 차림으로 나타날 테니까!"

그러고는 그녀를 잡아먹을 듯 쳐다보면서 웃음을 흘렸다.

촐리 교수는 더 보기가 어려웠다. 보통 늦은 오후, 그러니까 그

216

가 일상적이고 비밀스런 산책을 나설 때에야 한 번씩 마주쳤다. 그는 간단하면서도 다정한 말을 몇 마디 건넨 후 반쯤 고개를 숙여 인사를 하고는 서둘러 자리를 떴다.

그러나 가브리엘라는 처음 만난 그들 몇 사람만 아는 게 아니었다. 그녀는 상점 주인 몇 명과 미용사들과 친분을 쌓았으며, 아파트 맞은편 바의 직원들과도 알고 지냈다. 매일 아침 그곳 테이블에 앉아 카푸치노를 마시며 신문을 읽었다. 그건 새로운 존재로 거듭난 그녀가 가장 좋아하는 하루 일과가 되었다.

그렇게 몇 주, 몇 달이 흘러갔다. 가브리엘라는 점점 더 그곳에서 편안한 기분을 느꼈다. 그녀는 누가 깨우지 않아도 아침 일찍 일어나 오래도록 창가에서 밖을 내다보았다. 그곳의 리듬과 냄새에 익숙해졌다. 그녀가 비밀스럽게 하는 유일한 일은 가끔 산 안드레아 델라 발레에 가서 우편물을 가져오는 것과 책을 읽으러 도서관에 가는 것뿐이었다. 그러다보면 하루가 흘러갔다. 누군가가 책과 잡지로 가득한 집을 보면 그녀를 어떻게 생각할지 알 수 없는 노릇이었다. 그녀는 편지를 받은 적이 단 한 번도 없었는데, 경비를 맡고 있는 노인이 조금 의심스러웠다. 누가 부탁한 적도 없는데 경비 일을 자처한 노인이었다. 아파트 뒤뜰에 있는 작은 방에 무료로 살면서 주민들을 도와주었다. 우편물을 분류해 넣는 일도 그중 하나였다.

가브리엘라는 항상 텔레비전을 시청하고 바쁠 때마저 텔레비전을 켜놓아야 하는 일이 가장 곤혹스러웠다. 하지만 이웃들이 그렇게 살고 있으니 그녀도 그런 습관에 길들어야 했다. 많은 시간을 들여 텔레비전을 보는 데에는 분명 근본적인 이유가 있을 것이다. 그녀는 그것을 밝혀내기로 마음먹었다.

그러나 텔레비전을 보다보면 예외 없이 그녀는 잠을 자거나 뭔가를 아삭아삭 깨물어 먹고 싶은 충동을 느꼈다. 아주 드문 경우지만, 가끔 아름다운 영화나 뉴스를 보면서 겨우 지루함을 이겨낼 수 있었다. 나머지는 텔레비전이 이 세계를 지배하는 통치자로서 쏟아내는 반복적이고 형식적인 내용에 불과했다. 일반 가정에서, 또 공동주거지인 아파트에서, 더 나아가 그 지역에서 조용히 행복하게 살아갈 최선의 방법을 모두에게 일러주느라 여념이 없었다.

텔레비전은 여느 맘 좋은 아버지의 목소리처럼 때론 부드럽게 때론 호통 치며 귓가에 메시지를 울렸다. 거의 대다수는 잘 먹고 잘사는 법을 충고하는 것이었는데, 예를 들면 저칼로리 건강식, 생수 많이 마시기, 치아를 청결히 관리하는 법, 안전한 자동차 구입하기, 잘 지워지지 않는 기름 얼룩 빼기, 신생아의 염증 가라앉히기, 초콜릿 과자 간식 준비하기, 적정 산도로 피부 유지하기, 좋은 고기를 고르는 법 같은 것들이었다.

시청자들이 가족같이 끈끈한 결속감을 느끼며 보내는 신뢰감을 의식해서인지, 방송과 오락영화에 등장하는 인물들은 은연중에 기대를 저버리지 않으려고 한다. 결국 법칙에 따라 선과 정의, 소수의 집단이 승리를 거둔다. 옳은 길을 벗어난 탓에 참회하는 어머니와 아버지, 감옥에 가거나 죽음으로 처벌받는 사악한 인물,

늘 죄짓지 않는 순수하고 보호받지 못하는 어린이, 소외당한 불행한 이들을 위해 펼치는 수많은 자선모금, 출연자 모두가 게임에 열중하고 노래 부르고 춤추며 퀴즈를 푸는 프로그램. 화면에 등장하는 인물들은 어떤 메시지를 가장해 시청자에게 직접적으로 의사를 전달한다. 어느 누구도 그들의 생각과 어투, 세계의 통치자 같은 그 전망을 허물어뜨리지 않는다. 방송에서 운을 떼는 자마다 머릿속에 크고 깨끗한 궁전을 들여놓고 있다. 대문 밖에 차고지가 있고, 가까운 곳에 슈퍼마켓이 있으며, 아담한 테라스에는 제라늄 화분이, 소파엔 고양이가 웅크리고 있고, 테니스화를 신은 아들 녀석이 좋아하고, 풍족하진 않지만 그렇다고 쥐꼬리만큼도 아닌 저축액 따위가 머릿속을 채우고 있다.

가브리엘라는 방송을 만드는 보이지 않는 통치자의 의도를 모르는 척 따라가보기로 했다. 종이와 펜을 들어 완벽한 입주민이 되기 위해 해야 할 일을 적었다. 얼마 가지 않아 절약을 열망하면서 또 소비도 갈구하는 모순점을 발견했다. 절약을 곧이곧대로 받아들인 탓에, 그 속뜻이 '잘 소비하다'라는 걸 제대로 이해하지 못했다. '알뜰히 절약하면서 구매하기'라고 원칙을 세우면서 모순을 해결했고, 그 이상의 자선을 베푼 듯 만족하게 되었다.

이 세계는 피할 수 없는 운명들이 얽혀서 겉보기엔 그토록 가식적이고 모순적이면서, 도덕적 차원에선 몹시 무책임했다. 그러면서 시계처럼 정확히 돌아가고 있었다. 로마의 한 귀퉁이에서 절대적으로 선택권이 없이 지내는 삶은, 잔잔하고 고요한 바다에서 한

가로이 떠밀려 다니는 것과 같았다. 가브리엘라는 온타니 광장과 제라니 광장 사이를 돌아다녔다. 마음속으로 자코모와 그 전날의 일을 떠나보내며. 그녀는 평온한 마음으로 유리에 비친 자기 모습을 바라보거나 구미 당기는 냄새를 풍기는 피자 가게를 스쳐 지나갔다.

어느 날 오후, 가브리엘라가 그녀만의 도시 탐험을 마치고 돌아온 때였다. 촐리 교수가 공황 상태에 빠져 제정신이 아닌 듯 다급한 목소리로 문을 두드렸다. 그녀에게 특별한 걸 원해서가 아니라, 단지 혼자만 알고 있는 사실을 큰 소리로 털어놓으면서 생각을 해보고 싶어서였다. 그의 말에 따르면, 여러 해 집안일을 봐주던 파멜라가 갑자기 그를 혼자 내버려두고 떠났다. 벌써 소식을 끊은 지 사흘째라고 했다. 그래서 그날 아침 교수는 그녀가 사는 피우미치노 근방의 바닷가 마을로 찾아갔다고 했다.

"정말이지 정신 사납고 위험한 동네예요. 다 짓지도 않은 건물에 사람들이 벌써 살고 있고, 온갖 피부색을 한 가난한 이민자들이 득실거리더군요. 몇몇을 제외하곤 거의 대부분 고국방송을 보려고 위성안테나를 설치해놨더라구요. 옥수수 탄 내와 오줌 냄새 같은 악취가 풍기는데다 사람들의 얼굴은 공포스럽기 짝이 없었어요. 그 안에 들어섰더니 귀신처럼 머리부터 발끝까지 속속들이 훑어보더군요. 전 그럴 줄 알았어요. 결국 아무것도 얻지 못하고 빈손으로 돌아왔지요!"

"왜 거기까지 찾으러 가셨어요?"

"사라지기 전날 집을 나서면서 이렇게 말했어요. 다시는 돌아오지 못할 거라고. 그런데도 바보같이 이유를 묻지 않고, 대수롭지 않은 척했죠. 그런데……"

"그런데요?"

"도통 기운이 나지 않아요. 파멜라가 나 대신 집안일을 다 해줬으니까요."

"그럼, 다른 사람을 알아보세요!"

"대단하군요! 당신에겐 쉬운 일이겠죠. 그녀는 집 안 물건들을 전부 알고 있어서 제자리에 정리해놓고 내 습관과 취향까지 잘 알아서 좋아하는 러시안 샐러드 상표까지 훤히 꿰뚫고 있어요. 난 그녀를 어머니나 여동생처럼 의지해왔어요."

"왜 다시 오지 않겠다고 했는지 이유를 아세요? 어쩌면 돈을 더 받고 싶었는지 몰라요."

"오늘 아침 그녀에게 처음으로 한 말이 바로 그거였어요. 거짓말이 아니라 월급을 두 배로 올려주겠다고 제안했지요. 지금까지 그래왔듯 모든 걸 계약에 명시해서 말이지요. 하지만 그게 문제가 아니었어요. 그녀에게 재앙 같은 일이 일어났어요. 그녀의 아들 카를로스가 열네 살 먹은 이탈리아 여자아이를 폭행했다지 뭡니까. 칼로 위협해서 강간했다는군요. 파멜라는 곧바로 법률단체의 변호사를 찾아갔어요. 그녀는 카를로스가 무죄라고 확신하고 있어요."

"그렇다면 언젠가는 진실이 밝혀질 테고 그 부인도 교수님 댁에 일하러 오겠죠. 조금만 더 기다려보세요, 교수님."

"하지만 이런 문제는 시간을 오래 끌게 마련입니다. 이런 일을 훤히 알고 있어요. 게다가 앞으로는 아들을 절대 혼자 내버려두지 않겠다고 했어요. 마음이 너그럽고 활기가 넘치는 여성이에요. 피우미치노나 그 근방에서 일을 찾아나설 겁니다. 멀리는 안 갈 거예요. 어쨌든 지금은 끔찍한 수렁에서 아들을 빼내는 일 외엔 생각할 겨를이 없어요."

"그럼 교수님은 어떻게 하실 거예요?"

"지금은 오로지 우리 집 가정부를 다시 되찾고 싶은 마음뿐입니다. 어머니와 아들 모두 우리 집에 와서 살게 할 생각까지 있어요! 하지만 카를로스가 인생의 대부분을 감옥에서 보낼까봐 걱정이에요."

촐리 교수는 그 말을 마치고 소파에서 일어나 나가려다 다시 돌아섰다. 그러고는 울음을 터뜨리며 자리에 주저앉았다.

"교수님, 진정하세요. 캐모마일 차 한 잔 가져다드릴게요……"

"아닙니다. 괜찮아요. 오히려 용서를 구해야겠군요, 가브리엘라. 폐를 끼치지나 않았는지 모르겠네요."

"별말씀을요. 도움이 필요하면 제가 다른 아주머니를 알아볼게요."

"아니요. 관두세요! 그럴 필요 없습니다! 파멜라는 뭔가 특별한 사람이었어요. 그녀는 모르지만……"

그런 후 그 마을에서 되돌아오게 된 경위를 절망한 표정으로 들려주었다.

"그 짐승 같은 놈들이 내 어깨에 손을 대지 뭡니까! 등을 밀고 발길질을 해댔어요. 때마침 그녀가 도착해서 결국 그들은 제게 사과했지요. 아, 그 요상한 악취라니! 왜 파멜라가 거기서 사는지 이해가 안 돼요. 돈을 적게 준 게 아니니 다른 곳에 살 수도 있을 텐데. 그렇게 더럽고 지저분한 소굴에 사는지 상상도 못 했어요!"

"혹시라도 언젠가 고향에 가려고 돈을 모아놨겠죠."

"농담이죠? 페루에 있는 남편은 젊은 여자와 살림을 차려 배다른 아이를 둘이나 낳았대요. 분명히 카를로스는 엄마가 집에 가져온 돈을 모두 갈취해갔을 거예요. 그에게 종신형을 선고했으니, 그 불쌍한 여인을 도와준 셈이겠지요!"

"그런데 어디서 사건이 일어난 거죠? 피우미치노에서요?"

"아니요. 몬테 사크로에서 그랬답니다. 또래 남미 친구들과 말썽을 자주 부리던 곳이에요. 여자애는 그곳에 사는 아이였구요. 엄마는 매춘부에 아빠는 반쯤 마약에 쩔어 산다는 것 같더군요."

"저런! 정말 그 아이에게 못된 짓을 저질렀군요. 교수님을 어떻게 도와드려야 할지 모르겠네요. 괜찮으시면 제가 내려가서 집안일을 도와드릴게요."

"농담이시죠. 우리 집엔 누구도 발을 들여놓은 적이 없어요. 파멜라만 빼고!"

"왜죠?"

"글쎄…… 부끄럽군요. 집 안엔 내 물건들이 가득하지요. 작은 개인 박물관이라 할까요. 파멜라에게 익숙해지고 믿기까지 얼마나 시간이 오래 걸렸는지 상상도 못 할 겁니다. 낡은 아파트라 볼 건 없어요…… 아무튼 나는 혼자서 난관을 헤쳐나가는 걸 제일

좋아하지요. 다시 파멜라를 잘 설득해서 집에 데려오도록 노력해
봐야죠! 다행히 모아놓은 돈이 조금 있어요! 투자 금액을 고스란
히 지켰죠. 어려울 때를 대비해서 오래전에 거기다 묶어뒀어요.
가브리엘라, 이번 일은 여태껏 살아오면서 가장 힘든 순간이랍니
다. 어서 다시 사는 낙을 되찾아야 해요. 삶의 행복은 작고 사소한
기쁨으로 채워지지요."

점점 더 절망스러워하는 그를 보면서 가브리엘라는 굳은 얼굴
로 그에게 일침을 가했다.

"죄송합니다, 교수님. 하지만 지금 교수님은 문제를 크게 부풀
리고 계세요. 마치 교수님이 그 여자아이를 폭행한 것처럼 보일
정도로요."

교수는 안색이 변하더니, 아무 말 없이 분노의 눈빛으로 그녀를
쏘아보았다. 가브리엘라는 덜컥 겁이 났다.

"죄송해요, 교수님."

그는 발길을 돌려 성큼성큼 현관으로 걸어나갔다.

가브리엘라는 홀로 남은 교수에게 죄책감이 들었다. 수많은 세
월, 옆에서 함께하고 그의 일상에 따라 박자를 맞춘 사람에게 버
림받은 남자 아닌가. 그건 마치 기르던 개가 죽은 경우와 같았다.
그렇다. 죽은 개의 주인이 그렇듯, 그의 슬픔은 비웃음을 사는 만
큼 점점 더 고통스러워지는 것이었다.

"다른 가정부를 구하면 금세 괜찮아질 거야." 그녀는 혼잣말을
했다. 그리고 더이상 그 일을 생각하지 않았다.

그날 일은 가브리엘라가 이사온 지 얼마 안 돼 겪은 유일한 우

발 사건이었다. 하루하루 느리게 흘러가는 시간 속에서 연민의 정을 불러일으킨 사건이었다.

마우리지오도 날이 갈수록 유혹을 되풀이하며 불순한 의도를 자주 엿보였다. "오늘 우리끼리만 보니까 너무 좋은데"라고 그가 작업을 걸어오면 그녀는 웃으면서 되받아쳤다. "응큼한 생각에 넘어가지 말아요." 그들은 들뜬 표정으로 금지된 꿈을 이야기하곤 했다. 하지만 심각하지 않은 고민이 대부분이었다. 어쩌면 드러나지 않은 사람들의 불만과 뿌리 깊은 적대감, 질투심, 변덕스런 망상이 그들이 사는 동네 이곳저곳에 비밀스런 감정을 남겨두면서 소리없이 배회하고 있는지도 모를 일이었다. 그녀는 기분이 좋아져서 클라우디오와의 일을 완전히 매듭지으려고 시간을 냈다. 이제 그는 어느 정도 그녀로 인한 충격에서 벗어났을 것이다. 그녀는 무함마드에 관한 원고를 부엌 휴지통에 던졌다. 그런 다음 종이와 연필을 꺼내 간결하면서도 애정이 담긴 글을 옛 연인에게 썼다. '사랑하는 클라우디오, 어느 시점에서는 갈등의 끈을 느슨히 할 필요가 있어요. 당신과 나의 추억이 담긴 앨범을 펼쳐보는 일은 기쁘면서도 우울하네요……'

가브리엘라는 어느새 풍경의 일부분처럼 자연스럽게 그곳 환경에 적응했다. 어느 누구도 그녀를 의심 섞인 눈초리로 쳐다보지 않았다. 그러나—그녀는 이걸 어떻게 설명해야 좋을지 몰랐다—그녀는 자기 주변 사람들에게 예전과 다른 모습으로 거리감을 두어야겠다고 생각했다. 가브리엘라에게 가장 두려운 것은 사람들이 단 한 번의 일을 계기로 '이상한 여자'라고 꼬리표를 붙이는 것이었다. 까마득한 시절에 쫄리 교수에게 그랬듯이. '이상한 여자'라는 표징은 언젠가 불미스런 사건을 일으킬 여지가 있고, 다른 여자들과는 너무 달라 속속들이 이해하기 어려운 여자라고 낙인이 찍히는 것이었다. 가브리엘라가 상냥한 모습을 보일수록, 다른 이들의 의구심도 덩달아 커져갔다.

그러나 계속 그렇게 지내긴 어려웠다. 가브리엘라는 노인이 아닌데도 혼자 살고 있었다. 게다가 그녀를 찾아오는 사람은 아무도 없었다. 남자가 있는 것도 아니고, 자식도 친구도 없었다. 가끔 위층에 사는 만니 부인이 찾아오는 걸 빼놓고는. 그녀가 무슨 일을 하는지 종일 어디에 가 있는지 사람들은 잘 몰랐다. 그녀는 이웃들과 주변을 바라보면서 뚜렷한 행선지 없이 천천히 거리를 거닐 뿐이었다. 빚을 진 일도 없고 자동차도 없었다. 책 읽는 소리는 자취를 감췄다. 가브리엘라는 신문가판대에서 잡지와 일간지를 구입하는 데 돈을 썼다. 쇼핑은 인근 대형마켓에서 했다. 연금생활을 하는 노인들과 그리 형편이 좋지 않은 동네 주민과 함께 가곤 했는데, 계획에 없는 세일 품목에는 손대지 않았다. 그러나 종종 택시를 타고 집에 돌아온다든지 싱싱한 꽃을 사는 데에는 조금도 망설이지 않고 돈을 썼다. 그녀는 가벼운 북부 억양으로 얘기를 잘했으며, 손을 움직일 때는 공주님 같았다.

그녀와 대화를 주고받을 때면, 사람들은 그녀의 은근한 질문과 암시, 도발적인 태도가 섞인 물음에 어떤 식으로든 대답하려고 애썼다. 그러나 가브리엘라는 자신에 대해 뚜렷한 인상을 심어줄 만한 요소를 철저히 감췄고, 개인적인 속내를 허심탄회하게 털어놓지 않았다. 사실 이 동네에 와서 살기 전에 지금의 그녀는 세상에 없었다는 걸 어떻게 설명해야 할까?

그래서 그녀와 그녀가 사는 세상 사이에 소리 없는 암중 결투가 벌어지고 있었다. 어떤 결말을 맺을지는 아무도 모를 일이었다. 하지만 가브리엘라는 어느 누구에게도 불쾌감을 주지 않았다. 그러니 무엇을 두려워하겠는가? 게다가 그 지역에서는 누구도 파벌을 나누지 않았다. 모두 자기 할 일에 바빴다. 촐리 교수 역시 애초부터 조용하게 살아오지 않았을까? 그는 '이상한 사람'이었다. 그건 사실이다. 하지만 어느 한 사람도 그 앞에서 최소한 껄끄러운 감정을 드러낸 적이 없었다. 동네 주민과 자신의 관계를 묘사할 때 교수가 자주 한 말처럼 "안녕하세요, 안녕하십니까"가 전부였다.

어느 날 아침 일어난 일은, 나중에 곱씹어 생각해봐도 가브리엘라에게는 하나의 시험이었다. 그녀의 인격을 알아보기 위해 그 동네가 내린 시험 같았다. 마우리지오가 근무시간인데도 갑작스레 찾아와 그녀 집 벨을 울린 데에서 모든 일이 시작되었다.

"무슨 일이에요?"

"아무것도 아냐!"

마우리지오가 잔뜩 긴장해 짓는 미소를 보고 그녀는 앞으로 어떤 일이 벌어질지 직감했다. 예상대로 마우리지오는 단호한 결의를 다지듯 거실을 오가며 그녀에게 커피 한 잔을 부탁했다.

당장 그녀에게 털어놓아야만 했다. 한시도 지체할 수 없는 일이었다. 그는 뜨거운 찻잔을 앞에 놓고 혼란스런 생각에 사로잡혔다. 두 사람은 테이블을 사이에 두고 앉았다. 그는 커피를 마시지 않았고, 입에 박하사탕을 넣으며 자리에서 일어났다. 그러면서 그의 아내가 지금 집에 있는데 자신이 사무실에 있는 줄 알고 있다고 고백했다.

"이리로 오라고 부르죠."

그녀는 의심 살 만한 일을 피하려고 말했다.

"아냐, 그만둬…… 파올라는 아무 상관 없으니까!"

"당신, 어머니가 보냈어요?" 가브리엘라가 물었다.

그는 황당하다는 듯 웃어댔다.

"우리 어머니가 무슨 상관이 있어. 어떻게 그런 생각을 하지!"

"절 탐탁지 않게 여기시니까요."

"말도 안 돼! 아, 여기 그 유명한 책들이 있구먼……"

"당신이 무슨 말을 하려는지 짐작이 안 돼요."

"나도 모르겠어!"

"무슨 뜻이에요?"

"'세상에 아름다운 것은 있다.' 당신 생각을 할 때마다 떠오르는 말이야."

"뭔가 특별하다는 말은 하지 말아줘요."

"하지만 사실인걸. 당신 본성은 대지와 같아. 바로 당신을 만나려고 사무실을 뛰쳐나왔어. 우리 사이에 아무 일도 일어나지 않을 수 있을까? 그러기에 당신은 너무나……"

"당신 직감이 틀리지 않았네요!"

"당신이…… 전 남편과 어떤 세심한 감정 문제를 겪었다는 걸 알았어."

"사실 세심함이 부족했죠. 자코모 얘기를 하려고 은행에서 뛰어나왔어요?"

"아, 그래, 자코모!"

"미안하지만 외출하려던 참이었어요."

그녀는 일어나려 했지만 그가 어깨를 손으로 붙잡았다.

"말을 다 끝내게 해줘. 당신한테 바라는 건 이것뿐이야. 자, 보라구. 인류의 가장 위대한 발명품이 담긴 포스터를 가져왔어."

그는 재킷 속에 감춰둔 둘둘 말린 커다란 코팅 종이를 꺼냈다.

"고마워요."

그녀는 재빨리 대답하고 포스터를 테이블 위에 올려놓았다.

"안 펼쳐봐?"

"나중에요. 지금은 나가봐야 해요."

"제발 하고 싶은 대로 하게 내버려둬……"

"뭘 해요?"

"가끔 당신이 나를 어떻게 쳐다보는지 알고 있어."

"어떻게요?"

"활기차고 생기 있는 시선이지. 당신의 눈빛에서 부드럽고 섬세한 맛을 느껴. 밤마다 당신 꿈을 꿔!"

"그럼 파올라는 그 꿈에 대해 뭐라고 해요?"

"지금이라도 아내에게 말할 수 있겠지. 장난이 아니니까. 나한텐 진지한 일이라고! 왜 그런지 모르겠지만 당신을 보고 금세 알아차렸어. 당신 같은 사람이라면 한 남자의 인생을 송두리째 바꿔 놓을 수 있다고 말이야. 아름다운 당신을 사람들은 칭송하고 당신 에게 접근하려 하겠지. 당신은 그걸 유도하는 자존심 강한 부류의 여자야. 당신은 아름답고 교양 있고, 사랑의 욕망으로 가득 차 있 어. 당신은 순수해! 당신을 알게 됐을 때부터 나는 이 길을 택했고 다른 길이 있는지 되묻는 짓 따위는 하지 않았어. 언제인지 모르 지만 난 돌이킬 수 없는 실수를 저지른 거야. 혹시 서른 살에 아니 면 열여덟 살 어쩌면 그전에 말이지. 모든 생각이 낯설고 혼란스 러워."

"유감이군요."

"그런 점 때문에 우리 어머니가 당신을 마음에 들어하시지 않는 거야. 당신은 어머니께 죄의식을 느끼게 하고 어머니의 결점을 드 러내는데다 나와 어머니에게 위협적인 존재야. 하지만 아직도 이 해할 수 없는 점이 있어. 당신을 싫어하면서도 당신에 대해 말씀 하실 땐 찬사를 아끼지 않으셔. 일부러 그러시는지는 모르겠지만, 어머니의 말씀을 들으면 당신 쪽으로 마음이 자꾸 기울어. 당신은 비밀스런 분위기와 우아한 기품이 있어서 더 아름다워 보인다고 말씀하셨지."

"기품?"

"그래, 당신의 교양 있고 솔직한 자세가."

"그럼 파올라는?"

"파올라는 엘리자베타의 엄마지."

"그건 옳지 않아요. 오히려 그녀가 나보다 훨씬 솔직하고 꾸밈

없는 사람이라고 생각해요. 아니, 그녀는 실제로 맑고 순수한 사람이죠. 난 당신의 아내를 좋아해요. 그런데 당신은 그녀를 그 정도밖에 존중할 줄 모르다니. 요 근래 들어 내가 알게 된 사람 중에 가장 좋은 사람이에요. 내가 자코모 곁을 떠난 건 다름 아니라 그가 날 존중하지 않아서였어요. 인생에서 무엇이 중요한지 의문이 들어요."

"가벼워지고 싶은 욕망."

"뭐라구요?"

"그냥 그 단어가 떠올랐어! 더 말해도 될까?"

"말리는 사람 없으니 어서 말해봐요."

"난 자코모와 정반대고, 파올라는 당신과 정반대야. 이 사실이 조금도 대수롭지 않아? 난 그 생각만 하면 밤에 잠들 수가 없어."

"그 말은 자코모가 내게 주지 못했고 파올라가 당신에게 주지 못하는 성적 쾌락을 내게 주겠다는 말인가요?"

매몰차고 잔인한 말 앞에서 마우리지오는 입을 다물고 그녀에게 눈을 떼지 못한 채 갑자기 고개를 돌렸다. 그는 알아듣기 어려운 말을 중얼거리기 시작했다.

"나와 파올라의 부부관계는 좋아. 매주 토요일이면 사랑을 나누지. 호텔에 가서 할 때면 그 이상이고! 그것이 문제가 아냐. 물론 당신이 남편과 맞지 않았다는 걸 알지만⋯⋯"

그는 대담한 발언을 서슴지 않았고, 의자를 테이블 쪽으로 잡아당기고는 담판을 지으려는 듯 저돌적인 자세를 취했다.

"거두절미하고 본론부터 말할게, 용서해줘. 당신은 내가 말하지 못하는 걸 이해할 수 있을 정도로 아주 지적인 사람이야. 내 머릿속에는 한 가지 생각이 들어앉아 있어. 만일 내가 실수하는 거라면 바로잡아줘. 난 이런 생각을 했어. '가브리엘라는 내 것이 될 수 없다. 나와는 절대 함께하지 않을 것이고, 내가 본래의 나보다 더 못하다고 믿고 있다. 그녀의 생각을 되돌릴 방법이 없다. 말은 물론 다른 시시콜콜한 방법으로도 소용없다. 내겐 굳게 잠긴 문이니까. 그 문을 열려면 어떻게 해야 하지?' 난 그 생각을 하고 또 했어. 그러고는 어떤 돌파구를, 그러니까 당신의 약점을 찾아냈지. 그때 당신 남편이 생각났어⋯⋯ 자코모라고 했지. 난 스스로에게 물었어. '만약에 결말부터 시작한다면? 먼저 섹스를 하면 사랑이 올 거야!' 라고. 그렇다고 놀라지는 마. 폭력을 행사하면서까지 강제로 그럴 생각은 없으니까. 난 그럴 위인이 못 돼. 또 이렇게 진지하게 생각해봤어. '혹시 오랫동안 섹스를 안 했을지 몰라, 남편하고도 말야! 그녀는 늘 혼자 있고, 그녀를 찾아오는 사람은 아무도 없어⋯⋯ 하고 싶은 욕망이 있지 않을까? 만약 내가 그런 면에서 그녀를 차지하고, 그녀가 정신없이 사랑에 빠져 에로스를 재발견한다면 더 바랄 나위가 없겠지. 행복은 전염되는 거니까. 그녀는 조금씩 내 사랑이 야수 같은 욕망이 아니라 진실하다는 걸 깨닫겠지. 어쩌면 나중엔 그녀가 날 찾을지도 모를 일이야. 결국 나는 그녀가 생각하는 그런 사람이 아니란 걸 알게 될 거야.' 이 모든 게 공중누각에 불과하다는 건 나도 알아. 그 정도로 어리석진 않으니까. 하지만 솔직히 말해봐. 나 같은 사람에게 어떤 가능성의 길이 열려 있는지 말이야! 해답을 찾으려고 정신 나간 놈처럼 됐어. 제발, 내 말을 믿어줘. 다른 길은 존재하지 않아. 내 절망을 보고 당신 머릿속에 좋은 구실이 떠오르겠군!"

가브리엘라는 자신의 귀를 믿고 싶지 않았다. 혼란으로 뒤엉킨 채 경악한 눈으로 마우리지오를 바라보았다. 그녀는 의자에서 일어나 그를 내려다봤다. 입술과 눈코 할 것 없이 그의 몸은 잔뜩 긴장해 있어서, 쥐구멍이라도 찾고 싶어하는 것처럼 보였다. 어머니가 다림질해줬을 하얀 셔츠 위에 넥타이가 느슨히 풀려 있었다. 그를 어루만지자 박하사탕향이 났다. 이내 엄청난 죄책감이 그녀의 마음을 조여왔다. 어떤 찰나의 빛이 그녀 앞에 있는 겁에 질린 한 남자아이를 비췄다. 지독한 고열로 착란을 일으켜 횡설수설해버린 남자를.

그는 천천히 일어서서 조심스럽게 셔츠의 단추를 풀기 시작했다. 그러자 예전에 읽은 낡은 책의 몇몇 장면이 떠올랐다. 제2차 세계대전 당시 프리울리와 베네토 주를 배경으로 한 소설이었다.

그는 여자 몇 명과 젊은이, 그리고 장년 남자 들에 관한 이야기를 기억했다. 저항군이 전쟁중에 지치고 굶주리고 부상까지 당해 카르니아 산맥에서 내려오자 여자들이 자신의 몸을 바친다는 이야기였다. 비록 그녀들은 남자들을 잘 알지 못하고 이전에 한 번도 본 적이 없었지만 주저없이 몸을 내주었다. 종교에 가까운 박애정신으로 치마를 걷어올려, 젊은이와 장년 남자 들이 일을 치른 후 깊은 잠에 빠져들도록 몸을 허락했다.

마우리지오는 가브리엘라의 반응을 확실히 기대하지는 않았다. 그의 머리와 이마는 땀으로 젖어 있었다.

"나중에 봐. 늦었어!"

그는 이 말만 남기고 도망치듯 사라졌다.

가브리엘라는 그날의 이상한 만남을 금세 잊어버렸고, 지극히 남성적인 남자가 사소한 변덕을 부리다 완전히 막을 내린 것쯤으로 생각했다. 오히려 한 발짝 성큼 다가온 사람은 파올라였다. 그녀는 우정의 페달을 깊숙이 밟았고, 가브리엘라의 집을 제 집 드나들 듯했다. 그녀는 사랑의 증표인 양 가브리엘라의 열쇠를 복사해서 달라고 했다. 어떤 날 아침에는 따뜻한 카페라테 한 잔과 브리오슈를 들고 친구를 깨우려고 침실로 곧장 달려왔다. 한번은 옷을 사는 데 같이 가자고 졸랐다. 가브리엘라가 자신의 옷을 골라주기를 바랐다. 또 어느 때는 아이를 안고 가브리엘라의 집에 나타나 부탁했다.

"아이 숙제하는 거 좀 도와줄래?"

다음 날이면 가브리엘라가 내준 시간에 보답하려고, '세계의 가장 위대한 발견들' 사진이 실린 포스터를 하얀 액자에 담아 벽에 걸어놓고 그녀에게 보여주었다. 다음에는 초콜릿 상자와 도자기로 빚은 알라딘 램프, 장미수가 담긴 향수병을 선물했다. 오늘은 계산적이었다가 다음 날은 이탈리아인답게 인정 넘치는 모습을 반복해 보여주었다. 꼬마 엘리자베타는 아랫집 여인을 잘 따르고 그녀 말이라면 열심이었다. 아이가 글쓰기에 열중하는 동안 가브리엘라는 창가에 서서 쉬지 않고 지나는 행인들의 물결을 바라보았다. 조용한 군중은 인도에 길게 늘어서서 거리에 있는 출입문을 끊임없이 드나들었다. 그중 몇몇은 빠른 걸음을 재촉하며 행렬을 벗어나 도로를 건너갔다. 출리 교수는 날씨가 맑거나 비가 오거나 항상 장을 본 초라한 비닐봉지를 들고 서둘러 집으로 들어갔다. 그는 우체통에 편지를 부치고, 사람들에게 가벼운 인사를 건네거나 혼잣말을 중얼거리면서 하루를 보냈다.

어느 날, 가브리엘라는 바에서 그를 만났다.

"그 일은 어떻게 돼가나요, 교수님?"

"훨씬 더 나아졌어요! 몇 가지 희망이 생겼어요. 폭행을 당한 소녀가 전혀 순진한 애가 아니라는 게 밝혀졌어요. 아마 그애가 먼저 허름한 창고에서 남자애를 유혹했나봐요. 강간이 아니었지요. 못된 것 같으니라구! 어쨌든 제 변호사 친구가 힘을 쓰고 있어요. 그에게 부탁을 했거든요. 정말 오랫동안 찾아보지 못했는데 능력 있는 사람이에요. 약자와 소외받은 사람을 옹호하는 데 삶을 바쳐온 민주적인 노인이랍니다. 카를로스가 외국인이라 법원에서 불리하게 몰았더군요. 그들 의도대로라면 삼십 년은 족히 선고했을 겁니다. 비겁한 놈들, 결국 민주주의가 승리할 겁니다!"

"정말 잘됐어요. 전보다 훨씬 힘차 보이시네요."

"그렇다고 볼 수 있지요. 모든 게 판사의 결정에 달려 있어요. 변호사가 가택연금을 신청했으니 받아들일 겁니다. 만약에 제가 파멜라에게 아들을 돌려보낸다면, 앞으로 평생 제게 고마워할 거예요. 얼마나 좋은 일입니까! 하지만 쉽지 않을 겁니다. 편견이 아주 뿌리 깊고, 사실 제3세계 이민자들에게 신경 쓰는 사람은 아무도 없지요. 아무렇지도 않게 그들을 조롱하고 비난을 퍼부으니까요! 하지만 전 포기하지 않아요. 매일 변호사를 찾아가서 인지가 찍힌 공식 서류들을 따로 복사하고, 그걸 직접 법원에 들고 가지요!"

마르타 부인은 다시 정중한 자세로 가브리엘라에게 인사하기
시작했다. 상점에서 마주칠 때나 아파트 경비실 주변에서 만날 때
환한 미소로 답해주었다. 그동안 무슨 일이 있었는지 가브리엘라
는 짐작하지 못했다. 차라리 그편이 나았다. 그녀는 자신이 그들
중 하나이며, 모두의 일상을 점령하는 보이지 않는 거대한 조직
속으로 들어갔다고 느꼈다. 대중의 보편성 속에 스며든 순간에 사
회적이고 쓸모 있는 어떤 구체적 역할을 부여받은 것이 분명했다.
그것이 어떤 역할인지는 절대적인 수수께끼였다.

언젠가 금요일에 마우리지오는 회사 동료와 업무차 아솔로에
가야 했다.

"내일 저녁에 가브리엘라와 외출하지 그러니?"

시어머니는 파올라에게 제안했다.

"기분 전환이 좀 될 거다!"

그 말에 파올라는 흥분을 감추지 못하고 곧장 친구네 집으로 내
려왔다.

"너랑 나 단둘이 저녁에 외식하러 나가자. 산책도 좀 하고 말이
야. 음악이 나오는 곳으로 가도 괜찮겠지. 어때?"

가브리엘라는 그 자리에서 애써 미소를 지어 보였다. 이유도 말
하지 않고 친구의 제안을 거절했다. 하지만 파올라는 계속해서 고
집을 피웠다.

"우리 시어머니가 떠올린 아이디어야. 마음에 없는 소리가 아니

라구! 마우리지오도 알고 있어!"

"상관없어!"

"혹시 다른 할 일이 있니?"

"아직은 모르겠어. 하지만……"

"……그럼 둘이서 외출하자. 시내에 있는 괜찮은 식당을 알고 있어. 안 가보면 후회할 거야. 예약할까? 아이, 그러지 말고 나가서 기분 좀 풀자! 같이 가서 산 그 옷을 드디어 입어볼 수 있겠네. 내 자동차 타고 가자. 우리만의 멋진 시간을 보내자구!"

가브리엘라는 자신이 가브리엘라라는 것을 떠올렸다. 그렇다면 미지의 밤을 만끽할 수 있는 기회에 기뻐해야 마땅했다. 새롭고 낯선 사람들 사이에서 그녀가 이방인이라는 느낌을 지울 수 있을 것이다. 자코모는 그녀의 삶에서 사라진 것이나 마찬가지였고, 그녀는 파올라와 똑같은 환경에서 살고 있으니 조금은 그녀를 닮고 싶었다. 그렇다면 거절할 이유가 없었다.

"그래, 좋아! 너한테 졌다!"

그녀는 흔쾌히 수락했다.

파올라는 몹시 기쁜 나머지 그녀의 볼에 입을 맞추었다.

"두고 봐, 아주 즐거운 시간을 보낼 테니. 빨리 그날이 왔으면 좋겠다! 하지만 당장 미용실부터 가야겠어. 안녕!"

토요일 밤에 한 외출은 새벽 녘에야 끝이 났다. 운명의 장난인지 자동차를 타고 레스토랑에 가는 길에 산 안드레아 델라 발레 광장을 지나갔다. 저녁 시간이라 교통이 너무 혼잡해서 자동차는 모레나의 집 바로 아래 신호등 앞에서 오랫동안 멈춰 있었다. 가브리엘라는 젊은 남자들로 꽉 찬 바 안을 힐끔 쳐다보고는 모레나가 살던 집의 닫힌 창문 쪽을 올려다봤다. 그 순간 심장이 강하게 조여왔다. 만약 죽지 않았다면, 모레나는 도대체 어디로 갔을까 스스로 물었다. 허공으로 사라진 환영이 지배하던 쓰라린 과거를 회상하며 그녀는 다시 모레나를 떠올렸다. 정부의 독재정치와 폭력에 맞선 시가 행진, 급진주의자와 페미니스트의 집회, 테러리즘의 암울한 분위기, 월드컵의 승리를 기념하는 축제가 있던 시대. 그때만 해도 그녀는 어린아이였다.

하지만 무엇보다 조르조를 다시 떠올린다든지, 침대에서 말없이 아버지의 음악을 들었던 기억을 떠올리면 마음이 아팠다. 아버지의 음악은 드문드문 음이 끊기고 반복되었는데, 행복한 남자의 고독을 노래하는 장편 완성곡으로 늘 끝났다. 햇살이 눈부신 아침이면, 그녀는 피아노로 〈울게 하소서〉를 연주했다. 토요일 이 시간에 조르조는 어디 있을까! 그녀는 자기가 멜로드라마에 열광하는 낭만적인 소녀 같아서 쓸쓸한 미소를 지었다. 지금 그녀는 도시 외곽에 사는 한 젊은 여인의 소형차 안에 앉아 있었다. 광대처럼 차려입은 그 낯선 여인은 발가락까지 향수를 뿌리고, 속옷을 겨우 덮은 치마 차림이었다. 그 여인은 사내처럼 차를 몰면서 행복에 들떠 연신 싱글벙글이었다. 그녀는 트라스테베레의 한 식당으로 저녁식사를 하러 갔고, 그 이후에는 아마 춤을 추러 간 것 같았다. 클럽 이름은 가브리엘라라고 했다. 그녀는 웃어야 할지 울어야 할지 감이 잡히지 않았다. 하지만 웃기로 했다.

가브리엘라는 혼자서 집으로 돌아왔고, 그것으로 그날 외출은 막을 내렸다. 그녀는 아파트 입구에 발을 들여놓지도 못했다. 마르타 부인이 창가에서 내려다보고 있었기 때문이다. 다행히 그녀는 택시에서 내리기 전에 그 사실을 알아차렸다. 그래서 첫번째 교차로에서 내려, 파올라가 돌아오기를 기다리며 나지막한 도시의 성벽에 기대어 있었다. 노부인이 걱정하지 않도록 파올라와 함께 들어갈 셈이었다. 그것은 여자들 사이에 놓인 일종의 공모였다.

앞에 있는 건물 안테나 너머로 서서히 동이 터왔다. 마르타 부인은 창가에 앉아 턱을 괴고 아래를 내려다보고 있었다. 어쩌면 그 자세로 잠이 들었을지도 모른다. 가브리엘라는 피곤에 지쳤고 추웠다. 조금은 두렵기까지 했다. 그녀는 촐리 교수가 한 말을 떠올렸다. '이 동네는 밤에 범죄자와 경찰밖에 다니지 않아요. 그 시간에 선량한 사람들은 잠을 자고 있지요!' 하지만 그곳을 지나는 사람은 아무도 없었고, 멀리 프레네스티나나 카실리나 쪽에서 자동차와 오토바이가 요란하게 질주하는 소리만 들려왔다.

때마침, 파올라의 자동차가 주차할 곳을 찾으려고 천천히 속도를 늦추며 집 앞에 도착했다. 가브리엘라는 어슴푸레한 거리로 미끄러져 들어가, 향수 냄새가 사라진 친구 옆에 앉았다. 두 사람은 건물 모퉁이에 차를 세웠다.

"창가에 네 시어머니가 계셔."

"아니, 어디 있었어? 밤새도록 널 찾았잖아!"

파올라는 붉게 충혈된 눈과 흐트러진 옷차림으로 뻔뻔스럽게 거짓말을 했다.

"그만두자, 네가 사라진 줄 알고 정말 심각하게 걱정했어. 다시는 안 오는 줄 알았어."

"그 두 멍청이가 날 못 가게 막잖아!"

그녀가 말한 두 멍청이는 진짜 한심한 작자들이었다. 파올라는 피우메 광장에 있는 오래된 디스코텍에 가서 그들에게 접근했다. 두 사람은 단단한 근육질에 짧은 머리를 하고 있었는데, 어쩌면 거칠고 골치 아픈 일을 재빨리 처리해야 하는 클럽의 보디가드였는지도 모른다. 가브리엘라는 그 자리에서 도망치듯 빠져나와 길 반대편에서 친구가 나오길 기다렸다. 거리엔 레스토랑이 문을 닫고 웨이터들이 분주하게 오갔다. 하지만 기다리던 친구는 나타나지 않았고, 대신 그들과 함께 어느 스포츠카에 오르는 것이 보였다. 파올라는 실성한 사람처럼 웃음을 흘렸다. 리복 셔츠를 입은 건장한 청년이 운전대를 잡았고, 곧이어 요란한 소리를 내며 어딘가로 사라졌다. 가브리엘라는 마지못해 다시 클럽 안으로 들어가 친구가 돌아오기를 기다리며 뭐라도 마시기로 했다. 그녀는 바카디 한 잔을 주문하고, 축제 분위기에 취한 군중 틈에서 잠시 다른 생각에 몰두했다. 잠깐 동안 자신이 산 안드레아 델라 발레의 옛 아파트 앞에 서서 이방인의 눈으로 그 아파트를 바라보는 상상을 했다. 그러자 그날 밤의 의미가 완전히 바뀌었다.

심장에 가시가 박힌 듯 괴로웠고, 토요일 밤의 일상적인 쾌락으로 타락하기는커녕 지루할 뿐이었다. 쾌락은 애써 만들어내는 허구에 불과해 보였다. 존재하지도 않는 허상의 행복을 있는 척 연기하는 가련한 인간들 사이에 그녀는 있었다. 그들은 단지 자신이 살아 있고 생기에 넘친다는 것을 확인하기 위해 열광하는 몸뚱이들이었다.

현란한 조명과 퍼커션 악기의 강한 비트, 대도시의 냉혹함을 재현한 무대며 바닥에 깔린 모조 아스팔트, 네온사인으로 그려놓은 상점의 가짜 셔터, 술에 취한 연인들이 눈을 뜨고 키스를 나누는 가짜 인도까지. 그것들을 보고 그녀는 아무런 감응도 느끼지 못했다. "고리타분한 발상들로 현실을 거부하는군! 파올라가 훨씬 낫지. 가브리엘라가 훨씬 나아!" 그녀는 혼잣말을 했다.

오래전 자기 자신을 되돌아보면 자신의 심리 상태가 변했다는 걸 알 수 있었다. 조르조 곁에 있을 때는 자기가 확실한 어떤 길을, 다시 말해 영웅적인 행위와 눈물의 힘에 정복당한 길을 따라 걸어간다고 변함없이 믿었다. 특히 조르조에 대한 기억이 그날의 축제 분위기를 망쳐놓았다. 파올라는 그녀의 갑작스런 기분 변화를 감지했다. 그래서 그녀가 광란의 카오스를 즐기며 기분을 전환하도록 신경 썼다. 하지만 그것도 잠시 파올라는 가까이 앉은 두 사내에게 눈길을 던지면서 친구를 까맣게 잊고 말았다.

술잔을 비우고 그녀는 바깥 공기를 쐬러 나왔다. 더이상 그곳에 버티고 있기 어려웠다. 담배 연기가 곳곳에서 그녀를 따라다녔다. 그래서 '밖에서 기다리자'라고 생각했다. 그녀가 몇 걸음 걸어갔을 때, 주차장을 빠져나오는 자동차와 오토바이 들로 주위가 북적거렸다. 그것도 잠시, 누군가 등 뒤에서 그녀를 유심히 쳐다보는 시선을 느꼈다. 꽤 젊어 보이는 남자였다. 그는 안경을 걸치면서 친구들 무리에서 떨어져나왔다. 그녀가 다시 고개를 돌렸지만, 어느새 그가 가까이 다가와 있었다.

"시모나!"

가브리엘라는 뒤돌아보지 않았고, 그 남자가 다시 그녀를 가로막았다.

"미안하지만 잘못 보셨어요. 제 이름은 가브리엘라예요."

남자는 믿기지 않는다는 듯 그녀를 쏘아보았다. 그러더니 깜짝 놀랄 만큼 신경질적인 웃음을 터뜨렸다.

"너 지금 농담하니?"

"뭐라구요?"

"제정신으로 하는 말이야? 설마 모르는 척하는 건 아니겠지!"

그녀는 대꾸도 없이 빠른 걸음으로 광장을 가로질러 갔다. 그는 더욱 분노에 찬 목소리로 크게 떠들었다.

"시모나, 할 말이 있어…… 너한테 말해야 할 게 있다구…… 거기 서!"

가브리엘라는 택시 승강장 쪽으로 달려갔다. 남자는 그녀의 팔을 붙잡았다.

"도대체 왜 그래? 난……"

"……이거 봐요. 난 당신을 몰라요."

그녀는 몸부림치며 택시 문을 열고 안으로 들어갔다.

"빌어먹을!" 그는 붙잡은 팔을 놓으며 혼잣말로 떠들었다. 택시는 곧 시동을 걸었고, 그를 무안하게 그 자리에 버려두고 떠났다. 그 이상한 남자는 그녀의 기억에 없었고 기억하고 싶지도 않았다.

잠시 후 그녀는 혼자서 웃음을 지었다. '자코모!' 처음 본 그 남자가 친구들과 저녁식사를 하러 나온 그녀의 전 남편이라 상상했다. 그렇게 생각하자 즐거워졌다.

가브리엘라는 파올라와 디스코텍에서 만난 그 두 사내 사이에 무슨 일이 있었는지 묻지 않았다. 그녀 역시 그날 일은 결코 입 밖에 내지 않았다. 어찌 됐든 잊지 못할 멋진 밤을 보냈으며, 맛있는 음식을 먹고 좋은 술과 음악을 즐겼다는 것으로 결론지었다. 노부인 마르타는 설명을 듣고 그제야 안심했고, 마우리지오는 거창한 회식을 마치고 돌아와 변화없는 일상을 다시 시작했다. 그후로 아무 일도 일어나지 않았다.

그러나 마우리지오는 미묘한 심리전을 포기하지 않은 듯했다. 가끔 가브리엘라의 집으로 꽃다발과 은행 달력, 고객의 계좌 상태를 정기적으로 알려주는 안부 서신 등이 도착했다.

그녀는 한 가지 사실을 알아차렸다. 마우리지오가 교묘한 포위 작전을 해오는 시기에 그의 딸아이는 점점 더 오래 그녀의 집에 머물렀다. 보통은 학교 숙제를 부탁하러 왔지만, 복습할 부분이 있거나 색연필로 그림을 그리러 올 때도 있었다. 심지어 어느 때는 리오데자네이루의 풍경을 담은 퍼즐을 엄청나게 갖고 오기까지 했다.

"너처럼 자라게 해줘!" 아이 엄마는 꼬마를 맡기면서, 알보레아 부인이 지성으로 가르쳐달라고 부탁했다.

특히 오후가 되면 파올라는 초점을 잃은 눈으로 넋이 나간 듯 미소를 지으며 그녀가 있는 아래층에 나타났다. 어쨌든 늘 조금은 흥분한 모습이었다. 가브리엘라가 연유를 묻자 그녀는 알코올에는 손대지 않는다고 했다. 그녀는 시어머니가 약국에서 산 쓴맛 나는 가벼운 변비약을 들이켰을 뿐이었다.

가브리엘라는 초기에 들인 습관을 제때 바로잡아야 했다. 이미 그녀가 처한 상황은 변해 있었다. 집에서 그녀는 거의 혼자 지내지 못했다. 저녁에 파올라가 차려놓은 식탁에 앉는 경우가 잦아졌다. 한쪽에서 여선생과 제자가 카르둣치의 시를 암송하는 동안, 파올라는 요리책을 들고 이국적이거나 세계적으로 유명한 요리를 시도하며 즐거워했다. 두 명의 친구와 엘리자베타는 매번 새롭게 올라오는 주요리에 감탄하며 한마디씩 칭찬했다. 그 시간에 위층에선 마우리지오가 자기 어머니가 요리한 평범한 음식을 맛있게 먹고 있었다. 마치 어릴 때 그랬던 것처럼.

어느 날, 요란한 사이렌 소리에 주민들이 모두 창가로 몰려들어 밖을 내다보았다. 길 건너 맞은편 외따로 떨어진 두 건물 앞에 호기심을 누르지 못한 사람들이 구름떼처럼 모여들어 웅성거렸다. 그 건물은 거리에서 가장 낡고 허름했다. 파올라는 흥분해서 무슨 일이 일어났는지 보려고 달려내려갔다. 그러나 누구도 그녀에게 정황을 설명해주지 못해서 실망한 채 돌아왔다. 그 허름한 주택 맨 꼭대기 층에 다락방이 있는데 그곳에서 느닷없이 끔찍한 사건이 터지고 만 것이었다. 누군가가 죽었는데, 그가 누군지 어떻게 죽었는지 제대로 알려지지 않았다.

"내일 신문을 사야겠어. 하지만 좀 있으면 우리 시어머니가 모든 걸 아주 상세히 알아오실 테니 두고 봐!" 파올라가 말했다.

다음 날 진짜로 신문의 사건사고란에, 마르타 부인이 아파트 주민에게 이미 들려준 내용과 같은 기사가 실렸다. 아주 엽기적인 사건이었다. 다락방 사이 깜깜한 복도에서 머리와 팔이 잘려나간 남자의 시신이 발견되었다. 잘린 머리와 팔은 테라스 한 귀퉁이, 텔레비전 안테나 밑에 버려진 검은 쓰레기봉지 안에 담겨 있었다. 그뿐만이 아니었다. 살인자는 피해자의 성기까지 잔인하게 절단했다. 그러나 잘린 성기는 아직까지 발견되지 않았다. 간단한 수사를 거친 후, 시체가 서른네 살의 포르투나토 다고스티노라는 남자라고 밝혀졌다. 사건 현장에서 삼백 미터 떨어진 곳에서 이발사 주세페가 이발소를 운영하는데 그 조수로 오랫동안 일해온 남자였다. 다고스티노는 가정부로 일하는 젊은 아내와 파올로 로베르토라는 다섯 살 먹은 어린 아들을 남기고 떠났다. 아이의 이름은 이탈리아 국내리그에서 우승한 로마 축구팀에서 활약하는 브라질 출신의 유명 선수 팔카오와 이름이 같았다. 초기 수사를 통해 피해자의 신체 부위가 정교한 외과 기술로 잘려나갔다는 사실이 밝혀졌다.

모두 이 다고스티노란 남자가 누군지 기억해내려 애썼다. 주민 대부분이 그를 전혀 눈여겨보지 않았고, 다른 이들은 신문에 난 사진을 보고서야 그를 알아봤다. 그를 잘 아는 사람들은 이발소 단골손님과 몇몇 축구 애호가에 불과했다. 그는 말수가 적은 사람이었고, 손님이 없을 때면 스포츠 신문을 읽거나 유행을 따른 머리에 젤을 바르곤 했다.

수사관들은 질투심에 눈먼 어떤 남편이 복수로 성기를 잘랐다고 가정했다. 무엇보다 신원을 알 수 없는 범죄 집단이 보복으로 살인했을 가능성을 배제하지 않았다.

"어쩌면 마약에 손을 댔을지 몰라요!"

누군가는 그렇게 말했다. 남 말하기 좋아하는 부류는 아내가 바람을 피웠기 때문이라고 수근거렸다. 동네 사람들은 그 여자가 다고스티노의 이발소 주인과 돈 많은 손님 몇 명과 잠자리를 했다는 사실을 알고 있었다.

어떤 사람들은 아무런 동정심 없이 이렇게 말했다.

"노예나 다름없었어!"

다른 몇 사람은 탐정 노릇을 그만두고 이렇게 되뇌었다.

"불쌍해, 그렇게 험한 꼴로 가다니!"

솔직히 피해자는 아주 소박한 사람이어서 더 알려진 사실은 없었다. 동네 주민은 심각한 재앙 말고는 어떤 것도 우연히 일어나지 않는다고 믿으며 보이지 않는 경계선 안에 결속해 있었는데, 그는 멀리 동떨어져 있었다. '안녕하세요' 하는 아침저녁 인사조차 나눈 적이 없었다. 그 때문에 대다수 사람들은 그가 그들 한가운데에서 살았는지조차 기억하지 못했다.

가브리엘라는 자신의 집에서 얼마 떨어지지 않은 곳에서 공포스런 일이 일어났고, 이웃 사람들이 자연스럽고 무신경한 냉소를 보냈기에 경악을 금치 못했다. 동네 사람들은 보지도 못한 사람이 살해당했기 때문에, 그 소름끼치는 범죄를 계기로 앞으로 사건이 일어나면 더욱 정의의 편에 서기로 작정한 듯 보였다. 여왕들은 만족하는 듯 보였다. 그들은 유일하게 입을 굳게 다물고 있는 사람들이었다.

장례식에는 남의 일에 관심 많은 동네 주민만 참석했다. 그리고 며칠 동안은 장례식 얘기만 나돌았다. 다고스티노 부인과 어린 아들은 화제에서 사라졌고, 결국엔 모든 것이 전처럼 돌아왔다. 사람들은 죽은 사람의 아파트에 어떤 대담한 사람이 이사올지 지켜보고 있었다.

그 불행한 사건으로 가브리엘라는 송두리째 흔들렸다. 지구상에서 가장 평범한 인간들의 바다에서 헤엄치더라도 그 안에 도사리고 있는 위험을 결코 피할 수 없다는 의구심이 들었다. 현실에서 일어나는 충격적인 사건들이 두렵지는 않았다. 이미 다른 곳에서 수차례 겪지 않았던가! 하지만 이질감이 커져서 그녀는 조국을 떠난 사람 같은 심정이 되었다. 가브리엘라, 더 정확히 말해 가브리엘라의 존재는 환상의 결실이었지, 현실세계에서 태어난 것이 아니었다. 그 환경에서 살아남는 데 필요한 항체를 흡수하지도 않았다. 더군다나 다른 이들은 상처받기 쉬운 그녀의 연약함과 약점을 눈치 챘다. 다고스티노 같은 사람들이 사는 지옥의 림보*로 조금씩 내몰리는 공포는 하루하루 커져갔다. '환상이 빚어낸 소리없는 희생자들, 그들이 살고 있는 죄지은 자들의 세계. 발 디딜 땅도

---

* 고성소(古聖所). 죽은 사람들 가운데 천국이나 지옥으로 가지 못한 영혼들이 머무르는 장소.

과거도 없이 죽은 혼령들은 모욕으로 고통받는 곳.' 가브리엘라는
그렇게 생각했다.

가브리엘라는 낯모르는 사람과 행인, 그리고 다른 주민의 얼굴
에서 감도는 행복에서 동떨어져 있었다. '현실은 그래. 아무렇지
않은 듯 행세해도 별 소용없다는 것, 그게 현실이지.' 마우리지오
와 마르타 부인이 불평 하나 없이 생활하고, 파올라와 엘레자베타
가 연이어 방문하자 그녀는 불안해졌다. 만니 가족은 둘로 나뉜
듯했고, 위층에 그 절반의 가족이 살고 있었다. 얼마 지나지 않아
가브리엘라가 염려한 순간이 들이닥치고야 말았다. 격렬한 부부
싸움 끝에 파올라는 극단적인 복수를 감행했다. 남편과 시어머니
에게 자신이 함부로 대해도 좋은 존재가 아니며, 그들이 필요하지
않다는 걸 보여주려고 딸아이에게 옷을 입히고 가방 두 개를 싸서
가브리엘라의 집으로 내려왔다.

"그만 살래!"

그녀는 친구의 어깨에 기대어 눈물을 흘리며 말했다.

"더는 못 참겠어! 둘이서 나 하나에 맞서다니. 내일 일자리 좀
알아보게 도와줘. 두 다리로 걸을 줄 아니까 뭐든 할 수 있겠지.
그들에게 본때를 보여줄 거야!"

모녀는 흐느껴 울었다.

다음 날 가브리엘라는 소원해진 남편과 아내 사이를 이어주려
고 종일 부단히 노력했지만 실패했다. 둘 중 어느 누구도 진짜 무
슨 일이 있었는지는 말하지 않았다. 두 사람은 서로 같은 것을 놓
고 비난을 퍼부었다. 성격이 나쁘다느니 이기적이라느니 달갑지

않은 표정을 보인다는 정도의 얘기만 오갔다. 자세한 얘기나 싸움을 일으킨 원인에 대해서는 조금도 털어놓지 않았다. 하는 수 없이 '며칠 지나 부부싸움이 해결되겠지' 하고 가브리엘라는 모녀를 집에 머물게 했다. 두 사람에게 침실을 양보하고 그녀는 거실로 잠자리를 옮겼다.

그런데 이상하게도 마르타 부인과 그녀의 아들은 가정을 팽개친 못된 며느리에게 피난처를 제공해줬다고 화를 내기는커녕, 그지없이 상냥하게 그녀를 대했다. 어쩌면 모녀를 호의적으로 도와줘서 내심 고마워하는지 모른다. 그 상태로 몇 주가 흘러가면서 상황은 악화되고 골은 더욱 깊어만 갔다.

그 증거로 가브리엘라는 두 가지 확실한 징표를 감지했다. 첫번째는 마르타 부인이 대문 밖에 그녀를 세워놓고 손녀에게 줄 옷과 수건, 장난감 등을 건네기 시작했다는 것, 두번째는 마우리지오가 그녀가 가던 길을 가로막고 돈을 얼마 건네주었다는 것이다. 모녀를 대신해 그녀가 전적으로 부담하는 살림 비용에 적게나마 도움을 주려는 의도였다. 그녀는 노부인에게 아무 말도 하지 않았고, 남자에게는 사양하겠으니 어서 빨리 원래의 가정생활로 돌아가라고 당부했다.

다행히 파올라는 딸아이가 학교에 가면 일자리를 알아보겠다는 구실로 밖으로 나갔다. 그래서 몇 시간만이라도 가브리엘라는 본래의 집주인 자리로 돌아왔다. 그녀는 여건이 허락할 때 집을 나섰고, 주변에서 만나는 사람들은 대부분 그녀에게 인사를 했다. 그런데 출리 교수만은 고개조차 들지 않았다. 한번은 그녀가 먼저 용기를 내어 엘리베이터 앞에 있는 그에게 말을 건넸다. 진심으로 걱정스런 빛을 띠며 가정부의 아들이 풀려났는지 물었다.

"어림없지요!" 그는 고개를 절레절레 흔들며 대답했다.

"그 불쌍한 여자는 절망에 빠졌어요! 더이상은 어찌 해볼 수 없군요."

"변호사가 손을 쓰고 있긴 한가요?"

"백방으로 노력을 기울이고 있어요. 남자애가 결백하다는 것과 성적 접촉이 없었다는 건 우리가 납득시켰어요. 그 여자애가 모든 이야기를 지어냈더라고요."

"변호사는 그 말을 믿지 않았군요?"

"그다지요! 부인도 아시겠지만 정말 선량한 사람은 별로 없어요!"

"그렇지만 지금은 믿으시는군요……"

"그렇다마다요! 청원을 여러 번 넣고 있는데…… 가택연금조차 쉽게 주지 않는군요. 뭐, 두고 봐야죠! 그럼 다음에 또 뵙죠, 부인."

그는 다시 넥타이에 고개를 파묻은 채 계단을 올라갔다.

가브리엘라는 날이 갈수록 혼자만의 시간을 갖고 싶었다. 파올라에게는 로마 교외에 사는 친척을 만나러 간다고 말하고, 며칠 동안 산 안드레아 델라 발레에서 지내곤 했다. 그곳에서 그녀는 우편물을 살펴보고 편지에 답장을 쓰고 처리해야 할 것을 둘러본 다음, 근래 들어 쌓인 긴장을 풀기 위해 아침 늦게까지 잠을 자며 지냈다. 그런 후에는 다시 가브리엘라의 역할로 돌아가 약간 기분 좋은 향수에 젖어 지하철을 타고 그녀의 영토로 돌아왔다.

파올라는 그녀의 외출이 마음에 들지 않았지만 아무 말도 할 수가 없었다. 불만스럽게 입을 삐죽 내밀거나 작은 복수를 하는 정도에 그쳤다.

어느 이른 아침 가브리엘라가 갑자기 집에 돌아와 목격한 일이 파올라의 복수였는지는 알 수 없었다. 아이는 침대에서 자고, 방에서는 마우리지오와 파올라가 사랑을 나누고 있었다. 파올라는 잠옷 차림에 졸린 표정이었고, 그는 사무실에 갈 차림이었지만 바지가 무릎까지 내려와 있었다.

가브리엘라는 조용히 문을 빠져나와 살며시 현관문을 닫고 산안드레아 델라 발레로 돌아갔다.

그곳에서 그녀를 찾는 누군가와 맞닥뜨리고 말았다. 바로 아파트 앞 계단에서. 젊지 않은 그 신사는 체격이 호리호리하고 수염을 잘 가꾸었으며, 선글라스를 쓰고 손에는 가방을 들고 있었다.

"이런 행운이 있나! 몇 달 동안이나 모레나 코스탄치 씨를 찾았는지 아세요. 한눈에 척 알아봤지요. 제 소개를 해도 될까요? 전 블랙애더 퍼블리케이션스 이탈리아 사에서 음악 전집 '일 펜타그람마'를 맡고 있는 티치아노 바치오라고 합니다."

그는 양복 주머니에서 명함을 꺼내 모레나에게 건넸다. 그녀는 잠시 망설이다가 그를 안으로 안내하고 문을 열었다. 그들은 소파에 앉았다.

모레나는 그 남자가 조르조 때문에 왔다는 걸 금세 눈치 챘다.

"무슨 일로 오셨는지 말씀하시죠."

그녀가 서두르는 목소리로 말했다.

"저희가 출간한 책을 보여드리려고 몇 권 가져왔습니다……"

그녀는 가방을 열 틈도 주지 않고 그를 가로막았다.

"그 책에 대해선 아주 잘 알고 있습니다. 오랫동안 시리즈를 모아왔으니까요."

"마음에 드신다면, 나머지 책들을 보내드리겠습니다!"

"감사합니다. 그렇지만 저한테 오신 용건을 말씀해주시죠."

"아시다시피 얼마 전부터 미니 전집을 출판해 이곳 음악 애호가들 사이에서 대단한 성공을 거두었습니다. 전집 제목은 '음악가의 생애'입니다. 조금 얄팍한 제목이지만 어떤 내용인지 쉽게 알린다는 장점이 있죠. 저희는 가장 훌륭한 음악가들에게 일인칭 시점으로 자신의 이야기를 들려주십사 부탁하고 있습니다. 사생활과 음악 얘기를 자연스럽고 일관성 있게 엮어 자서전 형태로 저술해달라는 거지요. 개인의 운명과 예술적 선택 사이에 있는 연결고리를 밝히는 저술입니다. 작곡가 개개인에게는 운명적인 만남과 훌륭한 스승, 음악적 우상, 시대에 따라 변한 예술철학이 있었죠……그들의 음악은 그러한 경험, 즉 운명의 우연함에서 비롯하고요. 결국 저희는 모든 저자의 원고를 한데 모으면서, 현대음악이 지닌 고유하고 진정한 역사가 밝혀지는 걸 깨달았습니다. 이건 저희 식의 간접 어법이죠. 모레나 씨, 제가 여기 온 이유는 벌써 몇 개월 전에 젠느 선생님께서 원고를 넘기셨기 때문입니다."

그는 몸을 숙여 가방에서 뭔가를 꺼냈는데, 표지에 컴퓨터 인쇄체로 '조르조 젠느'라고 적힌 원고였다. 그는 원고를 무릎에 올려놓고 부드러운 손길로 매만졌다.

"이겁니다. 초고라서 아직 편집해야 할 소소한 부분이 있지요."

"그런데 제가 이것과 무슨 관련이 있나요?"

"쉽게 짐작하시겠지만, 모레나 씨께선 이 글에서 빠질 수 없는 분이에요. 예술가인 그분의 삶에서 중요한 부분을 차지하고 계시죠. 특히 서두 부분에서요. 시간을 낭비하지 않고 쉽게 찾아볼 수 있도록 해당 부분에 책갈피를 끼워놓았습니다. 이 부분까지만 읽으시면 될 겁니다. 다음 장에서 조르조 선생은 거의 집중적으로 음악이론과 작곡법을 쓰셨죠. 사생활은 더이상 언급하지 않습니다."

"그런데 왜 제가 읽어야 하죠? 무슨 특별한 이유라도 있나요?"

"물론 그러셔야죠! 당신의 허락 없이는 책을 출간할 수 없습니다. 글에 직접 나올뿐더러, 부친께서 꽤 여러 차례 등장하시기 때문입니다. 저희는 두 가지 사항에 동의를 얻어야 하는 입장입니다."

모레나는 여지없이 불신을 드러내며 그를 뚫어지게 쳐다봤다. 바치오 씨는 몸을 약간 앞으로 수그리며 운을 뗐다.

"한 가지 고백하고 싶습니다. 모레나 씨, 저희 출판사 입장에서 이 책은 매우 중요합니다. 왜냐하면 낯을 붉힐 만큼 용기 있고 솔직하게 쓰셨기 때문이에요. 앞으로 읽으실 테지만, 자전적인 서술 부분에서 젠느 선생님은 자기 자신에게 무척이나 가혹한 입장을 보이셨고, 여타 도덕적 윤리와 불문율에 구애받지 않고 자유롭게 써내려갔습니다. 그분께 일어난 일을 죄다 털어놓았어요. 독자의 평가에 아랑곳하지 않고 말이죠. 이런 점이 더욱 흥미를 끌기도 하지요. 아무튼 저희는 이 책에 대한 기대가 몹시 큽니다."

"뭔가 양해를 구하려고 그러시는 것 같은데, 아닌가요?"

"지금부터는 아무런 염려를 하지 않으셔도 됩니다. 약속드리죠. 그분의 추억에는 모레나 씨와 작곡가 코스탄치 선생님께 모욕이 될 말이나 표현은 단 한마디도 없으니까요. 더 자세히 말씀드리죠. 명성을 얻기까지 적잖이 험난한 길을 걸어온 이 위대한 예술가에게 당신과 선친께서 그토록 중요한 존재였는지 저 역시 상상조차 못했습니다."

또 한번 길고 무거운 침묵이 흐른 뒤, 모레나는 자제하지 못할 정도로 웃음을 터뜨렸다. 바치오 씨는 영문을 몰라 바보 같은 미소를 지으며 고개를 흔들었다.

"무슨 일이죠? 왜 그렇게 웃으세요?"

"죄송합니다, 용서하세요!"

모레나는 다시 침착해지려고 애쓰며 말했다.

"얼마 전에 다른 친구의 자서전을 읽었거든요……"

"그러십니까?"

"네! 자신을 무함마드로 묘사해놓고, 저더러 이해해달라고 하더군요. 알라의 예언자였던 그의 이미지를 통해 자신의 드러나지 않은 성향을 유추해보라는 것이었죠. 굉장하지 않나요?"

바치오 씨도 따라 웃긴 했지만 모레나를 새로운 눈으로 바라봤다. 그는 불안한 기색이 역력했다. 어쨌든 그녀는 계속 말했다.

"선생님께서는 절 놀라게 하시는군요. 조르조가 글을 쓰기로 수락했다는 건 믿기 어려운걸요."

"왜요?"

"모르겠어요. 항상 지나치다 싶게 말이 없고 소극적이었던 사람이라…… 그리고 늘 불신에 차 있었구요."

"불신이라구요?"

"네. 그는 나르시시즘의 유혹에 자신이 넘어갔다는 걸 아주 잘 알고 있어요. 제가 말한 친구는 그이보다 더 차원이 높았죠. 적어도 그 사람은 무함마드에게 시선을 돌렸으니까요!"

그러고는 다시 웃었다.

"미안합니다, 모레나 씨. 하지만 이해가 안 되는군요. 왜 불신 얘기를 꺼내셨죠?"

"조르조는 이 책이 누군가에게 소용 있을 거라고 믿을 사람이 아니에요. 어쩌면 남 말하기 좋아하는 호사가들이나 만족하게 하겠죠. 그가 당신의 제안을 받아들였다니 의외네요. 하긴, 그 역시도 계속 건재하고 싶다면 다른 사람들처럼 해야겠죠."

"당신 말뜻을 쫓아가기가 힘들군요! 단언컨대 이 책의 서두 부분을 읽어보시면 반대로 생각하게 될 겁니다. 조르조 젠느 선생은 자기 자신을 위험할 정도로 예리하게 분석하고 계시니까요. 분명히 말씀드리죠. 그 글은 당신을 향한 눈부시도록 경이로운 연서로밖에는 보이지 않았습니다!"

"전집에 혹시 연애소설도 포함되나요?"

"그게 무슨 상관이죠?"

"아니에요. 그만두죠. 당신도 호사가에서 예외는 아닌 듯하군요."

남자는 기분이 상했고 이내 얼굴이 굳어졌다.

"그런 반응은 전혀 기대하지 못한 반응이군요!"

"그 무엇도 기대할 필요는 없겠죠."

"이 책이 나오는 걸 막으려고 작정하신 것처럼 들리는군요!"

"아니요. 놀란 점을 말씀드렸을 뿐이에요. 시간 날 때 읽어보고 생각을 알려드릴게요. 조르조가 아버지와 제 입장을 대신해 왜 막중한 책임감을 떠맡으려 했는지 알고 싶을 따름이에요."

"그 점에 대해서 그분과 오랫동안 얘기를 나눴습니다. 순수한 의도라 느꼈습니다."

"언젠가 때가 되면 그가 당신에게 한 말을 제게 해야 할 거예요."

그들은 잠시 아무 말 없이 서로를 바라봤다. 얼마 후 그는 그녀에게 원고를 건네주었다.

"처음 부분만 읽으시면 됩니다. 최소한 책갈피가 꽂혀 있는 부분까지요. 물론 편집을 통해 몇 군데는 다듬고, 내용에 해를 끼치지 않는 선에서 수정할 예정입니다. 읽으시면서 필요한 부분에 펜으로 메모를 해주신다면, 저희로선 더없이 기쁘겠습니다. 당연히 수고하신 만큼 보상해드릴 겁니다!"

"감사합니다!"

"아닙니다. 당연한 도리지요."

"조르조가 속해 있는 사람들 한가운데에 있는 널 봐!"

"뭐라구요?"

"아무것도 아니에요. 생각을 소리 내어 말했을 뿐이에요."

모레나는 일어나서 원고를 탁자에 올려놓고, 신사보다 앞서 문이 있는 곳으로 갔다.

"나중에 연락드리겠습니다."

"될 수 있으면 빨리 해주셨으면 합니다. 저희가 서둘러야 해서……"

"어서 읽어야겠군요!"

"고맙습니다."

"천만에요."

그날 밤 모레나는 밤새도록 울었다. 그리고 다음 날 어둠 밑바닥에 내동댕이쳐진 기분이 들었다. 그녀의 눈에 희미하게 들어온 것은 침실 안락의자에 조심스럽게 걸쳐놓은 가브리엘라의 밝은 장밋빛 재킷과 치마였다. 한 줌 빛줄기가 블라인드를 통해 들어와 모조 자개로 만든 단추들을 비췄다. 그 순간 그녀의 머릿속에 피노키오가 멋진 소년이 되어 의자에 엎드린 채 죽어 있는 인형을 응시하는 모습이 떠올랐다. 그녀의 입가에 의미심장한 미소가 흘렀다. 그녀는 옷을 갈아입고, 한참 동안 돌아오지 않을 생각으로 산 안드레아 델라 발레의 집을 떠났다.

버스에 오르든 지하철을 타든 자코모에 대한 기억이 주마등처럼 스쳐갔다. 그녀는 행복한 마음이 부풀어올라 주위를 둘러보기 시작했다. 사람들은 얼굴에 여전히 상처받은 흔적을 지니고 있지만 그들 자신의 문제는 해결한 것처럼 보였다. 하지만 모두가 바삐 움직이고 있었다. 걸어가는 사람, 자동차를 탄 사람, 대중교통에 몸을 실은 사람…… 단순히 어디론가 흘러가고 또 흘러갔다. 목적지는 그다지 중요하지 않았다. 그들은 어딘지 모를 곳으로 끝없이 가고 있었다. 그 위로 눈부시게 아름다운 태양이 떠 있었다. 그녀 역시 삶의 한 실마리를 쫓아 얼마 안 되는 지식이나마 동원해서, 비록 자기 상황과 동떨어졌지만 앞뒤가 분명하고 설득력 있는 어떤 가설의 줄거리를 세우는 데 몰두했다. 앞으로 결코 풀어내지 못할 내용이었다. 그녀는 어디선가 개미 집단이 하나의 거대한 몸체를 이룬다는 글을 읽은 적이 있었다. 각각의 개미들은 비좁은 공간에서 평생을 보내면서 미지의 법칙에 본능적으로 순종하며 교체를 거듭해나가고, 집단 전체의 유기체를 살아남게 하는 방향으로 나아간다. 글쎄, 환상적인 이론 아닌가?

입을 다문 섬 같은 사람들, 불빛을 뿜었다 삼켰다 하면서 어둠과 소음으로 가득한 도시의 요란한 웅성거림을 그녀는 지나쳤다. 동네 어귀에 들어선 가브리엘라는 촐리 교수가 한층 밝아진 얼굴빛으로 택시에서 내리는 걸 보았다. 남미 원주민 부인이 팔에 큰 가방을 끼고 무거운 걸음걸이로 그의 뒤를 따랐다. 교수의 가정부였다.

'드디어 해내셨구나! 다행이야.' 가브리엘라는 말할 수 없이 기뻤다. 그 동네의 모든 것이 금세 예전으로 돌아간 것 같았다.

그녀는 집으로 올라갔다. 하지만 이번에는 열쇠로 문을 열지 않고 초인종을 눌렀다. 파올라가 와서 문을 열어주었지만, 그녀에게 눈길조차 주지 않았다. 그녀는 단단히 화가 나 있었다. 가브리엘라는 집 안으로 들어가면서 친구가 다시 가방에 짐을 챙기고 있었다는 걸 알았다.

"뭐 하는 거야?" 가브리엘라가 물었다.

"너랑 더이상 말하고 싶지 않아! 얘기하지 않을래!"

"왜, 무슨 일이야?"

"잘 알 텐데⋯⋯".

"뭘?"

"말하고 싶지 않다고 했잖아!"

"내가 혹시 마음을 상하게 했니?"

파올라는 신경질적인 미소를 지었다.

"넌 교활해⋯⋯ 하지만 여기서 끝내도록 할게. 안 그러면 사람들이 뒤에서 날 비웃을 테니까. 아무 일도 없었어. 모든 게 그대로야! 마우리지오와는 화해했으니 집으로 돌아가겠어!"

그녀는 가방을 챙겨들고, 열쇠는 가구 위에 놓고서 인사도 없이 문을 닫고 나가버렸다.

가브리엘라는 파올라의 결심을 보고 모든 것이 정상적인 일상의 노선으로 돌아가고 있다고 느꼈다. 교수에게는 다시 가정부가 돌아왔고, 파올라는 남편과 재결합했다. 그녀가 갑작스레 화를 낸 이유는 틀림없이 고의로 지어낸 핑계에 불과했다. 왜냐하면 짧은 불화의 시기가 지나고, 떨어져나갔던 가정의 모자이크 조각들이 제자리로 돌아갔기 때문이다. 가브리엘라가 너무 자주 집을 떠나 있었기 때문에 정도 이상으로 기분이 상한 걸까? 마우리지오가 혹시 그동안 있었던 일을, 특히 그녀 몰래 두 사람이 만난 것을 제멋대로 떠벌린 게 아닐까? 아내와 딸아이를 집으로 돌아오지 못하게 막으려는 심사가 아니라면 왜 그래야 할까? 실제로 어떤 일이 벌어진 걸까? 어쨌든 파올라가 한 말은 맞는 말이었다. 한 가정을 위한 작은 복원 작업의 중심에 가브리엘라가 있었다 하더라도 말이다.

그녀가 오랫동안 수수께끼 투성이로 자리를 비워놓아, 다시 주
변에 적대적인 분위기가 형성되었다. 한편에선 마우리지오의 불
안한 태도가, 다른 한편에선 갑자기 당당하게 고개를 치켜세운 파
올라의 달라진 태도가 보였다. 그 두 가지 모두 가브리엘라가 동
네로 돌아온 것과 관련이 있었다. 마르타 부인은 달라진 상황에
더할 나위 없이 기뻐했다. 다시 가정이 견고해졌기 때문이 아니라
파올라가 값비싼 교훈을 얻었기 때문이다. 낯선 여자를 신뢰한 며
느리는 그녀에게 환상을 품었고 질투까지 하면서 쓰라린 경험을
했다. '다시는 넘어가지 않겠지!' 노부인은 굳게 믿었다.

어른들 사이에서 소리없이 오가는 교묘한 신경전과 무관한 사
람은 엘리자베타뿐이었다. 꼬마는 얼떨결에 급조된 선생 곁에서
오후 시간 내내 간식을 먹으며 즐겁게 보냈다. 그러나 아이 할머
니는 그때 일에 대해서 전후 사정을 일절 언급하지 않았다. 오히
려 가브리엘라와 파올라가 절교했는데도 노인은 며칠 후 손녀를
데리고 아래층으로 내려왔다.

"죄송합니다, 부인."

노부인은 극도로 진중하게 가브리엘라에게 말했다.

"계속 손녀의 공부를 봐주시면 어떨까 싶어요."

"아이 부모는 어떻게 생각하나요?"

"아들과 며느리도 좋게 여길 겁니다."

"그래요?"

"조금 의견 차이가 있어서 어려웠지만, 나중엔 제가 설득했죠.

아시겠지만, 전 엘리자베타를 몹시 사랑한답니다. 그래서 말씀인데, 부인이 손녀와 가깝게 지낼 때부터 잘은 모르지만 아이의 내면세계가 활짝 열렸답니다. 학교 선생님도 달라진 점을 인정하시더군요."

"아이가 똑똑해서 금방 이해해요. 집중할 만한 일을 조금 시키시고, 공부가 놀이의 또다른 형태라는 걸 보여주시면 돼요."

"부인이 어떤 요술을 부려서 그애를 공부시키는지 도통 몰라서요. 하지만 솔직해지고 싶어요. 학습이 중요하다는 건 잘 압니다. 하지만 그 이상의 뭔가를 엘리자베타에게 바라고 있지요."

"그렇다면?"

"제발 이뤘으면 하는 작은 희망 사항이지요. 어쩌면 막연한 꿈일지 모르지만, 오래전부터 가능성이 있다고 생각했답니다. 어떻게 말해야 할까요. 손녀는 재능을 잘 활용할 수 있는 능력이 있어요. 바보는 아니란 게 보이지요. 그럼, 할 말은 다 한 것 같군요!"

"무슨 말씀인지 모르겠어요!"

"같은 부류에서 빠져나오기, 제가 말하고 싶은 건 이거예요. 어렵다는 건 저도 알아요. 하지만 지금으로선 당신이 유일한 탈출구예요. 당신이라면 손녀의 운명을 바꿔놓을 수 있을 거예요. 그리고 언젠가 그애가 살던 새장에서 탈출할 때 꼭 필요한 힘을 그애 안에 키워줄 수 있을 겁니다!"

"어떤 새장 말인가요?"

"잘은 모르지만, 당신 스스로 갇혀 있길 원하는 것과 똑같은 새장이지요. 이곳 사람들은 모두 한 가지 삶의 방식밖에는 모르고 살아요. 그러나 당신은 그렇지 않다는 걸 잘 알아요!"

"정말이지 전 아무것도 몰라요!"

"저한테까지 숨길 필요 없어요. 당신이 다른 부류에 속한다는 걸 모른 척하기엔 너무 나이를 먹었어요. 당신을 보자마자 한눈에 알아봤죠."

"아마 그럴지도 모르죠. 하지만 더 우월한 부류라고는 결코 말할 수 없죠."

"하지만 틀림없이 놀라운 면을 더 많이 갖고 있겠지요."

"충격적인 면이죠."

"충격적인 것이 천 개라면 아름다운 건 하나랍니다. 엘리자베타는 그 아름다운 놀라움을 꿈꿀 권리가 있어요. 안 될 이유가 없죠. 우리랑 있다가는 기껏해야 제 엄마처럼 되려고 할 거예요. 그럼 아무것도 안 되죠!"

"너무 혹독한 평가네요."

"부인한테 어떻게 했는지 보세요."

"그건 사실이 아닙니다. 전 파올라를 존중하고 그녀에게 깊은 호의를 품고 있어요."

"저도 그렇죠! 당신한테 한마디 더 하자면, 하느님이 창조하신 모든 만물에 크나큰 애정을 품고 있어요. 개와 고양이와 닭들한테도요!"

"그러시군요."

"가브리엘라, 찬찬히 의식을 들여다보세요. 그리고 제 며느리에게 질투하거나 절망한 나머지 실망했다고 믿지 마세요. 마우리지

262

오는 아내를 똑 닮았지요. 한 치도 다르지 않아요."

"전 그 말에 동의하지 않아요. 아무튼 부인이 부탁하신 걸 제가 엘리자베타에게 해줄 수는 없어요. 부인이 생각하는 수준에 미치지 못하거든요."

"부인께 특별한 걸 요구하는 건 아니에요. 당신은 다른 부류의 사람이고, 자신도 모르는 사이에 당신이 속해 있는 계층의 교육을 손녀에게 전해주겠죠. 그 이상은 더 바라지 않겠습니다. 절 믿으세요. 여기 이 아파트에 있는 당신은 엘리자베타가 놓쳐서는 안 될 어떤 기적이나 절호의 기회예요. 난 개인적으로 반가워하며 그런 당신에게 손을 내미는 거죠. 당신이 손녀를 도와주면 전 당신을 돕겠어요."

"어떻게요?"

"당신이 이 동네에서 찾는 것을 손에 넣게 해드리죠. 여기서 살기로 결정했다면 뭔가를 얻고 싶어서겠죠. 그 이익을 얻도록 돕겠어요. 손녀가 이곳에서 도망칠 수 있도록 해주세요. 당신이 여기에서 안락한 둥지를 틀도록 협조하겠어요."

그녀는 눈을 돌리지도 않고서 손녀를 책상에 앉히고는, 그애가 책가방에서 공책을 꺼내 공부하도록 도왔다. 그러고는 손녀의 머리를 쓰다듬으며 말했다. "아이구 요 녀석, 장하다, 장해!"

가브리엘라는 노인에게서 시선을 뗄 수가 없었다. 마르타 부인이 아주 완벽하게 자신을 모방한 것이 섬뜩할 정도로 믿기지 않았다. 그들은 몇 번 만나지 않았고, 그것도 늘 날씨 얘기만 나눴을 뿐인데 말이다.

그후 몇 주 동안은 특별한 일 없이 흘러갔다. 마우리지오와 갑작스럽게 몇 번 마주친 일을 제외하고는 말이다. 그는 이따금 현관문을 두드리며 딸에게 인사하려고 양해를 구했다. 가브리엘라는 그의 눈길에서 적대적인 기색을 감지했다. 남자는 전과 달라졌다. 온몸에 향수를 짙게 뿌리고 나타나 집 안에 진한 메탈향을 남기곤 했다. 침실에 들어가기 전에 창문을 죄다 열어야 할 정도로 지독한 냄새였다.

　시간이 흐르면서 코를 톡 쏘는 독한 냄새가 집 안을 가득 채웠다. 오후 시간에 가브리엘라가 밖에서 돌아올 때면 영락없이 그 냄새가 풍겨서 부도덕한 포옹처럼 그녀를 감싸는 듯한 기분이었다.

　어느 아침이었다. 아스팔트는 촉촉이 젖어 있었고 하늘은 꾸물꾸물 흐렸다. 가브리엘라는 경찰차의 사이렌 소리에 눈을 떴다. 곧이어 다시 한번 사이렌 소리가 들렸다. 그녀는 집 아래 교차로에서 으레 그랬듯 교통사고가 또 났구나 싶었다. 그리고 아무 생각 없이 뻐근한 몸에 기지개를 켜면서 창가로 다가갔다.

　헤드라이트를 켠 자동차 두 대가 아파트 입구 인도 위로 올라와 있었다. 경찰관 한 명이 아무 일도 아니라고 말하면서, 호기심에 몰려드는 사람들을 가까이 오지 못하게 통제했다. 그러면서 한편으로 사진기자들이 지나가게 비켜주었다. 방송국 차량이 도착하자 절반쯤 비어 있는 주차장을 가리키며 적극적으로 주차를 거들었다.

짧은 순간, 가브리엘라는 살아오면서 자기가 저지른 모든 죄를 떠올렸다. 이내 눈물이 핑 돌았다. 그들은 그녀를 잡으러 온 것이리라. 그동안 틀림없이 누군가 스파이 노릇을 한 것이다. 어쩌면 마르타 부인일 수도 있고, 줄곧 그녀를 따라붙던 자코모가 그녀를 찾아냈을지도 모른다. 이제 모든 것을 밝힐 순간이 왔다. 흰 눈썹을 하고 토스카나 여송연 냄새를 풍기는 생전 처음 보는 법관들 앞에서 큰 소리로 밝혀야 한다. 그녀가 저지른 실수 하나하나가 유죄가 될 것이고, 각각의 유죄는 처벌을 받게 될 것이다. 죄의 목록은 길었고, 그녀가 저지른 자잘한 죄목과 유치한 오만을 포함하고 있었다. 신화에서 누군가가 미노스에게 미궁을 빠져나올 방법을 생각해낸 사람이 다이달로스*라고 넌지시 알려줬다. 그리고 이 때문에 배신자가 된 다이달로스는 그 자신이 건설한 미궁에 유폐되었다. 가브리엘라는 벽으로 막힌 그 미궁 속으로 내몰렸다. 그녀는 19세기의 한 허풍쟁이가 생각났다. 그 남자는 아기 볼테르의 두개골을 전시한 그르노블**의 자연사 박물관을 방문했다는 저술을 남겼다. 아무튼 기분이 뒤죽박죽이었다.

경찰은 모든 걸 명백히 밝히고 단 한 번이라도 거짓말을 하지 못하게 입을 틀어막으려고 온 것이다. 가브리엘라는 수치심이 끝없이 일어나 몸둘 바를 몰랐다. 비난과 적의에 찬 증언들이 얼마나 많이 쏟아져나올 것인가. 알레산드라가 쉰 목소리로 소리를 지

---

* 그리스 신화에 나오는 미궁을 만든 장인.
** 프랑스 도피네 지방 이제르 주의 수도.

르고, 그녀가 창백한 얼굴을 손으로 감싸고 있는 모습이 보였다. '누군가 밤낮으로 내 욕을 하고 있어. 더이상 참을 수 없어!' 조르조는 피고인으로 나선 가브리엘라를 모른 척하면서 정신 나간 두 여자를 뚫어지게 바라보았다. 너덜너덜한 터번을 두른 클라우디오는 동정심 없이 담담한 눈으로 그의 곁에 앉아 있었다. 그는 손에 나침반을 들고 법정 안에서 메카의 방향을 찾고 있었다. 상상만 해도 웃음이 나왔고, 머릿속의 그 장면은 마법처럼 홀연히 사라졌다. 가브리엘라는 소름끼치는 추위를 느끼며 이불 위에 몸을 웅크렸다. 시간은 정오가 지나 있었다.

컬러 만화에서 만화가가 숨결을 불어넣은 보이지 않는 영혼처럼, 그녀는 소리가 지워진 거리에서 떠들썩한 소음을 지나쳐갔다. 그러고는 버스에 올라 미련없이 떠나버렸다. 얼마 후 그녀는 시청 앞에 내려 유대인 지구로 들어섰다. 길을 가다가 한 마리 파리가 숨이 끊어져 이따금 물결에 실려 떠다니는 걸 보고 혼잣말했다. "지금은 저런 순간이지만, 다 지나갈 거야!"
그녀는 아르헨티나 광장으로 바삐 걸어갔다. 그곳에서 예기치 않게 마우리지오 만니의 역한 향수 냄새에 맞닥뜨렸다. 그녀는 흠칫 놀라 뒤를 돌아봤다. 많은 사람들이 극장 옆 바의 출입구에서 비를 피하고 있었다. 신호등 앞에는 몇몇 사람들이 우산을 쓴 채 신호가 바뀌기를 기다리며 서 있었다. 가브리엘라는 서둘러 걸음을 옮겼지만 곧 공포에 사로잡히고 말았다. 그 남자가 산 안드레아 델라 발레에 있는 그녀의 집을 알아냈다면 큰일이었다. 그렇다면 평생 돌이킬 수 없는 끝없는 고통이 시작될 것이다. 그래서 그녀는 본능적으로 뒤돌아 곧장 아레눌라 거리로 들어섰다. 아주 잠깐, 그가 또렷치 않은 얼굴에 밝은색 비옷을 입고 체크무늬 우산을 든 모습을 본 듯했다. 그녀 뒤에서 안전하게 거리를 유지하며 걸어오고 있었다.

테베레 강변에 도착해 다시 뒤를 돌아봤지만, 그는 더이상 보이지 않았다. 행복은 설탕 한 스푼처럼 아주 사소한 것에서 비롯됐다. 그녀는 다시 느릿느릿 여유 있게 걷기 시작했다. 한편으로 위험을 모면한 데에서 오는 기쁨이 죄없는 영혼들을 도리어 위험으로 내모는 건 아닌지 자문했다.

집 앞에 거의 이르렀을 때 또다시 가공할 만한 공포가 나타났다. 그녀는 침착하게 곧장 앞으로 나아가 산 유스타키오 방향으로 발길을 돌렸다. 그곳에서 바의 출입문을 뚫어지게 응시하면서 커피를 마셨다. 조만간 마우리지오가 나타날지 모른다. 거리낄 것 없는 양심을 지닌 사람답게 야릇한 미소를 짓고 방금 접은 우산을 흔들면서 말이다. 그녀는 아마 "좋은 아침"이라 인사할 테고, 그는 모든 사람들 앞에서 "창녀!"라고 떠들지도 모른다. 가브리엘라는 체념한 듯 마우리지오가 나타나기를 기다리며 바의 출입문을 줄곧 바라보았다. 그러나 그곳에는 마우리지오 대신 알레산드라가 반질거리는 비닐 재질의 블루 재킷을 걸치고 나타났다. 다행히 그 여자는 젖은 후드 모자를 뒤로 넘기며 계산대 앞에 줄을 섰다. 그녀는 무심한 눈길로 가방 깊숙이 들어 있는 지갑을 찾고 있었다. 그 틈에 가브리엘라는 악몽을 꾸듯 꿈쩍하지 않는 두 다리를 움직여 출구로 살짝 빠져나갔다.

그녀는 피곤해서 아르헨티나 광장으로 돌아와 택시를 잡아탔다. 알레산드라의 후드 모자 안쪽에 있던 희고 붉은 체스무늬가 눈에 어른거렸다. 그녀는 어린 시절 피크닉 갔을 때 본 오믈렛과 사과향 나는 냅킨을 떠올렸다. 어머니는 자해의 흔적이 남은 두 손을 그녀 앞에서 분주히 움직여, 재활용할 수 있는 플라스틱 컵과 식기, 큼직한 바닐라향 참벨라* 조각을 피크닉 바구니에 정리하고 있었다. '아주 슬프고 조용한 소풍이었어!' 암울한 생각을 쫓아버리려고 가브리엘라는 고대 로마 지구의 성벽에 등을 기대면서 마음속으로 〈울게 하소서〉를 흥얼거렸다. 아마 인생에서 가장 많이 부른 아리아였을 것이다.

다음 날 아침 그녀는 촐리 교수가 체포됐다는 기사를 신문에서 읽었다. 그의 냉장고 안에서 비닐봉지로 싸놓은 이발사 보조 포르투나토 다고스티노의 성기가 발견되었다. 기사는 별다른 의혹이나 추측 없이 잔악한 범죄자와 피해자 사이에 불미스런 모종의 관계가 있었다고 확신하면서, 그들이 피해자의 아파트 다락방과 포르노 극장, 여타 음침한 장소에서 비밀스럽게 만났다고 단정 지었다. 히스테릭한 발작과 협박에 이어 질투와 은밀한 폭력으로 쉽게 얼룩진 만남이었다고 했다.

촐리 교수의 이름을 경찰에 알린 사람은 다고스티노의 아내였

---

* 도넛 모양의 둥근 빵.

었다. 그녀는 타락한 그들의 우정을 용납하지 못했다. 신문기자는 광적인 정신 상태인 랩투스와 함께, 살인자의 광적이고 비정상적인 강박증도 언급했다. 그 전직 교수의 아파트에서는 수술중에 촬영한 원본 사진과 컬러 삽화가 들어 있는 해부학 및 외과학 책 몇 권이 실제로 발견되었다. 책 내용은 수술용 메스와 가위, 집게, 핀셋, 외과톱과 절개된 육체가 주를 이뤘다.

체포된 교수의 가정부는 지금까지도 법정에 출두하고 있었다. 그들은 이렇게 물을 것이다. "당신은 알고 있었나, 모르고 있었나? 냉장고에 숨겨둔 검은 비닐봉지를 몰랐다는 게 가능한가?" 이발소에 출입하던 익명의 고객은, 언젠가 교수가 아파트 어느 창문에서 날아온 초록 앵무새 한 마리를 비닐봉지에 숨기는 걸 본 적이 있다고 증언했다. "저는 길 모퉁이의 작은 분수대 옆에 있었지요. 자동차 뒤에 숨어 있었기 때문에 그가 절 보지는 못했습니다. 그가 왜 그런 행동을 했는지 모르겠습니다." 그러고는 덧붙여 말했다. "앵무새를 봉지 안에 던져넣더니 하얗게 질린 얼굴로 재빨리 자리를 떠나더군요. 그 불쌍한 짐승에게 과연 무슨 짓을 저질렀을까요? 분명한 건 그가 집에서 앵무새를 기른 적이 한 번도 없었다는 겁니다!"

가브리엘라는 기사를 읽으면서 의자에 털썩 주저앉았다. 그 끔찍한 소식을 믿어야 할지 말아야 할지 갈피를 잡지 못했다. 그녀가 알고 있던 남자의 얘기가 아닌 것 같았다. 그러나 신문 중앙에 두드러지게 실린 사진을 보면 의심의 여지가 없었다. 신분증에서 뽑아내 확대한 그 사진은 틀림없이 촐리 교수였다. 남미 출신의 가정부를 도우려고 헌신적으로 노력하던 조용하고 온화한 아파트 입주민인 교수가 분명했다. 그는 홀로 남아, 어떤 거대한 불안에 잠식당해 범죄의 충동에 휩싸인 것이다. 사실 그 불안은 비정상적인 광기였다. '지옥 같은 일이 벌어졌군. 불쌍한 교수님!'

그녀는 잠시 신문을 던져놓고 곧바로 발작에 가까운 전율을 느끼며 광기의 숨결이 자기 얼굴을 스쳐 지나가는 것을 느꼈다. 그녀 또한 교수처럼 이중생활을 하고 있었다. 그 동네에 계속 있다가는 조만간에 둘 중 하나의 삶이 다른 삶을 집어삼킬 것이 뻔했다. 얼마 전부터 그녀는 어떤 심리적 포위망에 갇혀 불면증에 시달렸다. 이제 그만 그곳 생활을 청산하고 또다른 이별을 고할 준비를 해야 했다. 가브리엘라를 영원히 떠나보내고 다른 어딘가에서 새 삶을 시작해야 했다. 그곳에서의 경험을 실패한 전투로 기억할 필요는 없었다. 그저 예상보다 일찍 끝났을 뿐이다. 잠시 마음을 가다듬고, 사람들이 한 곳에 머무를 때 운명적으로 맞닥뜨리는 추악하고 씁쓸한 사건들을 훌훌 털어낼 것이다.

모레나는 분리된 여러 작은 존재의 총체처럼, 인생을 조각조각 분리하는 비범한 모험을 선택했다. 그러나 다행인지 불행인지 원대한 결심을 뿌리 깊이 추구할 수는 없었다. 산 안드레아 델라 발레에 있는 집은 언제나 안전한 선착장이었으며, 새로운 여행을 떠나기 전에 배의 결함을 수선하고 상처를 보살필 조선소였다. 그녀의 선택은 농담처럼 시작됐다. 어느 맑고 화창한 날, 거울에 비친 자기 모습을 보고 아주 어린아이같이 유치한 발상으로 그렇게 결심한 것이다. 자기 자신이 더 나아지고 있다는 사실을 망각한 채 각기 다른 꿈을 꾸었고 다시는 뒤를 돌아보지 않았다. 그렇게 하면 앞으로 다가올 미래에 무엇을 할지 자유롭게 선택할 수 있다는 것 역시 깨달았다. 그녀는 단순히 창문에 다가서거나 기차 밖 풍경을 보고 미지의 도시에 발을 내딛는 것만으로 앞에 놓인 것을 발견할 수 있었다. 이름을 바꾸는 것만으로 그녀는 또다른 여인이 될 수 있었다.

그녀는 정말이지 장난삼아 시작했다. 그날 어떤 일이 일어났는지 어렴풋이 기억했다. 어쩌면 우연한 실수로 일어난 일이었는지도 모른다. 공연 관람을 마친 후 생전 처음 보는 사람들과 함께 저녁식사를 하고 있었다. 아주 따분한 분위기였지만 뭔가가 그녀를 떠나지 못하게 붙잡고 있었다. 그러다 어느 순간 그들의 대화에 끼게 됐다. 그녀는 조금은 예의를 갖추고 조금은 적대적인 태도로—술을 과하게 마신 탓도 있었다—활기찬 말벗들과 비슷한 목소리를 내며 비슷한 어휘를 구사했다. 누군가를 우스꽝스럽게 모방하면서, 모든 이들이 절대적으로 반길 만한 인물로 천천히 동화되어갔다.

그뿐만이 아니었다. 조금씩 자신과 멀어지면서 그녀의 열정에 불이 붙기 시작했다. 그렇게 원한 적은 없지만, 생기발랄하고 편견이라곤 찾아볼 수 없으며 상류사회를 휘어잡을 만한 젊은 부인으로 변신했다. 그 상황에 가장 적합한 특성을 갖춘 여인이었다. 그 인물은 서서히 성격적인 특징을 다양하게 드러냈고, 휴머니즘과 고유한 감성같이 예상치 않은 놀라운 면을 발휘했다. 결국 청중은 아주 맘씨 좋은 한 무리의 사랑스런 친구들로 변해 그녀를 다르게 대했다. 한참 대화가 무르익을 무렵, 한 젊은 남자가 그녀에게 이름을 물었고, 그녀는 들어본 적 없는 이름을 지어냈다. 자세히 기억나지 않지만 아마 카를로타였을 것이다. 며칠이 지나고 나서 모두 그녀를 다정하게 대해주었고, 그날 있었던 사람들 중 몇몇이 참석하는 저녁식사에 그녀도 초대받았다. 그녀는 모두에게 카를로타였다. 모레나에게도 그랬다. 그것이 그녀의 첫번째 모험이었다. 기억에 남을 일을 만들지 않으려고 무척 빨리 끝낸 여행이었지만, 어떤 조짐처럼 앞으로의 삶을 암시하는 여행이었다.

그녀는 침대 맡 테이블에 있는 액자를 봤다. 사진에서 오케스트라를 지휘하는 뒷모습의 인물은 지휘자 코스탄치였다. 회색 머리를 한 거장은 우아한 자태로 손을 펴 〈피아니시모〉를 지휘하고 있었다. 그녀는 액자를 집어 가방에 넣었다. 그런 후 사방을 둘러보고는 모든 걸 그냥 두고 가기로 결정했다. 열쇠는 책상 위에 올려놓았다.

"당신 발상은 바보처럼 어리석고 눈물 나도록 가련했어요. 침상에 있었던 그 현란한 색깔의 방탕한 알약들. 당신은 알약에 찬란한 기대를 했죠. 난 한 번에 하나씩 그것을 세면대에 쏟아버렸어요. 이것마저도 당신을 속인 셈이군요. 당신은 나의 오르가슴을 집요하게 뒤쫓아왔어요. 마치 그레이하운드가 점박이 산토끼를 쫓아가듯이 말예요!"

자코모는 크나큰 슬픔에 목이 메여 조용히 그녀를 응시했다. 그는 갑자기 벽 쪽으로 고개를 돌렸다. 시간이 점점 흐르면서 그의 얼굴은 말할 수 없이 창백해졌다. 방 안에는 희고 검은 빛깔과 회색 벽면만이 보였다. 불빛은 희미하게 동방의 아라스 천 위에 드리워져, 웅크린 터키인이 일으키는 고운 모래회오리, 언월도를 찬 오달리스크*, 유약을 바른 사원들이며 낙타들, 꿀이 흐르는 강은 은은히 비추었다. 그 이국적인 풍경은 무함마드가 이제 막 지상의 세계를 빠져나와 숨쉴 때, 공기 속으로 스며든 이슬람의 풍경이었다.

그 신비로운 풍경 앞에서 자코모는 다시 몰인정하고 무자비한 삶과 맞닥뜨렸다. 가브리엘라는 귀나 눈처럼 그의 일부분이었다. 그는 자신에게 두려움과 고통을 일으키는 모든 것들과 함께 그녀를 환영의 상자에 넣고 끈으로 감싸 보호했다. 그것은 온갖 불행과 욕망, 타락, 수치심, 악취와 실의가 깃든 보물함이었다. 향불은 장미 모양의 연기구름 아래서 꺼져갔다. 그는 가브리엘라 쪽으로 몸을 돌려 소리쳤다.

"당신이 오르가슴을 느낀 게 분명하다고 내가 맹세하는데, 어째서 믿으려 하지 않는 거지?"

"사실이 아니니까요."

"당신은 아니라고 하지만 사실이었어. 이렇게 무릎을 꿇고 부탁할게. 날 믿어줘. 지금까지 당신에게 한 번이라도 거짓말한 적이 있었나?"

"모르겠어요. 아니길 빌어야죠!"

---

* 터키 궁정에서 시중을 들던 여자 노예.

"그래, 당신에게 거짓말한 적 없으니까 안심해. 그리고 지금도 마찬가지고. 언제나 그런 건 아니지만 당신은 몇 번인가 오르가슴을 경험했어. 쾌감에 넋이 나간 듯 흥분한 모습이었지. 괴성을 지르고 또 지르고……"

"그런 척 연기했을 뿐이에요."

"당신은 날 속이고 있다고 착각한 거야! 오히려 아닌 척하느라 당신 자신을 속였어. 당신의 흥분은 스스로 믿을 수 없을 만큼 강렬했지. 그래도 당신은 여전히 믿으려 하지 않겠지. 내 말을 들어봐. 감정은 말썽만 일으킬 뿐이야. 난 감정 이상의 것을 맹세할게…… 나 자신에 대해서 말이야. 오르가슴은 쉽게 이해할 성질의 것이 아니지. 우리가 사랑을 나눈 후에, 과연 오르가슴을 느꼈는지 아닌지 몇 번이나 스스로에게 질문했는지 알기나 해? 모두에게 일어나는 일이야. 그게 정상이라고. 당신 친구들에게 물어봐!"

"쓸데없는 소리 하지 말아요. 남자들이 생각하는 건 고작……"

"……오르가슴 상태와 사정하는 것을 혼동하지 않도록 조심해…… 기름과 식초처럼 전혀 다른 경우니까. 프로이트의 이론을 읽어보면 알 거야. 난 혼자 있는 당신 모습을 보려고 자는 척하곤 했어. 당신은 여전히 아름다워. 오로라처럼!"

"난 죽어가고 있나요?"

그녀는 슬픔을 이기지 못해 고개를 떨어뜨리면서 물었다.

"당신은 조금씩 생명이 꺼져가며 떠나려는 것 같아, 가브리엘라."

두 사람은 깊은 비애와 애정을 느끼며 서로 꼭 껴안았다. 그들이 포옹할 때 누군가가 문을 두드렸다.

"이 시간에 누구지?"

그가 가서 문을 열자, 젊은 신사가 고상한 차림에 체크무늬 우산을 들고 서 있었다. 그는 진솔한 미소를 지었는데, 장례식에 온 듯한 분위기였다.

"무슨 일이시죠?"

마우리지오 만니는 아무 대답 없이, 방 한가운데에 서 있는 가브리엘라를 보기 위해 옆으로 비켜서며 말했다.

"가브리엘라 부인, 벌써 날이 어두워졌군요. 여기서 더이상 머무르시면 곤란할 텐데요. 하지만 저희가 이곳으로 옮기면 어떨까 하고 부인께 청합니다! 대신 부인이 이 집을 떠나 우리 집에 오셨으면 합니다. 그럼 이제 부인 집이 되겠죠. 간절히 부탁드립니다."

그녀는 그런 그를 보고도 전혀 놀라는 기색이 없었다. 마우리지오가 주도면밀하게 그녀의 뒤를 쫓았다는 걸 알고 있었다.

자코모는 고개를 흔들었다.

"그런 일은 꿈도 꾼 적 없어요. 이 여자는 여기에 머무를 겁니다!"

남자는 꼼짝도 하지 않고 그를 똑바로 쳐다봤다.

"부인은 쉴 곳이 없어요. 이렇게 과부처럼 적막하게 생활하느니 다른 집에서 지내는 편이 더 나아요!"

가브리엘라는 작은 거울이 달린 알록달록한 가방을 집어들고 자코모를 쳐다보며 차분한 어조로 말했다.

"오, 나의 영원한 사랑 자코모. 내 영혼이 떠나는 동안 당신의 마음속에 있는 나를 순수한 모습으로 간직해주길 바랄게요. 이제 하느님의 품으로 떠납니다. 잘 있어요!"

불쌍한 자코모는 큰 소리로 "오, 나의 가브리엘라"를 외치며 그 녀에게 달려갔다. 그는 눈물로 범벅이 된 얼굴로 다시 한번 그녀를 껴안았다. 그가 가브리엘라를 품 안에 꼭 안고 있는 동안 마우리지오는 그녀를 부여잡고 놓지 않았다. 그렇게 해서 남자들 사이에 비극적인 논쟁이 벌어졌다. 그 정도에 그치지 않고 마우리지오는 자코모의 눈에 별이 보일 정도로 아찔하게 우산으로 내리쳤다. 치고받는 몸싸움과 고함, 발길질이 이어졌다. 결국에는 두 사람 사이에서 총성이 터져나왔다. 연이어 또다른 총성이 들렸다.

세 사람 모두 '죽은 자는 아무것도 모르지만, 산 사람은 적어도 죽을 걸 안다'는 구약의 구절로 최후를 맞이했다.

❋

클라우디오는 너덜너덜한 무함마드 원고 뒷장에 메모를 하며 벌써 다른 이야기를 구상하고 있었다. 안젤라가 옳았다. 누구도 영화를 만드는 데 한 푼도 투자하지 않을 것이다. 거부 의사를 밝힌 사람들은 실제로 제안을 그만두거나 취소했다. 간돌피 씨는 연락마저 끊었고, 전화하면 늘 성가신 기색을 역력히 드러내며 거절의 뜻을 비쳤다. 오랜 시간 고되게 작업하고 번민한 결과물이, 무엇보다 그를 거쳐 재구성된 수많은 역사적 사건들이 쓰레기통에 던져졌다. 그는 미미하지만 실현 불가능하고 위험한 발상을 했다는 사실에 그나마 위안을 받았다. 현대 문명의 시대착오적인 면모와 비열함, 그리고 후진성을 극적으로 환기하자는 생각이었다. 영화로 만들지는 못했지만 폭탄은 만든 셈이었다. 그는 감옥에 수감 중인 자신의 테러리스트 형을 떠올렸고, 그런 그를 조금이나마 다정하게 느꼈다. 그는 서랍에 던져둔 안젤라의 편지를 꺼내 다시 읽어봤다. 자기 내면의 힘을 시험하기 위해서였다. 깨끗이 청산해야 할 인생의 또다른 일면과 함께 그 편지를 찢어버리기로 결심했다.

사랑하는 클라우디오

어느 시점에서는 갈등의 끈을 느슨히 할 필요가 있어요. 당신과 나의 추억이 담긴 앨범을 펼쳐보는 일은 기쁘면서도 우울하네요. 외국인 무리에 끼어 있는 우리는 몹시 낯설고 외로워 보여요. 우리는 여행자들 사이에서 처음 알게 됐지요. 결국 그곳에서 알 수 없는 두려움 때문에 서로 떨어지지 않았구요. 그리고 언제나 여행자로 남았지요. 지금은 그때의 모든 것이 제자리에 머물러, 바다에서 바라보는 풍경처럼 남았어요. 출렁이는 물결만 느끼고 머리는 위아래로 흔들리죠. 다시 말하지만 잊지 못할 몹시 아름다운 우리의 이야기는 끝났어요. 이르지도 늦지도 않게, 끝나야 할 때 끝났어요. 함께 지내던 마지막 시절에, 우리는 마치 종이로 만든 하늘 밑 은박 입힌 거리에 서 있는 말 없는 조각상처럼 살았어요. 당신은 그렇게 여기지 않는다는 거 알아요. 그리고 내가 갑작스레 떠난 사실을 당신이 힘들게 받아들일 걸 생각하면 번민과 고통을 억누를 길 없어요. 하지만 그걸로 끝이죠. 한번 일어난 일은 되풀이해봤자 더이상 예전 상황으로 돌이킬 수 없어요. 사랑은 단지 한쪽에서만 끝나도 끝난 거예요. 작별 인사는 너무 슬프고 고리타분할 거예요. 내가 내린 결정을 설명하려고 당신한테 편지를 쓰는 건 아니에요.

난 당신의 영화 기획안을 읽었고, 약속한 대로 내가 느낀 몇 가지 인상과 견해를 말해볼까 해요. 알다시피 영화에 대해선 잘 모르지만요. 더욱이 나한테도 영감을 받았다고 털어놓은 까닭에 객관적으로 평가할 수 없었어요. 나를 닮은 두 명의 여인에 대해 말하자면, 하디자의 경우 아이샤가 가진 뭔가가 그녀에겐 없었어요. 그리고 젊은 아이샤에게는 예언자 무함마드의 마음을 파고든 과부 여인의 아름다운 모성본능이 없었고요. 당신은 원고를 읽어보게 하면서 혹시 그 중간에 있는 나를 사랑했노라고 말하고 싶었던 건 아닌가요?

한 여자의 입장에서 보면―최소한 내 입장에서는―자기 자신이 인물에 투영되어 환상적인 상상력과 일치감을 이룬 건 무척 감격스러운 일이에요. 남자가 창조한 상상 속의 여인으로 분장한 자신을 발견한다는 것이 얼마나 당혹스러운지 당신은 모를 거예요. 더구나 그녀가 지닌 미덕 때문에 사랑받는다는 사실을 알았을 땐 더욱 어찌할 바를 모르게 되죠.

하지만 내가 말하고 싶은 건 정확히 이게 아니에요. 당신의 원고에서 난 두 눈으로 똑똑히 보았어요. 매혹적이고 피로 물들었으며 가슴 절절한 애정과 무력함으로 채워진 많은 이미지를요. 비록 위선으로 더럽혀졌지만, 우리들이 함께한 과거의 이미지와 다르지 않다는 걸 알았어요. 제작자들이 허락한다면 당신은 영상미가 뛰어나고 현대적인 느낌을 주는 훌륭한 영화를 만들 수 있으리라 확신해요. 지금 난 원고를 읽으면서 느낀 점을 모두 적어보려고 노력하고 있어요. 정말이지 큰 감동을 받았어요. 하지만 쓸모없는 글이 될까봐 걱정스럽군요. 혹시나 당신이 앞으로 창작할 수많은 영화 중에서 실현 가능성이 전혀 없는 작품을 고른 게 아닌가 두렵군요. 지금까지 당신이 선택한— 거의 대부분 추상적인— 작품들에서 무의식적으로 폄하하거나 본능적으로 어떤 의도를 품은 점은 없는지 스스로 자문해봐요. 이슬람교에서 알라의 예언자에 대한 인물 묘사를 엄격히 금한다는 걸 당신도 잘 알지요. 그를 소재로 한 회화와 초상화를 거의 찾아볼 수 없는 건 결코 우연이 아니에요. 어떤 배우도 무함마드를 연기하지 못해요. 오래전에 누가 무함마드에 관한 영화를 만들었지만 예언자의 모습은 가끔 빛의 형상으로 나타날 뿐 한 번도 구체적으로 드러나지 않았어요. 이 말을 하는 게 무척이나 마음 아프지만, 세상에는 무슬림의 분노를 감수할 만한 제작자가 없을 거예요. 당신의 영화는 도저히 용납할 수 없는 추악한 괴물로 전락할 거예요. 그 문제의 해결 방법을 찾아보세요. 가령 주인공의 이름과 배경을 바꾸거나 뭔가 새로운 아이디어를 찾아내 문제를 해결해보세요.

긍정적으로 생각해요. 당신이 얼마나 영화를 소중히 생각하고 정성들여 일했는지 알고 있으니까요.

이제 난 떠나려 해요. 몇 년 동안 외국에서 머무를 거예요. 그럼, 행운을 빌어요.

안젤라

파올라는 창가에 서서 아래층에서 가구들이 실려나가는 광경을
보고 있었다. 그녀는 눈물을 쏟고야 말았다. 시어머니는 그녀를
안으로 이끌며, 아래층 여자는 눈꼽만큼도 우정이 없었다고 말하
면서 그녀를 위로했다. 교수처럼 보였던 촐리 씨가 사실은 동성애
를 즐긴 살인자였듯이 그녀 역시 실제로는 그들이 아는 여자가 아
닌 전혀 다른 여자일 거라고 말했다. 마르타 부인은 벌써 운송회
사를 통해 이사 소식을 알고 있었다. 또한 그 집에 있던 가구들은
어느 자선 단체에 기부되었고, 떠난 소유주에 대해서는 전혀 알려
진 바가 없다는 사실도 알아냈다. 담당자는 그 부인이 외국으로
이주했다는 말을 들었다고 했다.

"가브리엘라는 아주 냉정한 여자야."

마르타 부인은 며느리에게 말했다. "인사도 없이 가버렸잖니.
조금도 망설이지 않았어. 엘리자베타가 어떻게 되든 말든 상관없
이 내팽개쳤어. 어디로 가는지 말할 필요조차 못 느꼈던 거야. 근
데 왜 네가 그토록 괴로워하는지 모르겠구나. 그 여자가 그렇게
중요한 존재냐?"

누가 복잡한 파올라의 심경을 글로 옮길 수 있다면 아마도 이렇
게 표현했을 것이다. '제가 우는 까닭은 가브리엘라가 달아났기
때문이에요. 떠난 게 아니라 도망간 거라고요. 다 제 탓이에요. 그
녀를 얼마나 사랑하는지 깨닫게 하지 못한 제 불찰이죠. 미안해하
는 것도, 어리석은 자존심의 마지막 부스러기를 모으는 것도 다

소용없어요. 어느 순간 가브리엘라는 절 좋아하던 마음을 거뒀어요. 그건 불이 꺼져 제가 어둠 속에 처박히는 것과 마찬가지였죠. 그녀는 특별했고 다른 사람들과 다른 뭔가를 지녔어요. 그래서 저는 옳은 방향으로 들어섰다고 느꼈죠. 그래요. 자존심 때문에 진짜 감정을 가브리엘라에게 숨겼어요. 나한테 그녀가 얼마나 중요한 존재인지 보여주고 싶지 않아서 달아나게 내버려뒀어요. 이제 난 공허한 나락으로 추락하고 있어요. 전보다 더 암울한 공허 속으로. 하지만 그것에 신경 쓸 겨를이 없어요. 그녀를 찾아나서는 일밖에 남지 않았어요. 그녀를 찾고 또 찾아봐야죠. 몹쓸 인간, 만나면 이 두 손으로 눈을 찢어놓고 싶어요. 정말이지 내 여생을 그녀를 찾는 데 바치고 싶어요. 언젠가는 길이나 극장이나 시장에서 그녀와 마주칠지 모르죠. 그러면 무릎을 꿇고 용서를 구할 거예요.'

시어머니는 며느리의 마음을 되돌리려고 부질없는 노력을 계속했다. 하지만 며느리가 정체불명의 아랫집 여자에게 받은 깊은 상처는 절대로 아물지 않을 거라는 사실을 알고 있었다. 마르타 부인의 진심은 이랬다. '사람들은 악을 피해 도망치고 선을 찾아 나서지. 그러니 항상 어딘가로 떠나야 할 거야, 이곳저곳 흘러다니면서……'

제
4
악
장

산 안드레아 델라 발레 광장의 아파트 문지기 프랑카는 아침 일찍 캄포 데 피오리 시장에 장을 보러 다녔다. 모레나를 대신해 장을 보고 그녀의 닫힌 문 앞에 물건들을 놓아두고는, 조심스럽게 초인종을 누른 뒤 천천히 계단을 내려갔다. 모레나는 유적지가 모여 있는 구 시가지의 오래된 아파트 안에 은신했다. 그녀는 외부에 모습을 드러내지 않으려고 낮이나 밤이나 창문을 굳게 걸어잠그고 지냈다. 집 안에서는 야간 소등 훈련 때처럼 촛불을 손에 들고 다녔다. 아주 가끔 지휘자 조르조 젠느의 원고에 눈길을 보내긴 했지만, 대부분 소설을 읽거나 음악을 아주 낮게 틀어놓고 감상하면서 시간을 보냈다. 아버지의 피아노는 여전히 덮여 있었다. 모레나는 되도록 빨리 피아노 조율사를 불러야 할 상황이었다. 전화기는 단 한 번도 울린 적이 없지만 낡고 무거운 응답기는 아직 돌아가고 있었다. 테이프에는 언젠지 모르지만 다급하게 남긴 메시지가 한 개 담겨 있었다. "나, 조르조야. 나중에 다시 전화할게. 안녕!" 조르조의 메시지였다.

✳

조르조 젠느는 항상 뭔가 부족하거나 아니면 지나치게 우아한 건장한 남자였다. 얼굴은 강인하고 넓은데다 콧날이 오뚝했고 밝고 강렬한 눈동자는 두드러지게 빛났다. 이마와 목 뒷덜미에는 벌써 머리가 조금 빠진데다 손은 나이보다 이르게 검버섯이 덮여 있는데 조금 전까지 손수레를 끈 것처럼 보였다. 몇몇 비평가들은 절제하지 않는 그의 연주 방식을 아쉬워했다.

거장은 부르주아가 되지 못해 못마땅한 심경을 여지없이 드러냈다. 그들이 자신의 억양을 문제 삼지 않을까 하는 두려움이 완전히 가시지 않았다. 그래서 유혹적인 건달처럼 목소리를 가다듬고, 귀에 감길 만한 수식어를 찾아나섰다. 하지만 그는 잔인한 미소를 지으며 언제나 냉소적으로 반 부르주아적인 생각을 쏟아내면서ㅡ그가 말해왔듯이 무슨 의미인지 정확히 모르지만ㅡ겉모습과는 전혀 상반된 태도를 취했다. 그러나 자기가 나서서 말하지는 않았고, 조용히 그들의 얘기를 들으며 비판하곤 했다.

코스탄치 선생님을 처음 알았을 때, 나는 아직 열두 살이 채 되지 않았고, 그분은 서른 살이었다. 선생님은 나의 진정한 첫 피아노 선생님이었다. 그분은 소년같이 정신적으로 풍랑을 겪는 성격

286

이라 내게 아버지뻘보다는 큰형 같은 느낌으로 다가왔다. 처음에 아들처럼 굴었다면 아마 내 탓이었을 것이다. 하지만 난 그럴 만한 확실한 핑곗거리가 있었다. 열 살 때 불운이 닥쳐 치명적이고 위독한 디프테리아를 앓았고, 사흘이나 생사의 경계선을 넘나들었다.

끔찍한 질병은 크루차니라는 아이를 앗아갔다. 아직도 그애 이름을 기억하는 건 그 아이가 내 영원한 두려움의 본질적인 문을 활짝 열었기 때문이다. 그는 밤마다 악몽이 되어 나를 괴롭혔다. 어른이 되었을 때까지도. 한밤의 공포스런 환영 속에서, 그가 천장에서 내 몸 위로 떨어지는 것을 보곤 했다. 소름끼치는 공포에 휩싸여 그를 밀쳐냈을 때 내 손에는 항상 차갑고 축축한 검은 걸레 하나가 들려 있었고, 나는 울음을 터뜨리며 그것을 내던졌다.

몸이 다 나은 후에도 꽤 여러 달 동안, 마음속으로는 그 많은 애들 중에서 나를 '선택'한 그 녀석을 미워했다. 나중에야 아버지가 어린 크루차니는 나와 똑같은 병으로 죽었다고 말씀해주셨다. 그때 나는 불쌍한 그 학교 친구를 수호천사 같은 존재로, 나아가 내 목숨을 구하느라 자신을 희생한 형제 같은 존재로 생각하기 시작했다. 나는 조용히, 그러나 광적일 정도로 수없이 그에게 빌었다. 도움을 청하기 위해서였다. 그는 날 죽이려고 한 것이 아니라 자기 자신을 내주려고 날 선택한 것이다. 이 생각은 납처럼 마음을 짓눌렀다. 나는 하늘의 축복처럼 기대하지 않은 은총의 혜택을 입은 대상이었다.

어머니와 나는 크루차니의 죽음을 오래도록 비밀에 부쳤다. 가

뜻이나 어려운 상황을 더 악화시키지 않으려는 뜻에서였다. 아버지가 내 주변에서 미소를 보이며 오랜 시간 침대 곁에 앉아 계신 걸 보고 나는 병이 심각하다고 짐작할 수 있었다.

의사가 또다른 의사와 돌아왔을 때, 그리고 그 두 의사가 마지막 세번째 의사를 데려왔을 때 그들은 침묵했고 집 안은 정적에 빠졌다. 시간은 멈춰 있었고, 창문 밖에서 들려오는 거리의 소음은 축제처럼 떠들썩했다. 그렇게 하루하루 유년 시절이 흘러 십년이 훌쩍 넘은 어느 날, 갑자기 운명이 하얀 사제들을 데리고 나타났다. 차가운 손의 젊은 의사들은 알아들을 수 없는 언어로 자기들끼리 소근소근 이야기했다.

나중에는 가족 전체가 예방접종을 했다. 자전거 공기 펌프처럼 거대했던 주사기들이 떠오른다. 담당 의사는 가족의 협조를 얻어 날 집에 놔두고 가기로 했다. 크루차니가 죽은 후 학교는 교실 내부를 샅샅이 소독하려고 사흘 동안 문을 닫았다.

크루차니에 대한 기억은 어렴풋하다. 그의 눈은―가까스로 표현해본다면―허공을 하염없이 바라보는 어둑한 심연 두 개와 같았다. 하지만 내가 기억하는 그의 이미지는 오랜 투병생활 동안 조금씩 쌓인 것이었다. 그는 언제나 소란스럽게 코를 킁킁거렸는데, 그럴 때마다 뺨부터 시작해서 스스로를 몽땅 삼키려는 것처럼 보였다. 그는 표백제 얼룩이 묻은 수업 가운을 입었고 짧은 양말을 신은 샌들 차림이었다.

내가 다닌 주세페 가리발디 사립 초등학교는 프라스카티를 막 벗어난 곳에 위치한 정원 딸린 외딴 건물이었다. 학교는 사거리

중심에 있었고, 그 길을 따라 키 높은 수풀이 코를 찌르는 냄새를 풍기며 줄지어 있었다. 친구들과 수풀 한가운데를 곧장 가로질러 갈 때면 톡 쏘는 지독한 냄새가 났다. 딱총나무숲이라 불렸던 그곳은 오늘날 수많은 주택과 빌딩, 거대한 시장의 피라미드로 탈바꿈했고 수천 개의 쓰레기통으로 둘러싸여 떠돌이 고양이와 개 들이 맴돌고 있다.

그 무렵 난 먹고 마시는 건 무엇이든 코로 토해냈다. 입을 벌려 바싹 마른 혀를 내밀며 숨을 들이쉬곤 했다. 첫번째 기적은 수프를 넘기려고 안간힘 쓰는 동안에 일어났다. 아버지께서는 나에게 컵에 입을 대고 바로 삼키라고 하셨다. 수프 대부분을 다시 코로 토했지만 위에 들어간 아주 적은 양 덕분에 최소한 저녁 때까지 충분히 병마와 싸울 힘이 생겼다.

나는 쿠션에 등을 기대고 식탁보를 몸에 두르고서 침대에 앉아 있었다. 뜨거운 컵에 입술을 갖다대면 금방이라도 토할 것 같았다. 노력은 허사로 돌아가 먹은 걸 게워내고 기침을 해대는 바람에 침대가 엉망이 되었다. 그래도 아버지는 뜻을 굽히지 않으셨다. 얼굴과 셔츠를 지저분하게 더럽혔는데도 잔잔한 미소를 잃지 않고 다시 수프를 건네주셨다. 나는 목에서 뭔가가 갈라질 정도로 있는 힘을 다해 넘겼다. 하지만 얼마 못 가서 괴성을 내지르며 수프와 함께 고름과 피를 토해냈다. 연구개나 인두에서 무슨 일이 벌어진 건지 모르겠다. 그날 혼을 빼다시피 공포를 겪은 후에는 다시 힘들이지 않고 호흡을 시작했다.

잠시 후 의사가 도착했다. 가방에 넣고 다니는 작은 램프로 내 입 안을 이리저리 살펴보았다. 그러고는 용기를 북돋아주려고 내 뺨을 살짝 건드렸다.

"잘했다!"

그가 해준 유일한 한마디였다. 그는 처방전을 새로 썼고 치료 방법을 완전히 바꾸었다.

어찌 됐든 난 병을 이기고 자리를 훌훌 털고 일어났다. 하지만 일 년 넘게 반사신경과 촉각 상실 같은 몇 가지 심각한 후유증을 앓아야 했다. 가장 심각한 증상은 시력 이상이었는데, 동공에 하얀 반점 몇 개가 생겼던 것이다. 그 분야의 권위자인 스파카렐리 교수는 젊고 유능한 의사인 페치 박사의 협조를 얻어 내 눈을 치료했지만 흰 반점을 없애지는 못했다. 그러나 수술하기 전날, 두 번째 놀라운 기적이 일어나 눈에 있던 반점들이 서서히 줄어들기 시작했다.

그러나 당시 시력을 완전히 잃은 건 아니었다. 하얀 침대 시트를 계속 바라보고 있으면, 작고 흰 개미 수십억 마리가 그 위에서 쉬지 않고 움직이는 것처럼 보였다. 이상하게 변한 시트 뒤에서 부모님과 형제의 목소리가 들리곤 했다. 어느 때는 한참이나 어머니가 구슬프게 흐느끼는 소리가 부엌에서 들려왔다. 오래전 어느 크리스마스가 생생하게 기억난다. 크리스마스 선물로 수술이 끝난 뒤에나 입을 수 있을 기사 갑옷을 선물로 받았다. 드디어 갑옷을 입을 수 있었을 때는 더이상 몸에 맞지 않았다. 온갖 질병과 약에 시달려 제대로 돌보지 않았는데도 몸은 계속 자란 것이다. 그것도 모르고 난 죽을 뻔했다.

어느 날 아침 나는 잠에서 깨어나면서 병에서 완쾌한 첫 징후를 보았다. 여전히 하얗긴 하지만 하얀 시트에 사람들의 모습이 나타났다 사라졌다 하기 시작했다. 나는 그들의 키와 머리 모양, 팔의 움직임 등을 가늠해보았다. 부모님과 형제가 내가 앉아 있던 시트에 몸을 기대고 앉아 깔아뭉개려는 것같이 보였다. 그림자와 얼굴 윤곽, 눈빛을 알아보기 전까지는 그랬다. 그다음엔 주위 사물이 이중으로 보이기 시작했다. 하지만 마침내 두 발로 서서 집 안을 돌아다닐 수 있었다. 비록 끝없이 어른거리는 영상 때문에 휘청거리긴 했지만 말이다. 그 시절 내내 세상은 암흑 속에 머물며 수천 수만 개의 이미지로 나뉘어 나를 덮쳤으며 회전목마처럼 주위를 빙빙 돌았다. 몇 달 동안 그런 현상이 지속된 후 모든 것이 분명하게 제모습을 드러냈으며 나는 휘청거리지 않고 걸을 수 있었다.

내가 음악을 시작한 건 순전히 외할아버지 덕분이었다. 할아버지 이름은 루이지였으며 열렬한 왕당파였다. 사람들은 외할아버지를 '경'이라는 호칭을 붙여 불렀다. 그분은 이따금 아코디언과 만돌린을 연주하셨다. 외할아버지는 옛 성당을 개조한 소극장에서 대단히 열정적인 무대를 펼쳤다. 우아한 집시들이나 화려하게 치장한 아가씨들이 결혼 축하 노래를 열창하는 소박하고 단조로운 단막극을 주로 공연했다. 그들은 붉은 비단 견장을 상체에 두르고 노래했고 외할아버지는 그 노랫소리에 맞춰 연주를 했다.

외할아버지는 검은 재킷과 부드러운 리본이 달린 셔츠를 입었는데, 악보를 읽지는 못했지만 앞에 두고 연주하는 것을 좋아했다. 일요일 오후 공연에는 온 가족과 친구들이 반드시 약속처럼 참석해야 했다. 마을 사람들 중에는 외할아버지를 좋게 보는 사람들이 별로 없었다. 왜냐하면 외할아버지는 범접할 수 없는 원대한 음악적 이상의 눈높이에서 타인을 바라보는 버릇이 있었기 때문이다. 그러나 그는 멜로드라마와 음악의 선율이 빚어내는 낙원에 빠져들어 감동하는 데 머무르지 않고, 공연 이면에 숨겨진 야비함과 그늘진 불행을 직시했다.

외할아버지는 날 아주 귀여워했다. 매일 아침 다 망가진 오토바이로 학교에 데려다준 사람도 외할아버지였다. 매일 주머니에 호두를 두둑이 넣어가지고 와서 우리 집 아래에서 내가 내려오기를 기다리셨다. 외할아버지가 돈을 모아둔 덕분에 자전거를 타기도 전에 난 피아노 건반을 만져볼 수 있었다. 우리는 함께 아르테나* 에 사는 어느 노교수의 미망인을 찾아가 피아노를 구입했다. 높이가 약간 맞지 않는 그랜드피아노로 퓌어스텐바흐 모델이었다. 당구대를 전문으로 제작하는 토리노의 사비오니 형제가 운영하는 회사에서 만든 피아노로, 미망인은 식기장에나 어울릴 색깔로 덧칠해놓고 식당에서 선반처럼 사용했다. 외할아버지는 자질구레한 장신구와 작은 초콜릿이 가득 든 컵이며 레이스 받침대를 치운 다음 피아노를 시연해보았다. 그러나 현이 없어서 소리가 나지 않았다. 외할아버지는 피아노에 귀를 기울이며 수박을 두드려보듯 손가락으로 여기저기 두드려보기 시작했다. 그러고는 활짝 웃으며

---

* 로마 근교에 있는 마을.

손수건에 싸놓은 돈을 꺼내 값을 치렀다.

어머니는 내가 병을 앓고 난 후 학교에 다시 다니기를 바랐다. 집 근처에 다른 학교가 없어서 전학이 어려웠다. 그해 학교 선생들은 계속해서 내게 낙제 점수를 주었다. 내가 한 번도 책상에서 씩씩하게 일어나 말한 적이 없었기 때문이다. 수업 내내 나는 입을 꼭 다물고 자리에서 꿈쩍도 하지 않았다. 세 학기가 끝나가도록 선생들은 내 목소리를 전혀 듣지 못했다. 나는 반에서 가장 컸지만 괴물 같은 아이로 낙인찍힐 만큼 지나치게 수줍음이 많았다. 얼굴에 부스럼이 심하게 났기 때문인데, 마음속으로는 그걸 소심해질 수밖에 없는 핑계로 삼았다. 얼굴이 빨개지지 않으려고 자리에 가만히 앉아 아무것도 듣지 않는 쪽을 택했다. 떠들썩한 소음이든 누군가의 목소리든 상관없었다. 그렇게 해서 유급을 당하고 다시 한 학년을 더 다녀야 했다.

음악 스승인 로돌포 마리아 코스탄치 선생님을 만나기 몇 달 전은 회상하기가 쉽지 않다. 여러 번 떠올려보려고 했지만, 기억 속에 구멍이 뻥 뚫린 듯 바람같이 어둡고 단조로운 소리만 올라올 뿐이다. 그 시기에 난 존재하지 않는 것이나 마찬가지였다. 어쩌면 영혼도 사람도 없는 지옥의 림보에서 느릿느릿 유영했는지 모르겠다. 어머니 뱃속같이 고요한 가운데 말이다.

나는 전에 피아노를 가르쳐준 선생에게서 다시 피아노 수업을 들었다. 멜리소라는 차분한 노인으로 솔직히 별 볼일은 없었다.

그러나 다행히 교육 방식에 있어서는 의식 있는 분이어서 수업시간에 '손가락을 늘인다'는 명분으로 나를 혹독히 훈련시켰다. 그는 교회에서 오르간을 연주했고, 이따금 극장에서 공연하는 외할아버지를 도왔다. 결국 선생은 두 손 들어 포기했다. 어느 맑고 화창한 날, 그는 대략 이런 말을 했다. "네가 음악을 진지하게 생각하는지도 모르겠고, 아마 그건 너 자신도 알지 못할 테니 이쯤에서 그만뒀으면 한다. 그렇지만 한 가지는 분명히 말해두고 싶구나. 앞으로 네가 훌륭한 음악가가 된다 하더라도, 언젠가는 넘지 못할 벽에 부딪히게 될 게다. 그 벽 앞에서 즐길 수 있다면, 음악은 깜짝 놀랄 선물을 해줄 거야. 하지만 그 벽을 넘거나 없애려 한다면 이 피아노는 널 고통 속으로 몰아넣을 게다. 아주 많이!"

휠씬 뒤에 가서야 이해했지만, 그가 말한 벽은 조금도 음악을 쥐고 흔들지 못했다. 예술가의 정신이 고갈되는 것은 단지 음악적으로 어떤 테크닉을 따르느냐 하는 부분에서만 좌우되었다. 작곡이나 연주에서 모든 음은 고유한 길이와 끊임없이 다양하게 전개되는 강약과 열기를 지녔다. 음악가는 악보에 머물러서도, 음악적 언어가 지닌 모든 표현 가능성을 이해하는 데에만 안주해서도 안된다. 자신의 요소를 그 안에 결코 적지 않게 표현해야 한다. 여기서 말한 '자신의 것'은 멜리소 선생이 말한 그 벽이다. 모든 사람의 생애와 자기 삶의 이야기가 만나는 지점, 우주관에 연연하지 않는 주관적인 시각, 인간과 자연에 대한 종교적인 심성. 그것은 인류에 대한 연민이요, 예술의 속박에서 벗어날 수 없는 고통이다. 이 모든 건 음악원에서 배울 수 있는 게 아니다. 뭔가를 새로

294

창조하기가 인간적으로 불가능한 시기가 있게 마련이다. 코스탄치 선생님은 모차르트가 자전거를 발명한 건 아니라고 자주 말씀하셨다.

과거의 사건들로 거슬러 올라가야겠다. 코스탄치 선생님을 만나고 몇 달 후, 난 외향적이고 활달하기까지 한 소년으로 변했다. 선생님 덕분이라고는 전혀 생각지 못했다. 그저 나를 격려해주고, 엉터리 박자에 솔직한 웃음을 보이는가 하면, 하모니 부분에서 도저히 용납할 수 없는 실수를 했는데도 내가 작곡한 소곡들을 특별한 방식으로 높이 평가해주셨다. 신부님들이 시내 중심에 음악학교를 세웠다. 교실 하나에 학생 몇 명이 고작이었고, 수업은 일주일에 세 번, 월요일 수요일 금요일 오후에 있었다. 학생들은 적정한 수업료를 내고 다녔는데, 할아버지는 주저하지 않고 당신의 낡은 금고를 열었다. 수업 중반에 이르자, 음악 레슨을 받으러 가는 즐거움에 사로잡혀 낙제생이라는 열등감은 말끔히 사라졌다.

학생들은 여자 남자 합쳐서 스무 명 안팎이었다. 코스탄치 선생님은 항상 서 계시거나 피아노 가까이 다리를 꼬고 앉으셨다. 말씀은 너무 없다 싶을 정도로 간단히 하셨고, 목소리는 매우 낭랑했다. 특히 혀 안쪽에서 들려오는 'R' 발음 같은 음절은 북부 취향의 크리스털처럼 투명했고, 그분의 하얀 손은 지극히 섬세한 선율을 공중에 그렸으며 얼굴에서는 은연중에 자유분방한 표정이 묻어나왔다. 웅장한 목소리로 음악의 긴 역사를 우리에게 들려줄 때면 우리는 미지의 세계에서 기분 좋은 바람이 불어오는 것처럼 넋을 잃었다. 그 속에서 나는 다른 존재가 되는 꿈을 꾸기 시작했다. 그래서 집에 돌아오면 서둘러 숙제를 마치고 잠자리에 들어 다음 날을 기다렸다.

선생님은 젊고 말랐는데 몸에 걸맞지 않은 큰 외투를 걸치고 다녔다. 사각형 무늬의 적갈색 옷은 소매가 너덜너덜해져 있었다. 반 전체를 바라볼 때 선생님의 눈길은 제자 한 사람을 바라볼 때와는 사뭇 달랐다. 수업중에는 엄하고 무서울 정도로 권위에 찬 눈빛을 띠었지만, 개인적으로 제자를 대할 때는 아름다운 것을 바라보듯 언제나 미소를 잃지 않았다. 그렇게 우리를 가르치셨다.

크리스마스를 얼마 앞둔 어느 날, 갑자기 현기증이 일어났고 선생님이 뭐라고 소리치는 것을 보았다. 얼마 동안 그랬는지 모르지만 나더러 연주를 해보라고 시키셨다. 지금까지도 그날 피아노 연습을 기억한다. 나는 눈물을 쏟으며 교실에서 뛰쳐나왔다. 어머니는 충격에 빠진 내 모습을 보고 몹시 걱정하셨다. 나는 일주일이나 말문을 열지 않았을뿐더러 먹지도 않았다.

나는 크리스마스 방학 내내 집에서 꼼짝하지 않았다. 집에는 아무것도 없었다. 서양 장기판 상자는 오래된 영수증과 단추, 접착테이프, 닳아빠진 게임카드 들로 꽉 차 있었다. 크리스마스 트리는 눈 대신 밀가루를 뒤집어쓴 소나무였는데, 사탕과 만다린 오렌지가 작은 촛불 사이에 매달려 있었다. 하지만 그 밑에서 음반 하나, 책 한 권, 공책 하나 찾아볼 수 없었다. 나른한 오후 시간에 나는 움베르토 노빌레*의 모험 이야기와 그가 제작한 비행선 삽화가 곁들여진 책 한 권을 펼쳐보았을 뿐이다. 아버지와 어머니는 돈 문제로 끊임없이 말다툼을 했다. 아버지는 넉넉지 않은 집안에서 태어나 전쟁통에 기아에 허덕이는 남부를 피해 나왔다. 그리고 당시 작은 회사의 말단사원으로 일했다. 조부모님은 우리 가족이 사는 작고 지저분한 아파트 근처 네모반듯한 집에서 살았는데 그 집에는 작은 채소 텃밭이 딸려 있고 닭 냄새가 풍겼다.

　지난날 우리 가족은 터무니없이 보수적이었고, 부모님은 언제나 어김없이 점심을 저녁으로 묵묵히 때웠으며 이웃 사람들이 선생으로서 학교에서 가르치는데 내가 그 와중에 무슨 영감을 받아 음악을 작곡할 수 있었겠는가? 모차르트는 재능 있는 음악가였던 아버지에게서 가르침을 받았고, 하이든과 살리에리는 베토벤의 스승이었으며, 리하르트 슈트라우스—선생님이 가장 사랑하는 작곡가 중 한 사람—는 모나코 궁정과 베를린과 비엔나 오페라단을 옮겨다녔다. 로돌포 마리아 코스탄치 선생님은 무려 네 개 언어를 구사했고, 밀라노와 라벤나, 파리에서 공부하셨다. "진정 예술가는 타고나는 것이다"라고 나는 생각했다. 수업마다 마지막 삼십 분 동안에 선생님은 피아노로 우리에게 새로운 곡을 들려주셨다. 아무런 설명도 하지 않고, 심지어는 작곡가조차 밝히지 않는 경우도 종종 있었다. 나는 가난한 태생 때문에 결코 수준 높게 표현해볼 수 없는 감정과 느낌에 심취했다. 음악에 심취한 나는 디프테리아에 걸렸을 때처럼 입을 벌린 채 숨을 쉬었다.

---

* 1885~1978, 이탈리아의 항공기술자.

크리스마스가 지나고 나서였다. 내가 병적이라 할 만큼 유약하다는 걸 알아챘는지, 선생님은 눈에 띄지 않게 내게 관심을 기울이기 시작했다. 때때로 내 머리를 만져주는 게 관심의 전부였지만 나는 정말이지 행복했다. 날 혼내야 할 때는 조금도 봐주지 않고 따끔하게 꾸짖었다. 음악이 아니라 음악가에 관한 질문을 할 때 특히 그랬다. 음악가에게 호기심을 가지면서 사회적 억압에서 자유로워지려는 꿈을 투영해보고 싶었는지 모른다. 그러나 선생님은 음악 자체의 형이상학으로 관심을 옮기라고 엄격하게 지도하셨다.

선생님께 사랑받는 제자로 사 년을 지내면서, 음악가라는 직업을 단 한 번도 생각해보지 않았다고는 말 못 하겠다. 나중에 곰곰이 생각해보면, 그 시절 선생님의 가르침은 가장 보편적인 교육 목적을 가지고 있었다. 오직 한 가지, 내가 잘못된 길로 가지 않도록 막아주시려고 애쓰신 것이다. 무엇보다 이 부분에서 그는 나한테 아버지 같았다. 나를 괴롭히는 질병뿐만 아니라 작은 세계에 갇혀 있는 생각을 더 높은 차원으로 이끌어주셨으니 말이다. 하지만 나뿐 아니라 우리 반 아이 모두를 그렇게 대하셨다. 우리를 가르친 그 몇 해 동안 선생님은 음악보다 말씀으로 더 많은 걸 전해주셨다. 그 말씀은 먼저 자기 민족의 틀을 깨지 않고는 음악가가 될 수 없다는 것이었다. 선생님은 우리에게 악기를 직업적인 도구처럼 말씀하신 적이 없었다. 우리가 여유로운 중산층으로 살아갈 수도 있다는 미래 따위에는 그다지 관심이 없어 보였고, 부모님이 정해놓은 우리의 운명을 도우려는 기미 역시 조금도 보이지 않앗다.

일 년에 한 번, 작은 음악학교를 벗어나 여름방학을 즐겼는데 그때 사진은 한 장도 남아 있지 않다. 아무튼 그 시기에 코스탄치 선생님은 웅장한 대리석 건축물 안에서 행진곡을 연주해 유명세를 타며 파란을 일으키기 시작했다. 선생님이 연주한 장소는 혁신적인 음악과 새로운 서사곡, 간결한 행진 소곡과 장송곡, 그리고 레퀴엠 '발라드'가 어울릴 만한 곳이었다. 선생님은 열 가지 악기로 편성한 합주 서곡 〈바다의 비상〉을 연주했다. 그 곡은 오늘날 전 세계 대다수 음악비평가들이 제2차 세계대전 이후 나온 가장 진보적인 작품 가운데 하나라고 찬사를 아끼지 않는 곡이다. 나는 잘 알려지지 않은, 그러나 벌써 많은 사람들의 비판에 오른 젊은 이탈리아 작곡가의 음악을 들으려고 한참 동안 라디오 앞에서 기다렸다. 라디오의 세번째 프로그램에서 선생님이 한 인터뷰를 아직까지 기억한다. 선생님은 여러 말씀을 하셨지만, 나는 한마디도 알아듣지 못했다. 하지만 선생님의 목소리에서 그때까지 내게 낯설었던 확고한 이상과 도전정신을 느낄 수 있었다. 어조는 조금 높아지고 평소처럼 차분하게 정확하고 날카로운 어휘를 고르는 태도에서 그분의 온화함을 느꼈다.

그 시기에 음악계는 선입견으로 똘똘 뭉친 비평가들로 빼곡히 들어차 따분할 정도로 형식적이었는데, 로돌포 마리아 코스탄치 선생님이 몰고 온 새바람은 기존 음악 틀을 깨는 그야말로 혁명적인 것이었다. 선생님은 음악 역사와 현대 음악에서 꽤나 동떨어진 아방가르드적 표현과 음악이 낳은 음악을 표명했는데 그 도전은 연못에 돌 던지기와 다를 바 없었다. 그분은 여러 음악단체와 협회의 부패를 직접적으로 신랄하게 공격하지는 않으려고 하셨다. 선생님이 고수한 음악 형태와 윤리의식 사이의 긴밀한 관계 때문에 즉시 음악계는 분노했지만, 새로운 목소리를 내는 음악가들에게는 중요한 지평을 열어준 셈이었다. 코스탄치 선생님이 그렇게 할 수 있었던 것은, 어느 누구도, 심지어 당신에게 지독한 비난을 퍼붓는 신랄한 비판자조차 선생님이 작곡가와 오케스트라 지휘자로서 보여준 독보적인 재능을 부정할 수 없었기 때문이었다. 선생님의 뛰어난 해석이 돋보이는 〈병사 이야기〉만 보더라도 그렇다. 그것은 재즈와 밴드 연주에 가까운 악보 해석을 시도한 작품이었다. 로시니가 작곡한 〈사티〉나 〈비단 사다리〉에서 보인 장난스럽고 풍자적인 표현을 냉소적이고 가혹한 관점에서 응용했다. 젊은 거장의 실험적 시도에는 두 친구가 있었는데, 리치 교수님은 경험은 많지 않지만 이미 두각을 나타낸 음악평론가이자 선생님 인생을 통틀어 가장 절친한 친구였고, 노장 에른스트 비에르크는 영원히 잊지 못할 노인이었다.

몇 년 뒤에 이 모든 것은 현실이 되었다. 나는 어떤 기적 속에 발을 내딛었다는 것을 알고 있었다. 선생님 같은 분을 위해 하늘은 또하나의 별을 밝힐 것이다. 당시 같은 반 친구들은 아무것도 모르고 있었다. 그리고 나는 그들이 눈치 챌까 조심스럽게 예의주시했다. 실은 나 혼자 선생님을 맨 먼저 축하하고 싶었다. "어제 라디오에서 들었어요, 선생님!" 나는 맨 처음으로 선생님을 만나

신나게 외쳤다. 그러자 선생님은 놀라는 눈치였고, 한편으로 미소를 지으면서 기특하다는 듯 내 목을 살짝 두드렸다. 그러고는 어깨에 손을 올렸고, 우리는 함께 햇살이 환히 비치는 교실로 들어갔다. 당신에 대한 말씀은 우리에게 전혀 하지 않았지만, 난 이미 그 사실을 알고 있었고 내가 특별하게 느껴졌다.

그 시절 코스탄치 선생님은 오히려 경제적으로 궁핍했다. 로마로 이주한 지 몇 달 되지 않았고, 고정 직업도 없었다. 먼 친척이 한적한 수도 외곽에서 살고 있었지만, 선생님을 집으로 부르지 않았다. 사제인 친구분이 우리가 사는 프라스카티에서 임시로 아이들에게 음악을 가르치라고 작은 일거리를 맡긴 것이었다. 선생님의 아버지는 문학 교사로 파시스트 저항운동과는 거리가 먼 훌륭한 기타 연주가였다. 그분은 오십대 초반에 알코올중독으로 돌아가셨다. 어머니인 줄리아 여사는 가족의 체취가 깃든 브레시아의 오래된 집에서 로돌포 선생님의 아름다운 아내 마리아 테레사 부인과 어린 딸 모레나를 데리고 살고 계셨다.

우리에게 음악을 가르친 지 사 년째 되던 해에 선생님의 수업은 눈에 띄게 줄어들었다. 선생님보다 더 젊은 친구가 수업을 대신하는 날이 점점 많아졌다. 그는 첼로 연주자였는데 수염을 길게 기르고 입술은 항상 침에 젖어 있었다. 이름은 오타비였는데 그다지 운이 좋은 분은 아니었다. 아마 산 카를로 오케스트라에서 연주하는 걸로 그쳤던 듯싶다. 나는 고분고분 상황을 따르는 것 외엔 달리 뾰족한 수가 없었다. 어린 내 소견에도 코스탄치 선생님은 모두의 소중한 유산이 되어야 했다. 피할 수 없는 진실이라 생각하니 조금이나마 위로가 되었다.

그해 겨울과 봄에 나는 역에 가서 선생님을 기다리는 습관이 생겼다. 철로 옆 복도에 기대고 서서 선로가 구부러져 들어오는 지점을 뚫어져라 쳐다보았다. 처음에는 비가 올 때만 역에 갔다. 기차에서 내린 선생님은 우산을 들고 서 있는 나를 발견하시곤 했다. 그후로 어색함이 사라지자 날씨와 상관없이 역으로 향했다. 학교로 가는 그 짧은 거리에서 선생님과 나는 몇 마디 말을 주고받았다. 선생님은 당시 세리에 A에서 활동하던 프라스카티 럭비팀에 대해 질문을 하시거나 학교 공부에 대해 물었다. 아무 말씀이 없을 때면 나는 늘 입을 꾹 다물고 있었다. 바보 같은 말로 선생님을 실망시킬까봐 두려워서였다. 그리고 어쩌다가 내가 아방가르드에 반하는 엉터리 같은 말을 늘어놓으면서 나름대로 감히 평가를 내세울라치면, 선생님은 사뭇 거드름피우는 나의 어색한 진지함 때문에 실소를 지었다. 게다가 나는 대책 없이 소심했다. 선생님은 내가 직접 말하지 않았지만 선생님을 좋아한다는 것을 알고 계셨다.

지금에 와서는 그런 황당무계한 행동을 한 이유를 어떻게 설명해야 할지 모르겠다. 물론 그때는 자연스러워 보여서 한 일이었지만. 역으로 가기 전에 나는 마음가짐이나 외관상으로 빈틈없는 채비를 하느라 한참을 꾸물거렸다. 구석구석 몸을 씻고 손톱도 정성들여 깨끗이 한 다음 다림질한 옷을 입었다. 그러고는 머리를 빗고 아버지가 쓰는 쿠오이오 디 러시아나 타바코 하라르 같은 애프터셰이브로 향을 냈다. 그뿐 아니라, 고요한 침묵이 감도는 긴 의식에 몰입해 집을 나서는 순간까지 몸단장을 했다. 심지어 어머니의 물건을 슬쩍 써보려고 부모님의 방을 드나들 정도로 열성적이었다. 맨 처음엔 얼굴에 잔뜩 난 부스럼을 가리려고 이마와 볼에 가볍게 분을 발라보았다. 나는 분장을 완성하려고 손끝으로 립스틱을 바르고 조심스럽고 섬세하게 손가락으로 입술을 문질렀다. 어쩌면 유치하리만치 순진한 마음으로 선생님에게 잘 보이고 싶다는 생각밖에는 하지 않았던 것 같다. 그건 외모에만 국한되지 않았다. 옷장 거울 앞에서 큰 소리로 음악과 연관된 아주 복잡한 용어들의 의미를 되풀이해서 말하곤 했다. 하지만 뭐니뭐니해도 가장 중요한 것은 언제든 밝은 모습을 보일 수 있도록 좋은 기분을 유지하는 것이었다.

드디어 집을 나선 나는 전망이 바라보이는 곳에서 아래 역으로 연결된 계단을 따라 내려왔다. 한 손에는 우산을 들고 신발은 비에 젖어 축축했으며, 얼굴은 앳된 아가씨처럼 치장한데다 향수 냄새까지 풍겼는데, 일요일에 나들이하는 차림 같았다. 로마는 낮은 지대 멀리, 회색빛에 드리워져 그 안에 누가 사는지 알 수 없었다. 눈에 보이지 않는 조용하고 음습한 구석에서 어린 크루차니가 나를 바라보는 시선을 머리 위로 느끼곤 했다. 나는 크루차니가 살아 있는 것처럼 마주하고 살았고, 그 사실을 누구에게도 말하지 않고 잘못된 길로 가고 있었다. 아버지께서 사용하시는 애프터셰이브향이 코를 찌르고, 목 아래까지 단추를 채운 셔츠가 버겁기만 했다. 솔직히 두려웠다. 다른 아이들은 책에 파묻혀 모두 흩어져 있었다.

4학년 말쯤 되자 로돌포 마리아 코스탄치 선생님은 학교를 그만두셨다. 그리고 다시는 프라스카티로 돌아오지 않으셨다. 떠날 때 우리에게 로마의 자택 주소와 전화번호를 알려주셨다. "가끔 연락하거라!" 그러고는 사라지셨다. 그해 여름 우리는 다섯 명이서 선생님을 뵈러 갔다. 기관차를 타고 다시 버스를 두 번 갈아탔다. 선생님은 빌라팜필리 근처 산 판크라치오에 살고 계셨다. 선생님은 반갑게 맞아주셨고 어느새 향수에 젖은 얼굴로 우리를 바라보셨다. 그사이 우리 모두 훌쩍 자라 있었다. 우리는 작은 거실에 앉았고, 꽃잎처럼 갸냘픈 선생님의 어머니께서 컵에 아이스크림을 담아 갖다주셨다. 집 안은 장식물 없이 아주 말끔하게 정돈되어 있었고 훈기가 감돌았다. 선생님의 그랜드피아노는 종이 서류와 작은 외국 악기들에 잠식당해 있었다. 서가 두 개는 책으로 꽉 차 있었다. 그런데 음반은 보이지 않았다. 나는 오래전부터 코스탄치 선생님이 스튜디오에서 녹음한 것이 아닌 연주 음악만 들으신다는 사실을 알고 있었기 때문에 놀라지 않았다.

조용한 침묵 속에 대부분 시간을 흘려보냈다. 우리가 선생님께 미소를 보내면, 선생님은 화답하듯 우리에게 미소를 지으셨다. 비록 많은 대화를 나누진 않았지만, 선생님의 표정에서 이전에 보지 못한 감정을 읽을 수 있었다. 과거와 맞닥뜨려 괴로워하는 사람처럼 선생님은 우리를 회한에 가까운 시선으로 바라보셨다. 구체적으로 어떤 것인지 모르지만, 우리는 그분 인생에서 멀어진 어떤

304

순간을 떠올리게 한 것이다. 어느덧 우리는 확실한 희망을 품은 청년으로 성장했지만, 우리 한 사람 한 사람에게서 이제는 사라진 순진한 소년의 모습을 찾고 계셨는지 모른다.

그날 방문 이후 나는 몇 달 동안 쓸쓸한 기분으로 지냈다. 프라스카티의 학교에 더이상 다니고 싶지 않았다. 그래서 결국 로마에 있는 고등학교에 입학했다. 하지만 오후에는 거의 피아노 앞에 붙어 있다시피 했다. 엄격하고 잔소리 많은 따분한 선생의 가르침을 받으면서 말이다. 로마의 레 광장에 있는 검게 그을린 아파트에서 그 선생은 학생들을 가르쳤다. 음악원 입학시험에 필요한 내용을 가르치면서 계속 똑같은 소리를 늘어놓았다. "난 심사위원들의 속성을 잘 안다. 손을 그렇게 하고 있으면 널 떨어뜨릴 거야. 어깨를 너무 움직이면 널 떨어뜨릴 거야. 건반에 기대면 널 떨어뜨릴 게다!"

그가 그럴 때마다 코스탄치 선생님이 등의 통증을 참고 견디느라 조금 비틀린 자세로 연주하던 모습이 떠올랐다. 피아노 건반과 악보 위에 몸을 구부린 채로 평생을 보내는 대다수 작곡가들이 그러하듯이.

그 시기에 나는 야심을 앞세운 거창하고 장황한 음악을 공부하고 작곡하는 데 주력했다. 얼마 전에야 떨쳐버리긴 했지만 말이다. 선생님과는 주로 엽서와 편지를 주고받으며 계속 연락했다. 그러나 전화는 절대 하지 않았다. 억지로 나 자신을 각인시키고 싶지도 않았고, 또 피아노나 책상에서 작업중인 선생님이 전화 때문에 일어나는 일이 없도록 하기 위해서였다. 사실 코스탄치 선생님은 시간이 갈수록 유럽 음악계에서 이름을 얻고 좋은 평가를 받으셨으며 순회공연도 많이 다니셨다. 자택에서는 어머니께서 선생님이 오길 이제나저제나 기다리셨다. 그분은 선생님의 첫 문서 보관인이셨다. 선생님의 어머니 줄리아 여사는 쓰레기통에 버린 악보 초안까지도 모두 소중히 보관하고 정리하셨다. 천재 아들에 관한 비평과 기사가 실린 신문 기사들을 빳빳한 종이에 정성스레 스크랩해두셨다. 콘서트 실황을 녹음한 테이프들은 하나하나 묵직한 포장지로 감싸, 낡은 프로방스 식 가구 안에 차곡차곡 정리해놓으셨다.

어느 날 아버지는 깜짝 놀란 표정으로 방금 전에 우체부한테 건네받은 편지를 내게 전해주셨다. 드디어 선생님께서 보낸 답장이 왔다. 나는 기뻐 어쩔 줄 모르며 편지를 뜯었다. 선생님은 답장이 늦었다고 미안해하며 오랫동안 순회공연을 다녔다고 말씀하셨다. 나를 좋게 기억하는데다 느리지만 확실히 달라진 내 성격에 만족한다고 했다. 전에는 말 없고 무뚝뚝한 녀석이 이제는 활달해졌다고 흐뭇해하셨다. 선생님은 "천천히 빼어든 칼"이라는 표현을 쓰셨고 마지막에 "어머니께 안부 전해드려라!" 하고 인사를 남기셨다.

어머니는 그분을 아주 오래전에 단 한 번 보았을 뿐이었다. 어머니 역시 생각지 못한 인사에 깜짝 놀라 오묘한 미소를 지었다. 어찌나 신나던지! 교실 밖에서 촬영한 사진—젊은 선생님이 어린 제자들 한가운데에 계신 사진이었다—몇 장과 함께 편지를 동봉해 나무상자에 넣어 내 방 장롱 안에 숨겨놓았다. 그 순간부터 나는 더이상 아무것도 두렵지 않았다. 그 어떤 것도 내게 상처를 줄 수 없을 테니까. 코스탄치 선생님은 내게 영원히 열려 있는 찬란한 탈출구가 되셨다. 그곳을 향해 갈 수도, 외면할 수도 있었지만 그분은 항상 그 자리에 있었다. 얼마 후 나를 끝까지 믿어주고 사랑과 선물을 아낌없이 퍼부어준 할아버지가 돌아가셨을 때, 나는 눈물 한 방울 흘리지 않았다. 기차를 기다리는 승객 같은 느낌이 잠깐 스치고 지나갔을 뿐이다. 처음 겪은 실연, 덩치 큰 반 아이들과의 힘겨루기, 또래 아이들을 운명적으로 휩쓴 청춘의 절망이 나를 건드리지 못하고 주위를 맴돌았다.

세월은 계속 흘렀다. 어느덧 나무상자는 편지와 엽서, 신문 기사로 빼곡히 들어찼다. 내 생각을 적은 글과 장대한 음악적 계획을 쓴 장문의 미완성 글도 들어 있었다.

밤에는 이따금 악몽에 시달렸다. 내가 발버둥치며 쫓아낸 모든 공포는 선생님의 얼굴 뒤로 숨어들었다. 나를 완전히 압도할 수 있는 사람은 선생님뿐이었다. 그는 부지불식간에 보이는 몸짓이나 인내에 다다른 기색, 그리고 듣기 거북한 말 한마디로 충분히 나를 제압했다. 그런 까닭에 될 수 있으면 선생님과 마주치는 것을 피하고 싶었다. 선생님을 만나려고 악착같이 애쓰면서도 말이다. 그래서 취소된 약속이 만남보다 더 기뻤다. 중요한 건 선생님이 날 반기며 만나주었다는 점이었다. 그걸로 충분했다. 나머지는 공연히 화를 재촉할 따름이었다. 그래서 그분 앞에 있을 때면 실수하지 않으려고 입을 다물었다. 내 속내를 읽은 것처럼 선생님

역시 실수하지 않으려고 조심하셨다.

선생님이 작곡한 〈비상〉이 성공을 거둔 후에도, 데뷔 공연과 수많은 유럽 공연 내내 열띤 성황으로 일대 파란을 일으킨 이후에도, 코스탄치 선생님은 나를 위해서 한 달에 몇 시간이라도 시간을 내주셨다. 선생님과의 만남은 하나의 습관처럼 자리 잡았다. 그것은 액운을 쫓는 어떤 의식에 가까웠다. 특별한 일이 없으면 일요일 오후에 선생님의 저택을 찾아갔다. 선생님은 프라티에 아파트를 새로 얻으셨다. 모친 줄리아 여사는 차를 준비해서 거실에 있는 우리에게 가져오셨다. 그분은 수줍디수줍은 미소를 지으시며 갈라라테 마카롱 과자 냄새가 풍기는 상자를 열어 속포장지를 펼쳐보였다. 가끔 로돌포 선생님은 나를 자동차에 태워 연주회에 데려가거나 시내의 몇몇 작은 성당과 산타 세실리아 음악원이나 극장에 데려가셨다. 여름이면 항상 변함없이 자동차를 타고 프레제네나 알바노 호수에 수영하러 가곤 했다. 친구 리치 교수님은 우리와 자주 시간을 보냈는데, 물속에서도 비평가들에 대한 불만을 줄기차게 토로했다.

나는 음악원 입학시험을 치렀고, 선생님은 길을 지나는 사람들까지 그분을 알아볼 정도로 대단히 유명해지셨다. 선생님은 언론과 텔레비전 매체가 음악에 관한 화제를 뻔한 정치적 논쟁으로 탈바꿈시키는 것을 신랄하게 비판했다. 그래서 그분은 유명인사가 되었다. 많은 사람들이 그분을 열렬히 숭배했지만 그보다 많은 사람들이 선생님의 심기를 건드렸다.

그 무렵 나는 신문과 떠도는 소문을 통해서 로돌포 마리아 코스탄치 선생님이 음란하고 공격적인 성향의 동성애자이며 이념적 회의에 빠진 공산주의자라는 사실을 알게 되었다. 그 이야기를 듣자 형언할 수 없이 마음이 혼란스러웠다.

내 어머니는 가톨릭 신자에 왕정주의자이며 초등학교 학력이 전부인 보수적 남부 사람이라, 서랍에 있던 것을 죄다 불태우셨다. 편지며 사진, 추억이 깃든 물건 할 것 없이 한 줌 재로 변했다. 처음에는 로돌포가—그 일이 있기 얼마 전부터 나 또한 선생님을 친구처럼 낮춰 불렀다—동성애자라는 사실을 믿고 싶지 않았다.

정말이지 터무니없는 일처럼 보였다. 무엇보다 브레시아에 선생님의 아내와 딸이 살고 있었고 그분은 자주 가족을 만나러 갔다. 로돌포 선생님과 부인인 마리아 테레사 여사 사이에 문제가 있다는 것쯤은 알고 있었지만, 동성애는 꿈에도 생각해본 적이 없었다.

그러나 선생님이 한밤에 비밀스럽고 은밀하게 저지르는 행각에 대해 사실이라 할 만한 의심적은 소문이 돌았다. 프라스카티에 사는 땅딸하고 지저분한 빵가게 점원 청년까지 유명한 음악가한테 꽤 많은 돈을 받았다고 친구들에게 자랑했다고 한다.

그런 유의 폭로로 드러난 은밀한 관계에 대해선 단 일 초라도 생각하고 싶지 않았다. 그 대신 정황을 살펴 결백을 밝힐 필요가 있었다. 나는 소시민 기질을 갖고 있어서 내 속에는 온갖 판단과 편견은 물론, 반문화적이며 인종차별적이고 맹목적인데다 시대착오적인 성향이 있는데, 그 옹졸하고 쓸데없는 정신을 마음 밑바닥에서 공중으로 날려버려야 했다.

단 한 순간도 로돌포 선생님이 부정한 일을 저질렀다고 생각하지 않았다. 그래서 선생님의 도덕성을 가급적 논쟁거리로 삼지 않았다. 하지만 정신적인 평정심만이 아니라 정당성을 찾는 것도 급선무였다. 로돌포 마리아 코스탄치 선생님은 순결하고 아름다우며 마음 넓은 분이라 알고 있었고, 마음 깊은 곳에서 가장 큰 고마움을 느꼈는데, 이제 소시민적인 생각에서 벗어나 도발적인 행각을 사려 깊고 애정 어린 시각으로 받아들일 수 있어야 했다.

세계 곳곳의 위대한 많은 예술가들이 그와 깊은 우정을 나누는 진솔한 친구들이었다. 도대체 왜 나는 그분을 의심한 걸까? 나는 어머니가 내 물건들을 태운 그 작은 죄악을 결코 용서하지 않았다. 오늘날까지도 그 생각만 하면 눈물이 나려 한다.

그때 내가 몇 달 동안 품었던 유치한 생각을 돌이켜보면 부끄러울 정도다. 실제로 나는 다듬어지지 않은 문화 역시 받아들일 필요가 있었다. 로돌포 선생님이 나를 어른으로 대우하기 시작했을 때, 내 악보를 피아노로 들려드리자 집착에 가까울 정도로 당부하셨다.

"그건 너무 난해해. 난 쉬운 연주가 더 마음에 드는구나. 그건 적어도 고유한 너만의 연주니까. 나머지는 모두 나를 따라 하거나 내 마음에 들게 하려는 어설픈 시도에 지나지 않아. 남을 따라 할 생각은 하지 말거라. 차라리 네 집에서 들리는 소리에 귀 기울이거라. 반복해서 들을 수도 없고 아직 세상에 나오지 않은 신선한 소리니까. 머릿속과 마음을 스치고 지나가는 모든 것의 진실을 찾아보고 그것들에 소리를 입히거라. 진실 사이에 있는 것은 높낮이 없이 모두가 숭고하니 말이다. 공기 속에 파고드는 모든 파동을 기억하도록 귀를 열어두고, 이따금 기차에 앉아 로마의 수로와 집시들의 오두막 옆을 지날 때면 그 풍경을 보고 떠오르는 배경음악을 마음속에서 연주해보아라. 그리고 기차를 탄 사람들의 얼굴을 눈여겨보거라. 그들 한 사람 한 사람은 내면에 자신의 음악을 간직하고 있지. 우리가 할 일은 그 음악을 연주하는 것이다."

선생님이 동성애자라는 사실 때문에 한바탕 소동이 벌어진 후, 나는 더이상 부모님의 아들이 아니었다. 나는 어떤 존재가 될지 앞으로 어떻게 살아갈지 스스로 결정해야만 했다. 일찍이 코스탄치 선생님이 일깨워주고, 당신 스스로도 고집스럽게 지키는 뜻을 따라서 말이다. 그것은 어느 누구와도 비슷해지지 않으려는 열망이었고, 그 점은 그분과 동떨어진 나의 정체성을 찾는 데 도움이 되었다.

세월이 많이 흘러 지금은 이런 이야기를 편하게 할 수 있다. 아직 내가 제 힘으로 서지 못하고, 가진 재능의 한계가 명확하지 않던 시절에 나는 스스로 이방인처럼 여겼다. 대체로 서로 좋아하는 두 사람을 결합하는 이른바 부자지간의 관계는 '한쪽이 어른, 다른 한쪽이 아이' 역할을 하지 않으려고 해도 성립한다. 나는 로돌포 선생님 앞에서 애정과 조언과 따뜻한 보호에 목말라하는 사춘기 소년으로 보이지 않으려고 안간힘을 썼다. 그래서 그분과 비교해서 분명치 못한 태도를 취했다. 필연적으로 선생님은 내가 필요로 하는 것을 속속들이 알려주고 나를 만나려고 힘쓰셨다. 하지만 선생님이 그런 생각을 가지고 대해주는 건지는 확실치 않았다. 로돌포 선생님은 남자아이에게 심리적인 의존관계가 얼마나 위험한 것인지 잘 알고 계셨다. 관계에 집착하지 않고 내가 스스로 움직이게 하셨다. 선생님에게 달려가 두 팔로 그분의 품에 안겨 위로받는 일을 제외하고는 그랬다.

그 시기에 나는 매번 선생님의 애정을 절박하게 확인하려 했다. 두려움에 떨며 두 눈을 감은 채 허공에 발을 내딛으며 앞으로 나아가는 상황이었다. 은혜를 갚기 위해 선생님의 생명을 구하는 꿈도 꾸었다. 그것은 위험한 덫이었다.

훨씬 나중에 가서야 그런 생각에서 벗어날 수 있었다. 선생님의 딸인 모레나가 혼란의 소용돌이에서 나를 끌어내주었다. 그녀는 고등학교를 마칠 무렵 브레시아를 떠나왔는데, 그때가 열일곱 살이었다. 그녀는 로마의 산 안드레아 델라 발레 광장에 있는 선생님의 집으로 거처를 옮겼다. 그 당시 로돌포 선생님은 첫 인세를 받았고 중요한 계약을 성사했다.

그 시기에 나 역시 몇 푼 안 되는 돈을 벌어들였다. 재즈 클럽에 나가 연주하기도 하고, 기회가 닿을 때마다 몇몇 오케스트라에서 일하는가 하면, 극단을 따라 순회공연을 다니거나 영화의 사운드트랙을 연주하는 일도 했다.

나는 로돌포 선생님을 전부 거치다시피 한 작은 음악 지식 보관소로 변했다. 그에게서 배운 지식은 방대하지만 하나같이 무용지

물에 실현 불가능한데다 '지나치게 난해한' 자원에 불과했다. 나는 평생 로돌포 선생님께 뭔가 바란 적이 없었다. 내 우정의 진실함을 보이고 싶었고, 거절당하지 않을까 두려웠으며 무엇보다 소시민 사회에 끼어들려고 전전긍긍하는 모습을 보이기 싫었다. 그뿐만이 아니었다. 그분께 누를 끼칠까봐 누구에게도 로돌포 마리아 코스탄치의 제자라고 밝히지 않았다. 그리고 선생님의 '공식적인' 비평을 받아들일 엄두가 나지 않았다. 내가 좀더 성숙해지면 적당한 기회에 로돌포 선생님께서 비평해주실 거라 믿었다. 나 자신을 결코 드러내는 일 없이 음지에서 생계에 열중한 시기였으므로 오히려 그편이 나았다. 우리 직업에서 첫발을 잘못 내딛는 건 용납되지 않았다.

아마 내가 스물두 살 때였던 것 같다. 선생님은 이런저런 심란한 사건들을 겪었지만, 그 무렵 엄청난 사건이 터지고 말았다. 남편을 둘러싸고 끊임없이 피어오른 추문 때문이었는지, 연약하고 창백한 선생님의 부인 마리아 테레사 여사가 진정제 과다 복용으로 자살했다. 가엾은 부인은 단번에 차질없이 떠나기를 원했던 것이다. 지갑에 지폐를 남기지 않았고 잠들기 전에 병에 든 알약을 모두 털어넣었다.

확신할 수 없지만, 그녀는 저혈압 때문에 늘 고통스러워했고, 자신의 죽음이 심장 무력증으로 여겨지기를 바란 것 같다. 하지만 현실은 그렇지 못했다. 몇 주 동안이나 신문과 잡지는 그녀와 남편 로돌포 선생님, 그리고 딸 모레나의 옛날 사진들을 싣는 데 여념이 없었다. 브레시아의 자택과 예전 친구들에게서 입수한 사진들이었다. 언론 매체는 감상에 치우친 어조로 사건을 전하면서 선생님에 대한 뒤틀린 이미지를 조장했다. 천재적인 동시에 폭력적이며, 부당하리만치 과대평가된 예술가이자 사생활과 도덕성에서 심각한 문제가 있는 남자로 묘사했다. 모든 사람들이 무신론자에 공산주의자인 그가 추악한 본능을 채우느라 어린 남자들과 접촉하는 동안 부인은 어린 딸 모레나와 함께 브레시아에 홀로 쓸쓸이 남겨져 있다가 죽음으로 내몰렸다고 믿었다.

몇 달 동안 산 안드레아 델라 발레 광장에는 사진기자와 가십기자 들이 진을 쳤다. 심지어 의회에서는 이 파렴치한 이탈리아인이 외국에 나갈 수 있도록 지원한 파르네시나 재단의 후원금 규모를 묻는 기이한 질의까지 있었다. "코스탄치의 국제적인 성공 뒤에 누가 있었나? 누가 그를 보호하는가?" 따위 말들이었다. 당시 신문에서 이런 기사 제목을 많이 읽을 수 있었다. 누군가 동성애자의 로비가 있었다고 비난하는가 하면, 다른 이들은 힘있는 좌파 지식인 단체가 그를 밀어준다고 떠들어댔다. 로돌포 선생님 곁에는 가장 가까운 친구들만 남아 안타까운 심정으로 조용히 그분을 위로했다. 현존하는 위대한 예술가들은 너나할것없이 그분에게 애정이 담긴 위로의 전보를 보냈다. 단지 음악인만이 아니었다. 그들 중에는 시인과 작가, 화가, 철학자까지 있었는데 이 모든 게 유명한 일화로 남았다.

나는 멀리서 상황을 지켜보고 있었다. 내 힘으로 선생님을 돕기에 그 비극적인 드라마는 너무 벅찬 사건이었다. 나는 신문에 난 사진들을 오후 내내 뚫어져라 들여다보며 한편에서 멀찌감치 눈물을 흘렸다. 나는 어느 편에도 서지 않았다. 흑백사진 속 마리아 테레사 부인은 흐릿한 모습이었는데 지나치리만큼 활짝 웃고 있었다. 선생님은 농부들이 입는 큼직한 바지를 입고 손에 괭이를 들었는데 넥타이 차림이었다. 어느 스냅사진에서는 어린 시절의 로돌포 선생님이 야외무대의 그랜드피아노 옆에 서서 흰 수염을 기른 남자에게 메달을 받고 있었다. 다른 사진에서는 눈매가 날카로운 선생님의 아버지가 유제품 상점 앞에서 포즈를 취한 점원들 한가운데에 있었다. 그다음에는 작고 연약했던 불행한 자살자가 첫 영성체를 받느라 무릎을 꿇고 있는 사진이 있었다. 또 남자 옷을 입고 자전거를 타는 사진, 그라도의 해변에 있는 사진, 양지바른 너른 마당에서 결혼 피로연을 즐기며 남편과 팔짱을 끼고 있는 사진도 있었다. 그리고 선생님이 〈비상〉의 음반 녹음사인 테발디에서 연주하는 모습을 담은 가장 최근 사진도 눈에 띄었다.

가장 충격적인 것은 밤에 촬영한 선생님의 사진이었다. 로돌포 선생님의 얼굴은 어둑한 불빛에 일그러져 사악한 가면에 가까워 보였다. 험악한 인상에 삐딱해 보이는 젊은 패거리 한가운데에 선생님이 계셨다.

그분 영혼의 어두운 부분에는 어느 누구를 위한 자리도 없었다. 더군다나 나를 위한 자리는 없었다. 나는 그 사진을 앞에 놓고 진정할 수 없어 부들부들 떨었다. 갑자기 오래전 첫 피아노 선생이었던 멜리소 노인이 누누이 말한 그 벽이 내 앞에 솟아올랐다. 그 벽 너머는 밤이었다. 하지만 나한테는 견딜 수 있는 경외감을 일으키는 밤이었으며, 온통 하얀 밤이었다. 그토록 비밀스럽고 경악할 만한 추문으로 얼룩진 암울한 삶에서, 선생님이 얼마나 당신의 음악에 많은 영감을 불어넣었는지 짐작하기 어려웠다. 지금은 잘 기억나지 않지만 그때까지 나는 로돌포 선생님의 동성애 행각을 믿으려 하지 않았던 듯싶다.

하루하루 시간이 지나면서 코스탄치 선생님은 내가 생각하는 사람이 아니라 기만행위를 저지른 위선자에 보수적인 예술가이며, 이상주의자이자 단눈치오* 사상의 신봉자, 더 나아가 사회적 왕따에 불과하다는 생각이 자리 잡아갔다. 마음속으로는 선생님이 저지른 야밤의 무모한 행태를 비난하는 대신 그의 충동적인 욕망을 정당화하려고 골몰한 내 위선을 원망했다. 당연히 그는 자신의 음탕한 행동에 죄의식을 느끼며 살아야 했다. 죗값을 치를 필요성을 느끼고, 대중의 비난을 감수하려 했다면 말이다. 어려서부터 내가 끔찍한 실수를 저지르는지도 모르고 해결할 수 없는 맹목적 믿음에 눈이 멀어 살아온 것을 인정했다. 하지만 겉으로는 계속 현실을 외면하려 했다. 그 뒤로 한참 후에 작곡한 실내악 삼중주 〈흰머리 독수리〉는 그때 경험한 폐쇄공포증 같은 압박감을 무대에 올려, 고통스런 사실과 마주할 때 느낀 감정을 들려주려는 시도였다.

선생님의 그늘 밑에 있던 인생의 영상을 되풀이하고 또 되풀이해 떠올리면서 나는 또다른 추억의 단편을 찾아냈다. 폐허가 된

---

* 1863~1938. 이탈리아 데카당 문학의 대표 작가.

마을 깊숙이 허물어진 나지막한 절벽에 작고 아담한 우리 음악학교가 있었다. 제2차 세계대전이 한창일 때, 연합군이 독일군 사령부를 공격하려고 프라스카티에 폭탄을 투하했다. 그 유명한 폭격으로 마을에 있던 수도원이 산산조각 났다. 예수성심 수도회라 불리던 수도원은 굶주림과 절망에 빠진 수많은 난민 가족들에게 계속 자리를 내주었다. 피난민들은 웅장하고 화려했던 수도원 내부의 처참한 잔해 사이로 옹기종기 모여들었다. 사람들은 기적적으로 고스란히 남은 수도원 정문으로 드나들었다. 하지만 아이들은 종일 돌아다니면서 얼마 안 되는 하찮은 물건과 암탉을 훔치다가 저녁 늦게 갈라진 벽 틈이나 깨진 창문을 넘어 들어왔다. 툭 불거진 광대뼈에 범죄자 같은 눈을 한 젊은이들이 생계를 이으려고 그곳을 드나들었다.

교실 창문으로 내다보면, 공장 뒤편과 파괴된 산봉우리, 그리고 절반쯤 동강 나 처참하게 파편가루를 뒤집어쓴 방들이 미로처럼 붙어 있는 건물과 그 주위의 포도밭이 보였다. 우리는 사 년 내내 피난민들의 집을 보며 지냈다. 이후 하늘마저 가린 흉물스런 건물들이 계곡 전체에 속속 들어설 무렵에도 그 집은 변함없는 모습이었고, 그 안에는 늘 똑같은 사람들이 살았다. 전쟁을 전혀 기억하지 못하는 우리에게, 우리와 아무 상관 없는 과거는 지독히도 황량하게 느껴질 따름이었다. 그것은 선사시대같이 머나먼 과거였다. 우리는 폭격의 흔적을 가난과 굶주림의 상징과 혼동했다. 그래서 그 피난민들은 자신들의 집에 날아온 폭탄을 피해 구사일생으로 살아남은 아무 죄 없는 전쟁의 피해자이기에 앞서, 우리의 눈엔 범죄자였고 모든 것에 쉽게 절망하는 사람들이었다. 우리 아버지 세대의 눈에는 아직도 궁핍한 생활의 처절한 고통이 선명히 낙인찍혀 있었고, 우리의 어머니들은 문턱이 닳도록 성당에 모여 기도를 올렸다. 반대로 그 와중에 우리의 형제자매는 로큰롤에 빠져들어 몸을 흔들었다. 결국 수도원은 환영처럼 남은 사람들이 머무는 집이 되었다. 부모님들은 우리를 겁주려고 손가락으로 그곳을 가리키곤 했는데, 그것은 엄청난 위협이었다. 우리는 겁에 질린 얼굴을 하고 서툴고 우스꽝스런 연주자들이 되어 클레멘티의 소나타 소곡을 연주하며 애써 두려움을 외면하려 했다.

우리는 선생님이 기차를 타러 가기 전에, 그 혐오스런 장소에 들어가는 것을 여러 차례 목격했다. 그 안에는 베일에 가려진 선생님의 친구들이 있었다. 하지만 단 한 번도 그 얘기를 우리에게 꺼내지 않으셨다. 처음에는 이해하기 어려웠지만, 나중에는 더이상 그 일을 이상하게 여기지 않았다. 예술가로서 유별나고 기괴한 그분의 면모는 불가사의한 영역에 속해 있었고, 아직 어린 우리는 그 세계를 가늠하기가 어려웠다. 선생님의 감성적인 시각으로 보면, 그 불행한 사람들의 비극은 음악적 생명력과 표현력을 가둬놓고 있었다. 그것은 천부적 재능과 음악을 향한 대단한 열정을 지녔어도 우리를 절망의 그늘로 몰아넣고 이류에 불과한 아이들로 느끼게끔 하는 미성숙한 야망과는 대조적인 것이었다.

순응하는 우리 부모 세대는 사는 것을 걱정하며 투박하고 열등한 지역 문화를 기억에서 지우고 싶어했지만 코스탄치 선생님은 당신의 제자들이 부끄러워하지 않도록 배려하셨다. 〈평민의 노래〉

는 바로 그 까마득한 시절에 작곡된 것이다. 그분이 리치 교수님과 함께 통일운동 이전 시기에 사라졌거나 소멸해가는 이탈리아 민속음악 자료를 수집하신 다음의 일이었다. 우리는 집에 가서 구전민요의 남은 자취를 찾아보는 숙제를 했다. 부모님에게 당신들의 고향에서 대대로 전해내려오는 민요와 전래동화, 자장가를 가르쳐달라고 했다. 하지만 앞뒤가 맞지 않는 엉터리 음을 받아적는 것이 큰 어려움이었다. 지금도 기억하는데, 한 친구가 아무것도 찾아내지 못해 빈손으로 발표하게 될 걸 두려워한 나머지 선생님 앞에 똑바로 서서 유명한 민요 구절 "돌 위에 새겨져 있네, 새겨져 있네, 돌 위에"를 탬버린처럼 딱딱 끊어지는 목소리로 읊었다.

지금에야 털어놓지만, 코스탄치 선생님은 우리에게 음악을 마치 모든 인간 속에서 살아남은, 가장 지고하고 마음속 깊이 숨겨진 감정을 열어 보일 도구처럼 생각하도록 가르치셨다. 연주는 곧 말하는 것이요, 음악가는 모두가 공유하는 감성 안에서 그 어휘를 찾는다. 우리 자신과 우리의 가정 안에서, 당신의 제자들인 우리가 모든 인간 속에 있는 금화 몇 개를 발견하리라 믿으셨다.

하지만 젊은 사내들에 둘러싸인 선생님의 사진을 앞에 놓고 과거의 기억은 모조리 바뀌었다. 선생님은 육체적이고 성적인 해방감이라는 터무니없는 명목으로 젊은 남성의 몸을 사려고 예수성심 수도원의 폐허를 누비고 다녔을지 모른다. 자유의 몸짓이 매춘행위와 일치하거나 혼동될 수 있다는 것을 그들에게 어떻게 납득시켰을지 의문이었다. 솔직히 나는 볼썽사나울 정도로 견고한 도덕적 잣대 뒤에 그 희생양들에 대한 참을 수 없는 질투심을 숨기고 있었다. 애정의 사냥감에서 내가 제외되었기 때문이었다. 선생님이 매 순간 나를 쓰다듬어주고 미소를 지어 보였지만 그것은 내게 평정심을 되찾아주고 나를 두려움에서 끄집어내어 자신감을 불어넣어주려고 한 것이지 사랑의 전율을 느끼라고 한 건 아니었다.

세상 모든 아버지는 좋고 나쁜 면을 동시에 가지고 있다. 그리고 자식은 종종 자부심을 느껴야 할 시기에 그것이 어긋나면 배신당했다고 느낀다. 그리고 분별력이 없는 부모가 자식에게 따끔히 지적해야 할 행동을 조용히 눈감아줄 때 자식은 큰 만족을 얻는다. 나는 실수를 저지를까 두려워하는 한편 선생님께 돌이킬 수 없는 무관심을 초래할까 안절부절하다가, 오랜 세월 표현력이 부족하고 무뚝뚝하며 말 없는 인물로 전락해버렸다. 거부당하는 것을 지나치게 걱정한 나머지 나는 그에게 아무런 요구도 하지 않았다. 참으로 적절치 못한 행동이요, 안타까운 일이었다. 그래서 나는 영원한 죽음처럼 소리 없는 암흑 절벽으로 떨어진 것인지도 모르겠다. 긍정적이든 부정적이든 나는 로돌포 선생님과 만나서 인생에 지대한 영향을 받았다.

음악원에서 마지막 시험을 치르는 동안, 나는 선생님의 동성애 사실을 묵인하고 예전처럼 선생님의 집에 왕래하기 시작했다. 아주 힘겨운 몇몇 순간에만, 더이상 해낼 수 없을 것 같은 기분에 피아노를 포기하려 했다. 경마에서 말하듯 패배에 승복하기 위해서였다. 그렇지만 결국에는 온갖 위험을 무릅쓰고 로돌포 선생님의 제자로 남기로 결심했다.

나는 꾸준히 선생님을 찾아뵙는 한편, 성인이 되고 나서 첫 작품을 작곡하고 연주했다. 주어진 운명의 길을 따르기로 결심하고 나는 코스탄치라는 별을 뒤따랐다. 현실에 존재하지 않는, 육체도 없이 떠도는 한 남자에게 몰두한 셈이었다. 약속도 정하지 않고 불현듯 만났는데, 그와 있으면 길고 당혹스런 침묵이 나를 옭아맸다. 로돌프 선생님이 '애정의 절제'라 부른 그 감정 때문에 나는 괴로웠다. 내 안에서 선생님은 유령 같은 존재로 변했다. 그것은 성미 급하고 다재다능한 수호천사에 견줄 만한 존재였다. 나는 여전히 선생님의 보이지 않는 은총을 단번에 되갚는 꿈을 꾸었다. 영웅적인 행위로 선생님의 생명을 구한다든가, 사람들이 타락한 인간으로 몰아붙이며 잔인한 사형대에 세워놓은 선생님을 빼낸다든가 하는 꿈 말이다. 내면에서 선생님의 형상은 우상 숭배로 이어졌다. 그리고 점점 더 자주 선생님의 모멸스럽고 충격적인 소식을 들을 때면, 나는 내 안에서 선생님의 상을 바로잡는 데에 골몰했다. 떠도는 소문에 난도질당한 그를, 심지어 동성애자와 좌파 세력에게마저 미움을 산 게이이자 공산주의자인 그를, 변함없이 사랑하고 내 것처럼 느끼기 위해서 말이다. 그 모든 불미스런 일에도 불구하고, 달마다 로돌포 선생님은 여전히 예전 그대로의 모습으로 조르조 젠느 앞에 나타나셨다. 수줍음 많고 미소 띤 얼굴에 어느새 어른으로 훌쩍 커버린 충실한 당신의 제자는 스승을 둘러싼 추문 때문에 내심 고민하고 있었다.

나는 폭풍의 눈 한가운데에서 평정심과 침착함을 지켰다. 언젠가 심판의 날이 다가오리라는 걸 잘 알고 있었다. 불안해 마지 않던 천체의 침묵 속에서 나는 파멸을 몰고 올 대재앙을 예견했다. 어린 시절 가엾은 학교 친구 크루차니가 끊임없는 추문에 휩싸이지 않고 조용히 눈을 감았듯, 나 역시 죽음을 준비하고 있었다. 죽은 자와의 공생관계와 망상에 시간을 초월해 의지하고 있었다. 나는 어느 유명한 그림 속에 등장하는, 한쪽 구석에서 잠자는 평범한 개에 불과한 것 같았다.

당시 로돌포 선생님은 십이지장궤양으로 고생하셨다. 피아노 앞에서 몇 주씩이나 쉬지 않고 작곡에 몰두할 무렵, 선생님은 얼굴을 일그러뜨리면서 통증을 호소하셨다. 〈새로운 마드리갈〉을 작곡하는 동안 장 내부에 종양이 생겨 많은 출혈을 일으켰다. 우리는 시내에 있는 식당에서 식사를 하려던 참이었다. 나는 선생님을 차에 모시고 병원으로 갔고, 그곳에서 선생님은 거의 한 달 내내 정맥주사를 맞으며 캐러멜 크림과 딸기 젤리로 지내셨다.

나는 순수한 우연을 결코 생각해본 적이 없었다. 하지만 나중에 가서 내가 심각한 십이지장궤양 환자—전이로 인해 악화된 상태—라는 걸 알았을 때, 아마도 그 순간이 진정한 우연이었을 것이다. 결국 그 때문에 군 복무에 부적합하다는 판정을 받았다. 그뿐만이 아니었다. 로돌포 선생님은 외과수술을 할 필요가 없으셨지만, 나는 일 년 간격으로 두 번이나 긴급 수술을 받아야 했다. 그래서 나는 고통스런 불행이 끊임없이 일어나는 원인이 선생님을 환상 속의 아버지와 동일시하려는 정신 나간 욕망 때문이라 확신했다.

나는 오랜 환상의 좌절을 맛본 뒤에야 그 성가신 존재를 걷어치울 수 있을 것 같다. 광기 어린 사랑의 독을 마지막 한 방울까지 들이켜고 나서야 말이다. 그러면서 동시에 나보다 훨씬 뛰어나다고 여기는 누군가를 닮으려는 유치한 시도를 하고 있었다. 마치 동화 속 주인공을 대하듯 환상을 품으면서.

　그 무렵, 모레나가 로마에 도착하자 내 인생에서 새로운 장이 펼쳐졌다. 그녀는 대학교에 다니며, 할머니 줄리아 여사를 도와 아버지의 악보를 정리했는데, 무엇보다 피아노 연주 실력이 수준급이었다. 우리는 선생님의 오케스트라 악보를 필사하며 오후와 저녁 시간을 함께 보냈다.

　그녀는 몹시 낯을 가리는데다 아직도 비극적인 가정사에 사로잡혀 있었다. 부모님에게 닥친 불길한 전조에 영향을 받은 탓인지 그녀는 몇 가지 행동에 있어서만큼은 책임감을 느껴야 한다는 엄격한 가정교육을 받았고, 그건 그녀 내면에 굳건하고 자연스런 요새로 자리 잡았다. 하지만 그녀의 고통에는 원망의 흔적이 없었다. 변함없이 아버지를 사랑했고, 어머니의 불행한 삶을 마음 아파했다. 나는 존재하는 모든 것을 그녀만큼 경이롭게 생각하고 겸허하게 받아들이는 사람을 일찍이 본 적이 없었다. 이것이 지고한 관능미를 갖춘 그녀 내면의 비밀이었다. 그녀는 계곡을 흐르는 강물처럼 자신의 운명을 따르고 있었다. 그 순백의 순수함은 그녀의 아버지가 창조하는 음악과 다르지 않았다. 크고 작은 발견을 할 때마다 그녀는 늘 경이로운 표정을 지었는데 모성과 동심이 함께 깃든 관능의 징표였다.

"이쪽은 조르조, 너한테 말했지!"

모레나는 로돌포 선생님에게 시선을 떼지 않으며 내게 손을 내밀었다. 아버지의 목소리에는 어린 딸이 나를 믿어도 좋다는 것과, 나 역시 절반은 아들이나 마찬가지라는 뉘앙스가 담겨 있었다.

드디어 모레나가 나를 바라봤을 때, 나는 그녀와 혈연으로 맺어진 듯한 느낌이 들었다.

게다가 로돌포 선생님이 직접 말씀하시지 않았지만, 딸을 성심성의껏 잘 챙겨줄 것을 기대하신다는 것도 알았다. 딸이 조용한 소도시에 살아서 매일 선생님 자택 앞에서 비난을 일삼는 사람들을 보지도 못했는데 갑자기 수도로 옮겨와 혼란을 겪지나 않을까 하는 염려에서였다. 나는 로마 사람들의 시기심에서 모레나를 보호해야만 했고, 반면에 그녀는 기자와 이웃 사람 들의 교묘하고 사악한 공격에서 할머니를 보호해야 했다. 코스탄치 선생님의 자택에는 텔레비전이 없었다. 줄리아 여사가 당신 아들에 대한 험담을 보고 듣게 되어 오명과 고통에 더 시달리지 않게 하려는 뜻도 있었다.

나는 임무를 수행하듯이 로돌포 선생님의 암묵적인 바람을 따랐다. 모레나에게 복잡한 도시의 미로를 안내하는 일뿐만 아니라 당장 오빠 역할을 자처했다. 얼마 안 되는 나의 친구들은 금세 그녀의 친구가 되었다. 나는 그녀를 공연장과 피자 식당에 데려가기도 했다. 토요일 밤에는 춤을 추러 갔다. 모레나는 자신감 없고 내성적인 성격이어서 쾌활한 본성이 잘 드러나지 않았다. 그녀는 예뺐지만 안타깝게도 유행에 한참이나 뒤떨어져 있었다. 일요일에 외출한 시골처녀 같았다. 화장도 하지 않았고, 편물로 짠 소매와 깃이 달린 촌스러운 꽃무늬 옷을 입고 다녔다. 그녀는 수녀 같은 분위기에, 백합향이 나는 파우더와 비누 냄새를 풍겼다. 눈동자는 항상 친근감과 웃음기를 머금고 있었는데 그 위로 풍성한 연갈색 앞머리가 흘러내렸다. 그녀는 말의 이면에 숨은 의미를 알지 못했고, 파티에서 누군가 그녀를 맘에 들어한다고 귀띔해주면 깜짝 놀라 곤혹스런 표정을 지었다.

하지만 다른 무엇보다 그녀에게 가르치고 싶었던 건 그녀의 아버지에게서 내가 배운 것들이었다. 그건 단지 예술가 지망생이라는 입장 때문만은 아니었다. 모레나는 진심으로 내 말에 귀 기울였고, 내가 어렵게 결론 내린 모호한 생각을 옳고 그름, 좋고 나쁨으로 나누며 간결하게 정의했다. 내게는 낯설기만 한 긍정적 의미에 근거해서, 그녀는 걱정스러울 정도로 명쾌함을 발휘했다. 내가 궤양의 고통에 시달리며 얻은 진실이 모레나에게는 평범하고 본능에 가까운 것이었고, 그녀의 조상에게서 평화롭게 물려받은 것이었다.

몇 달이 흘러, 나는 그 연약한 소녀에게서 로돌포 선생님의 가르침에 깃들어 있는 근본적인 사상을 날마다 발견했다. 그것은 시간에 구애받지 않고 나만을 위해 마음껏 로돌포 선생님을 소유하는 것과 같았다. 불가사의할 정도로 욕심이 없는 딸의 모습을 보면서, 선생님은 더욱더 말씀을 정화하고, 순수하고 사심 없이 행동했다. 그녀는 자신의 온화함과 여성적인 고전미를 통해 꾸밈없이 시적인 창조성을 표현했는데, 그것은 로돌포 선생님께서 추구하시는 것이었다. 그래서 나는 보호자라는 걸맞지 않은 역할을 유지하며, 일찌감치 섬세한 곱슬머리 소녀의 입술을 몰래 탐하고 말았다.

산 안드레아 델라 발레에서 모레나의 존재는 훨씬 가까이 다가왔다. 로돌포 선생님은 순회공연이나 외국에서의 긴 여행에서 돌아오면 나를 자주 집으로 부르셨고, 나는 흔쾌히 부름에 응했다. 작고 허름한 프라스카티 음악원은 어느덧 과거의 흐릿한 기억 속에 파묻혔다. 나는 수천 년 전부터 배고픔을 면하는 데에만 골몰했을 나의 혈통을 애써 모른 척했다.

하지만 주위를 둘러보니 온 이탈리아가 전과 달랐고, 내가 따르던 우상은 많은 사람들로 인해 변해 있었다. 나는 의식하지도 못한 사이에 미래로 관심을 옮겼다. 사람들은 새롭고 실험적인 태도와 이전에 보지 못한 열정을 내게 기대했다. 나는 차와 예술에 도취된 살롱 문화에서 단 한 시간도 버텨낼 수 없었을 것이다. 만약 선생님이 어린 제자를 오로지 당신 모친과 모레나에게만 베푸는 '애정의 절제'라는 마음가짐으로 기꺼이 받아들이지 않으셨다면 말이다. 뛰어난 음악가들의 폐쇄적이고 생소하기 그지없는 반 귀족주의적인 시각으로 보면 나는 별 볼일 없고 그다지 희망도 없는 아이일 뿐이었다.

그러나 어느덧 어엿한 어른이 되어, 나와 똑같은 청춘을 즐기는 소꿉친구들을 지켜보니, 내가 누리는 행운이 그들의 것과 다르지 않다는 생각이 들었다. 친구들은 각자 자신의 길을 선택했고, 나는 음악이라는 험난한 산을 오르기로 결심한 것뿐이었다. 그런 까닭에 로돌포 선생님을 붙잡고 매달려 있었다.

모레나 덕분에 나는 뜻하지 않은 확신을 품게 되었다. 그녀는 작곡가로서의 내 미래를 믿어 의심치 않는 유일한 사람이었다. 내가 피아노 앞에 없는 걸 확인하면, 입을 샐쭉 내밀었다. 그녀는 산더미 같은 대학 강의 교재를 챙겨들고 여러 차례 우리 집을 찾아왔다. 내가 연주와 작업에 몰두해 있는 동안 곁에서 벗이 되어주려고 했다. 그녀는 의자에 앉아 휴지통에 몸을 구부리고 얼마나 많은 연필을 정성껏 깎아주었는지 모른다. 정말 많은 세월이 흘렀다. 나는 앞으로 나아가지 못할 때에는 늘상 그녀에게 조언을 구하거나 내 생각을 들려주고, 그녀에게 몇 가지 연주곡을 들려주곤 했다.

그러다 비록 완성도가 높지 않아 미흡하지만, 온전히 나만의 고유한 음악을 찾아내기 시작했다. 모레나는 내 음악에 고개를 저으며 '아니다'라고 한 적이 없었다. 어떤 곡을 뛰어나다고 생각하는지 모르지만 작품을 함부로 평가하기를 주저했다. 비평 권한은 오로지 자신의 아버지에게 돌렸다. 그렇게 한 달 두 달이 지나면서, 선생님의 피아노 위에는 그가 읽어볼 여유가 없는 나의 악보와 메모지들이 수북이 쌓여갔다. 간혹 가다 눈길을 줄 때는 딸의 말 없는 성화에 못 이기신 경우였다. 그러면 나를 서재로 부르고는 오랫동안 피아노 앞에서 악보에서 틀린 부분과 본의 아니게 다른 작곡가의 영향을 받은 부분을 정확히 짚어주셨다.

그런 식으로 레슨 하나가 끝날 무렵, 로돌포 선생님은 나를 계속 소파에 붙들어놓으셨다. 선생님은 내게 몸을 돌리면서 단어 한 마디 한 마디를 조심스럽게 가려가며 말씀하셨다. "모레나는 자네에게 푹 빠졌네. 밤마다 눈물로 지새우고 있어."

나는 심장이 멎는 줄 알았다. 선생님은 계속 말씀하셨다.

"전혀 눈치 채질 못했나?"

"네."

나는 제대로 숨도 쉬지 못하고 대답했다.

"그것도 눈치 못 챌 정도로 둔한가?"

선생님은 살짝 미소를 지으면서 말씀하셨다. 잠시 침묵이 흘렀다.

"영리하고 좋은 아이야. 다른 건 말 안 하겠네!"

선생님은 나를 서재에 홀로 남겨두고, 부엌에서 모친과 차를 드셨다. 그러고는 잠시 후에 집을 나가셨다. 그후로는 단 한 번도 그날 일을 입 밖에 내지 않으셨다.

그렇게 해서 모레나와 나의 길고 괴로운 러브스토리가 시작됐다. 그날까지만 해도 나는 친남매 같은 눈길로 그녀를 바라봤다. 행운이 보장된 평온한 일상을 누리고 있었는데, 모레나가 갑자기 그것을 깨고 말았다. 선생님으로 하여금 내게 수수께끼 화두를 던지도록 유도하고, 있을 수도 없는 모호한 선택을 하도록 내게 강요했다. 그녀가 사랑에 빠졌다고 아버지에게 고백하는 바람에 나는 궁지로 내몰렸다.

모레나를 행복하게 해주라는 것이 로돌포 선생님의 메시지였을까? 나 역시 그녀를 사랑하라는 뜻인가, 아니면 그녀가 진정한 사랑을 만나도록 배려해 거리를 유지하라는 뜻인가? 최선책은 본래의 나 자신으로 남아서 상황이 흘러가는 대로 결정을 내리는 것이었다. 하지만 마음이 어떤 쪽으로 쏠리더라도, 나란 인간은 영원히 의혹을 품고 살아갈 운명이었다. 모레나에게 열정적으로 몰두하든 그녀를 혼자 내버려두든 상관없이, 둘 다 강압적이고 의무적인 선택이 아닐까 하는 의구심을 결코 버리지 못할 것이다. 모레나와 나는 사랑과 헌신적인 배려로 서로 연결되어 있었던 까닭에, 나의 스승을 결코 배신하지 않겠다는 다짐과 마찬가지로 그녀를 기만하는 일 따위는 절대 하지 않으리라 마음먹었다(그토록 그녀를 사랑했지만 지금은 더이상 확신이 서지 않는다). 딸이 나를 사랑한다는 사실을 털어놓은 뒤에 내가 곧바로 사랑에 빠지는 모습을 보셨다면 선생님은 어떤 생각을 하셨을까? 모르긴 해도 나를 약삭빠른 기회주의자로 여기면서 못 미더워하셨을 것이다.

연속극 같은 이 모든 상황은 모레나에게도 역시 가혹한 것이었다. 내가 자신의 사랑을 알아차리지 못하고 그녀에게 끌리는 모습을 보이지 않은 탓에 밤새도록 울었던 그녀에게. 솔직히 삶의 길목에서 선생님의 아우라가 나타날 때마다 내가 빠져드는 혼란스런 미로를 모레나는 상상조차 하지 못했다. 나는 그녀에게 선생님과 나의 편안하지 못한 관계를 말한 적이 없었다. 그 시절에는 그것을 언급하는 것조차 두려웠기 때문이다. 심지어 나 자신에게조차 그랬다.

그후로 얼마 동안 나는 그곳에 가지 않았다.

몇 주가 흐르자 표면적으로는 모든 것이 전처럼 돌아왔다. 모레나는 아버지가 그런 말을 했다는 사실을 몰랐다. 그래서 여느 때같이 자연스런 태도를 취했다. 사랑의 슬픔에 빠진 그녀는 내 곁에서 기꺼이 나의 야망을 실현하도록 헌신했다. 하지만 내가 볼때는 많은 것이 달라져 있었다. 우리 관계의 새로운 변화는 침묵속에 묻혀 있었다. 만일 내가 갑자기 그녀에게 키스한다면 그녀가 뒤로 물러나지 않으리라는 걸 알고 있었다.

그 은밀한 비밀 속에서 욕망과 두려움이 뒤섞인 채 음울한 열정이 자라났다. 처음으로 모레나와 있으면서 그녀의 다리를 훑어보았고, 한참이나 그녀의 입술에 시선이 머물렀으며, 그녀를 곁눈으로 염탐했다. 말끔히 세탁한 그녀의 옷 냄새와 머리에서 풍기는 캐모마일향을 맡곤 했다. 그녀가 앞서가는 모습을 보려고 멈춰 서기도 했다. 혼자 있을 때에는 선생님의 피가 흐르는 그녀의 몸에 나의 동정을 바치는 상상에 사로잡혔다.

그리고 그녀가 조용히 책읽기에 열중하거나 자신의 소형차를 타고 운전에 몰두하는 모습을 보곤 했다. 그녀가 말쑥한 남자 대학생들 앞에서 얼굴을 붉히며 수줍어하거나 부친의 명망 있는 동료들과 악수를 하고 있을 때, 갑자기 나타나 그녀를 놀라게 하기도 했다. 그토록 깊이 있는 모레나의 온화함과 순수함은 대체 어디서 유래했는지 자문해보았다. 그녀의 어머니가 남편 때문에 자살했는데, 고뇌하는 천재 아버지가 딸에게 아주 사소한 심리적 문제라도 내보이지 않는다는 게 가능한가? 모레나는 아버지에게서 다른 무엇보다 특유의 신비스럽고 가늠할 길 없는 감정의 투명성을 물려받은 듯했다. 그래서인지 그녀의 아버지는 기차역의 더러운 화장실에 출입하고, 서랍 구석에 온갖 에로틱한 상징물과 작은 포르노 조각들을 숨겨놓았다. 모레나는 그것들이 할머니의 눈에 띄지 않도록 주의를 기울였다.

산 안드레아 델라 발레의 아파트에서 지내는 긴 시간 동안 모레나는 말수가 무척 적었다. 집 안에서는 항상 발끝으로 돌아다녔고, 로돌포 선생님의 서재에서 흘러나오는 감미로운 음악에 심취하거나, 티 포트에서 퍼져나오는 자스민향을 맡으며 할머니가 소파와 가구를 청소하며 드리는 기도 소리에 귀 기울였다. 그녀는 시험 준비를 하는 틈틈이 악보를 복사하고 우편물을 정리하는가 하면, 모기만 한 목소리로 조심스레 전화를 받곤 했다. 하지만 손님을 맞이하는 일은 드물었다. 시간이 나면 뜰에서 문지기 부부의 딸아이와 잠깐 놀아주며 오후 시간을 보냈다. 그리고 적어도 하루에 한 번은 단지 인사를 하려고 나를 불러냈다. 나를 만나는 사실을 로돌포 선생님이나 할머니에게 일일이 설명할 필요는 없었다. 새벽에 들어가도 상관없을 정도였다. 그래서 우리는 많은 날을 밤새도록 함께했다. 동이 틀 무렵에 그녀를 차로 집까지 바래다주면서 그녀가 아버지와 현관 입구에서 마주치는 광경을 여러 번 목격했다. 선생님은 모레나의 이마에 입맞춤을 한 다음 그녀의 팔에 의지하다시피 하며 헝클어진 모습으로 옷깃을 세우고 어둑한 계단을 올라가셨다.

어느덧 늙은 장년처럼 보이는, 그러나 음악계의 가장 빛나는 별 가운데 하나로 존경받던 그 남자는 피아노와 연미복, 청중의 박수

소리에서 멀어지며 사악한 악마를 키워가고 있었다. 오래전부터 선생님을 알아왔던 나는 그 두 가지를 따로 분리하기가 어려웠다. 선생님의 숭고한 음악이 사회에서 거부당한 그분의 인생에 조금도 빚지지 않았다는 게 과연 가능할까? 나는 그렇지 않다고 생각했다.

모레나가 유일하게 부탁한 건 어둠이었다. 나는 가로등에서 멀리 차를 몰아 한적한 숲 속 나무 사이 호숫길에 차를 세웠다. 우리는 손을 맞잡고 무엇에 놀란 아이처럼 차에서 뛰어내렸다. 첫 키스를 하고 나자 우리는 사랑을 나누고 싶어졌다. 그녀는 속삭이는 듯한 숨결로 말했다. "서두르지 말아요."

서늘했던 그날 밤을 떠올리면 지금도 가슴이 아려온다. 밤하늘의 영원한 별빛 아래서 그녀는 소리없이 입을 벌렸고, 두 눈은 꼭 감은 채 우리 육체의 가장 비밀스럽고 따뜻한 곳에서 일어나는 일을 상상했다. 지금까지도 그때를 생각하면, 그 순간 느낀 것처럼 하늘 높이 오르는 기쁨과 행복감에 사로잡힌다. 그때 나는 인력으로는 깨지 못할 계약으로 모레나의 운명과 하나가 됐음을 깨달았다. 쾌락은 고통보다 훨씬 강했으며, 모세혈관이 수그러들자 금방 끝이 났다. 우리는 새벽 녘 추위와 이른 아침 트럭이 지나가는 소리에 잠을 깼다.

왜 그랬는지 모르지만, 그때부터 나는 모레나가 미지의 세계로 향해 가는 나의 긴 여행에서 마지막 순간까지 함께해주리라고 확신하며 살아가기 시작했다. 그녀는 내가 놓친 것들을 곁에서 주워 모으고, 애정을 담아 나의 눈물을 거두며, 내가 저지른 가장 어리석은 실수를 용서해주려 했고, 실제로 그랬다. 모레나는 내 어머니의 포토 스토리에서 묘사한 바와 같이, 내게 영혼과 육체 모두를 헌신했다. 그녀의 미래는 나의 미래 속에 투영되어 있었다. 가까이에서 비추는가 하면 어느새 아스라이 멀어진 듯했다.

그녀는 우리 둘이 사랑을 나누는 사실을 내가 그녀의 아버지에게 숨기고 싶어하는 이유를 이해하지 못했다. 하지만 나의 욕망은 그대로 받아주었다. 나는 모레나에게 느끼는 감정을 감추려고 다른 사람들과 함께 있을 때는 그녀를 조금 멀리했다.

로돌포 선생님은 딸이 전과 달리 안정되어 미소 짓는 모습을 보셨지만 그녀에게 아무것도 캐묻지 않으셨다. 나 역시도 일부러 거리를 두는 내 행동을 좀처럼 이해하기 어려웠다. 실제로 그분의 딸과 나는 서로 사랑에 솔직한데 말이다. 어쩌면 오해를 살 만한 상황을 아예 피하고 싶어서였을지 모르겠다. 아니면 우리 관계에 오래도록 충실할 자신이 별로 없었기 때문일 것이다. 그것도 아니라면 여자친구를 팔에 껴안고 돌아다니는 내 또래와 엇비슷한 커플처럼 보이기 싫어서였을 것이다. 하지만 이제야 힘겹게 진실을 털어놓겠다. 그 속에는 파헤치기 어려운 깊은 연유가 있었다. 가장 어두운 내면 한구석에 모레나를 사랑하면 스승과 유지해온 아주 특별하고 인상적인 관계가 영원히 끝장날까봐 두려워하는 마음이 있었던 것이다. 나는 진정한 죗값을 치르고 싶었고, 위궤양은 그 미미한 처벌에 지나지 않았다.

비록 우스꽝스럽도록 우유부단했지만, 나는 점점 더 모레나에게 집착했다. 그녀 곁에서 나는 필요한 모든 학업을 마쳤고, 초기 오페라곡들을 작곡했으며, 지휘대에 올랐다.

나는 산 안드레아 델라 발레에서 멀지 않은 아니마 거리에 스튜디오 하나를 새로 얻었다. 그리고 모레나가 내부 장식에 전념하는 것을 굳이 말리지 않았다. 그녀는 내가 사는 작은 집에 자기 시간을 많이 할애했다. 우리는 침대에서 사랑을 나눴으며 가족처럼 생활했다. 모레나는 나뿐만 아니라 그녀 자신과 아버지, 그리고 할머니까지 신경 써야 했기 때문에 몹시 피곤했다. 그러는 사이 그녀는 변덕스런 노인네가 다 되었다. 선생님은 여전히 우리 관계를 모르고 있었다. 하지만 한두 번인가 딸의 빈자리가 나날이 늘어가자 서운해하셨다. 어느 날 저녁 선생님은 치매 위기에 놓인 어머니를 돌봐드리려고 집에 머무르셔야 했다. 그러다 딸이 밤에 귀가하자, 다음 날 아침까지 난폭하고 히스테릭한 발작을 일으키셨다.

그날 일은 모레나라는 존재를 이해하고, 까마득한 그 시절의 내 심리 상태를 아는 데 도움이 될 만한 사건이었다. 아버지의 무시무시한 분노가 폭발한 후, 나는 한동안 모레나를 보지 못했다. 그녀는 몇 번 전화를 걸었지만, 만나러 오지 못해 미안하다는 말만 되풀이했다. 나는 그녀가 몹시 걱정됐다. 혹시 로돌포 선생님이 당신의 수많은 적들의 무리 속에 나를 내팽개치기로 결심하신 건 아닌지 마음이 조마조마했다. 그래서 선생님을 찾아뵐 적당한 시기를 기다렸다. 갖은 수모를 겪을 각오를 하고서 말이다. 그러나 현실은 그 반대였다. 선생님은 평소처럼 자상했고, 꾸짖기는커녕

식구들과 함께 점심을 하자고 말씀하셨다. 나는 곁눈으로 모레나의 눈치를 살폈다. 그녀는 지상에서 가장 행복한 피조물처럼 보였고, 우리 모두의 자상하고 성실한 조력자 역할에 완벽할 정도로 충실했다. 이제야 나는 그녀가 몇 년 뒤에 한 얘기를 이해한다. 그녀는 극단에 치달을 정도로 나를 사랑하면서도 의심할 여지없이 딱 잘라 이렇게 말했다.

"당신과 아버지 둘 중에 한 사람을 택해야 한다면, 아버지를 택하겠어요!"

그 집을 이끌어가는 사람은 선생님이 아니라 그분의 음악이었다. 연로한 모친과 모레나, 로돌포 선생님 본인까지 그 사실을 직접 언급하지는 않았지만. 눈에 보이지 않고 무척이나 까다로운 예술가의 천재성을 그들은 경이에 찬 눈으로 찬탄해마지 않았다. 생명력을 갖추지 못한 것들은 모조리 무의미하고 공허한 것으로 평가받았다. 반면에 나는 나란 존재를 달가워하지도 주목하지도 않는 예술세계에 첫발을 내딛었다.

일 년 정도가 흐른 뒤에 나는 멀리 미국과 일본에서 제안한 일자리를 수락했다. 계약은 정해진 기한이 없었다. 상황이 제대로 흘러갔다면 한도 끝도 없이 외국에서 머물려고 했을 것이다. 나를 좋아하는 여자를 사랑하고 그녀에게 사랑받고 싶은 아주 소박한 바람마저 결국 내 안의 어떤 노예근성에 굴복해버린 상황에서 해방될 좋은 기회일 수도 있었다. 어느 사이에 선생님의 가르침과 조언을 더이상 구하지 않아도 될 순간이 다가왔다. 이제 나와 같은 세대에 근접한, 오로지 나만의 고유한 음악 스타일을 펼칠 때가 온 것이다. 내가 표현할 세대는 전쟁 세대가 아니라 '옛 예수성심 수도원—지금은 대도시의 현대식 주거단지로 탈바꿈하느라 허물어지고 만—시절에서 생명을 얻은 애벌레' 세대였다. 로돌포 선생님의 시적인 표현을 빌리면 그랬다. 수도원이 사라지면서 수천 년 이어져오던 농촌생활이 막을 내리고, 우리 세대는 갑자기 소비집단으로 탈바꿈했다.

나는 초기에 작곡한 어설픈 교향곡을 통해 지금까지 중요시되던 황도 12궁이 자취를 감추는 새로운 시대를 말하고자 했다. 그 세계에는 더이상 높고 낮음이 존재하지 않았다. 내가 완성한 음향은 로돌포 선생님의 마음과 기억 속에 있는 것을 살짝 포함하고 있었다. 만약 선생님 말씀대로 음악이 매일의 평범한 일상 속에 깃들어 있는 것이라면, 그분의 말에 더이상 귀 기울일 필요가 없었다. 그렇지만 아직까지 표현하지 못한 미지의 욕망과 음악을 발견하기 위해 사방을 둘러봐야 했다. 내 음악의 독창성은 세상의 특유함을 반영했다. 심지어 동성애자이자 마르크스주의자의 도발적인 행위까지도 말이다. 로돌포 마리아 코스탄치 선생님이 그토록 뻔뻔하고 자포자기식으로 보여준 행위는 세상의 온갖 비난으로 설 자리를 잃었고, 그는 현실에 무릎을 꿇고 말았다. 이제는 돌아볼 필요도 없이 산산조각이 나서 티끌같이 부서진 꼴이었다. 그 뜨거운 파편들이 뿜어내는 빛에 푹 빠져 있던 나는 처녀작을 작곡하는 동안, 아직 그리스도를 알지 못했던 이교도의 문화를 내 방식으로 표현하려고 애썼다. 이교도의 문화에서 그렇듯이 내 음악에는 인간적인 것과 그렇지 않은 것 사이의 경계가 존재하지 않았다. 나의 음악은 이성적 논리와 음악 사이에 차이를 두지 않았다. 로돌포 선생님한테 그건 마르크스주의적 유토피아의 절대적인 이상과 관련을 맺고 있었다. 그리고 나는 나와 아무 연관도 없던 부조리를 주변 소리와 색채가 어우러진 단순한 놀이를 통해 표현했다. 하지만, 작곡가로서의 음악 작업은 이 책의 다음 장에서 상세히 이야기하겠다. 다시 원점으로 돌아와 내 인생의 이야기를, 더 정확히 말하자면 그동안 일어난 사건을 간략하게 들려주려 한다.

아내 알레산드라를 만난 건 뉴욕에서였다. 그녀의 아버지는 이탈리아인이고 어머니는 유대계 미국인인데, 규모가 큰 부동산 사업을 상속받았다. 본인은 몰랐지만, 알레산드라는 무궁무진하고 깜짝 놀랄 만한 세계의 문을 내 앞에 활짝 열어주었다. 작고 정겨운 프라스카티 마을과 로마에서 크고 작게 얽매이던 생활과 완전히 차원이 다른 세계였다. 온 이탈리아가 고대 유적의 제도 속에 표류하는 작은 섬, 달리 말해 지중해 정원의 한 귀퉁이로 보였다. 미국에서 나는 미국인이 아니라는 걸 실감했다. 이 말이 무엇을 뜻하는지 나 역시 잘 모르지만, 다른 사람들보다 유독 스스로를 못살게 굴던 감정이었다.

영어를 배우면서 나는 과거와 멀어져 점점 이방인이 되어갔다. 아담한 성당과 종루, 기사 작위가 중심인 문화와 작별했다. 새로 배운 언어로 몇 안 되는 표현을 해보지만 내면의 생각과 숨은 속

뜻이라든지 세밀한 의사를 담아내지는 못했다. 그래서 단순하고 명료한 사실만을 말할 수밖에 없었다. 다시 말해, 내향적인 사람이 바라듯 꾸밈없고 솔직한 척 흉내냈다. 모든 여행자들을 사로잡을 묘한 행복이 감도는 그 분위기에서 알레산드라는 나침반 같은 존재였다.

그러나 로돌포 선생님이 콘서트 일정으로 뉴욕에 갑작스레 오자 나는 다시 위기에 빠졌다. 오로지 선생님 한 분을 위해 야마하사의 장인들이 최고급 목재로 피아노를 특별 제작해 그분께 선물한 날이었다. 워릭 호텔에는 모레나도 도착해 있었다. 로마를 떠난 지 수개월이 흐른 뒤에야 마침내 그녀를 보았다. 부녀는 나와 알레산드라의 관계를 알고 있었지만, 자세한 얘기는 결코 묻지 않았다. 모레나는 일주일에 한 번 꼴로 내게 편지를 보냈음에도 자신의 괴로움은 한 번도 언급하지 않았다. 나는 시간이 날 때 가끔 답장을 했는데, 새로운 감정은 물론 우울한 기분까지 조금도 망설이지 않고 그녀에게 들려주었다. 그녀는 사랑스런 수호천사답게 모든 것을 받아들이고 내 마음을 이해해줄 거라 믿었다. 나는 천성이 자기파괴적이라 언제나 자신의 침묵에 스스로 치명상을 입었다. 그녀는 기다리고 또 기다렸다. 이유는 모르겠지만, 그 당시 나는 모레나가 봄에 다시 꽃 피우기를 기다리는 초목 같은 인내심으로, 세월이 지나면 내가 좀더 너그러워지리라 믿으며 내가 그녀에게 줄 수 있는 만큼을 받아들인다고 상상했다.

모레나와 나 사이에는 항상 로돌포 선생님이 있었고, 그녀는 그 사실을 직감했다. 그녀가 로마에 왔을 때부터 그녀의 아버지가 자신의 충동적 기질로 딸의 마음속 가장 깊은 곳을 점령했다는 사실을 내가 알았던 것과 마찬가지였다. 그녀는 내가 일으킨 고통을 감내할 수 있었다. 왜냐하면 나의 사랑보다 더욱 견고한 사랑이 그녀를 위로했기 때문이다. 나는 그녀의 품성을 동경하며 바라보았다. 그건 나한테서는 도저히 찾아볼 수 없는 정신의 힘이었다. 그녀에게 그러한 힘을 준 건 내가 아니었다. 비록 지옥에서 걸어나오는 나를 뒤에서 잡아당기는 힘처럼 느껴지긴 했지만 말이다. 어처구니없게도 선생님은 아주 소중한 뭔가를 한 번 더 내게 선물하신 것이다! 정말이지 그럴 의도는 없었지만, 나는 모레나에게 나와 선생님 중 한 사람을 택하도록 강요하며 그녀를 괴롭히고 있었다. 그것은 로돌포 선생님과의 단절을 의미하는 심각한 첫번째 신호탄이었다.

내 인생에 나타난 작은 혁명의 정점에서 모레나가 뉴욕에 도착했다. 이른 오후에 그녀는 내게 전화를 걸었다. 목소리는 가볍고 약간 피곤한 듯했으며, 방해가 되지 않을까 서두르는 어투였다. 그녀의 목소리를 들으니 마치 비수가 가슴 한가운데를 관통하는 기분이 들었고, 몸 전체가 타오르는 욕망으로 떨려왔다. 그 어떤 여자도 모레나가 불러일으킨 성적 충만감을 느끼게 해주지는 못했다. 그녀와는 혼란스럽고 무질서하고 한계가 사라진 차원 높은 조화를 이룰 수 있었다. 고통과 극단의 열정이 하나의 흐름으로 녹아들고, 두려움이 격렬한 몸짓에 순응하며, 체취의 의미가 달라지고, 입에서 쏟아져나온 말들이 낯 뜨거운 뻔뻔함을 달콤한 유혹으로 탈바꿈시켰다.

우리는 한 시간 뒤에 만났다. 그날은 비가 내렸다. 나는 호텔로 그녀를 찾아갔다. 그녀는 초록빛이 감도는 회색 슈트를 입었는데, 스웨터 밖으로 장식깃이 나와 있어 조금은 딱딱하게 느껴졌다. 그녀는 아무 말 없이 내 목을 와락 껴안고는 나갈 채비를 하려고 소파에서 레인코트를 집어들었다. 나는 그녀의 손을 붙잡고 말 한마디 없이 그녀의 치마를 부드러운 손길로 벗기기 시작했다.

모레나의 체취를 맡으면서 우리 조부모님이 살던 그리운 고향 냄새까지 맘껏 들이켰다. 박하와 수로에 핀 때늦은 이끼, 북부 지방의 소리없이 내리는 진눈깨비며 유럽의 음울한 우수까지 맘껏 들이마셨다. 옛날 집의 추억이 나를 덮쳤다. 대나무 선반과 아담한 성모상, 기르던 닭들의 울음소리, 인도의 향불 냄새까지 송두리째 나를 흔들었다. 하지만 무엇보다 내 마음을 애틋하게 만든 건 카스텔리 로마니*의 밤, 텁텁한 퇴비 냄새와 풀 냄새가 풍기고, 어두운 풀밭에서 개구리와 외로운 귀뚜라미 노랫소리가 들려오던 깊은 밤, 그 하늘 위로 눈부시게 빛나던 별들이었다. 오늘날까지도 그녀의 작은 차 안에서 그녀의 무릎 위에 올려놓은 내 손이 귀여운 속옷으로 미끄러져 들어갔던 그 순간을 생각하면 손끝이 떨려온다. 밤나무들은 속절없고 둔감하고 무심한 어떤 법칙에 이끌려 밤바람에 이리저리 흔들렸는데 그 노랫소리가 지금도 들리는 듯하다.

---

* 로마 근교 지역.

우리는 죽을 만큼 격렬한 사랑을 나눴다. 그리고 창가에 다가섰을 때, 하늘 높이 치솟은 마천루와 건물 사이로 보이는 인적이 끊긴 뜰의 눈부신 야경 앞에서 형편없이 조악한 미국영화 속 주인공이 된 듯한 기분이 들었다. 체액은 다리 위에서 말라버렸고, 피부는 탱탱히 긴장했으며, 입술은 타들어갔다. 나는 약맛 같은 쓸쓸한 침을 연신 삼키며 박봉에 탄식하는 42번가의 경찰 같은 기분을 느꼈다. 침대에서는 한결같이 나를 사랑하는 존재가 나를 바라보고 있었다. 창밖에는 아메리카처럼 방대하고 힘찬 빗줄기가 쏟아져내렸다. 폭우가 아니라 촘촘한 빗줄기였다. 회색 갈매기들은 비에 젖어 무거워진 날개로 힘겹게 비행하며 마천루를 가로질러 항구 쪽으로 재빨리 비를 피해 날아갔다. 서서히 뉴욕의 안개가 피어올랐다. 비에 젖은 거리와 기름이 떠도는 대서양의 바다와 화물열차, 오래된 붉은 벽돌 건물을 숨겨놓은 뉴욕의 안개였다. 도로를 달리는 트럭의 타이어는 질척한 아스팔트 위에 잔뜩 움츠러들었고, 극장과 푸드마켓의 간판들은 네온사인을 뿜어냈다. 모든 것이 낡은 흑백사진처럼 분명하게 다가왔다. 잠시 후 비에 젖은 종이모자를 쓴 노인들이 빗속에 지나가는 소규모 행진이 보였다. 그들은 알아보기 어려운 글이 적힌 풍선을 손에 들고 거리시위를 하는 중이었다. 그들은 빗물 고인 땅에 발을 내딛으면서 텅 빈 시내를 조용히 걸어갔다.

나는 추억이 내뿜는 독기와 다분히 사회적인 그 광경 사이에 아슬아슬하게 걸쳐 있는 떠돌이 유목민이었다. 기껏해야 창가에서 마치 조난자가 최후의 시도를 하기 전 숨을 고르는 마음으로 부럽게 밖을 내다보는 유목민이었다. 내가 보고 있는 건지 상상하고 있는 건지 더이상 가늠이 되지 않았다. 나는 어느 작은 극장을 유심히 쳐다봤다. 계산원은 마치 카리용이나 그림에 나오는 중후한 노부인처럼 조심스레 유리 보호막 안에 갇혀 있었다. 비는 주택 뒤편에 있는 지그재그 모양 철계단과 적막한 뜰에 빗방울을 튕겼다. 고양이들이 처마 밑 뒤집어진 소파 구멍에 숨어 비를 피했다. 얼마 안 있으면 망가진 우산을 쓰고 젊은 거슈윈*이 거리에 모습을 드러낼 것이다. 그러면 강철 표면이 매끈하게 빛나는 현대적인 빌딩이나 흑인 청년이 나무와 큐빅 소재로 완성한 진갈색 피라미드 하우스의 진열장 안에서, 신성한 기운이 감도는 도자기상 부처가 그를 바라볼 것이다. 어디에선가 반쯤 내린 셔터 사이로 빗소리에 섞인 콧노래 소리가 흘러나왔다. 흥얼거리는 소리는 자동차가 지나가거나 하늘에서 굉음이 울릴 때마다 낮아졌다.

갑작스럽게 혼자 외출하기가 두려웠다. 세상 온갖 인종들이 넘실거리는 길 위에서 이름 모를 사람들에 휩쓸려 한낱 미미한 존재로 전락할지 모른다 싶었다. 매섭고 적대적인 사람들이 귀를 찌르는 소리로 색소폰을 연주하는데, 그 축축한 외투에 닿는다는 생각만으로도 나는 불안해졌다. 그 순간 알레산드라라면 나를 구해줄 수 있을 것이라는 생각이 들었다. 그 음울한 군중의 비밀과 약점을 죄다 알고 있기 때문이었다.

모레나를 탐닉한 후에 나는 도망칠 궁리를 했다. 그리고 다시는

---

*1898~1937. 미국의 작곡가.

그녀를 만나지 않을 생각이었다. 나는 백일몽에 잠겨 술에 취해 행복하게 죽는 상상을 했다. 센트럴파크나 앨런타운의 어두운 뒷골목에서 죽거나 시카고 가를 질주하는 수많은 택시 가운데 하나에 깔려 죽는 상상을 했다. 모레나는 내 곁에서 다시 부질없는 야망에 희망을 불어넣으려 했다. 프라스카티에서처럼 힘겹게 되풀이되는 위대하고 영광스런 꿈을 되살리려 했다.

논란이 큰 만큼이나 유명한 어느 이탈리아 예술가의 미발표곡 두 작품을 듣기 위해 세계 곳곳의 음반 관계자들이 맨해튼에 모여들었다. 그들에게 선생님은 '꾸밈음'의 미학에 반대할 의사가 없다고 분명히 해두었다. '꾸밈음'은 당시 매우 파격적이고 도발적인 표현이었으며, 여타 다른 음악적 수식들과 마찬가지로 아방가르드 사조의 영향으로 자취를 감췄다. 기교를 부리고 거들먹거리는데다 부르주아적이라는 이유 때문이었다. 이탈리아 문화 연구소에서 마련한 축하연회에서 나는 로돌포 선생님을 가까이서 뵐 수 있었다. 선생님은 피곤해서 금방이라도 자리를 뜨고 싶은 기색이었지만, 옛날처럼 반갑게 내 목덜미를 치며 환한 미소를 지으셨다. "이게 얼마만인가, 조르조!"

선생님은 까마득한 옛 시절을 떠올리려고 한참이나 내 눈을 바라보면서 말씀하셨다. 그러고는 얼굴을 살짝 찡그리셨다. 그분 곁에는 한 이탈리아 젊은이가 몸에 꼭 맞는 옷을 입고 넥타이를 풀어놓은 차림으로 있었다. 얼굴을 보니 이제 막 끔찍한 여드름의 공격에서 벗어난 나이인 듯했다. 이름은 로코라고 했다. 수다스런 그는 선생님이 처음으로 사랑에 빠졌다고 얘기했다. "늙어가는 증거죠!" 그는 비아냥거리듯 말했다.

그날 파티에서 두 여인이 서로 마주쳤다. 나는 알레산드라 옆에서 서둘러 그녀를 소개했다. "이쪽은 모레나. 나의 가장 절친한 친구이자 이 세상에서 제일 사랑하는 사람이지!"

알레산드라는 곧 안심하는 눈치였다. 모레나가 결코 나를 빼앗아가지 않을 거라는 사실을 단번에 알아차렸다. 그녀가 과장되게 수줍어하는 건 어떤 복종 심리와 연관이 있다는 것을 한눈에 직감했다. 정작 당사자인 모레나는 전혀 모르는 사실이었다. 그리고 선생님의 딸이라는 사실 외에 옷차림과 머리 모양새, 가볍게 떨리는 목소리를 보더라도 모레나는 대담한 모험을 감행하는 삶에 무심한 성격 까다로운 가정주부처럼 보였다.

알레산드라가 활달하고 너그러운 성격이라면 모레나는 신비스럽고 내성적인 성격이었다. 첫번째 여자는 나를 진열장에 놓듯 과시하고 싶어했고, 두번째 여자는 조용히 머물러 있고 싶어했다. 알레산드라는 새로운 친구와 악수를 했다. 사실 그 순간 모레나는 마음의 문을 닫았고, 알레산드라에게 어느 정도 거리를 두고 외형적인 우정만을 주고받으리라 마음먹었다. 그녀가 그런 결심을 한 것은, 그 낯선 이탈리아계 미국인 여자가 이제는 나의 일부분이나 마찬가지인데다, 햇살이 미치지 않는 곳에서 우연찮게 자라났지만 어쩌면 앞으로 살아남지 못할 가지에 불과했기 때문이다. 모레나는 내가 간직한 비밀을 지키는 수호자였고, 그 부분만큼은 믿음을 저버리지 않았다.

이탈리아 문화 연구소에서 모레나를 만나고 나서 알레산드라는 마음에서 모든 껄끄러운 의혹을 몰아냈다. 모레나를 애정의 훼방꾼으로 생각하지 않은 순간부터 그랬다. 그 뒤로 모레나는 적절한 방식으로 윤리적 한계선을 받아들이면서, 그녀와 내가 알레산드라를 배신할 때 죄책감을 느끼지 않았다. 그들의 관계는 언제나 일방적이었다. 알레산드라가 말하는 동안, 모레나는 입을 다무는 식이었다. 그렇지만 그녀는 내가 알레산드라와 함께 살다가 겪는, 이따금 입을 벌리는 상처들을 더 잡아당기는 짓 따위는 결코 하지 않았다. 오히려 아픔을 달래주며 어린아이 같은 내 볼멘소리를 사랑스럽게 받아주었다.

나는 두 여자 모두를 편하게 바라볼 수가 없었다. 알레산드라는 현재 내 모습을 사랑하고 모레나는 미래에 변할 내 모습을 사랑하는 것처럼 보였다. 지금 생각하건대, 아마도 사실은 정반대였을 것이다. 어쩌면 인간은 누구나 타인의 머릿속에서 만들어진 존재일 뿐이라는 생각이 맞는지도 모르겠다. 나는 스스로 만족하지 못했다. 모레나든 알레산드라든 둘 다 마찬가지로 거짓말을 하고 있었으니까. 그 시절에 내가 이해하지 못했던 것은 호평 없는 사랑과 이유 없는 호평이었다. 두 여자는 형제애 같은 감정을 은연중에 품고 지극히 여성적이고 불가사의한 충동에 휩쓸려 나를 사랑하고 있었다.

모레나는 뉴욕에서 일주일을 머물렀는데, 우리는 이른 아침이나 아주 늦은 밤중에도 매일 만났다. 얼마 후 그녀는 아버지와 로코와 동행해 로마로 돌아갔다. 나는 그들을 공항까지 배웅했다.

침묵이 흐르는 여행이었다. 하루 동안 조용히 여행했다. 지금 그때를 떠올리면 하프와 피아노를 위한 목가 정도의 달콤한 배경음악으로 작곡해보면 어떨까 싶다. 잠시 후 비행기는 구름 사이로 사라졌다. 끊임없이 혼잣말을 중얼거리는 광기 어린 고독 속에 나를 버려두고. 그 고독의 심연에서 무슨 일이 일어났는지 플로베르의 고전에서 몇 줄을 인용해 설명해보겠다. "가장 이상한 점은 보바리 부인이 엠마를 계속 생각하면서 그녀를 차츰 잊었다는 것이다. 그녀를 잊지 않으려 무던히 애를 쓰는 동안에도 기억에서 그녀의 영상이 사라져 절망에 빠졌다. 그녀는 밤마다 꿈속에서 엠마를 보았는데 늘 똑같은 꿈이었다. 그가 그녀에게 다가가지만 껴안으려고 하는 찰나에 그녀는 품 안에서 사라졌다."

플로베르 소설의 이 구절에는 고개를 갸우뚱하게 하는 심오한 뜻이 담겨 있다. '누군가를 잊으려면 항상 그 사람을 생각하라.'

몇 주 후에 나는 교토로 갔다. 이번에도 어김없이 일 때문이었다. 내가 오고 나서 얼마 있다가 알레산드라가 도착했다. 미리 신혼여행을 온 셈이었다. 저녁에는 점잖고 흐트러짐 없는 일본 관객들의 갈채를 받았고, 낮에는 알레산드라와 고대 황실 수도의 아기자기한 거리와 정원 들을 둘러보고 다녔다. 우리는 사뿐사뿐 걸으며 가까이에서 사원들을 구경했다. 아몬드와 향기 없는 벚꽃으로 장식한 오솔길을 지나면 언제나 사원이 나타났다. 붉은색과 검은색, 황금색과 주홍색이 어우러져 반들반들 윤이 나는 목재 건물이었다. 무척 높은 지붕은 돼지피로 만든 소시지 색을 띠었다. 지붕에는 흰색과 갈색으로 환상적인 문양을 칠한 처마가 돋보였고 처마는 다른 지붕들과 연결되었다. 철제 돌쩌귀가 달린 출입문과 전통지를 바른 커다란 창문에는 수정처럼 맑은 고요함이 어려 있었다. 어마어마하게 큰 대문들은 제압할 듯한 기세였지만, 주위는 온통 섬세했고 그 무게감은 상징적이고 종교적인 색채에 따른 것이었다. 법당에서는 승려들의 장엄한 염불 소리가 흘러나왔다. 양옆에는 보고와 서고, 종루, 수도승이 기거하는 방들이 보였다. 정원은 땅에 그림을 그려놓은 듯했고, 모래 빛깔의 밝은 돌이나 현무암처럼 검은 돌로 장식한 화단에는 풀잎이 하나하나 깨끗이 닦여 반질반질한 윤이 났다. 평화롭게 흐르는 작은 시냇물 위로 식물들은 고개를 떨어뜨리고 온순한 가축처럼 목을 축이고 있었다. 어떤 것들은 연단을 바른 우아하고 아기자기한 목조 다리에 기대어 있었다. 식물들은 하루도 빠짐없이 먼지를 떨어내는 아담한 장난감 같았다. 다른 관목들은 무릎을 꿇은 형상이었는데, 마치 기도를 올리는 수도사처럼 보였다. 그러다 갑자기 울타리에서 나무로 만든 몇 백 년 된 용이 불쑥 얼굴을 내밀었다. 어린아이같이 짓궂게 놀리듯 혀를 내민 모습이었다. 물론 깊은 사색에 잠긴 승려를 빼놓을 수 없었다. 그들은 삭발한 머리에 나이를 가늠하기 어려운 얼굴이었고, 검은 기모노 소매에 팔을 끼워넣고 재빠르게 여자같이 걸었다. 우리에게 눈길을 보내는가 싶더니 이내 미소 짓고는 허리를 숙여 인사했다.

알레산드라와 나는 관광 홍보물처럼 아름다운 풍경 속에 기꺼이 몸을 숨기고 우리의 행복한 감옥에서 나가고 싶어하지 않았다.

교토에서 우리는 앞으로 더욱 결속하기 위해 예행연습을 한 것이었다. 우리는 엽서 속이나 심해에서 노닐 듯 이국적인 평화로움을 만끽하며 느리게 헤엄치고 다녔다. 그리고 따뜻한 햇살과 진귀한 음악, 최고급 요리와 즉흥적인 여행의 즐거움을 고스란히 즐기며 행복해했다. 물론 돈은 얼마든지 있었다. 나 역시 웬만한 수입을 거둬들이기 시작했고, 부모님에게 지원받는 비밀스런 은행계좌도 갖고 있었다. 풍요로운 삶, 그것이 그녀와 나 사이에 묵인된 약속이었다. 우리의 감정엔 더이상 큰 변화가 없었다. 집 아래 있는 고깃집에서 가벼운 저녁식사를 할 때와 똑같은 기분과 감흥으로 우리는 결혼했다.

알레산드라는 모레나와 정반대로 의처증에 가까운 행동을 적잖이 불러일으켰다. 나는 때때로 아무 이유 없이 배신의 증거를 손에 넣으리라 확신하고서—지금에서야 고백하지만 비밀스런 희망을 품고서—몰래 그녀의 핸드백을 뒤져보곤 했다. 애욕 때문에 그랬는지 아니면 신이 우리 관계를 청산할 구원의 손길을 때마침 보내기를 바랐는지 도무지 알 수 없었다. 다시 위궤양이 시작됐다. 로돌포 선생님의 환영 또한 되살아났다.

그러나 모레나를 생각하지 않은 날은 단 하루도 없었다. 변함없는 마음으로 조용히 나를 기다리고 있는 그녀를 잊기가 어려웠다. 어느 때부터인가 그녀의 육체는 그것을 처음 발견한 사람만을 위해 존재했기 때문이다. 민담에서처럼 개구리가 마법에서 벗어나 인간으로 돌아오기를 기다리듯이 그녀는 지루한 일상을 담담히 견디며 살고 있었다. 며칠이 지나듯 그렇게 몇 년이 흘러갔다.

그사이 나는 머릿속으로 얼마나 숱한 계획을 세우며 로마로 돌아오고 싶어했는지 모른다. 알레산드라는 흔쾌히 내 뜻을 따라주었고, 우리는 몬테베르데 베키오에 있는 크고 넓은 아파트를 구했다. 자니콜로 언덕에서 그리 멀지 않은데다, 영원한 도시 로마의 눈부시도록 황홀한 전망이 내다보이는 곳이었다. 인테리어 숍에서 나오는 길에, 알레산드라는 배를 쓰다듬으며 고개를 돌려 내게 말했다.

"이 안에 당신 아이가 있어요."

그날 밤 나는 참을 수 없을 만큼 강렬하게 모레나가 그리웠다.

결국 나는 그녀를 만나러 산 안드레아 델라 발레로 갔다. 그녀의 아버지는 자리에 없었지만, 그녀의 할머니는 나를 눈물겹도록 반가이 맞아주셨다. 선생님의 모친은 두 시간 넘게 옛 추억을 떠올리느라 여념이 없으셨다. 어린 제자였던 시절, 나는 염료 냄새가 나는 신발을 신고 겉옷을 어깨에 걸치고서 튜브 달린 와인병이며 아직 온기가 가시지 않은 아리차의 포르케타*를 가득 담은 큼직한 상자를 들고 그분 앞에 얼굴을 내밀곤 했다. 그분이 손으로 틀니를 가리면서 말씀하시는 동안, 모레나와 나는 소파 등받이에 기대 앉아 감정을 애써 억누르며 서로를 몰래 만졌다. 가장 터무니없고 정신 나간 희망이 여전히 견고했던 시절로 나는 되돌아갔다. 어렸을 때 디프테리아를 앓다 죽은 학교 친구 크루차니가 집

---

* 로마 지방의 양념해서 구운 돼지고기 요리.

안의 어두운 구석 어딘가에서 다정하고 동정 어린 시선으로 나를 쳐다보고 있었다. 나는 어른으로 성장했지만, 그 아이는 어린아이로 남아 있었다. '강인한 몸은 타고나는 거야'라는 생각이 그 순간 머릿속을 스치고 지나갔다. 나는 인생이 단 한 길만을 내준 우리 아버지 같은 사람의 단순하고 고달픈 일상을 시기했다.

나는 모레나에게 알레산드라의 임신 소식을 알리지 않았다. 차마 그럴 용기가 없었다. 우리는 자동차를 타고 고대 아피아 가도 부근에 있는 역 근처 식당으로 저녁을 먹으러 갔다. 지금도 뚜렷이 기억하는데 식사를 하는 내내 나 혼자서만 떠들어댔다. 얘기라기보다 횡설수설에 가까웠다. 반가운 얘기를 하면 그녀는 기쁜 마음으로 귀 기울였고, 힘겨운 일에는 진심으로 안타까워했다. 그리고 내 일이라면 언제든 기꺼이 따라주고 함께하려고 했다. 그녀는 내 손을 잡아 입술로 가져가더니 한참 동안 그대로 있었다. 유치한 발상인 줄은 알았지만, 그녀를 다시 바래다주기 전에 오래전 우리가 사랑을 나누러 간 카스텔리 로마니로 갔다.

예전에 그곳에는 울타리와 샛길 같은 것이 있었는데, 이제는 볼썽사나운 쓰레기 더미만 수북이 쌓여 있었다. 그리고 시에서 관리하는 쓰레기 운반용 트럭이 젖은 쓰레기를 싣고 철조망 너머에 주차되어 있었다. 쥐 열두 마리 정도가 허겁지겁 먹이를 먹느라 꼼짝도 하지 않는 자리에 자동차 헤드라이트가 빛을 뿜었다. 곧이어 썩은 악취가 우리를 뒤따라왔다. 나는 다시 뒤로 차를 몰아 다른 한적한 장소를 찾아나섰다. 길을 따라 어지럽게 늘어선 네온사인은 의자 깊숙이 웅크린 모레나의 걱정스런 얼굴에 이따금 자극적이고 날카로운 빛을 쏘아댔다.

밤늦은 시각인데도 신호등 앞에는 꽤나 덩치가 좋은 젊은이들이 주먹으로 서로 치고받는 장난을 하거나 따분하고 무료한 기색으로 둘씩 짝을 지어 오토바이를 탄 채 갓길을 가득 메우고 있었다. 반질반질한 차체와 번쩍이는 시계 장식줄의 자극적인 빛에 갑자기 눈이 어지러웠다. 불현듯 칠흑 같은 어둠 속에서, 가드레일을 따라 둘러친 담장 위로 눈매가 섬뜩한 사람 형체가 나타났다. 모험을 기다리는 해적 같은 인상이었다. 조금 떨어진 곳에 자동차한 대가 있었는데, 차문을 죄다 열어놓고 귀가 따가울 정도로 라디오를 크게 틀어놓고 있었다.

나는 출구도 없는 오르막길로 들어서서, 녹슨 쇠사슬로 잠긴 철책 옆으로 차를 몰았다. 철책 아래 마른 엉겅퀴들이 수북한 걸 보니 그 입구는 폐쇄된 모양이었다. 나는 우선 차 시동과 조명을 껐다. 그날 밤은 달이 뜨지 않아서 우리는 암흑 속에 묻혔다. 귀뚜라미는 어딘가로 다 떠났는지 독풀을 먹고 모두 죽었는지 무거운 정적만이 흘렀다. 행복한 기분이 싹 사라지긴 했지만, 모레나와 나는 함께 있다는 사실에 여전히 흥분을 감추지 못했다. 유리창에는 밤의 습기가 어렸고, 자동차는 싸늘히 식어갔다.

어느덧 갑작스레 동이 터왔다. 하늘은 근처 건물들의 어두운 윤곽을 서서히 드러냈다. 순간, 공포가 밀려와 기분이 오싹했다. 누군가가 비웃는 소리가 나더니 잠시 후 퉁퉁 치는 소리가 났다. 나는 불안한 마음에 문을 잠그고, 곧바로 전조등을 켜서 앞을 살폈다. 그 순간 모레나는 소리를 지르며 화들짝 놀랐다. 나는 간발의 차이로 그녀가 앉아 있는 쪽 차창 너머로 금속 단추가 달린 검은 옷자락과 핸들을 잡고 있는 하얀 손을 보았다. 자동차를 움직였지만 후진이 되지 않았고, 그러는 사이 다른 사내들이 자동차 주변을 배회하기 시작했다. 눈 깜짝할 사이 난폭한 공격에 차 뒷유리가 박살났고, 돌멩이 하나가 뒷자리로 날아와 매트 위로 떨어졌다. 나는 화가 나서 목청이 터져라 고함을 지르며 경적을 울려댔다. 어떻게든 빠져나갈 생각에 기어를 일단에 놓고 차를 몰아 철책과 충돌했다. 그제서야 후진하기가 훨씬 쉬워졌다. 기어를 잡은 내 손에서 피가 흘렀다. 나는 도로의 웅덩이에 빠지지 않으려고 천천히 뒤로 차를 몰면서 한편으로 거칠게 경적을 울려댔다. 그사이에 오토바이 한 대가 어둠 속으로 꼬리를 감췄다. 그러나 또다른 유리창이 부서졌고, 풀밭을 향해 있던 전조등의 빛줄기 속에서 누군가의 뒷모습을 언뜻 보았다. 맙소사! 놈은 철조망 울타리에서 휘어진 둥근 쇳덩어리를 뽑아내려고 안간힘을 쓰고 있었다! 나는 전속력으로 내리막길을 내달렸고, 자동차는 벽에 부딪혀 심하게 긁히고 말았다. 정신없이 마구잡이로 달렸지만, 다행히 다른 차선의 차들과 충돌하지는 않았다. 그러나 미러 속에는 전조등 꺼진 오토바이가 나타났다 사라졌다 하고 있었다. 오토바이에 탄 청년 두 명은 큰 소리로 낄낄거리며 알아들을 수 없는 욕을 내뱉었다. 틀림없이 입에 담을 수 없는 더럽고 위협적인 말이었을 것이다. 그들은 위험하게 접근해왔고, 그중 하나는 총을 갖고 있는 듯 보였다. 하지만 확실히 장담할 수는 없었다. 아무튼 나는 모레나에게 핸드백을 차 밖으로 던지라고 소리쳤다. 그녀는 조금도 망설이지 않고 내가 시키는 대로 했다. 그러자 오토바이가 정신없이 브레이크를 걸더니 멈추는 것이 보였다. 나는 가속기 페달을 밟았다.

다시 일반도로로 접어들어 곧장 로마로 향했다. 테니스장 뒤편으로 태양이 서서히 지상에 빛을 뿜어내는 걸 보니, 화가 나서 눈물을 참을 수 없었다. 태양마저도 동정 섞인 싸늘한 눈길을 보내는 것 같았다. 그 시간 다른 어딘가에서 누군가는 따스한 온기가 감도는 침대에서 뒤척일 테고, 누군가는 활기차고 생동감 있게 잠자리에서 일어날 터였다.

간밤의 공포로 나는 경험해보지 못한 세계를 만나게 되었다. 낯선 냄새와 풍경, 정적, 빛, 두려움, 풀밭, 심지어 사춘기 사내 녀석들의 치기 어린 행동까지도. 밤에 어슬렁거리며 세워놓은 차에서 떠나가라 울려퍼지는 음악에 심취해 있던 풋내기 녀석들을 기억에서 지울 수 없었다. 그 일이 있고 나서 한동안은 다른 생각을 할 수가 없었다. 내가 음악가라서 그렇겠지만, 그들이 보인 과격한 성향의 진짜 원인은 우리보다 어린 세대가 말로 표현하는 것보다 귀로 듣는 것에 더 익숙해진 데 있는 것 같다. 그러니까 더 다양한 감정을 경험하고 표현하는 게 아니라, 이미 아름다움을 인정받아 선별된 기존의 감수성을 그대로 흡수하는 것이다. 내가 어릴 때만 해도 기타 하나를 다루기 위해 세 사람 몫의 노력을 할 정도로 고군분투했다. 우리 세대에게 음악은 기억의 선상을 따라 멜로디를 구상하며 혼자의 힘으로 성취해야 하는 것이었다. 그들이 입을 굳게 다물고 별 생각 없이 귀를 혹사시키는 동안 우리는 음악적인 실패를 거듭하며 깨지고 부서졌다.

하지만 내가 천국에서 자랐고, 그들이 지옥에서 산다고 말하려는 건 아니다. 물론, 루타*의 향기가 버려진 쓰레기 더미에서 풍기는 악취보다 나은 게 사실이지만 지나간 세월에 대한 회한은 없다. 그 젊은이들은 우리 세대가 간절히 바라던 것들을 손에 넣었을 뿐이다. 우리의 믿음을 저버린 것이 아니라, 단지 우리가 바라던 것들을 성취한 것뿐이다. 그러한 우리의 바람에는 그들이 적대감을 드러낼 수 있는 그릇된 일면이 자리 잡고 있다.

서둘러 나는 몬테베르데의 집을 작은 요새로 탈바꿈시켰다. 보안을 위해 문을 철저히 중무장하고 창문에 창살을 덧대었으며, 경보기를 달고 침대 맡 서랍에 소총 한 자루를 구비했다. 여러 달 동안 모든 유혹을 뿌리치고 발코니 조명등 아래에서 두문불출한 끝에 〈에픽 랩소디〉를 완성했다. 드디어 그 작품은 나만의 음악이 되었고, 쟁쟁한 음악가들이 모인 숨 막힐 듯 비좁은 예술가의 정원에 아담하고 양지바른 자리를 내게 마련해주었다. 희비가 엇갈리는 영예와 함께 나머지는 자연히 따라왔다. 그때까지만 해도 나는 스스로에 대한 자괴감과 싸웠다. 하지만 이제는 겸손과 인내의 미덕을 갖추는 법을 배워나갔다. 순수하게 창조적인 행위는 단 몇 초에 불과하고, 작곡할 때는 수개월이라는 긴 시간 동안 틀을 세우고 형태를 갖추느라 고달프게 작업해야 했다.

빌라 아다에 있는 리치 교수님의 아름다운 저택에서 작품 전곡을 피아노로 연주했을 때, 그분은 자리에서 일어나 박수로 환호하

---

* 유럽 남부가 원산지인 운향과의 여러해살이풀.

셨다. 흡족하면서도 씁쓸함이 배어 있는 갈채였다. 나는 기뻐서 기절할 정도였다. 〈에픽 랩소디〉는 어떤 색채감과 형언할 수 없는 강렬한 황홀감에 이끌렸을 때 착상한 작품이었다.

교수님은 내 인생에서 가장 아름다운 날을 선물해주셨다. 나는 그 악몽 같았던 밤 이후로 모레나에게 더이상 연락을 하지 않았지만, 그날은 전화를 걸어 기쁨을 전했다.

"아버님께 얘기 전해줘."

나는 기분이 좋아 어쩔 줄 모르는 어린아이처럼 같은 말을 반복했다.

"믿을 수 없으면 리치 교수님께 전화해보시라고 해! 교수님은 내가 멋진 곡을 썼다고 말씀해주셨어. 몹시 힘겨운 고통이 있었겠지만, 훌륭한 음악을 만들어냈다고 말이야!"

말은 그렇게 했지만, 정작 소식은 선생님이 아니라 그녀에게 전하는 것이었다.

지금에야 단언하는 이유는 그녀를 당장이라도 내 곁에 두고 싶었고 그 바람을 가슴 아프게 기억하고 있기 때문이다. 로돌포 선생님은 어느덧 음악의 정점에 다다랐고 이제 내려오는 길밖에 남지 않았다. 그녀가 나를 축하해주어야 했다. 단 한 순간도 내 재능을 의심하지 않았던 그녀, 내가 시간을 축내고 있을 때 안타까워하던 그녀가 말이다. 그런 그녀에게 난 고통과 절망만을 안겨주었다.

교수님은 악보 전체를 넘겨달라고 했다. 그것을 살펴보고 변화를 줄 부분, 특히 쉼표와 타악기 부분, 악보의 몇몇 부분을 귀띔해주려고 하셨다. 교수님은 오케스트라에서 몽환적인 분위기를 표현하는 데 중요한 역할을 맡은 아코디언 부분에만 심각한 의문을 품으셨다. 그분과 대화할 때 나는 귀를 의심했다. 리치 교수님이 선생님과 말씀하실 때 사용하던 어휘와 똑같은 어투로 나를 대하는 게 아닌가. 교수님은 악보를 훑어보셨고, 가끔씩 헝클어진 흰 눈썹을 추켜올리며 내용에 공감하셨다. 그다음엔 낯선 사람을 보듯 나를 주의 깊게 살펴셨다. 난 가슴이 벅차서 죽을 것만 같았다.

그러는 사이 마르티나가 태어났다. 하지만 나는 모레나에게 아무런 내색도 하지 않았다. 그녀도 그 사실을 알고 있었지만 아무 말 하지 않았다. 아무튼 그녀를 만나고 싶었고, 우리는 잠깐 시간을 내어 나보나 광장에서 만났다. 모레나는 한껏 들떠 있는 내 기분을 존중해줬고, 딸아이에 대해서는 한마디도 하지 않았다. 그뿐 아니라 교수님의 찬사에 대해서 나보다 더 행복해했다. 그녀는 웃고 우는 모습밖에는 보이지 않았다. 그러다 그녀를 껴안고 키스하려 하자 슬쩍 피해 도망치듯 달아났다.

나는 알레산드라가 있는 집으로 발길을 돌렸다. 하지만 말을 꺼내기 전에 먼저 마르티나의 방에 들어가고 싶었다. 딸아이는 깔끔한 냄새가 나는 요람에서 잠들어 있었다. 나는 살며시 방문을 닫고 의자에 앉아 딸아이가 자는 모습을 바라보며 단 둘이 있었다. 마르티나는 또다른 인류의 첫 표본이었다. 젠느 가문의 이천 년 역사는 최후를 맞이한 것이다. 나는 이를 악물었다. 갑작스런 소용돌이가 케케묵은 모든 기억을 풀어헤쳤다. 처음에는 기억 저편의 소리가, 그다음엔 냄새가, 그다음엔 풍경이 사라졌다. 이어서 사람들의 형상이 산산이 부서지면서 빈자리만 남았다. 프라스카

356

티는 먼지 더미로 내려앉아 어딘가로 휩쓸려가고 말았다. 결국 나는 향수에서 벗어나 불안한 마음으로 머나먼 지평선을 관조하는 선구자요 고아가 되었다. 아직 절반이 영원한 암흑에 속해 있는 마르티나는 작은 주먹을 꼭 쥐고 엎드린 채 자고 있었다. 나는 내 작은 분신이 따스한 온기가 감도는 방 안에서 눈을 뜨기를 기다렸다. 우리 두 사람에게 새롭고 경이롭게 다가온 아이였다.

그날 저녁 알레산드라는 둘만을 위해 테라스에 분위기 있는 만찬을 준비해놓고, 특별한 시간을 위해 속옷처럼 가볍고 우아한 장밋빛 의상으로 차려입었다. 실크 어깨줄이 곱게 땋여 있고 보일 듯 말 듯 자수가 놓인 옷이었다. 목에는 붉은 숄을 두르고 있었다. 그녀는 〈에픽 랩소디〉를 작곡하는 동안 내 곁에 있었다는 사실을 몹시 자랑스러워했다. 모레나가 아닌 그녀가 있었다는 사실에. 게다가 그녀는 나에게 건강하고 생기발랄한 예쁜 딸까지 안겨주었다. 나는 감사의 성찬에 초대받은 느낌이었다. 신 앞에서 맺은 우리 관계의 진실성을 공고히 하고 우리 가정의 단단한 결속을 축하하려고 마련한 만찬이라 생각했다.

그때부터 나는 알레산드라의 정신 건강에 몇 가지 의문을 품기 시작했다. 가벼운 히스테리 증상을 보이는가 하면 신경질적인 시선으로 힐끗 보기도 하고 무뚝뚝한 미소를 지어 보이기도 했다. 그녀가 즐거워하면 나는 몹시 기분이 언짢아졌는데, 왠지 어색하고 낯설어 보이는데다 뭔가 병적이라는 느낌을 지울 수 없었다. 나는 즐거운 그 저녁식사가 사실은 어떤 체념의 끝을 알리는 신호탄이 아닐까 잠시 의심했다. 그날 축하자리를 마련하면서 알레산드라는 자기가 내 인생의 가장 소중한 부분, 즉 음악에서 멀찌감치 물러나 있어야 한다는 사실을 깨달았다. 내가 헛된 야망의 덫에 걸리는 순간까지 알레산드라는 계속해서 격려를 아끼지 않고 든든한 후원자 노릇을 자청할 것이다. 그러나 지금은 무의식적으로 내쳐졌다는 기분을 느끼는 듯했다. 그럼에도 그녀는 만족하지 않고는 못 배기는 성미였다. 그 점 때문에 그녀는 힘들었다. 다음 날 아침, 파티가 끝난 자리에 꺼진 촛불 앞에서 그녀는 원인 모를 울음을 터뜨리며 오열했다.

일주일 뒤에 그녀는 정신과 의사를 찾아갔다. 나는 그 사실을 나중에 가서야 알았다. 한 달 두 달 흐르면서 그녀의 상태가 점점 악화되는 것이 보였다. 밤에는 기껏해야 한 시간 정도 눈을 붙였고, 말도 지나치게 빨랐으며, 심지어 눈에 띄지 않게 눈물로 볼을 적시곤 했다.

아내는 정신상담을 받으면서 본격적으로 분석 대상이 되었고, 이전에 없던 분위기가 집 안에 서서히 감돌았다. 알레산드라는 치료의 필요성에 따라 자기 자신에게 몰두하기 시작했고, 그러면서 내가 직면한 문제에서 멀어져갔다. 나의 음악은 그녀의 신경증만큼이나 중요했다. 마르티나는 가정의 건강 상태를 가늠하는 온도계로 자리 잡았다. 딸아이의 행복은 곧 우리의 행복이었다. 빌라 팜필리에서 마르티나와 즐겁게 보낸 한 시간은 피아노 앞에서 보내는 한 시간보다 더 값진 것이었다.

로돌포 선생님의 삶과 나의 삶은 까마득할 정도로 멀어졌다. 내 처지와 그분의 자유가 다른 만큼이나 말이다. 부유하고 신경질적인 아내와 허울 좋은 부르주아 생활을 다시 이어나가기 위해 나는 괴로움에 몸부림치며 비참하고 혼란스런 심경을 헤쳐나왔다.

어느 날 모레나가 전화를 걸었다. 처음 있는 일이었다. 그녀는 간단히 말을 건넸다.

"아버지 바꿀게요."

나는 심장이 턱 내려앉는 듯했다.

"조르조."

선생님의 음성이었다.

"잘 지내나?"

"네, 그럭저럭요!"

"우리 얼굴 본 지 오래됐군."

"선생님 시간 있으실 때 찾아뵙겠습니다."

"내일 세시에 보지. 디에고가 나한테 오케스트라 악보를 건네주더군. 꽤 흥미롭던데…… 자네가 오면 더 자세히 얘기하지!"

'흥미롭다'는 말씀에 나는 그날 밤과 다음 날 아침까지 얼떨떨한 기분에 사로잡혔다. 그 전화 통화가 혹시 모레나가 개입해 성사된 것이 아닌가 싶기까지 했다. 선생님께 악보를 전달한 사람은 분명히 그녀일 것이다. 그리고 정확히 오후 세시에 산 안드레아 델라 발레 광장의 자택에서 로돌포 선생님과 마주했다. 선생님은 피곤하고 핏기 하나 없이 창백한 얼굴에 야위었는데 구부정한 몸에 재킷을 걸치고 계셨다. 오래전 프라스카티에서 우리 반 아이들이 공으로 시합할 때, 경기에서 지면 선생님이 각기 다른 방법으로 혹독하게 기합을 주던 기억이 떠올라 마음을 졸였다.

기술적인 부분에 대해서 말하는 것이 아니다. 다만 로돌포 선생님이 리치 교수님같이 열렬하게 반응하지 않으셨다는 말을 하고 있는 것이다. 한 시간 동안 선생님은 내 작품 전체를 자세히 살펴보기만 했고, 간간이 불편한 심기를 드러내셨다. 그 자리에서 나는 너무 기뻐서 죽을 지경이었다. 이제 나는 수수께끼에 둘러싸인 인물이었고, 주의를 끌 목적으로 엄청난 실수를 저지른 곡을 완성한 것이다. 더욱이 작품 분위기는 평범하고 경박했다. 유일하게 좋은 평가를 얻어낸 것은 아코디언이었다. 그러나 선생님은 배경에서 정자와 무화과나무를 빼고 이국적인 반도네온*으로 바꾸라고 일러주셨다. 연필로 일일이 순번을 매긴 후에, 종이 한 장을 집어 곡의 새로운 순서를 나열하셨다. 가령, 8번 곡이 1번이 되는 식이었다. 선생님은 다 끝내고서 말씀하셨다.

"여기 내가 제시한 방식으로 전부 조율해보게나. 다시 최종적인 악보를 써보게. 어떤 공백이 생기거든 흐름에서 벗어나지 말고 그것을 마무리 지어보게."

선생님은 신작 〈붉은 현〉이 모든 면에서 대단한 통일성과 치밀함을 보이는 이유를 피력하셨고, 작업을 다 끝내실 즈음 내게 약속시간을 내주셨다.

"그대로 옮겨놓게. 모레나가 도와줄걸세."

로돌포 선생님은 확실히 쉽게 찬사를 늘어놓는 분이 아니지만,

---

* 아르헨티나에서 탱고 음악을 연주할 때 사용하는 아코디언의 일종.

나의 노고에 진심으로 관심을 기울이신다는 걸 짐작할 수 있었다. 그후로 몇 주 동안 선생님께서 내게 제안한 수정안을 깊이 검토해보고, 나는 기적 같은 변화에 감탄했다. 명료하고 정교한 혜안에 의해 세 악장은 유려하게 풀려갔고, 풍자와 좋은 대조를 이루며 독창적으로 슬픈 곡조를 이루었다. 마치 한 편의 단편소설 같았다. 그 새로운 오페라 형식과 조화를 이룬 순간, 나는 감격에 겨워 피곤한 줄도 모르고 몸과 영혼을 다 바쳐 몰두했다.

나는 다시 모레나와 사랑을 나누기 시작했다. 로돌포 선생님이 안 계실 때는 그녀의 집에서, 알레산드라가 없을 때는 우리 집에서 서로의 사랑을 확인했다. 그 무렵 아내와 모레나는 전보다 더 자주 교류했다. 알레산드라는 내가 가장 사랑하는 연인의 강인하고 과묵한 성격에 완전히 빠져들었다. 꾸밈없이 소탈한 선생님의 딸은 나무처럼 한결같았다. 신경증이나 허영심은 물론 시기심도 알지 못했다. 그녀는 사회적 야망이 부족했다. 태초의 여인처럼 그런 생활에 불신과 회의를 품었고, 자신에게 주어진 운명에 만족했다. 삶에서 그녀가 누리는 모든 것에 대해, 필수적인 부분까지도 과분하다고 여겼다. 반면에 화려하고 어느 것 하나 남부러울 것 없는 알레산드라는 모든 것에 비판적이었다. 모든 것이 성에 차지 않았고 부족하고 불완전했다. 그러나 자세히 들여다보면 양쪽 모두 불행했다. 하지만 한 여인은 누구도 원망하지 않았고, 다른 여인은 비난의 화살을 돌릴 환영의 대상을 끊임없이 만들어냈다.

모레나는 악보 정정을 도와주러 몬테베르데에 있는 우리 집에 찾아오기 시작했다. 몇 시간이고 내 연주를 경청하다가 내가 예리한 비평을 피해 돌아가려고 하면, 이따금 새로운 제안을 하곤 했다. 알레산드라는 우리를 다정하게 보살펴주었다. 차를 마시라며 부르기도 했고, 간단한 점심을 마련해놓기도 했다. 그녀는 도덕적으로 완고한 기질이라 모레나와 내가 불륜을 저지를 수 있다는 의혹을 스스로 허용하지 않았다. 그럼에도 아내는 모레나가 오랜 세월이 흘러도 나만 바라보고 있다는 사실을 알고 있었다. 하지만 지금 모레나와 펼치는 위험한 모험 속에는 훨씬 더 중요한 뭔가가 있었다. 우리 사이에는 두 사람 모두를 능가하는, 로돌포 마리아 코스탄치 선생님에게서 볼 수 있었던 격정적이고 엄격한 팬토크레터*의 형상이 감돌고 있었다.

마르티나는 모레나를 무척이나 잘 따랐다. 함께 놀고 싶어서 그녀를 끊임없이 찾았다. 그러면 그녀는 기꺼이 딸아이를 밖으로 데리고 나가거나 그림 그리는 걸 도와줬다. 모레나는 이번에도 나를 곤경에 빠뜨릴 만한 일을 피했다. 딸아이는 하늘에서 떨어지기라도 한 것처럼 버젓이 집 안에 있었고, 나는 그 아이가 태어난 사실을 말하지 않은 것에 대해 모레나에게 한 번도 사과하지 않았다.

밤새 최후의 심혈을 기울여 일한 끝에, 드디어 나는 악보 작업에 마침표를 찍었다. 음표 하나하나를 확인하느라 꼬박 스무날을 보냈다. 마침내 악보 뭉치를 소포에 담아 모레나에게 보냈는데,

---

* Pantocrator. 전능한 우주의 지배자, 예수 그리스도.

마음은 벌써 로돌포 선생님의 평가를 기다리며 떨렸다.

공교롭게도 선생님은 건강이 좋지 않아서, 순회공연에서 돌아온 후로는 건강을 돌보고 타악기를 보충하는 데에만 신경을 쓰고 계셨다. 재검토하고 수정한 〈에픽 랩소디〉는 책상 위에 놓인 채로, 로돌포 선생님의 관심 어린 평가를 애타게 호소하고 있었다. 나는 평생 그 순간을 기다려왔다. 이제 마음을 편안히 하고, 다른 악상을 지닌 곡을 작곡하기 시작했다. 그후로 모레나는 영영 자취를 감췄다. 어쩌다 간혹 전화를 했지만 딸아이와만 잠깐 얘기를 나눌 뿐이었다.

얼마 후 그녀에게 연락을 해보았다. 하지만 선생님의 모친께서 그녀가 학업 때문에 프랑스에 갔다는 소식을 전해주셨다. 그후로 꽤 오랜 시간이 흘렀고 난 그녀의 소식을 전혀 알지 못했다. 그녀가 이탈리아로 돌아왔을 때, 집 앞 산 안드레아 델라 발레 광장 분수에서 나와 맞닥뜨렸다. 밤이 다 된 시각이었다. 그녀는 내 코트를 잡아당겨 집으로 데리고 올라갔다. 때마침 로돌포 선생님은 런던에서 도이치 그라모폰 사를 통해 음반 취입을 하고 계셨다. 새벽녘까지 우리는 그동안 쌓인 열정을 다 쏟아붓고 미칠 듯한 행복에 몸부림쳤다. 하지만 그때부터 끝없이 기나긴 고통의 나날이 고개를 들기 시작했다.

내 불행은 모레나가 중세문학을 연구하는 에르네스토라는 남자와 교제하기 시작했다는 뜻밖의 소식을 듣고 시작됐다. 그 소식은 아주 충격적이어서 정신을 잃을 지경이었다. 모레나는 부자연스럽고 어쩌면 냉소적이기까지 한 태도로 그 사실을 일방적으로 통보했다. 그 일이 있던 아침, 혹시 경솔하게 굴어서 그녀를 임신시킨 것이 아닌가 걱정스러워 가슴이 덜컥 내려앉았다. 그녀는 무표정한 얼굴로 대답했다.

"피임약을 먹으니까 걱정하지 말아요!"

순간 그 자리에서 죽고 싶은 심정이었다. 나는 그녀의 할머니가 깨지 않게 쿠션에 얼굴을 파묻고 고함을 질러댔다. 너무 화가 나서 무슨 말을 하는지도 모르고 입에서 나오는 대로 마구 지껄였다. 분을 못 참는 어린아이처럼 속으로 소리쳤다. '신은 존재하지 않는다' 라고. 나는 자신의 장례식에서 통곡하는 꼴이었고, 모레나에 대한 환상은 단지 나의 편견이요 유치한 공상이었다는 생각이 분노 속에 끓어올랐다.

모레나는 알레산드라처럼 변했고, 그녀도 역시 약점을 가진 인간이었다. 그녀는 마지막까지 버티고 있던 최후의 신전을 피도 눈물도 없이 단번에 파괴했다. 그녀는 절대성을 상실했으며, 더욱 심각한 점은 내가 얼마나 그녀의 진실하고 변함없는 마음에 큰 의미를 부여했는지 몰랐다는 것이었다. 그녀의 육체는 고결함을 잃고 세속의 나락으로 떨어졌다.

냉정하게 돌이켜보면, 왜 그토록 야단스럽게 반응했는지 모르겠다. 아무튼 모레나는 내가 주지 못한 것을 다른 곳에서 찾을 권리가 충분히 있었다. 언제까지나 나만 바라볼 의무는 없었다. 나는 가정을 꾸린데다 달콤한 약속을 내걸며 마음을 흔들지도 않았다. 왜 그녀가 기약 없는 만남을 고대하며 세월을 보내고 언제까지 나를 기다려야 한단 말인가?

잘못을 저지른 쪽은 나라는 걸 잘 알고 있었다. 그녀를 내 인생의 반려자로 선택하지 않은 게 잘못이었다. 그렇지만 선생님은 특별하고 보기 드문 진귀한 것들을 가슴에만 담아두라고 가르치셨다. 모레나의 생각이 모두 옳았다. 하지만 나를 배신하면서 그녀는 드물고 소중한 존재로서의 삶을 포기했다. 어떤 여자라도 그녀의 입장이라면 똑같은 결정을 내렸을 것이다.

내가 느낀 분노의 수많은 이유 중에는 질투심이라는 지극히 평범한 요인도 있었다. 그녀의 첫 남자였던 나는 이제 더이상 그녀에게 사랑의 기쁨을 알게 해줄 유일한 남자가 아니었다. 다른 남자와 함께했다는 사실만으로도 화가 나 이성을 잃을 지경이었다. 숨 막히는 어두운 구멍 속에 떨어진 기분이었다. 부유하며 떠돌던 그 암흑 속에 핏기 하나 없이 건장한 모습을 한 크루차니가 나타났다. 그는 자애로운 눈길로 나를 쳐다보면서 아무 일도 일어나지 않는 그의 세상으로 나를 불렀다.

그 일을 계기로 나와 모레나는 괴로움도 없이 망각의 내리막길로 접어들었다. 나는 순순히 내가 직면한 상황을 받아들였다. 선생님이 동성애자라는 사실을 알았을 때처럼 마음을 정리하는 데에는 그만큼의 시간과 과정이 필요했다. 알레산드라는 내 일거수일투족을 살피고 있었다. 내가 그녀에게 작은 활기를 불어넣는 것 같았다. 아내는 전보다 상태가 좋아져서, 나를 돌봐주려고 몇 번인가 상담을 건너뛰었다. 처음에 그녀는 로돌포 선생님이 내 작품을 쓰레기통에 던져버린 거라고 확신했지만, 내가 모든 것을 속속들이 털어놓자 곧 쓰디쓴 패배의 잔을 들이켜야 했다. 나는 그동안 숨겨왔던 모든 비밀을 떨쳐버리기로 작정했다. 사실 마음속에 고이 간직해야 할 특별한 것도 고귀한 것도 더이상 없었다.

무자비하게 고백하면서 앞으로 모레나와 만날 수 없을까봐 무의식적으로 긴장했다. 그 말을 털어놓는 순간부터 알레산드라는 마르티나의 행복과 불행을 내 눈앞에 서슴없이 들이대면서 나를 감시할 것이다. 결국, 병적이다시피 기쁜 마음으로 그동안 일어난 일을 상세히 묘사하면서 그녀에게 진실을 털어놓았다. 나는 선생님의 딸과 오래전에 시작해 끊임없이 이어온 소중한 이야기를 아내에게 모두 고백했다. 내 인생에서 모레나가 차지하는 중요성과 그 시점에서 내가 당한 배신감을 어떤 위로로도 달랠 수 없다는 사실을 숨기지 않았다. 그녀도 어린 딸도 나를 도울 수는 없었다. 죽고 싶은 심정뿐이었다.

알레산드라는 서랍에 있던 권총을 없앴다. 나는 위태로울 정도로 내가 심하게 과장하고 있다는 생각이 들었다. 아내는 내 극적인 연기를—그때 나는 그녀보다 훨씬 심각했다—다른 차원으로 받아들여 과도할 정도로 모성애를 보였다. 그녀는 되도록 인내심 있게 처신했고, 원망이 생기더라도 훨씬 나중에 가서야 쏟아부었다. 그녀는 믿음에 믿음을 쌓아가고 있었다. 만일 내게 평온함까지 안겨줬더라면, 완벽한 승리의 영광을 누렸을 것이다.

나는 안정을 되찾고 다시 세상과 교류하기 시작했지만, 그녀는 모레나와 시합해서 승리를 거뒀는데도 우울의 늪에 빠지고 말았다. 정신분석을 통해 그녀가 다른 사람들을 보호하려는 강한 욕구 때문에 고통스럽다는 사실을 깨달은 점도 한몫했다. 그것은 아내가 자기 자신을 과대평가한다는 것이었고, 또한 치명적인 열등감을 감추고 있다는 것이었다. 어쨌든 그녀는 내가 나 자신의 생채기에 아파하는 모습을 그저 지켜봐야만 했다. 하지만 그것은 그녀에게 불가능한 일이었다. 그녀는 모레나가 남긴 빈자리를 채우고 싶어했다. 그래서인지 일찌감치 우유부단한 태도를 보이기 시작했다. "다시 생각해봤는데, 내가 잘못했어요!" 늘 이런 말밖에 하지 않았다. 그러다 저녁에는 수면제 두 알을 먹고 잠이 들었다. 나는 할 말이 많았지만 꾹 참았다. 겉으로 보기에 자신감 넘치지만 쉽게 불안에 빠져드는 여자와 결혼했다고 해서, 내가 필요에 따라 강해졌다 약해졌다 할 수는 없었다. 나는 새로운 작곡에 몰두했다. 하지만 많은 난관에 부딪혔고, 세상 모든 것과 모든 사람을 거부하는 심리적 기제 때문에 음악에서도 멀어졌다. 그래서 아침이면 전날 썼던 악보를 찢어버리곤 했다.

오후 무렵, 모레나는 이 세상에서 가장 정결한 분위기를 하고 나타나 아버지의 서신을 내게 전달했다. 편지는 수정을 거쳐 두번째로 완성한 악보에 대한 찬사로 가득했다. 선생님은 마지막의 미묘한 변음을 지목하시며 다음 봄에 가장 적합한 장소에서 〈에픽 랩소디〉를 연주해보겠다고 말씀하셨다. 초연 장소는 런던이나 베를린이 될 수도 있었다. 그뿐 아니라 리치 교수님이 축하 전화를 걸어 말씀하셨다.

"젊은이, 잘해보라구. 이제 자네 차례야!"

모레나는 편지를 건네고 나서 우리와 함께 커피를 마셨고, 얼마 동안 어린 마르티나와 놀아주다가 자리에서 일어났다. 나는 그날 오후부터 다음 날 아침까지 로돌포 선생님께 감사의 편지를 썼다. 한참을 고민한 끝에 완성한 문장들은 지나치게 수사적이고 장황해 보였다. 그래서 좀더 겸손해 보이려고 선생님의 제자였을 때처럼 생기발랄하게 답장을 다시 썼고 그 탓에 나는 바보처럼 보였다. 결국 흰 여백 한가운데에 '고맙습니다. 선생님의 제자 조르조가'라는 문장과 날짜만 간단히 적어 보냈다.

알레산드라는 온종일 말이 없었다. 다시 한번 그녀는 나란 사람과 기분 좋게 지내야 할지 화를 내야 할지 망설이고 있었다. 그녀는 내게 뉴욕으로 이주하자고 제안한 것뿐이었다. 집은 물론 몬테베르데와 이탈리아에 진절머리가 났다고 했다. 나는 봄이 오길 손꼽아 기다리며 나도 모르는 사이에 서서히 모레나를 잊어갔다. 일부러 작정한 건 아니었지만, 하루는 대학교 대강의실에서 진행하는 수업에 참석했다. 에르네스토란 작자가 어떤 사람인지 보기 위해서였다. 이제 그는 다른 여자와 교제중이라 나와 상관없는데도 말이다.

그는 젊은 교수였는데 캐시미어 스웨터와 플란넬 셔츠 차림이었다. 주머니엔 파이프가 꽂혀 있었고 불그스름한 수염이 얼굴을 살짝 덮고 있었다. 반박할 여지 없이 논리정연한 그의 강의와 학자다운 차분함이 눈길을 끌었다. 난해한 시 형식 앞에서 열변을 토했고, 중세 작가의 수사학적인 측면에 대해서는 대단히 뛰어난 학식을 드러냈다. 에르네스토는 작가의 실체를 밝히고 그의 의표를 찌르며 즐거워했다. 나는 강의 내용을 필기하는 학생들과 하나가 되어, 에르네스토가 빈틈 없는 이성과 불가사의한 능력으로 시의 가치를 평가한다는 걸 짐작할 수 있었다. 그는 문학 형태의 의미론적인 측면에 사로잡혀 가장 심오한 상징을 무시했다. 그와 같은 남자가 모레나의 진실하고 맑은 겉모습에 이끌린 것은 당연한 일이었다. 로맨스 시처럼 그녀를 무력하게 만든 후 욕망을 채우는 데 성공했을 것이다.

나는 옷걸이에 걸려 있는 모자처럼 단 한 가지 생각에 사로잡혀 심란했다. 그녀로선 누군가를 다시 받아들이기가 그리 어렵지 않았을 것이다. 우리 사이의 금기는 이미 깨졌고, 모레나는 나보다 나은 남자들을 만나고 사귈 수 있었다. 내가 결코 시도할 엄두조차 못 냈던 미래의 약속을 지킬 줄 아는 남자들을. 나는 더이상 그녀의 아름다움을 아는 유일한 남자가 아니었다.

얼마 후 〈에픽 랩소디〉의 초연을 마치고, 알레산드라에게 미국으로 거처를 옮기겠다고 약속했다. 한편으론 아내와 확실히 단절하기 위한 마지막 연습을 하면서. 나는 혼자 있고 싶다고 석연치 않은 속내를 넌지시 비추었고 그녀는 미심쩍은 의혹을 품었다. 나는 뉴욕이나 유럽에서 조용히 작업할 수 있는 나만의 작은 스튜디오를 구하려는 계획을 세웠다.

그동안 일어난 크고 작은 사건을 역전시킨 것은 선생님의 죽음이었다. 이른 아침 부엌에서 커피를 마시려고 준비하다가 라디오에서 선생님의 부음을 들었다. 급성 백혈병이 단 며칠 만에 선생님의 생명을 앗아갔다. 내가 넋이 나가 바닥에 털썩 주저앉자 알레산드라는 신경안정제 한 알을 건네주고 나를 침대까지 부축했다. 그러고는 곧장 의사를 불렀다. 의사는 내게 수면제 주사를 놓아주었지만 잠은 오지 않고 흥분만 될 뿐이었다.

그런 일이 일어나리라고는 결코 상상해본 적이 없었다. 코스탄치 선생님의 죽음은 나를 순식간에 깊은 구렁 속으로 밀어넣었다. 열 살 때처럼 암흑세계가 나를 휘감았다. 나는 텅 빈 기분을 느꼈다. 그때까지 아직 아무 일도 일어나지 않았을뿐더러 앞으로도 그럴 것만 같았다. 선생님의 죽음과 함께 나 역시 죽었고, 더 정확히 말하자면 나는 아예 태어난 적도 없었다.

나는 모레나를 생각하면서 가까스로 기운을 차렸다. 그녀는 지금 어디에서 어떤 상태에 처해 있을까? 도움이 필요한 건 아닐까? 나는 자동차를 타고 알레산드라의 집에서 산 안드레아 델라 발레까지 달려갔다. 선생님의 죽음을 믿을 수 없다는 듯 광장에는 인파가 몰려 있었다. 벽에 등을 기대고 바닥에 주저앉아 계속 눈물을 흘리는 한 청년이 곧 눈에 들어왔다. 로코였다. 나는 그를 뉴욕에서 있었던 축하연회 때 처음 알았다. 그를 일으켜 세우고 나서 우리는 서로 부둥켜안고 위로했는데, 지금도 눈물범벅이었던 그의 셔츠 깃을 기억한다. 그는 뻔뻔할 만큼 외모가 강렬하게 아름다웠다. 언젠가 공연이 끝나고 무대 뒤에서 로돌포 선생님이 그에게 키스를 퍼붓는 모습을 본 적이 있었다. 관자놀이며 뺨, 귓불 아래와 입술까지 그를 잡아먹기라도 할 기세였다.

나는 상황을 마무리 짓고 출입문으로 들어갔다. 안으로 들어가자 진한 꽃향기가 코를 찔렀다. 모레나는 계단을 내려오는 중이었는데, 할머니가 발을 헛딛지 않도록 다른 사람들과 함께 부축하고 있었다. 그러나 나를 보지는 못했다. 노부인은 진정제 때문에 넋이 나간 듯 멍해 보였다. 잠시 후 선생님의 모친은 사람들의 손에 이끌려 차에 올라 손녀딸 옆에 앉으셨다. 그리고 그 길로 브레시아로 떠나셨다. 차마 아들의 장례식을 보기가 힘드셨던 모양이다.

독자들에게 양해를 구해야겠지만, 그때는 참을 수 없는 고통으로 점철된 시기라 가슴 아픈 이야기는 가급적 피하고 싶다. 물론 독자들이 쉽사리 짐작하듯, 그분이 돌아가신 후로 그 숱한 세월 동안 괴로운 날들을 기억에서 지우려고 무던히 애써왔기 때문이기도 하다. 장례식이 끝나고 일주일쯤 지나서, 마지막 눈물 한 방울까지 다 쏟고 나서야 모레나의 집을 찾아갔다.

나는 악보와 개인 서류를 담은 짐가방과 작은 가방 하나를 들고 현관문 앞에 서 있었다. 이제는 그 큰 집에 그녀 혼자 살고 있었다. 할머니는 브레시아로 돌아가 그곳에서 여동생과 조카들의 보살핌을 받으며 지내고 계셨다. 모레나는 복잡하게 밀려드는 법률 문제에 일일이 관여하느라 경황이 없었다. 변호사의 도움을 받아가며 서류와 악보에 파묻혀 하루하루를 보내고 있었다. 예술이든 물려받을 재산이든 아버지가 남긴 모든 유산을 남김없이 정리하기 위해서였다.

그녀와 지내는 날들은 조용히 흘러갔다. 우리는 별다른 말을
나누지 않았고, 전화선도 빼놓은 상태였다. 나는 알레산드라와
마르티나에게 아무 연락도 하지 않았다. 우리의 마음과 눈은 오
직 선생님을 향해 있었다. 그분은 이제 그림자 같은 존재가 되어
부엌이든 침실이든 가리지 않고 우리 뒤를 쫓아다녔다. 때때로
사랑과 미움이 교차하는 우리의 비밀스런 생각 속에서도 마찬가
지였다.

시간이 흐르면서, 서로 일 때문에 피곤해도 흡족할 때면 미소를
지어 보였다. 동네 가까운 식당에서 간단히 저녁식사를 해결하던
일이라든지, 동이 틀 무렵 카푸치노를 마시러 근처 바에 가던 기
억은 앞으로도 결코 잊지 못할 것이다. 쉽게 고백하진 못했지만
그 시절에 나는 그녀와 단 둘이서 평화롭고 어른스런 둘만의 미래
를 꿈꾸었다. 나는 마르티나를 만나더라도 그애에게 아무 말도 하
지 않고, 아무 일도 없는 듯이 늘 밝은 모습으로 돌아오곤 했다.
알레산드라는 위기에 몰린 어떤 관계를 회복해보려고 자기 내면
에 지나치게 몰두해 있었다.

끝날 것 같지 않던 작업을 마친 후, 모레나의 손에는 저작권협회
의 승인으로 아버지 작품에 음악적으로 관여할 권한만 떨어졌다.

드디어 우리는 시작과 동시에 영원히 끝날 줄 알았던 우리의 사
랑을 선생님의 빈자리로 인해 마음 편히 이어갈 수 있었다. 우리
는 아이를 원했고, 그것은 실현 가능한 생애 최대의 꿈이었다. 〈에
픽 랩소디〉는 여전히 새로운 기회를 엿보았고, 디에고 리치 교수

님은 뜻이 맞는 오케스트라를 찾아 연주하게 해보겠다고 정중히 약속해주셨다. 그분은 잊을 만하면 편지로 희망적인 소식을 알려주셨다. 나는 다시 작곡을 시작했고, 위대한 거장의 피아노가 마치 내 것인 양 그 앞에 앉아 있었다.

나는 도둑이나 약탈자, 어떨 때는 집주인을 죽인 살인자 같은 기분을 느꼈다. 뻔뻔스럽게도 그분에게서 딸과 소중한 피아노를 포함해 모든 것을 앗아갔으니 말이다. 나의 음악은 그분의 예술 세계와 비교도 되지 않았고, 내가 가진 모든 재능 역시 마찬가지였다.

어느 날, 모레나가 자리를 비운 틈을 타 선생님이 연주회 때 입던 연미복을 입고 선생님의 곡을 연주하기까지 했다. 나 자신마저 경악한 일이었다. 그때부터 나와 모레나 사이에 있던 자연스러움은 사라지고, 대신 신경증이 자리잡았다. 나는 이름 모를 어둠으로 곤두박질쳤다. 선생님의 존재는 그 빈자리로써 더욱더 확실히 부각되었다. 나는 상처받을 위험에 지나치게 가까이 다가간 셈이었다. 작곡하느라 피아노 앞에서 몇 시간을 보내면서, 문득문득 모레나에게 눈길을 돌렸다. 그녀는 책상에 앉아 아버지가 작곡한 곡을 음표 하나까지 세심하게 기록했다. 그녀는 수도원의 수녀처럼 헌신적으로 작업에 몰두했다. 선생님은 언제나처럼 자상하게 제자를 도와주면서, 당신의 집과 당신의 인생에서 나를 떠밀어내고 계셨다. 그분은 진실에 눈을 멀게 한 어둠에서 나를 끌어내주셨다. 나의 고유한 음악은 그곳에 있지 않았다. 어서 다른 먼 곳으로 음악을 찾아나서야 했다. 선생님은 이미 세기적인 위대한 작곡가의 한 사람으로 인정받았고 그 집과 공간은 그분의 음악으로 가득차 있었기 때문이다.

그러나 우리 사이에 영원한 작별의 순간은 없었다. 난 예고도 없이 어느 날 아침 훌쩍 파리로 떠났다. 그리고 다시는 돌아오지 않았다. 한참 후에야 그녀에게 다시 연락했지만, 아파트 문지기는 모레나가 더이상 그곳에 살지 않는다고 했다. 집을 굳게 걸어 잠그고 어디론가 떠났다는 것이다. 나는 계속해서 그녀를 수소문했다. 가끔 그녀가 우편물과 고지서 때문에 그 집에 들른다는 것, 그리고 그녀가 결혼하지 않았다는 사실만 알고 있다.

만일 그녀가 이 글을 읽는다면, 내가 우유부단하고 고통스럽게 오랜 세월을 소진하고 나서야 확신하게 된 단 하나의 진실을 알리고 싶다. 자동차로 카스텔리 로마니를 배회하던 그 시절과 똑같이 애절한 마음으로 여전히 그녀를 사랑한다는 사실을 말이다. 그녀는 나의 진정한, 그리고 유일한 뮤즈였다. 오늘날까지도 악보에 음표를 적을 때면, '모레나가 마음에 들어할까'라는 생각만 한다.

이제 진정 내 삶에서 승리를 거둔 음악에 대해 말해볼까 한다.

＊

그 페이지를 끝으로 책갈피가 나타났다. 모레나는 본능적으로 음악을 듣기 위해 앨범을 찾았다. 그리고 스카를라티의 〈소나타〉를 탁월하게 이해한 베네데티 미켈란젤리의 명연주곡을 골랐다.

그토록 우아하고 아름다운 연주는 보기 드물었다. 모든 것이 새로웠다. 그녀는 천재 피아니스트를 가까이에서 따르려고 손에 악보를 들고 소파에 깊숙이 웅크리고 앉았다. 그녀의 머리는 추상적인 차원에 온전히 몰입했다. 아버지의 피아노는 붉은 천에 덮인 채 희미한 어둠 속에서 흐르는 시간과 주변을 잊게 하며 다정히 그녀 곁을 지키고 있었다.

아파트 문지기 프랑카는 한참이나 초인종을 눌렀지만 헛수고였다. 그러나 포기하지 않고 이따금 올라와 다시 시도했다. 전화는 꺼져 있었고, 그녀와 얘기할 방도를 찾지 못해 난감했다. 마침내 문이 열렸을 때, 문지기 여자는 모레나에게 큰일났다는 표정으로 말했다. 오토바이를 탄 어떤 청년이 모레나를 찾아왔다고 했다. 그 청년은 산 카밀로 병원으로 급히 와달라고 말하러 온 것이었는데, 로코가 심한 부상을 입어 그곳에 입원했다는 것이다.

"포르타 포르테제 부근에서 교통사고가 났대요…… 가엾어라, 정말 좋은 젊은이였는데! 그의 친구라는 프레드가 울며불며 대문을 수없이 걷어찼지 뭡니까."

로코는 지나치게 좁은 커브길에서 헬멧을 쓰지 않고 전속력으로 달리다 오토바이에서 떨어져 도로에 머리가 부딪혔다.

"자살하려고 작정한 겁니다."

병원에서 교통경찰은 머리를 가로저으며 말했다. 다행히 수술로 생명을 구했지만, 얼굴은 완전히 회복되지 못한 채 붕대로 칭칭 감겨 있었다.

모레나는 응급처치가 끝나고 경과가 좋아지고 있을 때 도착했다. 그녀는 로코를 담당한 외과의사와 면담을 나누러 갔다. 의사는 젊은 생명을 구했다고 다행스러워했지만, 본래 얼굴을 크게 훼손한 상처에 대해선 비관적인 입장이었다.

"환자는 앞으로 정신적으로나 육체적으로나 힘들어질 거예요. 정상적인 모습을 되찾으려면 앞으로 크고 작은 수술을 수없이 거쳐야 할 겁니다!"

모레나는 로코가 있는 병실로 가다가 복도에서 로코의 부모를 만났다. 그들은 말할 기력도 없이 하염없이 눈물을 흘리다가 그녀를 보자마자 와락 부둥켜안았다. 그러고는 풀리아 억양이 섞인 한마디를 겨우 내뱉었다.

"아가씨!"

작은 체구에 주름이 깊게 패인 로코의 부모는 갑자기 들이닥친 불행에 어쩔 줄 몰랐다. 그의 아버지는 그런 와중에도 애써 미소를 지었다. 어쨌든 수술이 잘 끝났고, 아들이 여전히 살아 있기 때문이었다. 그가 말했다.

"아들 녀석을 오트란토로 데려갈 겁니다. 우리가 직접 돌봐야죠!"

모레나는 로코 곁에 앉아 그의 손을 잡았다. 그는 말없이 손을 꼭 쥐었다. 그녀는 몸을 숙여 그의 귀에 대고 뭔가 속삭이기 시작했다. 걱정스런 기색을 감춘 어조로 그의 기운을 북돋아주려고 노력했다. 두 부모는 멀찌감치 떨어져 앉았다. 그의 아버지는 무릎을 긁적이고, 어머니는 품에 안은 가방을 움켜쥐면서 말없이 그 장면을 지켜봤다. 둘이 서로 맞잡은 손을 보면서 모레나가 그에게 무슨 말을 하고 있는지 추측해보았다. 어쩌면 즐거운 추억이라든지 코스탄치 선생과 다닌 외국 여행을 떠올리게 하는지도 모른다. 도움을 주겠다고 약속하는 것일 수도 있고, 그것도 아니라면 단순히 그를 좋아한다고 말하는 것일 수도 있었다. 그녀의 모습을 보고 있노라니 마치 고해소 앞에서 숨김없이 죄를 고백하는 여인을 보는 듯한 착각이 들었다. 그녀는 웃고 있었지만, 두 눈에 눈물이 그렁그렁 맺혀 있었다. 한참이 흘렀다.

담당 간호사가 와서 의사 선생님이 오시니 모두들 병실 밖으로 나가달라고 부탁했다. 두 부모는 복도로 자리를 옮겼고, 모레나 역시 자리에서 일어서려 했는데 그 순간 로코가 손을 붙잡았다. 그녀가 떠나는 것을 바라지 않는 눈치였다. 하는 수 없이 그녀는 간호사가 돌아올 때까지 꼼짝하지 않았다. 간호사는 다시 와 정맥주사 상태를 확인한 후, 맞잡은 손을 놓고 나가달라고 서둘러 말했다. 때마침 초록색 수술가운을 입은 의사들이 들이닥쳤다. 하지만 모레나가 문턱을 채 넘기도 전에, 불행한 아들의 어머니는 상상조차 못할 원망과 분노를 품은 얼굴로 돌변했다. 그녀는 울부짖으며 모레나에게 달려들었다. 그녀가 가방으로 내려치는 걸 남편이 힘겹게 말리긴 했지만, 그 역시 당황한 기색을 감추지 못했다. 그녀는 모레나에게 소리를 질렀다.

"이게 다 당신 때문이야! 우리 애 머릿속에 뭘 주입한 거지? 그 애를 완전히 망쳐놨어…… 당신과 당신의 저질스런 아버지가! 온갖 감언이설로 그애를 혹해놓고, 터무니없는 거짓 약속을 했지…… 아들 녀석은 일은커녕 아무것도 안 하고 아무것도 할 줄 몰라. 그저 종일 빈둥거리고 헛된 망상만 늘어놓는단 말이야. 그 애한테 남은 건 오토바이뿐이야…… 다 당신 탓이야!"

모레나는 갑자기 쏟아지는 공격을 피하면서 놀라움과 충격으로 뒷걸음쳤다. 그녀는 곧바로 그 자리를 피해 떠났다.

모레나는 아래층 복도 입구로 내려와 벤치에 주저앉았다. 당장이라도 쓰러질 것만 같았기 때문이다. 호흡을 가다듬으며 진정하고 있는데, 계단에서 청년의 아버지가 불쑥 나타났다. 그는 모레나에게 손수건을 내밀며 조심스럽고 기운 없는 표정으로 그녀 옆에 앉았다.

"마음에 담아두지 마세요, 아가씨…… 집사람이 이만저만 충격을 받은 게 아니에요. 이해해주십시오. 아내는 마음에도 없는 말을 한 거예요. 맹세합니다. 아버님에게 항상 깊은 애정과 감사를 드려요…… 그분이 오토바이와 무슨 상관이 있겠습니까? 오히려 선생님은 오토바이 사는 걸 탐탁지 않게 여기셨지요. 그 기억이 오늘 일처럼 생생하네요…… 아가씨도 생각나실 거예요. 커다란 붉은 오토바이였죠. 이런, 상표가 기억나지 않네요! 하지만 로코는 고집이 세서 늘 제멋대로지요! 선생님이 몇 번이나 공부하라고 타일렀는지 몰라요. 그애에게 좋은 학교까지 알아봐주셨죠. 만약 아가씨 아버님께서 그렇게 갑자기 돌아가시지 않았더라면, 우리 애를 사람답게 만들려고 무던히 신경 쓰셨을 거예요. 하지만 누가 그렇게 될 줄 알았겠습니까! 너무 속상해하지 마세요, 부탁입니다…… 로코가 알면 저희를 절대 용서하지 않을 거예요. 아가씨와 아버님을 무척이나 좋아하니까요. 그애에게 아무 말씀도 하지 않겠다고 약속해주세요. 오늘 일을 그애가 알면 더이상 저희를 안 볼 겁니다! 약속해주실 거죠?"

모레나는 그의 말을 듣고 있지 않았지만 말없이 고개를 끄덕였다. 그는 안도의 한숨을 내쉬고는 미소 띤 얼굴로 말했다.

"그앤 아가씨를 무척이나 좋아해요. 손 잡는 거 보셨죠? 그애를 버리지 마세요, 제발 부탁입니다…… 아들 녀석을 도와주세요!"

모레나는 일어나 그의 눈을 마주 보고는 고맙다고만 하고 그를 껴안았다.

모레나가 다시 자신의 운명을 따르며 남은 생애 동안 모레나로 살기로 결심한 바로 그때, 클라우디오는 우연히 신문을 넘기다가 기사에 실린 사진 속에서 그녀를 알아봤다. 그는 도상학적인 연구를 위해 로마에 머무르고 있었는데, 이번엔 이탈리아 역사 속에 이어져온 광장 퍼포먼스를 다큐멘터리 영화로 만드는 일과 관련이 있었다. 그는 이번 기회에 로마의 유명한 안과병원을 방문하기로 마음먹었다.

그는 병원 대기실에서 지루하게 순서를 기다리고 있었다. 반쯤 너덜너덜해진 주간신문을 무심코 넘기다가 어느 오래된 흑백사진의 가장자리에서 한 여자를 보았다. 그는 젖은 눈을 잘 닦은 후, 사진을 뚫어지게 쳐다봤다. 틀림없이 그녀였다. 더 젊어 보이긴 했지만 화장기 하나 없는 얼굴에 곱슬머리였고, 종교 선생님처럼 옷을 입고서 슬픔을 가누지 못하는 표정을 짓고 있었다.

그는 단숨에 기사를 읽어내렸다. 그제야 안젤라가 실은 모레나이며, 브레시아 출신의 유명 작곡가 로돌포 마리아 코스탄치의 딸이라는 사실을 알았다. 사진은 거장의 장례식 때 찍은 것이었다. 그 기사는 예전 것을 다시 실은 것이었는데, 얼마 안 있으면 브레시아에서 그의 서거일에 맞춰 장엄한 추모 미사를 열 예정이었기 때문이다.

브레시아 행 기차에서 클라우디오는 내내 격한 감정에 사로잡혀 있었다. 그제야 그녀가 자신보다 더 복잡한 인물이었다는 사실이 밝혀졌다. 그녀와 자기 사이에 있었던 그 모든 기묘한 사건들을 되짚어 생각하고 또 생각했다. '왜?' 라는 한 가지 새로운 의문이 그의 공상에 불을 지폈다. 자살한 어머니에 대한 기사는 물론 혁명적인 사고와 동성애 성향을 지닌 아버지에 대한 글도 읽었다. 그러자 모레나가 보여준 심오한 음악적 지식과 그녀의 담담한 어투며 고상한 자태에 담긴 비밀이 하나 둘씩 풀려나갔다. 보통사람에 가까운 발랄함 뒤에 숨겨진 그녀의 절망까지도. 얼마나 많은 거짓말을 해온 것인가! 또 그 거짓말은 얼마나 치밀했는가! '미쳤어, 정말 단단히 미쳤어! 자기 자신을 거부하는 불행한 여자군.' 처음에 다른 생각은 떠오르지 않았다. 반면 마음속 깊은 곳에서는 흡족한 기분이 피어올랐다. '그녀는 자신의 불행 뒤로 자취를 감춘 거야. 나와는 상관없는 세계에서 비롯한 불행이지. 난 아무런 상관이 없어. 그 여자는 미쳤으니까!'

그러나 기차를 타고 가는 동안, 자신의 통찰력을 검증해보려는 마음 때문인지 모든 것을 완전히 다른 관점에서 살펴보려고 노력했다. 모레나는 안젤라라는 이름으로 그의 앞에 나타났다. 안젤라는 특별히 심각한 문제를 일으킨 적이 없었다. 함께 있는 동안 행복했고, 그녀가 모레나라 해도 여전히 그렇게 지낼 수 있었을 것이다. 이름은 그다지 중요하지 않았다. 클라우디오의 생각은 그랬다. 그는 한 번도 안젤라의 인생과 과거를 궁금해한 적이 없었고, 속속들이 알려고 하지도 않았다. 사람들은 타인에게 보이는 모습 그대로라고 늘 확신해온 탓도 있었다. 만약 그녀가 기차에 있었다면 그에게 이렇게 말했을 것이다.

"좋아요. 잘됐군요. 이제 당신도 알다시피 난 안젤라가 아니라 모레나예요. 우리 아버지는 음악가이자 동성애자였어요. 우리 어머니는 스스로 목숨을 끊으셨구요. 그렇다고 뭐가 달라지나요? 삼 년 전과 달라진 게 있나요? 당신 아버지는 부패에 관련돼 소송 중이고, 당신 형은 파리로 망명한 테러리스트라는 사실을 나는 알고 있었어요. 이것이 당신을 사랑하는 데 걸림돌이 됐나요? 당신이 아무 말 안 했더라면, 내가 당신을 책망했을까요? 분명히 아니었을 거예요. 날 안젤라 대신 모레나라고 부른다고 해서 실현 불가능한 시나리오를 쓰는 걸 피해갈 수 있었을까요? 당신이 바보라면 이래도 저래도 상관없잖아요!"

사실이 그랬다. 그녀 때문에 그는 아무 생각도 할 수 없었다. 타당한 이유도 없이 그녀는 몰래 자취를 감췄다. 그가 상처 입은 개처럼 고통에 신음하게 해놓고 말이다. 그렇다면 그에게서 달아난 사람은 누구인가? 모레나인가 안젤라인가? '모레나가 도망친 것이라면 개의치 않겠어. 단지 난 광기의 희생자일 뿐이니까. 하지만 날 버린 사람이 안젤라라면 얘기가 달라. 나에 대한 사랑이 식은 것이겠지. 이유는 그뿐이야!'

때로는 현명하게 사고하다가, 때로는 어리석고 유치한 기분에 잠기며 생각의 실타래를 슬슬 풀어갔다. 기이하고 위태로운 감정이 덮쳐왔다. 모레나가 저주받은 위대한 아버지와 자살한 어머니의 은총을 입어 숭고하고 뼈저린 불행을 겪은 걸 조금 시샘했다. 예언자 무함마드의 흉터자국이 떠올랐다. 그리스도교 수도사 바히라를 혼비백산해서 달아나게 한 자국이었다. 마음을 가라앉히려고 차창에 머리를 기대고 잠시 눈을 감았다.

그의 가장 소박한 꿈은 브레시아로 가서 남아 있는 사랑을 다해 그녀에게 키스를 퍼붓고, 〈졸업〉의 더스틴 호프만처럼 아무 말 없이 그녀의 손을 붙잡아 다시 집으로 데려오는 것이었다. 잠시 후, 드레이어*의 영화에서 따온 것처럼 웅장하고 엄격하며 장례식에 어울릴 만한 성당 하나가 눈에 들어왔다. 머지않아 그는 멀찌감치서 미사의식에 참석할 것이다. 찢어질 듯한 마음으로 그녀를 바라보면서. 자, 여기 아버지가 작곡한 애절한 교향곡을 합창하는 천상의 목소리 한가운데에서 안젤라가 무릎을 꿇고 앉아 눈물을 흘리고 있다. 그 강렬하고 고통스런 장면에 몰입하면서 그는 잠깐 잠이 들었다.

* 1889~1968, 덴마크의 영화감독.

＊

친애하는 바치오 선생님께

선생님이 부탁하신 대로 일전에 제게 건네주신 원고를 책갈피로 표시한 부분까지 읽었습니다. 이렇게 늦게 답장을 드리게 돼서 죄송합니다. 오래 고심한 끝에 책을 출판하지 못하도록 법이 허락하는 모든 수단을 강구하겠다고 결론을 내렸습니다. 그와 관련해, 생전에 아버지의 모든 사건을 철저한 자세로 맡아주었던 법률사무소에 이미 자문을 구해놓았습니다. 아마 조만간 공식적인 경고 서한을 받으실 겁니다. 물론 선생님과 출판사에 대립할 의도는 추호도 없습니다.

조르조 젠느 선생의 원고 출간 허락을 얻기 위해 제게 친절하고 정중히 말씀해주신 점을 고려해서, 제가 그런 결정을 한 이유를 간략히 말씀드리겠습니다. 우선 작곡가의 생애를 다룬 부분에서 묘사한 바는 사건의 실체와 진실에 거의 부합하지 않았습니다. 틀림없이 좋은 의도였겠지만, 저자는 작곡가 코스탄치 선생님과 제 이미지를 심하게 왜곡하면서 글을 마쳤더군요. 기억 속의 일을 얘기하면서 주관적이고 편협한 시각에서 완전히 자유로워지긴 어렵겠죠. 거의 불가능하다고 봅니다.

제가 읽은 글은 대부분 순전히 상상력의 산물입니다. 적어도 주요한 사건들로 결론 지은 근거가 그렇습니다. 한 예로, 조르조 젠느는 어떤 관점에 의해 그 시대를 머릿속에서 재구성했는데, 저의 관점과 몹시 상반됩니다. 제 인생의 대부분을 아버지 곁에서 보냈는데도 말이죠. 글 속에 묘사한 그의 모습은 물론 제 자신의 모습과 그밖에 터무니없는 얘기 모두 알아보기 어려웠습니다. 심지어 원고의 저자가 누군지도 모르겠더군요. 오늘에야 작곡가 젠느 선생이 현실에 부합하지 않는 세계에서 그토록 오랜 세월을 살았다는 생각이 듭니다. 더구나 객관적으로 보이려는 데 급급해서, 무리하게 축소하고 작위적으로 왜곡한 느낌을 받았습니다. 실제로 글의 내용을 보면 불안의 기운이 유행병처럼 번져 감돌고 있지요. 글에 묘사한 솔직한 고백은 분명히 현실에 없었던 것인데 말입니다. 스승과 제자인 두 사람의 관계가 저자의 글에 나타난 것에 비해 별로 친밀하지 않았다는 점을 감안하더라도 그렇습니다. 아버지는 젊은 제자가 품고 있던 그 모든 비밀스런 고민을 자세히 알지 못했고, 알아볼 시간마저 없으셨어요. 그렇다고 저자가 너그러운 아량으로 공들여 영웅시한 아버지의 자화상을 부정하지는 않겠습니다. 그러나 독자들은 작곡가 코스탄치에 대해 편협하고 사실과 다른 이미지를 떠올릴 우려가 있습니다. 그 점 때문에 어떤 일이 있어도 출간을 허락할 수 없다는 제 입장을 이해하시리라 믿습니다.

아마 짐작하시듯, 제 결정은 저나 조르조 젠느가 아닌 한 예술가를 보호하려는 의미에서 비롯됐습니다. 유감스럽게도 그의 작업은 잘 이뤄진 것 같지 않군요. 썩 유쾌하지 않은 모양새라고 할까요. 윤리적 잣대 때문인지 신중히 말을 아끼려는 태도 때문인지, 자기 자신한테마저 진실을 숨겼습니다. 선생님께 단언하건대, 조르조 젠느 선생은 그의 짧은 자서전에 드러난 것보다 훨씬 훌륭한 분입니다. 하지만 이 일은 제가 관여할 몫이 아니군요.

그럼 이만 줄이겠습니다.

모레나 코스탄치

바치오 씨에게 보내는 편지는 그녀가 고모네 집에 도착하고 나서 며칠 뒤, 아버지의 추모미사에 참석하러 성당으로 가기 몇 시간 전에 브레시아에서 쓴 것이었다. 브레시아의 옛집에는 모레나 가족의 가장 소중하고 개인적인 추억이 장롱 안에 보존되어 있었다. 열쇠로 잠궈놓은 장롱은 오직 그녀만이 열 수 있었다. 그 안에는 부모님의 유품 몇 가지와 편지, 어린 시절의 추억이 깃든 자잘한 물건들, 거장이 청년 시절에 작곡한 초기 악보들이 고스란히 보관되어 있었다. 연습곡과 간간이 시도한 짧은 습작품, 미완성으로 끝난 어설픈 오페라 소곡, 신문 기사와 사진 들이었다. 모든 게 온전히 가족의 소유물이지 대중에게 공개할 대상이 아니었다. 그녀는 가구 안쪽 깊숙이 로마에서 가져온 편지 가방을 집어넣었다. 조르조와 보낸 시절을 마음속으로 회상할 때 언젠가 꺼내 보리라 생각하면서 챙겨온 것이었다. 그의 자서전은 삶의 가장 소중한 부분에 어두운 그림자를 드리웠다. 그들은 서로 다른 과거 속에 살았던 것이다. 순간 그녀는 약간 두려움을 느끼며, 조르조의 경우와 똑같이 그녀가 기억하는 지난 일들이 사실과 다른 게 아닌지 의문에 사로잡혔다. '그런 점에서 보면, 삶은 오래전부터 언어 표현으로 변모하면서 서서히 자리를 떠났어. 진짜 삶은 흔적조차 남기지 않고 점점 뒷걸음쳐 사라지는 건지도 몰라. 반면에 우리가 기억하는 삶은 언제나 그랬듯 이야기 법칙에 따라 지어낸 얘기에 불과해! 그래서 우리는 마법과 속임수가 판치는 거대한 게임 속에 있는 것이겠지.'

전날 그녀는 어머니와 아버지의 무덤에 꽃을 놓아드리러 묘지에 갔다. 왠지 자연스럽게 어린아이 때를 회상하고 싶어졌다. 그래서 한동안 멀리했던 사춘기 시절의 장소들을 다시 둘러보러 도시 이곳저곳을 돌아다녔다. 학교와 아담한 정원, 로지아 광장, 산 줄리아 성당, 지금은 관리가 소홀하지만 지을 때 감나무가 있던 작은 집 등을 돌아봤다. 어느덧 노인이 된 배우들이 연기하던 무대를 지나가는 것 같았다. 거리와 나무와 집 들은 그녀를 알아보고 조용히 슬픔이 깃든 인사를 건네는 것처럼 보였다. 행인들이 현재에 몰두하고 공상에 젖어 아무것도 깨닫지 못하는 사이에 말이다.

줄리아 할머니는 커다란 제대초처럼 하얗고 왜소해져서 입술은 쪼그라든 채 소파에서 꼼짝하지 않으셨다. 할머니는 마치 성인의 유해나 살려내야 할 작고 여린 꽃처럼 보살핌을 받으셨다. 머리에는 은은한 향기가 감돌았고, 목에는 노랗게 변색된 비단 레이스를 두르고 계셨다.

모레나는 할머니의 손을 잡고 환한 미소를 짓고는 무한한 애정이 담긴 눈길로 한동안 말없이 그 얼굴을 바라보며 곁에 있었다. 할머니의 두 눈에는 크나큰 고통과 잊을 수 없는 순간들로 점철된 생애 전체가 스쳐 지나갔다. 당신의 아들 로돌포는 뛰어난 음악가로서 성공했다. 비록 어머니는 항상 아들이 그곳 브레시아에서 부인과 딸과 함께 조용하고 행복하게 사는 모습을 봤으면 하고 바랐지만 말이다.

*

클라우디오는 영화 신에 넣을 만한 전투 장면에서 극적인 가설을 모조리 세워보고 나서, 아이샤라는 인물을 떠올렸다. 아이샤는 다름 아닌 안젤라를 생각하면서 설정한 인물이었다.

무함마드가 처음 보자마자 이성을 잃다시피 하는 이 위험한 여인이 어떤 연유로 세상에 출현했는지 알 수 없는 노릇이었다. 예언의 전조였을까? 알록달록한 옷을 입고 얼굴에 베일을 드리운 맨발의 어린 소녀는, 작고 흰 고양이를 쓰다듬으며 시선은 땅에 떨어뜨린 채 예언자에게 다가간다. 예언자가 얼굴을 보이라고 명했을 때 비로소 그녀는 천천히 고개를 들어올린다. 앳된 얼굴과 초록색 눈동자, 수줍은 미소 속에 부드럽고 촉촉한 입술이 피어 있다. 그러나 왠지 모르게 미소에 방탕한 욕망이 서려 있는 듯하다. 무함마드는 여인의 아름다움에 반해 정신을 잃는다. 적의 동향을 살피듯 그녀를 한눈에 훑어본다. 결국 전율을 느낀다.

주의 깊은 몇몇 비평가들은 아이샤가 바로 그리스도교 수도사 바히라의 환생이라는 사실을 알아챌 것이다. 그는 열두 살 소년 무함마드가 소외감을 느끼고 있을 때, 무함마드의 흉터자국을 알아본 유일한 인물이었다. 어린 여인은 세계역사를 뒤바꾼 한 남자의 비밀을 간직하고 있었다. 그의 사상이 보편성을 얻어 이슬람 안에 정당성과 체계를 세울 때까지 말이다.

그것은 클라우디오가 영화와 무함마드라는 인물에 부여하고 싶은 이야기의 핵심요소라 해도 과언이 아니었다. 왜 사람들은 일치하지 않는 것을 꺼릴까? 왜 그토록 반기를 드는 것일까? 아마도 낯설고 기괴한 이미지와 연결 짓기 때문일 것이다. 그는 이런저런 추측에 빠져들었다. 안젤라는 안젤라가 아니었고, 그가 모르는 미지의 어떤 지혜를 상징하는 존재였다. 그래서 그녀는 그의 속내를 읽기라도 한 것처럼 그의 행동을 미리 내다보고 생각을 간파할 줄 알았다.

'서로 교감과 지혜를 나누지 않는다면 그런 애정 관계는 절대로 불가능할까? 이제야 왜 내가 안젤라를 아이샤나 하디자처럼 생각했는지 알겠군. 사실, 첫번째 부인은 결혼한 아내이기에 앞서 어머니였지. 아들이 눈앞에 나타난 거인을 보고 극심한 두통에 시달리느라 하루도 편할 날 없을 때 그 두려움을 달래준 자애로운 어머니였어. 하디자와 아이샤는 같은 메달의 양면과 같아. 더 정확히 말하면 안젤라와 모레나처럼 동일한 인물이지. 두 여인 모두 일방적으로 베풀기만 한 여인들이야. 무함마드가 자기 자신이 어떤 사람인지 알지 못하고 기억하지 못한다는 걸 그녀들은 알고 있었어. 훗날 예언자가 자신의 소명을 깨닫는 순간, 열두 살 때 그리스도교 수도사 때문에 당황한 일을 기억해내지. 그리하여 자신의 낙타에 올라 사건이 일어난 장소로 돌아가고, 그곳에서 오랜 세월 물결에 닳고 닳은 작은 샌들 조각을 찾아낸 거야.'

그는 깊은 사색에 잠겨 있다가 어느 여름날 북아프리카에서 안젤라와 함께한 자동차 여행을 떠올렸다. 여행 내내 그녀는 거의 말이 없었다. 하긴 그가 계속 떠들어대서 그녀가 끼어들 틈이 없었다. 그는 거리낌없이 사적인 얘기를 털어놓았고, 특히 서로 완전히 다르면서도 안타까울 정도로 닮은 아버지와 형에 대해 얘기하느라 정신이 없었다. 한 사람은 민주주의자에 독실한 가톨릭 신자였고, 다른 사람은 과격한 레닌주의자였다. 하지만 두 사람 모두 사회윤리와 이타주의에 따른 소명의식을 품고 있었다.

튀니지로 향하는 배에 오르기 전, 그들은 시칠리아로 가서 노정치인이 은신해 있던 트라파니 근교 수도원에 여정을 풀었다. 그리고 그곳에서 오후 내내 머물렀다. 연로한 수도사가 멀찌감치에서 그들을 불러세워, 아버지를 모셔올지 클라우디오에게 물었을 때 안젤라는 몹시 당혹스러웠다. 인상으로 보든 성격으로 보든 그는 그녀에게 몹시 부담스럽고 불편한 존재였다. 그는 잠시도 쉬지 않고 모든 것에 사사건건 비판적이었다. 게다가 그는 과감하고 어찌 보면 떳떳하지 못한 투자로 얄팍한 이득을 얻으려고 수도사들을 설득하는 데 혈안이었다. 당시 그를 기소한 재판이 밀라노에서 진행중이었다. 그는 부패행위와 당내 불법적인 자금 관리, 그리고 금전 갈취 의혹으로 고발당한 상태였다. 그는 속죄하는 뜻으로 기도와 명상생활을 이어가려고 그 한적하고 외진 수도원에 자기 발로 찾아간 것이었다. 처음에는 불모지나 다름없는 채소밭 덤불 사이를 누구의 눈에도 띄지 않게 산책하거나, 작열하는 태양 아래서 명상에 잠겨 시간을 보냈다. 그것도 잠시 다시 예전처럼 원기 왕성해져서, 수도사들이 좀더 적극적으로 변하도록 그들을 돕기로 작정했다.

"수도원을 자신의 당 색깔로 바꿔놓고 있어요."

수도사는 냉랭한 어투로 하소연했다. "항상 돈 생각밖에 안 해요. 어찌 보면 약간 제정신이 아닌 듯해요. 치료가 필요합니다."

클라우디오는 가능한 한 빨리 문제를 해결하겠다고 약속했다. 수도원 회랑에서 세 사람이 점심식사를 하게 되면서 그는 식탁에서 아버지와 마주했다. 안젤라는 백발의 건강한 남자를 뚫어지게 바라보며 그의 말에 귀 기울였다. 그는 가벼운 실크 더블재킷을 입고 넥타이를 매지 않은 차림에 샌들을 신고 있었다. 대화가 끝나갈 무렵, 아들은 아버지에게 수도원 일에 관여하지 말라고 충고했고, 노인은 고개를 흔들며 강한 거부감을 드러냈다.

"바보 같은 소리 하지 마라. 이곳 사람들은 프란체스코 성인이 살던 중세시대에 머물러 있어! 나를 믿지 않아, 알겠니?"

클라우디오는 느닷없이 언성을 높이더니 아버지에게 대들었다. 그는 차마 입에 담기 힘든 말을 퍼부으며, 그 자신도 전혀 예상하지 못한 불신의 이유를 낱낱이 들춰냈다.

"왜 그 사람들이 아버지를 믿어야 하죠? 아버지는 지금 감옥에 갈 참이에요, 잊으셨어요? 참, 보기 좋습니다! 아버지는 형편없는 도둑인데다, 이제는 수도사들까지 포함해서 주위에 있는 사람들 모두 도둑이 되길 바라고 있다구요. 사람들을 기만하고 헛된 망상에 현혹하려고, 아버지는 형을 테러리스트의 품 안에 밀어넣었어요! 그것 때문에 어머니는 돌아가셨구요. 아버지도 잘 알고 계시죠. 어머니의 마음이 얼마나 찢어질 듯 아팠는지, 양심의 가책을 느끼지 않으세요? 전 아버지의 아들이라고 대답할 때마다 부끄러워 미치겠어요. 수년 동안 아버지는 귀에 못이 박히도록 민주주의의 가치를 설교하고, 그 오랜 세월 동안 사람들을 빵과 자유주의에 물들게 하셨어요. 그 뒤에 아버지의 비위를 상하게 하려고 형까지 나서서 내 귀에 이렇게 외치더군요. '아버지 말 듣지 마. 진정한 민주주의는 무산계급이 집권할 때에만 가능해. 자, 볼로냐에서 온 진보적인 사상과 낡은 세상을 타파할 혁명의 편에 서도록 해! 너희가 애지중지한 이 이탈리아가 마음에 들어? 마피아 같은 놈들이 날뛰는 썩어 문드러진 도둑들의 세상이야! 사회적 윤리의식은 어디에서도 찾아볼 수 없어!'"

분노와 원망에 찬 이야기를 쏟아낼수록 그의 눈에는 눈물이 그렁그렁 맺혔다. 그는 두려움에 떠는 안젤라의 시선을 느꼈는지 잠시 침묵을 지켰다. 그러더니 아버지의 어깨에 손을 올려놓고 시선을 떨어뜨리며 다시 목소리를 바꾸어 말했다.

"죄송해요!"

노인은 미소가 싹 가신 굳은 입술을 하고 아들의 얘기를 듣더니, 대답 대신 테이블에서 몸을 돌려 안젤라의 눈을 똑바로 쳐다보고 말했다.

"아가씨, 달콤한 말로 사회윤리를 찬양하는 사람들을 믿지 마세요! 내 아들 곁에서 도망가요. 저 녀석은 정말 정직하지 못한 놈이니까. 제 형처럼 유토피아의 환상에 찌들어 있어요. 그래서 진짜 현실을 볼 줄 모르죠. 애석하게도 오로지 현실에 없는, 영원히 존재하지 않을 것만 본답니다! 모든 대중을 선동할 영향력이 있는 자는 그 움직임에 단 하나의 법칙만이 필요다는 걸 이해하지요. 실행의 법칙 말입니다. 그래서 난 먼저 어떻게 행동해야 할지 심사숙고하고 나서 그다음 상황을 매듭짓는 데 평생을 보냈지요. 비판하는 건 좋습니다만, 실제로 일을 떠맡아 할 사람이 있어야 하지 않겠습니까. 민주주의, 마치 신의 은총을 받은 것처럼 자부심에 가득 차서 이 말을 하지만, 유한한 현대시대에 그건 이미 자연의 선도 아니고 국가를 부강하게 만드는 유일한 통치 형태도 아니지요. 현재는 그렇지만 내일은 누가 압니까. 그것이 법칙 가운데 법칙이지요. 민주주의는 그중 하나이지, 종교적인 신념이 아닙니다. 세계에서 가장 부유한 국가들을 보면, 민주주의 정치 체제를 고수하고 자유와 정의가 삶을 지배하지요. 정의와 자유 속에서 사람들은 더 효율적이고 평화롭게 일합니다. 그 사실은 입증되었지요. 경제적인 풍요로움은 민주주의를 제대로 수호하고, 한계점이 드러나지 않게 민주주의를 보호합니다. 더욱더 견고하고 강력하며 소리없는 무기를 만들면서 말이지요. 민주주의 사회에서 인간의 생명은 그 어떤 것보다 소중하기 때문에 거리를 두고 그 무기를 이용합니다. 생산을 늘리고 소비를 촉진하는 것, 부유함의 비밀 그러니까 민주주의의 비밀이 여기에 있습니다. 왜냐하면 생산 그러니까 경제적인 부, 다시 말해 민주주의는 통제받지 않기 때문입니다. 생산하는 만큼 고스란히 소비하죠. 소비자는 실업자로 전락하지 않으려면 제품을 구입해야 하고, 자신들이 구입하고 소비해야 할 물건을 생산하기 위해 일해야 하죠. 그리고 많이 사들이기 위해서 그들은 끊임없이 새로운 재화를 필요로 합니다. 그래서 민주주의 국가는 기본적인 산업에 매우 신중해야 하고, 재정적인 지원과 도움을 아끼지 말아야 합니다. 그 예로 내 아들은 예술가로 살길 원하죠. 만약 그가 하는 일을 지지하거나 다른 반응을 보이는 사람이 없다면 생계를 이어가기가 곤란하겠죠. 사람들은 불만족스러워 새로운 재화를 만들어내지만 아들 머릿속에 자리 잡은 민주주의는 그럴 필요가 없을 겁니다. 역설적으로 아들 녀석은 이 시기에 부정부패 고발로 재판에 회부된 나와 내 동료들에게 기념비적인 인물이 될지도 모르겠군요. 우리는 그에게 필요한 재화들을 만들어내기 때문이지요. 정직함의 산물처럼 말입니다. 아들과 같은 예술가들에게 정직은 가장 중요한 덕목입니다. 아가씨, 내가 이렇듯 단정 지어 말하는 것은 아가씨에게 사회 집단과 문명이 부딪히는 문제들과 논쟁점의 복잡한 특질을 귀띔해주려는 겁니다. 또다른 내 아들은 애통하게도 테러리스트 노릇을 하려고 했지요. 그애는 몹시 불행했는데, 지금은 전보다 더 불행한 처지가 됐습니다. 파리에서 망명자로 살고 있거든요. 그애는 자신이 불행한 건 행복을 극도로 형이상학적으로 생각하기 때문이라고 판단했어요. 내가 보기에는 형이상학이 지나쳐 소비주의와 쾌락주의에 물들었지요. 그애도 클라우디오와 마찬가지로 현실을 거부하고, 가능한 모든 현실을 외면하는 추상주의의 덫에 걸려 형벌을 받고 있어요. 하지만 어떻게 그런 정신 나간 망상 속에서 살아가는지 스스로 질문해봅니다. 어떻게 아무것도 뒤쫓지 않으면서 더 나은 세상을 막연히 기대하면서 살아갈까요? 우리의 머릿속엔 항상 더 나은 세상이 자리 잡을 겁니다. 하지만 경멸스런 현실에서 사는 형벌이 얼마나 가혹한지 모릅니다! 전 추상적인 관념에 빠진 적도 없었고, 어떤 이유로 특정 일에 손대면서 부정한 짓을 저지르려고 하지도 않았습니다. 법에 따른 민주주의를 고집했지요. 판사들은 아직도 판결을 내리지 못했어요. 종종 역사적인 심판과 법정의 판결은 상반된 노선으로 움직였지요. 그러니 아가씨, 제발 마음 편안히 놓으세요. 날 그렇게 쳐다보지 마세요. 난 범죄자가 아닙니다. 지금 이 순간 법적으로 결백하다는 사실을 맘껏 누리고 있답니다! 민주적인 내 아들이 모르고 있는 민주주의의 법칙이 가져다준 선물이지요."

"아버진 지금 말도 안 되는 얘기를 하고 계세요!"

클라우디오는 대답했다.

다음 날 아침에 그들은 튀니지로 향하는 배에 올랐다. 클라우디오는 영화에서 무함마드가 등장할 이국적인 풍경을 담아내려고 카메라를 준비해두었다. 이슬람 사원의 첨탑과 사막, 오아시스, 카스바, 베두인 족, 아라베스크, 아기자기한 시장들, 이슬람 사원, 낙타, 베일을 드리운 여인, 그리고 햇빛에 그을려 가난의 흔적이 새겨진 얼굴을 영원히 기록해두고 싶었다. 클라우디오는 연신 카메라 셔터를 눌렀지만, 그가 염두에 둔 영화의 주인공이 누가 될지 아직까지 안젤라에게 밝히지 않았다. 그녀를 놀라게 해줄 요량으로 마지막 순간까지 비밀로 간직하고 싶었다. 그들은 함께 코란과 이슬람교의 창시자에 관한 책들을 몇 권 펼쳐보았지만, 단지 아랍인의 태도와 그들의 관습을 이해하기 위해서였다.

이국에서의 첫날밤, 그들은 뜨겁고 습한 공기 속에서 열정적인 사랑을 나눴다. 불 꺼진 난방기와 전선 너머, 갈라진 벽 틈새와 긴 관들을 따라 귀뚜라미들이 숨어서 그들을 에워싸고 있었다. 불을 끄고 나면 이따금 천장에서 귀뚜라미가 한 마리씩 떨어졌다. 그래서 그들은 작은 전등을 켜둔 채 잠이 들었다. 모래 먼지가 수북이 쌓인 집들과 뜨거운 모래 바람이 불어오는 푸른 하늘을 향해 창문은 열려 있었다. 그 여행에서 안젤라는 또 한번 조력자다운 면모를 과시했다. 사춘기를 시작할 무렵까지 클라우디오가 아버지와 형과 함께 복잡하게 얽히면서 살았던 구구절절한 얘기를 모두 들어주었다. 그러고 나서, 아랍의 풍광 속에서 본연의 자아로 여행하는 그를 보았다. 그녀의 눈에 이슬람 땅은 한 밀라노 젊은이의 태생적 상징들이 뒤섞인 혼돈 상태처럼 보였다.

브레시아로 가는 기차에 몸을 싣고 나서야, 클라우디오는 안젤라에게 아버지나 어머니 혹은 형제가 있는지 단 한 번도 묻지 않았다는 사실을 깨달았다. 아니, 단도직입적으로 남편이 있는지를 물어봤어야 했다. '안젤라 베르디!' 그는 입가에 옅은 미소를 지었다. 그리고 이렇게 결론 내렸다.

'진실은 단 하나야. 난 일부러 그녀에게 관심을 갖지 않았어. 그녀가 자신의 판도라 상자를 쏟아부을까봐 두려웠던 거야. 그녀가 침묵과 깊은 고요함 속에 있는 걸 보고 비극과 광기로 얼룩진 과거가 있다고 직감하고는 털어놓을까봐 피했지. 그녀 안에 그 누구

도 절대 풀 수 없는 매듭이 숨어 있다는 걸 알고 있었어.'

얼마 후면 그녀를 만날 것이고, 이번에는 모레나가 대답할 차례였다. 이제 질문을 던질 사람은 클라우디오였다. 이제 미심쩍은 오해와 위선을 거두고 모든 걸 처음부터 시작하기 위해 끝없이 질문을 쏟아낼 작정이었다. 빛나는 햇살 아래 한 점 의혹없이 말이다.

✳

사랑하는 모레나

당신과 얘길 나누고 싶어도 매번 당신을 바라보면 용기를 잃어서 말할 엄두가 나지 않았소. 그래서 이렇게 편지로 대신하오. 당신에게 좋지 못한 소식을 전하게 되어 마음이 아프지만, 맹세코 끝까지 이 일만은 피해보려 노력했소.

그 오랜 세월 동안 처음으로 뭔가가 우리의 문제를 심각하게 생각하도록 종용하고 있다는 느낌이 든다오. 지금까지 우리 주위엔 온통 문젯거리가 있었지만, 결코 우리 사이에는 문제가 없었소. 당신을 몹시 괴롭혔지만, 언젠가부터 당신의 상처를 달래고 평화롭게 지내려고 노력했소. 그런데 요 근래 들어 아이러니하게도 내 영혼과 몸을 당신에게 바쳤을 때부터, 당신이 잘 지내지 못하는 걸 보고 나 역시 마음이 아프오. 혹시 당신 눈에 비친 내 모습이 달라져서 당신이 전과 다른 태도를 보이는 것인지 모르겠소. 어쩌면 다른 석연치 않은 이유로 내 시각이 달라졌을지도 모를 일이오. 내 생애 가까이에서 힘과 확신이 되어주었던 사랑스런 존재, 나의 모레나를 떠올리기가 점점 더 어려워지고 있소. 우리가 아주 멀리 떨어져 있을 때 난 당신을 가장 가까이 느꼈지.

세월이 많이 흘렀다는 거 아오. 로돌포 선생님은 돌아가셨고, 그 점 때문에 혹독한 대가를 치러야 했겠지. 하지만 난 예전의 모레나를 잃고 싶지 않소. 당신은 나를 찾아와 행복하게 해줬고, 내 곁에 머물며 나의 소중한 것들을 간직해줬고, 변함없는 신뢰감을 심어주었지. 그러면서도 당신은 비범한 현실감각을 잃지 않았소. 잘은 모르지만 지금 당신의 현실감각은 위태로워 보인다오. 당신의 성난 몸짓들을 보면 내가 모자란 어린아이나 야망에 들뜬 어리석은 바보처럼 느껴지고, 아니 더 솔직히 정신병자 같은 기분이 든다오. 그 몸짓까지 위태롭게 보인다오. 그 오랜 세월 당신은 한번도 그토록 격렬하게 날 공격한 적이 없었소. 내가 하는 일은 모두 예외 없이 점점 더 골치 아픈 문제로 되돌아오는군. 어쩌면 지금은 가까이에서 나를 알게 되고, 더이상 비밀스러운 구석이 없어서 흥미를 잃어버린 게 아닐까 하는 생각에 스스로 문득 놀랄 때가 있소.

이 모든 게 사실이 아니겠지만, 그렇게 느끼는 건 부인할 수 없소. 우리는 웃음을 잃었고, 죽음의 음울한 망토에 짓눌린 사람들 같소. 침실에서마저 당신이 나를 찾는 손길이 줄어들었고, 이젠 시작조차 피하려는 것 같소. 환상은 같은 길과 같은 시간을 되풀이해서 내달리고 있소. 이전으로 되돌릴 수 없고 깊은 골에서 헤어나지 못할 것 같은 무시무시한 느낌이 매일 숨통을 조여온다오. 이 굴레에서 해방되려면 어떤 솔직한 태도를 취해야 하는지 모르겠소.

당신에게는 로돌포 선생님이 돌이킬 수 없는 아픔으로 남았겠지. 나는 본능 때문에 방황하고, 이 낯선 고독은 선생님의 빈자리에서 생겼다고 느끼고 있소. 본의 아니게 선생님이 우리의 관계를 더욱 견고하게 만드신 게 아닌가 싶소. 서로를 알았을 때부터 우리는 우리의 관계를 직접적으로 언급해본 적이 없었소. 지금 우리는 쓰라린 형벌을 받으며, 우리 자신에 대해 골똘히 생각하게 됐소. 바로 그 점 때문에 난 두렵소. 아니 공포스럽소. 그런 깊은 생각들이 쓸데없는 곳을 파헤쳐서 모든 현실과 그에 상반된 것을 적나라하게 드러낼지 모르기 때문이오. 그러나 우리가 서로에게 솔직해지지 않는 한 어떻게 다시 결합할지 방법이 보이지 않소.

요 몇 주 사이에 알 수 없는 일들이 큰 파도처럼 몰려와 우리는 나름대로 시름에 잠겨 표류했소. 대체 무슨 일이 있었던 거요? 당신은 도통 만족할 줄 모르고 늘 지치고 낙담한 모습이오. 로돌포 선생님이 남긴 막중한 유산을 놓고 당신은 그분의 악보 사이에서 시간을 끝없이 보내고, 그사이 난 버려진 인간처럼 지냈소. 우리 사이를 병들게 하는 것은 결코 용납하지 않겠소. 당신과 멀리 떨어져 있든, 당신 곁에 가까이 있든 불만스런 마음으로 사느니 차라리 절망에 빠지거나 자살을 택하겠소. 난 여전히 우리의 사랑을 살리고 싶고, 어떤 위험이라도 감수할 준비가 되어 있으니까. 해결될 기미가 없는 영원한 사랑의 회복기 대신 한 순간의 찌를 듯한 고통이 더 낫소. 그래야만 우리의 길고 험난한 사랑에 뭔가 살아 있는 게 있다고 증명할 수 있을 듯하오. 우리 두 사람이 추억과 애틋한 감정을 위안 삼아 살아야 한다면, 난 어둠과 앞 모를 막막함으로 가득한 또다른 길을 선택하겠소. 오늘부터 당신이 나를 보고 싶다는 강렬한 욕망에 사로잡힐 때에만 당신을 만나고 싶소. 그러니 그만 보잘것없는 일상으로 돌아가야겠소. 이제 호텔로 가서—어떤 곳인지는 나중에 알려주지—앞으로의 일을 지켜보겠소. 나를 이해해주기 바라오.

조르조

조르조, 당신에게 감동적인 야콥센*의 인용문을 보내요. 단순한 메모 정도로만 생각해줘요.

몹시도 사랑하는 사람을 대할 때에는 항상 겸손함을 유지해야 한다. 겸손함이란 마음을 여는 것을 의미하고, 자기 자신을 벌거벗기지 않는 정도에서 상대에게도 속해 있는 것을 펼쳐 보이는 것이다. 상대방에게서 동질성을 발견하면 더불어 즉각적인 소통이 가능하다. 상대방은 속내를 털어놓고, 그 고백의 행위에서 마음이 움직인다. 이 완전한 감동이 사랑의 첫 신호탄이다.

단상: 그를 원하는 것만으로 사랑은 저절로 존재한다.

---

* 1847~1885, 덴마크의 소설가.

다른 단상: 그는 결혼했고, 그들 사이에 딸이 태어났다. 더이상 할 말이 없다. 지난 기억을 뒤로 한 채 멀리 도망치고 싶다. 어쩌면 새롭게 살기 위해서가 아니라 살아가지 않는 법과 과거의 결말을 사랑하는 법을 배우기 위해서일지도 모르겠다. 하지만 그것도 잠시, 누군가 내게 이런 말을 하는 것 같다. '내일, 그리고 그다음 내일, 또 그다음 내일과 그다음 내일에도 넌 그를 보지 못할 테고, 그의 목소리를 듣지 못할 거야.' 그러자 숨이 가빠지고 당장이라도 질식할 것 같다. 죽고 싶을 때마저 사람들이 극구 꺼리는 고통 속에서 최후를 맞는 기분이 든다.

인내심을 가져요, 조르조. 그리고 복잡한 내 심경을 용서해줘요. 지금 이 순간에는 나 자신밖에 생각할 수가 없어요. 물론 잘못이라는 건 알지만 스스로 다스리기가 어려워요. 미안해요. 이것 한 가지는 당신이 알았으면 해요. 마음속으로 당신을 비난하거나 원망하지 않아요. 당신의 심정과 당신이 겪은 일, 그리고 알레산드라에 대해서도 충분히 이해해요. 잠시라도 나 자신을 잊으면 내가 무척이나 사랑하는 사람, 나의 조르조가 이 모든 삶 속에 있다는 걸 깨닫게 되겠죠. 여러 달 동안 사라졌던 시적인 감상이—어렴풋이 기억하고 있었는데—이런 식으로 자유롭게 흘러나오네요. 어쩌면 너무 고통스럽다는 이유로 행복한 결실을 거두고 싶었는지도 모르죠. 혹시 내가 알레산드라를 만나고 싶어하지 않더라도, 그건 내 마음이 편치 않기 때문이에요. 지금 상태로는 내가 받아들이는 모든 느낌을 왜곡할 테고, 난 그렇게 되길 원치 않아요.

당신을 통해서 모든 걸 보고 들었으면 해요. 당신이 내게 전하고 싶은 얘기 정도로 충분해요. 내 태도나 말이 당신이 하려는 말을 가로막지 않기를 진심으로 빌어요. 하지만 이미 부질없는 말로 당신을 괴롭힌 건 아닌지, 당신이 그립다고 내비친 까닭에 마음을 심란하게 한 건 아닌지 걱정이에요.

가끔 안부 전화만이라도 해줘요. 그럼, 안녕.

모레나

오늘 파베세*의 시를 읽었는데, 기분이 별로 좋지 않아요. 우리 어머니와 어머니의 죽음을 생각해봤어요. 이젠 어머니의 눈동자가 부드럽게 얼어붙은 듯 보이던 모습밖에는 떠오르지 않지만요. 그 시선은 언제나 나와 함께하며 항상 깨어 있어요. 어찌 보면 뿌리 깊은 가책이나 당신이 벗어나지 못하는 근거 없는 결점처럼 조금은 위협적이기도 하지만요. 비록 내가 어머니 얘기를 꺼내지는 않았지만, 당신은 알 거예요. 딸아이의 손을 잡고 장을 보러 가는 엄마처럼 항상 어머니와 함께 해왔어요. 난 홀로 낯선 곳에 버려진 기분이 들어요. 오래전에 우리가 투스콜로에서 발견한 그 칼새처럼요. 우린 그 새를 정성껏 돌봤지만, 상태가 나아지지 않았죠. 그렇듯 고독은 내 마음에 있어요. 난 모든 걸 잊고 미지의 풍경 위로 날아갔으면 좋겠어요. 그래서 삶 속에서 이리저리 방황하

---

* 1908~1950, 이탈리아의 시인이자 소설가.

는 거죠.

단상: 현실은 결코 말처럼 되지 않겠죠.

모레나

나의 조르조

잠에서 깨어 제일 먼저 하는 일은 거울 앞으로 달려가는 거예요. 기나긴 지난밤 잠에서 깰 때마다 당신을 간절히 그리워한 탓에 혹시 얼굴이 당신과 비슷해지지 않았을까 하는 생각이 들거든요. 어쩌면 그러길 바랐는지도 모르죠. 더더욱 당신의 여자로 거듭나기 위해서 말이에요.

모레나

조르조에게

이젠 강한 척하는 데 지쳤어요. '강하다'라는 말이 정확히 어떤 의미인지도 모르겠어요. 그러니까 울고 소리치지 않고서 자학하는 걸가요? 이젠 약하디 약한 존재가 되고 싶으니까 그냥 울게 내버려둬요. 머릿속에 여러 가지 생각이 혼돈의 도가니처럼 맴돌아요. 하지만 늘 같은 생각을 하는 건 아니에요. 어제는 우리가 자주 가던 숲을 떠올렸어요. 날씨가 좋아질 즈음에 찾아가보고 싶어요. 요즘 계속 추억의 세계에 잠겨 있었어요. 내 안에 많은 것들에 대한 욕망이, 무엇보다 말하고 느끼고 싶은 열망이 있기 때문이에요.

가끔 피아노 앞에 앉아 당신의 음악을 연주해요. 그래야 당신과 보낸 많은 시간이 되살아나니까요. 마치 세상에서 고립되어 전혀 다른 분위기의 세계에 갇혀 있는 느낌이에요. 그 나머지는 모두 이루 말할 수 없이 사소하고 일시적이죠.

단상: 오늘부터 다시 꿈을 꿀 수 있을 것만 같아요. 그래서 행복해요.

모레나

시간을 빼앗았다면 사과드립니다. 로돌포 선생님

일종의 의무감 때문인지 아니면 다른 어떤 이유에서인지 모르지만, 선생님께 글을 쓰지 않을 수 없군요. 선생님은 멀리 계시면서도 제가 작곡하는 얼마 안 되는 작품들을 지체없이 봐주시는군요. 바쁜 일정에도 저를 위해 시간을 내주시는 거 압니다. 어쩌면 이 몇 줄의 글에서 제 나름대로 내린 몇 가지 판단을 보시고 지나치게 단정적이지 않나 싶으시겠지만, 저로선 불가피하게 털어놓을 수밖에 없군요. 제가 얼굴에 난 부스럼 자국을 가리려고 어머니의 파우더로 얼굴에 분칠을 하거나, 아버지의 우산을 몰래 훔쳐 프라스카티 역으로 선생님을 마중 나가던 그 시절에서 어느덧 많은 세월이 흘렀습니다. 햇살이 쏟아지던 추억의 정원에서 처음으로 선생님께 말을 건넨 때가 엊그제 같군요.

그 시절에 저는 마음속에 기묘한 환상의 상자를 만들어냈습니다. 선생님이 그걸 선물했고, 그 안엔 경이로움과 신비가 가득하다고 즐겨 상상했습니다. 그건 위험한 순간에 제가 힘을 발휘할 수 있게 해줄 부적과 같았습니다.

그러나 막상 그러한 순간이 닥쳤을 때, 상자에 호소할 만큼 위기가 힘겹게 여겨진 적은 없었습니다. 그렇게 시간이 흘러서, 단 한 순간이 아니라 삶 전체가 위태로워져 심각한 문제에 봉착했을 때 상자는 이미 사라지고 없었습니다.

결국 저는 선생님께 완전히 종속되고 말았습니다. 어쩌면 지난 세월 우리가 수없이 주고받았던 많은 얘기 때문이겠죠. 선생님께서 억지 부린다고 말씀하시면 저 역시 선생님을 비웃겠습니다. 우리가 나눈 그 많은 얘기를 하나도 빠짐없이 기억하고 있으니까요. 선생님께서 제게 하신 말씀 중에서 '애정의 절제'란 말이 있었죠. 어쩌면 선생님은 기억하지 못하실 겁니다. 아무튼 그 애정의 절제는 저에게 표현하려던 어색한 감정이 아니었는지요. 저는 바로 선생님의 이 말씀 때문에 멀리서 선생님에 대한 호의를 지켜왔습니다. 잃어버린 동심의 상자를 찾아나서길 단념하고 이따금 미친 듯이 일에 몰두하면서 말이지요.

하지만 선생님이 그 두 단어를 말씀하시지 않았다 하더라도, 달라지는 건 아무것도 없었을 겁니다. 지금은 제 머리의 교활한 술책을 잘 알고 있습니다. 제 역할을 다하려고 매일같이 교묘한 생각을 고안하지요. 아무튼 선생님의 사랑이 한 번도 실재하지 않았다는 것을 알게 될까 너무도 두렵습니다. 전 선생님이 의식하지도 않는 어떤 책임감에서 선생님을 해방해드리려고 갖은 노력을 기울였습니다. 그 굴레에서 그만 '빠져나가고' 싶었습니다. 하지만 과연 밖에 무엇이 있을까요?

생겨날 때부터 비뚤어진 치아 같은 인간이라, 그렇게 할 수도 또 그러기를 원하지도 않습니다. 과제물을 해치우는 마음으로 이따금 음악을 좀 작곡하면서, 그리고 선생님 목숨을 구하려다 총에 맞아 죽는 은밀한 상상을 재미 삼아 하면서 살아갈 생각입니다.

다행히 운 좋게도 과거의 몇 가지 꿈을 이뤘습니다. 위궤양이 있는 건 특별한 재능의 표시라고 한때 믿었습니다. 선생님이 위궤양을 겪고 계셨으니까요. 몇 달이고 선생님이 위 때문에 겪을 통증을 상상했죠. 그러다 마침내 어느 화창한 날, 저 역시 명치끝을 찌르는 격심한 통증에 무릎 꿇고 말았습니다. 병원에 갔더니 정확히 궤양이 두 개 생겼다더군요. 전 안심했습니다. 선생님보다는 조금 나았으니까요. 다행히 요 몇 년 사이에 뭔가 변화가 있었고, 이해하기 힘든 속성 때문에 선생님의 명예를 실추하고 말 '광적인 사랑'을 받아들였습니다.

지금이 선생님께 편지를 쓸 적절한 기회라고 생각했습니다. 하지만 이번에도 여전히 편안한 내용을 전하지 못하는군요. 제 악보를 읽어주시고 너그럽게 칭찬해주셔서 감사드리려고 이 글을 올립니다. 단지 그뿐입니다. 보시다시피 선생님께 바라는 건 아무것도 없습니다. 늘 그랬던 것처럼 말이죠. 전화보다는 편지를 드리는 게 저로서는 더 마음 편합니다. 그렇지만 앞으로는 선생님께 편지를 보내지 않겠습니다.

당신의 조르조

*

　기차는 브레시아 역에서 멈췄다. 클라우디오는 주머니에서 부랴부랴 손수건을 찾느라 뒤늦게 기차에서 내렸다. 한쪽 눈에 격렬한 통증이 느껴지는 사이, 다른 눈도 붉게 충혈되고 말았다. 그는 승객들이 오가는 혼잡한 틈으로 비스듬히 나아가다 눈에 띄는 첫 번째 벤치에 앉았다. 고개를 들어 양쪽 눈에 안약을 넣었다. 그러고는 눈의 상태가 나아지기를 기다리며, 강한 빛에서 눈을 보호하려고 얼굴에 수건을 올려놓았다.

　그는 기억 속에서 아주 맑고 아름답고 초롱초롱한 큰 눈동자를 지녔던 친구를 떠올렸다. 그 눈 덕에 친구는 과하다 싶을 만큼 많은 여자들과 사귀는 행운을 거머쥐었다. 어느 날 그 친구가 그에게 속내를 털어놓았다.

　"접근하는 여자들 모두 지긋지긋해. 이렇게는 살 수 없어. 당장 오늘부터 두 여자한테만 충실할 거야. 다른 여자들은 신물나!"

　그는 눈이 아름다웠지만 근시였다. 교정안경을 쓰면 렌즈 때문에 눈이 작아 보인다며 안경테만 쓰고 다니는 것을 좋아했다. 여자들은 그 모습에 호감을 품었다. 그래서 아침마다 콘택트렌즈를 끼고 알 없는 가볍고 멋진 안경을 코 위에 걸치곤 했다. 안경이 시선을 방해하지 않고 자신을 지적으로 보이게 할 거라 믿었다. 그는 자부심에 차서 외출했고, 이 세상에는 늘 해결책이 있다고 확신했다. 그의 이름은 사바티노였는데 인생을 맘껏 즐겼다. 오늘은 고난이지만 내일은 예상치 못한 은총이 있을 거라고 생각하며 살

406

았고, 쓸데없는 공상에 물들지 않고 미래로 나아갔다. 그는 외국에서까지 러브콜을 받는 유능한 사진작가가 되었다. '생각해보면 그는 바라던 걸 얻었어. 이 세상을 있는 그대로 좋아하고, 결코 세상과 충돌을 일으키려 하지 않았지.' 반면에 클라우디오는 급기야 무함마드의 뒤에 숨어서, 어릴 때부터 그랬듯 환상 속으로 도피하려고만 했다.

자신과 대화를 나눌수록 기분은 점차 나빠지고, 머릿속은 뒤죽박죽 통제 불능이 되었다. 여하튼 그는 아버지가 말한 대로 현실을 혐오했다. '어쩌면 아버지 말씀이 옳은지도 몰라.' 그는 생각했다. '내가 저지른 실패는 잘못된 판단에서 비롯한 것인지도 모르지. 마음에 들지 않아서 세상을 거부하고는 그후엔 세상의 비위를 맞추려고 온갖 짓을 다 하지. 밖에 있다는 자부심에 들떠 굳게 닫힌 문앞을 지나가지만, 막상 문을 두드리면 아무도 열어주지 않아.' 거절은 보지 않겠다는 것을 의미했다. 거절당하고 나니 안젤라에게 조금이나마 호기심이 생긴 것이다. 그럼 이제 그녀에게 무슨 말을 해야 하는 걸까? "미안해. 다 내가 태어난 잘못이야! 난 더이상 예전의 내가 아니야. 우리 아버지 말씀이 옳았어. 오늘 뭐든지 다 들어줄 테니, 당신의 지난 삶을 얘기해줘. 아무 말 하고 싶지 않다면 그렇게 해. 계속 안젤라라고 불러줄까? 난 안젤라가 좋았으니까 상관없어. 당신도 괜찮다면 그렇게 하자구. 아니면 혹시 실수한 건가? 그럼 얘기해봐, 당신이 진짜 누구인지 말이야. 왜 이름을 바꿨고, 왜 나한테서 숨었지? 사실을 고백하면 훨씬 홀가분해질 거고, 난 더욱더 깊이 당신을 사랑하겠지. 그렇다고 과거에 당신을 덜 사랑했다고는 생각하지 마. 사실이 아니니까. 사랑은 끝없이 커질 수 있어. 당신이 마음을 여는 순간 우리 관계는 성장할 여지가 많아질 거야. 그렇게 해, 안젤라. 당신의 선택에 달렸어! 나는 아무래도 좋아. 당신이 말하든 말하지 않든 당신의 문제는 조금도 달라지지 않아. 내게로 돌아오기만 하면 돼. 당신을 어떻게 불러야 할지 결정해줘. 원한다면 주세피나라는 이름을 택할 수도 있어!"

그는 눈물을 가라앉히고 자리에서 일어났다. 몹시 지쳤다. 마음속 깊은 곳에서 예기치 않은 묘한 불안과 압박감이 올라와 숨이 멎을 정도로 그를 짓눌렀다. 그는 곧바로 자리에 앉았지만 호흡이 쉽사리 정상으로 돌아오지 않았다. 그는 팔을 휘두르고 큰 소리로 떠들면서 빠른 걸음으로 왔다 갔다 했다. 그러면서 구구단을 외우기 시작했다. 자기 암시로 조금이나마 즐거운 기분을 찾으려고 웃어보기까지 했다. 그러자 유쾌함이 엄청난 힘을 발휘해 도저히 웃음을 멈출 수가 없었다. 그는 배꼽이 빠질 듯 숨을 헐떡였다. 공포는 절망에 빠진 폭소로 변했고, 그러는 사이 양쪽 눈이 빠져나갈 듯 아파왔다. 그는 정신을 잃고 바닥에 쓰러졌고, 응급실에서 신경안정제 주사를 맞고 다시 눈을 떴다. 삼십 분쯤 지났을 때, 의사는 가능한 빨리 심장전문의를 찾아가라고 충고하며 가도 된다고 했다.

그는 다시 기차역으로 갔다. 평정을 되찾았지만 여전히 조금은 불안하고 두려웠다. 분명하고 결정적인 메시지 하나가 더이상 왈

가왈부할 수 없이 그에게 내려왔다. 자기 자신에게 신경 써야 한다는 것이었다. 이제 모든 것의 중심에 그 자신을 두어야 할 때였다. 귀에 죽음을 속삭이며 강한 거부반응을 보인 육신과 다시 화해할 필요가 있었다. 그는 좌석표도 끊지 않고 첫 기차에 올랐다. 눈에 띄는 첫 좌석에 자리를 잡고 앉아, 고동치는 심장을 가라앉히려고 가슴에 손을 얹었다. 그러다 차창 밖으로 포도밭과 나무들을 바라보며, 간결하고 미동 없는 연푸른빛 하늘과 자연의 아름다움에 마음을 빼앗겼다.

✳

조르조의 자서전을 읽고 몰랐던 사실들을 우연히 알게 된 다음, 그 케케묵은 원고를 면밀히 살펴본 모레나는 할머니를 만나뵙고 부모님의 묘지를 방문했다. 그리고 산 줄리아 성당에서 거행된 추모미사까지 참석하고 나서도, 어두운 그림자로 가득한 실의의 순간에서 오래도록 헤어나지 못했다. 짐가방은 현관 입구에서 주인을 기다리고 있었다. 그녀는 침대에 드러누워 천장을 물끄러미 바라봤다. 맨 처음 그녀는 임무를 완성했다는 느낌과 한 시대가 끝났음을 알리는 내면의 소리에 사로잡혔다. 문학 속에 등장하는 조난자들과 우주를 헤매는 우주비행사들이 느낄 만한 야릇한 감정이 마음을 파고들었다. 오랫동안 그녀는 파도의 부드러운 물결에 떠밀려 이곳저곳 떠돌아다녔다. 관점을 달리하면 풍경 또한 달라질 거라 믿으면서. 부에노스아이레스 거리와 촐리 교수의 얼굴,

자코모의 우수, 무수히 떠도는 환영이 눈앞을 스쳐갔다. 시칠리아 수도사들과 무함마드, 피안 데 줄라리, 불행한 페루인 가정부 파멜라가 사실과 공상이 뒤섞인 가운데 제 모습을 드러냈다. 그리고 아이샤와 하디자를 포함해 수많은 자신의 분신을 다시 보았다. 결말에 가서 엉뚱하게 멜로드라마와 비슷해지는 모험담의 주인공들이었다.

그러나 이제는 분명히 모레나로 돌아와 있었다. 조르조의 회상에서 처음엔 풋풋한 소녀였다가 나중에 성숙한 여인으로 등장한 자신의 모습은 정말이지 낯설게만 보였다. 솔직히 자신의 편지 그대로를 구술한 목소리도 알아차리기 어려웠고, 마치 허풍스러울 정도로 비탄에 잠긴 다른 사람의 목소리처럼 여겨졌다. 바다를 표류하는 조난자들이 갖는 감정과 똑같은 그런 흥미진진한 느낌은 그녀의 기분만 가라앉힐 뿐 아무런 매력도 없었다.

지금은 여러 갈래로 나뉜 끈들을 다시 묶어야 할 때였다. 조르조가 떠난 지 몇 달 뒤 산 안드레아 델라 발레 광장의 집에 발을 들여놓던 때로 되돌아가야 할 시점이었다.

하지만 아버지가 돌아가신 후 그 집에서 조르조와 함께 지낼 무렵, 그녀는 영원한 꿈을 실현할 첫 단추를 끼웠다고 믿었다. 그와 함께 보낸 몇 개월 동안 이전엔 결코 경험한 적 없는 내면의 평화와 절정에 이른 행복을 맛본 기분이었다. 그녀는 조르조와 잠들었고, 밤새도록 나무에 붙은 껍질처럼 그에게 매달려 짧은 시간이지만 천국에 온 기분을 함께 음미하곤 했다.

그는 피아노 앞에 앉아 악보를 채우고 또 채웠고, 휴식을 취할 때면 둘이서 가끔 바에 가서 축구 게임대에서 게임을 하거나 커피를 마셨다. 여름밤에는 광장을 향해 창문을 활짝 열어놓고 친구 몇 명과 함께 음악에 관한 논쟁을 끝없이 주고받았다. 아침이 되면 그는 악보 위에 음악을 쏟아내고 싶은 욕구가 늘어갔다. 그녀는 가까이에서 악보를 기록하기도 하고, 때로는 뮤즈로서, 때로는 여동생과 연인으로서 자신의 역할을 다했다.

조르조는 그녀와 함께 아버지의 유품을 정리하는 데 적잖은 노력을 기울였다. 그는 주요리를 잘 만들었고, 그녀는 후식을 준비했다. 그는 끊임없이 웃음을 주었다. 오붓하게 둘만 집에 있을 때는 종종 입술을 맞대고 스프링스틴의 음악에 맞춰 춤을 추거나 파올로 콘테와 프랑크 자파의 노래를 들으며 즐거운 시간을 보내곤 했다. 그렇지 않을 때는 비교적 덜 알려진 펩피노 디 카프리의 노래를 불렀다. 물론 콘서트도 빠뜨리지 않았다. 모레나는 파리와 베를린, 비엔나에서 열리는 연주회 티켓을 준비했다. 그녀는 더없이 행복했다. 조르조 역시 만족하는 모습이었다. 그가 작곡하는 음악은 시간이 지날수록 아름답고 유려해졌으며, 몇몇 부분에서는 정말 천재적인 실력을 발휘했다. 그의 음악은 디에고 리치 교수의 귀에 흘러들어갔고 교수는 거장 로돌포 마리아 코스탄치의 제자이며 재능 있는 신인 작곡가에 대한 비평을 썼다.

유독 로코가 그녀를 보러올 때에만 조르조는 멀찌감치 거리를 유지했다. 조르조는 방금 그 집에 들어온 사람처럼 안색이 굳어지고 안절부절못했다. 그는 알 수 없는 죄책감에 빠져들었다. 그래서 하루나 이틀 동안은 접근하기 어려울 정도로 변해서 아예 입을 열지 않았다. 그녀와 살고 있긴 했지만 그들은 앞으로의 구체적인 계획을 세운 적이 없었다. 모레나는 그들의 미래를 최소한이라도 설계해보자고 그에게 제안하기가 두려웠다. 물론 동거가 편안하고 만족스럽긴 했지만 결속력이 약해서 언제 깨질지 모를 일이었다.

그런데다 그 집은 그들 소유가 아니었고, 모레나는 조만간 집을 팔아야 했다. 아무리 조르조가 만족하고 자기 보금자리에 있는 것처럼 느끼더라도 그는 언제나 손님이었다. 집 안에 있는 모든 것은 그가 선택한 것이 아니었다. 심지어 피아노며 연필, 지우개, 책상까지 그의 소유가 아니었다. 그는 스승의 면도기와 에프터셰이브, 향수를 사용했고, 나중에는 칫솔까지 스승의 것이라는 사실을 깨달았다.

오랜 시간이 흘러, 조르조가 내심 몇 가지 비밀을 담아두기 시작했다는 걸 모레나는 눈치 채지 못했다. 그는 혼자 집에 있을 때 기분이 자주 바뀌었고 깊은 생각에 잠겨 고심하곤 했다. 어쩌다 그녀가 외국 출판사나 음반사와 급히 처리할 일이 생겨 며칠씩 자리를 비울 때면, 조르조는 이때다 싶게 집에서 두문불출했다. 그는 우리에 갇힌 동물처럼 집 안을 배회할 뿐이었다. 불안한 정적에 잠겨 이마에 식은땀을 흘리고 거친 숨을 몰아쉬면서, 서랍과 서류보관함과 가구 안을 뒤지곤 했다. 스승의 옛 체취를 더듬어보려는 것인지, 거의 모든 물건에 얼굴을 대고 냄새를 맡았다. 급기야 어느 날 저녁, 조르조는 위대한 작곡가의 연미복을 입고 피아노 앞에 앉아 그가 아직 어린아이였을 때 로돌포가 작곡한 〈평민의 노래〉 중 한 곡을 연주했다.

그는 로돌포 선생에게만 집착한 게 아니었다. 질투의 가면을 쓴 병적인 태도로 모레나의 물건에까지 손을 댔다. 그녀가 다른 남자와 바람피운 사실을 감쪽같이 숨겼을 거라고 확신했다. 하지만 그가 찾아낸 건 입에 파이프를 물고 있는 대학교수의 빛바랜 증명사진 크기의 사진 한 장과 그가 그리스에서 보낸 몇 장의 안부 엽서뿐이었다. 그는 더이상 모레나를 의심하지 않게 됐다. 그래서 그녀가 여행에서 돌아왔을 때 항상 그녀를 반갑게 맞이해주었다. 그는 사랑과 자신의 창조적인 작업에 푹 빠진 한 남자로서 그 행복과 기쁨을 여지없이 보여주었다.

어느 날 밤, 조르조가 잠자리에서 일어나 위스키와 맥주를 연신 들이켠 바람에 감춰온 비밀이 모두 만천하에 드러났다.

동이 터올 무렵, 모레나는 그가 옆에 없는 걸 보고 거실로 나갔다. 그는 소파에 길게 드러누워 불 켜진 샹들리에를 뚫어지게 보고 있었다. 술은 거의 깬 상태였지만 몸을 가누지 못했다. 그는 알아듣기 어렵게 횡설수설하며, 겉으로는 전혀 내색하지 않았지만 속은 몹시 괴롭다고 털어놓았다. 그는 참담하고 수치스러울 뿐 아니라 범죄행위에 가까운 광기로 서랍들을 뒤졌고 스승의 향수를 뿌리고 그의 옷과 셔츠를 입으면서 야릇한 불안을 느꼈다고 털어놓았다.

하지만 그것이 끝이 아니었다. 전날 새벽 일찍, 오토바이 선수처럼 차려입은 로코가 갑작스레 찾아와 문을 두드렸다고 했다.

"그를 들어오게 하고는 당신이 저녁이나 돼야 돌아온다고 말했지. 그리고 그에게 커피를 대접했어. 단 둘이 마주한 적은 한번도 없었지. 예전에 뉴욕에서 만났을 때, 어느 바에서 잠깐 얘길 나눴지만 무슨 말을 했는지 기억나지도 않아. 아마 이탈리아 대사관에서였을거야. 로돌포 선생님은 공연을 성황리에 마쳤고, 그는 테이블을 내려칠 정도로 기뻐했지. 그때 흰 볼레로 차림 연미복을 입고 있었어. 오늘 아침 우리는 몇 시간 동안 함께 이야기를 나눴지. 그는 내가 어떤 사람인지 파악하려고 유심히 쳐다봤고, 난 그의 귀공자 같은 외모를 감상했어. 그는 가끔 부정적인 생각을 머릿속에서 떨쳐버리려는 듯 갑자기 턱을 치켜들곤 했지. 그러면서 연신 머리를 쓸어넘기더군. 그 고운 손길이란! 그는 차분히 미소를 지으며 집 안을 둘러봤어. 집 안 구석구석에 뭔가 즐거운 기억이 새겨져 있는 것 같더군. 그는 피아노를 쓰다듬고 나더니 촉촉해진 눈으로 그 위에 입을 맞추더군. 그의 말로는 자기 집이 로돌포 선생님께서 선물한 가구들로 들어차 있고, 그 안에는 당신 아버지와 함께 아프리카와 상트페테르부르크에서 찍은 사진이 산더미처럼 쌓여 있다는 거야. 하나같이 웃고 있는 사진들 말이야. 처음엔 나더러 유리라는 사람을 아는지 묻더니 그다음엔 기돈 크레머와 알렉산드르 코브린을 아느냐, 아니면 샌프란시스코에서 연주한 적이 있냐고 물어보더군. 게다가 디에고 리치 교수님의 말에 귀 기울이라는 충고도 잊지 않았지. 로돌포 선생님께 아주 소중한 분이기도 하지만, 비범하고 교양이 풍부한데다 생각 이상으로 영향력이 크신 분이라고 귀띔해주더군. 그는 내 악보 하나를 집어들더니, 계명창법으로 노래를 불렀어. 난 그만 화들짝 놀랐고, 그에게도 그렇게 말했지. 그도 흡족해하더군. 그는 여기 소파에, 난 이쪽 의자에 나란히 앉아 커피를 마셨지. 그는 내가 당신의 마음을 많이 아프게 한 게 사실이냐고 느닷없이 묻더군. 로돌포 선생님은 내가 재능 있는 음악가이자 진정한 기대주라고 그에게 칭찬하셨더군. 거기다 썩 괜찮은 젊은이고, 당신이 나를 몹시 사랑하고 있다는 말씀까지 하셨대. 안타깝게도 내가 다른 데로 눈을 돌렸는데도 말이지. 내가 미국 여자와 결혼했고, 귀여운 딸아이도 있다는 걸 알고 있었어. 글쎄 마르티나의 이름까지 알고 있더라고. 그래서 난 사실이 아니라고 말하고, 모레나 당신이 내 인생에서 가장 소중하고 중요한 사람이라고 말해줬어. 지금 우리는 함께 살고 있고, 조금 늦은 감이 있지만 모든 게 확실해졌다고 고백했어. 그는 안심하는 눈치더군. 그러고 나선 한동안 말 한마디 꺼내지 않았어. 내가 던진 질문에 대답하지도 대꾸하지도 않았지. 정적이 흐르고 나서 그는 나더러 남자도 좋아하냐고 묻더군. 나는 아니라고 하면서 웃어버렸지. 또다시 침묵이 흘렀어. 그는 물끄러미 나를 쳐다보더군. 혹시 모르지, 내 말을 믿지 않았는지도. 그게 아니라면 깊고 깊은 무의식 속에서 내가 로돌포 선생님 자리를 대신하는 걸 상상했을지도 모르지. 그런 생각을 하니 몸서리쳐지고 화가 나 미칠 지경이었어. 그래서 난 의자에서 일어나 할 일이 있는 것처럼 자리를 비켰지. 게다가 월요일까지 넘길 것이 있어서 다시 작업을 해야 한다고 분명히 말했어. 그 역시 자리에서 일어나 출입문 쪽으로 걸어갔지. 나는 그를 배웅했고, 그는 문 앞에서 인사를 건네기 전에 나를 껴안더니 양볼에 키스를 했어. 마치 내가 오랜 친구나 가족이라도 되는 듯이 말야. 그는 나를 힘껏 껴안으면서 이렇게 말하고 싶었을 거야. 우리 둘 다 같은 조상의 후예라고 말이지. 나는 다정한 미소를 지으며 문을 닫았지만, 죽고 싶은 심정이었어. 왜냐하면 그의 품 안에서 프라스카티 뒷골목의 포도주 찌꺼기 냄새를 연상했기 때문이야. 로코의 눈길은 우리 어머니와 닮았어. 한곳을 향해 멈춰 있지."

모레나는 소파에 올라가 그의 곁에 누웠다. 그는 분노로 입을 굳게 다물고 있었다. 그들은 조용히 동이 터오길 기다렸다. 그 절대적인 침묵 속에서 그녀는 기운을 내 기억 속의 어머니와 마주할 용기를 얻었다.

그녀는 여지껏 그런 시도를 해본 적이 없었다. 다만 마음을 관통한 날카로운 가시를 달래는 데만 신경을 쓰고 있었다. 한 여인이 하얀 손길로 어린 그녀를 달래며 곧바로 기운을 북돋아준 추억에 생채기를 내지 않으려고 가시를 그대로 두듯이 말이다. 어머니는 인생을 두려움이 계속되는 여행처럼 말해주었다. 쌀로 맛있는 튀김을 준비할 때나 오렌지의 껍질을 벗기면서 어머니는 모레나에게 이렇게 말했다. 슬픔은 태양을 가리며 지나가는 구름일 뿐이라고. 하지만 세상의 모든 슬픔은 새벽부터 밤까지 하루 사이에 변하는 다채로운 색깔로 위안을 얻는다고 했다. 봄이나 여름이면 으레 그녀를 코스타룽가에 데려갔는데, 그곳에 갈 때면 딸아이에게 조용히 하라고 일러주면서 오솔길에 그녀를 세워놓고는 신의 느리고 긴 호흡에 가만히 귀 기울여보라고 했다. 모레나는 귀를 쫑긋 세우고 가만히 서 있다가 두려운 마음에 조막만 한 손으로 어머니의 손을 꼭 잡고 먼 곳을 바라봤다. 다음 날 그녀는 지나치게 흥분한 탓에 늘 열에 시달리곤 했다. 지난밤 꿈에 숨 쉬는 산맥이 나타났기 때문이다.

언젠가 그녀가 숙제를 하고 있을 때였다. 어머니는 손에 빗물을 가득 받아들고서 어린아이 같은 미소를 지으며 그녀 앞에 나타났다. "이것 봐, 빗물이란다!"

모레나가 전망 높은 곳에서 도시를 바라볼 때면 어머니는 종종 놀라움을 느꼈다. 그녀는 마법과 마주한 듯 아래 세상에 넋을 잃었다. 오가는 사람들과 대문 안으로 드나드는 사람들, 버스와 자동차며 줄지어 늘어선 신호등, 상점, 유서 깊은 궁전. 질서정연한 그곳의 삶은 보는 것만으로도 즐거웠고 마음이 평온해졌다. "멀리서 보면 우리가 사는 도시는 신기함과 놀라움으로 가득한 공원이란다. 밤이면 사람들이 다른 옷으로 갈아입는 일상이 있고, 어느새 산에서는 소리없이 구름들이 내려오거든."

어머니는 어린 모레나에게 그렇게 말했다.

조르조가 로코를 만난 후부터 그들의 동거는 틀어지기 시작했다. 모레나는 그들만의 보금자리를 마련하기 전에 당분간 지낼 만한 집을 구했지만, 그는 그녀의 말을 아예 들으려고 하지 않았다. 현재의 그 집이 마음에 들었을 뿐 아니라 그 집에 있으면 긍정적이고 강렬하고 영감으로 가득한 강인한 생명력을 얻었기 때문이다. 위대한 거장의 음악은 여전히 유령처럼 조용히 집 안을 떠돌면서 위협이자 도전으로 그에게 긍정적인 영향을 주었다. 그는 자신의 작업에 진솔하게 조언해주고 넘어서야 할 한계점을 찾아주며 신중하게 평가해주는 과정이 절실했다. 자신이 적합한 능력을 갖추었으며, 많은 훌륭한 곡을 작곡해 대중이 호응하리라고 생각하기까지 했다. 실제로 그날 밤 뜬눈으로 지샌 이후, 조르조는 기분이 한결 나아진 듯 광기에 가까운 새로운 열정으로 작곡에 몰두했다. 그리고 그 결과물들을 보고 디에고 리치같이 고매한 비평가는 눈이 점점 더 휘둥그레졌다. 리치 교수는 그의 음악에서 기대하지 않았던 지극히 고유하고 특별한 음악적 형이상학의 맥을 발견해가고 있었다.

어느 날 저녁, 집에 돌아온 모레나는 전화기 옆에 놓인 편지 한 통을 발견했다. 조르조의 편지는 그녀를 되돌릴 수 없는 운명으로 내던졌다.

할머니와 친척 어른들께 작별 인사를 하고 나서, 그녀는 가방을 챙겨 브레시아를 떠났다. 그녀는 오래전에 중단한 어떤 사안에 다시 착수하기로 마음먹었다. 20세기 음악 전곡을 총정리하고, 연대순으로 배열하는 계획이었다. 그것은 끊어진 줄을 다시 잇는 작업과도 같은 방식이었다.

그러나 로마에서 지낸 며칠 동안 폭염이 질식할 듯 엄습했다. 모레나는 좀더 서늘한 곳으로 옮겨가고 싶었다. 그렇지만 방대한 문서와 책 들이 그녀의 발목을 붙잡았다. 그녀는 차라리 더위에 맞서는 편을 택했다. 한여름날, 사람들이 빠져나간 로마는 옛 레코드판의 정겨운 소리와 강물 사이에서 본래 모습으로 다시 되살아날 것이다. 선풍기는 책상 앞에서 긴 시간을 보내는 괴로움을 분명 덜어줄 것이다. 날이 저물면 몬테 마리오에서 아이스크림을 먹으며 잠시 휴식을 취할 것이고, 하루하루의 일상은 별 어려움 없이 지나갈 것이다. 결국 그녀는 그렇게 했다.

아파트 경비원이 휴가를 떠난 토요일 아침, 조르조는 그녀에게 전화를 걸어 다음 날 오후에 잠깐 로마에 들를 거라고 말했다. 그는 다급하게 소식을 전해야 하는 절박한 상황이었다. 시드니 행 비행기에 곧바로 몸을 실어야 하기 때문에 로마에 오래 머무를 수 없었다. 모레나는 그의 목소리를 들으며 겨우 "네"라고만 대답했다. 그러고는 공허한 마음을 이기지 못하고 소파에 쓰러져 해가 질 때까지 그대로 꼼짝하지 않았다.

모레나는 희끗한 회색 머리에 육중해졌을 그의 모습을 그리며 그를 기다렸다. 하지만 예상과 달리, 그는 마른 몸에 팽팽한 얼굴이었고 관자놀이 주변만 희끗했다. 그의 눈엔 이제 막 들어선 두려움이 깃들어 있었다. 그는 나보나 광장에서 산 애처로운 초콜릿 상자를 아무 말 없이 테이블에 올려놓았다. 그러나 포옹은 물론 악수조차 청하지 않았다. 두 사람은 어색한 미소를 주고받았고, 조르조는 그녀에게 무척이나 아름답다는 칭찬만 하고 말았다.

그러고는 웃옷과 신발을 벗어던지고는 조용히 소파에 드러누웠다. 그는 눈을 감고서 숨을 길게 내쉬었다. 잠시 동안 모레나는 시간이 흐르지 않았다고 느꼈다. 같은 시간 수천 번 반복해온 일처럼 그녀는 자연스럽게 커피를 끓이러 갔다.

"참, 덥군!"

그 말을 들은 그녀는 아무 말 없이 선풍기를 옮겨놓았다. 조르조가 말을 꺼내기 어려워한다는 걸 알고 있었다. 그녀는 창가로 다가가 밖을 내다봤다.

"당신이 출판사에 보낸 편지를 읽었어. 그 얘기는 자세히 하고 싶지 않군. 하지만 편지를 죄다 찢어버렸다는 말은 해야겠어."

그는 그만 말을 멈추고 입을 다물었다. 그렇지만 그 일에 대해서 분명히 해둘 필요성을 느꼈다.

"또다른 바보짓을 그만두게 해줘서 고맙군. 이번에도 당신이 옳았어. 내 의도는 용서받지 못할 약점이 되고 말았어. 자화자찬의 덫에 빠진 격이야…… 당신 편지를 읽고 나서 내가 쓴 글을 다시 읽어봤지. 거짓말, 온통 거짓말뿐이야."

그는 기침을 하더니 다시 운을 뗐다.

"내가 당신이라고 상상하면서 다시 읽어봤더니, 충격 그 자체더군. 수백 번도 넘게 당신에게 상처를 줬다니 놀라운 일이야. 세상에서 내가 짊어진 운명은 오로지 당신을 괴롭히는 데 있는 것 같아. 글쎄, 어쩌면 나도 모르게 당신에게 내 죗값을 대신 치르게 하는지도 모르지. 또한 당신 아버지와 내 불행한 과거를 결부해 이야기한 것이 부끄러워."

"마르티나는 어떻게 지내요?"

모레나는 광장에서 시선을 떼지 않으며 그의 말을 가로막았다. 하지만 그는 선뜻 대답하지 않았다.

"안타깝게도 그애를 자주 보지 못해. 미국에 살고 있거든. 이제 어른이 다 됐지. 키가 나만 한걸!"

대화는 중단되었고, 조르조는 아무 말 없이 선풍기 쪽으로 몸을 돌리며 다시 눈을 감았다.

"이런 더위는 아예 잊고 있었어!"

그녀 역시 잠시 눈을 감았다.

그들은 조금 대화를 나누고 집 안 이곳저곳을 돌아다니며 어색한 기분을 풀었다. 그는 자신의 콘서트 이야기를 들려줬고, 그녀는 별다르지 않은 근황만 말했다.

"그동안 여러 곳을 여행했고, 지금은 연대기 작업을 다시 시작했어요. 기억해요?"

그들은 조심스러운 나머지 어색한 침묵에 잠겨, 혹시 실수라도 하지 않을까 하는 걱정 탓에 초점을 벗어난 다소 따분한 얘기를 늘어놓았다. 지금이야 어떻든 다시 예전 같은 모습으로 돌아가고 싶었다. 하지만 그러기가 쉽지 않았고, 어느새 모레나는 어서 조르조가 떠나기를 간절히 바랐다. 심장은 격렬하게 요동쳤고, 그들이 직면한 상황은 너무나 슬펐다. 그녀는 소리치고 싶었다. 그리고 울고 싶었다. 머릿속에선 더이상 아무 생각도 나지 않았다. 그가 씁쓸한 미소를 지으며 말문을 열었을 때 이 모든 괴로움이 그녀를 덮쳤다.

"더이상 고통을 견디지 못할까 두려워. 가끔 그런 생각을 하고는 적잖이 놀라지."

그녀는 인내가 한계에 다다른 몸짓을 했다. 그러자 조르조가 자리에서 일어나 신발을 신고 웃옷을 걸치더니 갑자기 환한 표정으로 그녀에게 말했다.

"자, 그러지 말고 나가자구. 탁 트인 시원한 곳에서 저녁 대접할게!"

그는 피우미치노 공항에서 빌린 자동차로 모레나를 카스텔리로마니에 데려갔다. 두 사람은 그로타페라타 부근 카스타녜토의 한 레스토랑을 찾았는데, 그곳에서는 별빛을 감춘 어둠과 촛불의 향연이 벌어지고 있었다. 조금 서늘한 바람이 불어오자 모레나는 면 카디건으로 몸을 감쌌다. 내일은 분명 두통이 생길 거라 생각하며 기꺼이 화이트 와인을 받아 마셨다.

서로 떨어져 있던 세월의 여백이 조금씩 메워지고 있었다. 각자 추억을 들추지 않고 일상적인 얘기를 하자 두 사람 사이에 벌어졌던 틈새가 아물어갔다. 조르조는 잠시 상념에 잠겨 그를 몹시도 괴롭혔던 유치하고 뿌리 깊은 적대감과 자기 자신을 비웃었다.

하지만 문득 침울함을 느끼며 말했다. "크고 육중한 손이 내 위에 놓여 있어서 자기 마음대로 날 여기저기 데려다놓는 기분이었어. 내 본래 모습으로 산 적은 거의 없었지. 내가 아무 말 없이 떠나서 당신은 지옥 같았을 거야. 그렇지만 어리석기 이를데없는 내 자유 역시 피를 말리는 고통이었어. 아, 일전에 내 옛날 악보들 틈에서 당신의 짧은 글을 발견한 거 알아? 당신이 가끔 쓰던 단상들

중에 하나야. 참, 내용이 어떻게 끝났는지 모르겠네."

그는 사등분으로 접은 얼룩지고 빛바랜 종잇조각 하나를 지갑에서 꺼내 모레나에게 건넸다.

"당신 자신에 관한 작은 편지야."

그녀는 이내 얼굴을 붉혔고, 너덜너덜한 종이를 받아들고 혼자 조용히 읽어내려갔다.

의미도 없이 방황하는 인생을 찾아나서 봐. 그러면 상념은 더이상 누군지 모를 이 나약하고 섬세한 존재를 가혹하게 대하겠지. 너는 너와 상관없는 어떤 이상을 정복하는 거야. 그런 다음 잊고 있던 미소를 되찾고 말없이 어떤 소리를 내보는 거야. 새로운 인물을 상상해내고, 하나의 피조물을 연기하는 거야. 신나게 이야기를 들려주고 말야. 그러면 달라진 너를 발견할 거야. 그리고 나선 예전의 네 모습을 잊고 네가 원하는 사람이 되겠지. 누가 될지는 너의 손에 달려 있어.

모레나는 전율을 느끼며 얼른 종이를 구겨서 풀밭에 던졌다.

"이토록 유치한 글을 썼을 때 난 열여섯 살도 채 되지 않았어요. 아직 당신을 모르던 때예요!"

그렇게 말하고 나자 그녀는 어깨를 짓누르는 압박감을 느꼈다. 그는 유희를 즐기듯 미소 지으며 지나간 과거를 말했다. 그러나 한편에서 그녀의 머리는 온갖 생각이 넘쳐흘러 먹먹해졌고, 조르조가 생각하는 것과 정반대로 과거를 이해했다. 지금은 습기에 젖어 엉망이 된 그 어린애 같은 글을 읽기 전까지 그녀 스스로도 상반된 생각을 품고 지냈다. '그렇지 않아요, 조르조. 난 진실로 그걸 찾아나선 적이 없어요. 단지 연기했을 뿐이에요.' 본래 모습을 던져버리고 계속해서 다른 얼굴로 바꾼 사람은 그녀였다. '그는 몰래 내 뒤를 밟은 게 틀림없어!' 볼펜으로 적은 그 옛날 생각은 어떤 재판소라도 환영할 만한 명백한 증거물이었다. 더구나 떠도는 삶을 짊어진 그녀의 슬픈 운명이 그들 모두가 겪은 불행의 원인이 아니었다고 단정할 수도 없었다. 어쩌면 그녀는 의식하지 못한 사이에 조르조를 알레산드라에게 떠민 건 아니었을까?

그를 바라보고, 그의 눈에서 이전엔 보지 못한 무방비 상태의 순수함을 발견했다. 찰나의 순간, 그녀는 장롱 거울 옆에서 잘 자라고 그녀의 이마에 키스하며 "나의 올림피아!"라고 부르던 아버지의 모습을 다시 보았다.

사랑이 그들의 과거와 어떤 관계가 있었는지 스스로 물으며 모레나는 다시 차에 올랐다. 두 사람은 쏟아지는 별빛 아래, 포로 로마노의 고대 성벽에 걸쳐 있는 달을 보면서 아피아 피냐텔리를 지나 로마로 돌아왔다. 사람들은 검고 쓸쓸한 얼굴로 개를 데리고 산책했고, 저 멀리 시에서 주최한 수많은 여름 축제 가운데 하나인 듯한 행사에서 브라질의 삼바 리듬이 울려퍼졌다. 자동차 헤드라이트는 광장 바닥의 돌을 비추더니, 아스팔트에 이어 커브 길을 비췄다. 작은 석류를 파는 가판대와 시끌벅적한 젊은이 무리, 그리고 이제 갓 단장을 마친 대리석 동상들이 자동차 불빛으로 물들었다. 발레극장 정면에 차를 주차하고 내렸을 때, 다시 질식할 것 같은 더위가 느껴졌다. 무겁고 습한 공기가 그들을 에워쌌다.

집을 뒤로 하고 잠깐 걷는 사이에, 그는 모레나의 섬세하고 조화로운 매력, 그녀의 카디건에서 풍기는 가벼운 세제 냄새와 같은 매력을 재발견했다. 헤아릴 수 없는 그 긴 시간 동안, 벌거벗은 몸뚱이들이 그녀의 여린 면을 악용해 탐욕을 채웠을 것이다. 온화함에 지쳐 기력을 잃은 한 영혼의 매력은 안중에도 없이. 그 몸뚱이들 아래 있을 그녀를 상상하니 가슴이 저렸다. 그들은 축제의 환호성을 들으며 아름답고 진귀한 꽃들이 피어 있는 정원에 발을 들여놓았다. 그 남자들은 모레나의 연약함과 이슬 같은 그녀의 타액에 대해 알고 있기나 했던 걸까? 그녀가 어린아이일 때부터 듣고 자라온 고귀한 음악을 알기나 했을까? 그 부드러운 입술은 어떻게 다루었을까? 그녀를 침대에 눕혀 쇠사슬로 묶고, 영문도 모르는 그녀에게 마구 폭력을 휘둘렀을 수도 있다. 그런데 그는 그 자리에 없었다. 그녀 곁에 있지 않았다.

다시 집으로 되돌아오는 산책길에서, 모레나는 속으로 이렇게 되뇌며 추억과 함께 지나간 모든 관계를 청산했다. '참, 안타까워. 인생이 좀더 길다면 좋을 텐데. 뭔가를 깨닫기엔 한 번으로 충분치 않아!' 그녀는 열쇠를 꺼내 문을 열었다.

그리고 그들은 사랑을 나눴다. 그는 불을 끄고 싶었다. 하지만 어둠 속에서 그녀가 과거의 시간에 끌려가 지나간 세월에 다시 내동댕이쳐진 기분을 느끼자, 그는 팔을 뻗어 전등을 켰고 현실세계를 비춰주었다. 그렇게 해서 두 사람은 더 많이 제대로 사랑을 확인했다. 조르조가 잠들도록 놔둔 다음 그녀는 손가락 끝으로 그의 머리카락을 이마와 희끗희끗한 수염 위로 쓸어내렸다.

그가 잠에서 깨어났을 때는 여전히 한밤중이었다. 이제 그들의 마음을 사로잡는 것은 고요한 정적과 어둠 속의 그림들, 광장 한 가운데에 있는 분수의 가냘픈 물줄기 소리와 높은 벽, 벽화가 그려진 천장, 그리고 무거운 목재로 만든 문 같은 것들이었다. 모레나는 그의 팔에 머리를 기대고 잠이 들었다. 그러나 그는 다시 잠들지 못했다. 과거로 돌아가지 못할 거라 단념한 사랑에 다시 빠져들었기 때문이다. 그는 점차 확신을 얻으면서 언젠가 그녀가 피임약을 복용하던 때의 기억을 되살려보려 했다.

그는 조용히 침대를 빠져나와 조심스럽게 옷을 찾아 입었다. 그러고는 바닥에 놓인 선풍기와 조명의 전원을 차례로 껐다. 메모를 남기러 자리를 옮겼을 때, 그녀가 잠이 덜 깬 얼굴로 행복한 미소를 지으며 그의 등 뒤에 나타났다. 조르조는 펜을 내려놓았다.

"오늘 밤만큼 당신을 열렬히 사랑해본 적이 없다고 쓰고 있었어."

그녀는 고개를 끄덕이고는 말했다.

"커피 준비할게요."

그는 돌아서는 그녀를 붙잡아 있는 힘껏 안으며 키스했다.

"커피는 공항에서 마실게. 아직 어두우니까 침대로 돌아가."

그녀는 떠나가는 그의 모습을 창문으로 내다보았다. 그는 아래에서 손으로 작별 인사를 하고는 발레극장을 향해 어둠 속으로 사라졌다. 모레나는 자동차의 시동 소리를 들었다. 그리고 덧문을 닫으며 다시는 그를 보지 못하리라 확신했다. 그녀는 드디어 새장을 열어 그를 자유롭게 놓아주었다.

　다시 침대로 돌아왔지만 잠이 오지 않았다. 혹시라도 소파에 앉아 쓸데없는 생각을 할까봐 옷을 입고 싶지 않았다. 그녀는 수면제 두 알을 삼키고 구겨진 시트 위에서 곯아떨어졌다.

　시간이 얼마나 흘렀을까? 그녀는 잠결에 어떤 소리를 들었다. 한 번, 또 한 번 소리가 났다. 눈을 뜨고 싶었지만 그럴 힘이 없었다. 누군가가 침대에 부딪혀 그녀를 깨우기 전까지는 그랬다. 그녀는 침대에서 벌떡 일어났다. 아주 짧은 순간, 두 남자의 형체가 선풍기에 걸려 넘어질 뻔하면서 순식간에 방에서 도망치는 것을 보았다. 그녀는 아직 꿈속에서 헤어나지 않은 것만 같았다. 하지만 그것도 잠시, 그 둘은 얼굴에 민소매 셔츠를 덮어쓴 세번째 사내와 쏜살같이 방으로 들어왔다. 그들은 그녀의 존재를 알아차리고는 얼음처럼 찬 액체를 얼굴에 뿌렸다. 두 명은 침대 커버로 그녀를 묶고 재갈을 물려 저항하지 못하게 했다. 모레나는 고함을 지를 수 없었고 숨쉬기조차 곤란했다. 그러면서 눈으로는 그만하라고 애원하며 도둑들의 흥분을 가라앉히려고 노력했다. 심장이 기절할 만큼 격렬하게 고동쳤다. 그녀는 의식을 잃어가면서 로코의 친구 프레드를 생각했다. 어쩌면 그를 직감적으로 알아봤는지 모른다. 얼굴에 셔츠를 뒤집어쓰고 두 공범자에게 작은 목소리로 거칠게 지시를 내리는 그 남자일지 모른다. 그녀가 다시 눈을 떴을 때 그들 중 한 명은 침대 위에 무릎을 꿇고 있었다. 그 남자가 시트를 던져버리는 동안 나머지 두 명은 그녀를 꼼짝 못 하게 붙들고 있었다. 곧 배 전체에 날카로운 통증이 밀려왔고, 그녀는 자신이 죽었다고 느꼈다.

　낮이 가까워오는 시간에 그녀는 다시 정신을 차렸다. 묶인 입은 풀려 있었고, 누군가 그녀를 거실 카펫 위에 내동댕이친 탓에 몸은 땀으로 범벅이었다. 집 안에는 올리브오일 냄새가 진동해 헛구역질이 났다. 그녀는 만신창이에 넋이 나가 다리에 힘을 주면서 가까스로 걸어 샤워를 하러 갔다. 여전히 공포로 치가 떨렸지만, 샤워를 하면서 서서히 마음을 가라앉혔다. 누군가에게 도움을 청하고 싶었지만 아파트에는 아무도 없었다. 그녀는 경찰을 부르려고 전화가 있는 곳으로 갔다. 수화기를 들었지만 곧바로 다시 내려놓았다. 너무 충격을 받은 상태라 마음이 진정될 때까지 기다려보기로 했다. 팔과 다리의 할퀸 자국들을 소독하고 멍이 든 곳에 연고를 바른 후 아주 천천히 옷을 입었다. 그런 다음 집 안 곳곳을 살펴봤다. 이제는 그 어떤 것도 그녀를 해코지하지 못할 만큼 그녀는 강인해져 있었다.

　도둑들은 집 안의 거의 모든 걸 훔쳐갔다. 가구와 의자를 포함해 그림이며 그녀와 아버지의 옷, 귀금속이 약간 담긴 벨벳 상자까지 죄다 가져갔다. 텅 빈 방 한가운데에 커버가 벗겨진 그랜드피아노가 유적처럼 남아 있었다. 모레나는 피아노 가까이 다가가 도둑들이 송곳으로 악기 이곳저곳에 마구 홈집을 낸 것을 발견했다.

디에고 리치 교수는 운전석에 앉아 있었다. 어느덧 나이가 많이 들어 머리 주위에는 흰머리가 왕관처럼 나 있고 가운데는 반들반들한데다 유행 지난 체크무늬 재킷을 걸치고 있었지만, 여전히 생기 넘치고 정정했다. 리치 교수는 가끔씩 핸들에 턱을 괴다시피 하고 운전을 했다. 모레나는 그의 옆자리에 앉아 폰티나의 주변 경치를 감상했다. 그들은 포메치아를 지나 스페를롱가로 가는 중이었다. 그곳은 생명과도 같은 곳이었다.

"왜 호른과 피아노를 위한 소나타를 잘 연주하지 않는지 통 이해가 되지 않아! 지금은 별로 알려지지 않았지만, 그것이 작곡된 시대에는 관객과 비평가에게 대단한 찬사를 얻었는데 말이지. 정말 대단한 곡이야! 어쩌면 요한 스티흐 같은 훌륭한 음악가가 그 곡을 연주했기 때문인지도 모르지."

교수가 말했다. 모레나는 잠시 생각에 잠기더니 물었다.

"조반니 푼토라는 이름을 쓰던 음악가요?"

"맞아. 이탈리아 이름으로 자신을 숨긴 보헤미아인이었지."

리치 교수가 덧붙였다.

바다 쪽으로 펼쳐진 오른편 하늘은 흰 구름으로 가득했다. 폭풍우가 다가오는 반대편의 구름은 짙고 어두운 보랏빛으로 물들어 있었다. 바싹 마른 풀밭과 방목하는 들소떼, 그리고 먼지 쌓인 소나무 사이로 가끔은 파시스트 시대의 낡은 농가가 눈에 들어왔다. 그곳을 지나자 외떨어진 몇몇 공장과 새로 들어선 아파트 신축 단지, 버려진 농장 등이 차례로 나타났다.

어린 남자 아기는 보조의자에 안전하게 앉아 손에 하늘색 거위 인형을 쥐고 뒷자리에서 자고 있었다. 모레나는 이따금 뒤로 돌아 아기를 살폈다.

"아내가 널 보면 무척이나 기뻐할 거야! 니콜로는 집사람에게 안심하고 맡길 수 있어. 갓난아기 전문가나 다름없지. 손자들을 모두 자기 손으로 키운 사람이니까. 지금은 손자들이 다 커서 더 자주 만난단다. 집에 아기에게 필요한 것들은 다 있어. 플라스틱 욕조랑 베이비파우더 등 없는 게 없지! 어제 약국에서 예쁜 나비 모양 카리용까지 샀어."

모레나는 만족스럽게 미소를 지었다. 바닷가에서 한 주를 보내면 틀림없이 아이도 좋은 영향을 받을 것이고, 그녀 역시 휴식이, 아니 솔직히 잠이 필요했다.

그들이 탄 차는 테라치나의 도로로 진입했다.

"여기에서는 아주 조심해야 해. 도로가 몇 십 킬로미터나 똑바로 뻗어 있어서 졸기 쉽거든!" 교수는 자세를 고쳐 앉으며 말했다.

모레나는 허리를 조금 곧추세웠다.

"천천히 가세요."

그가 다시 대답했다.

"이것보다 더 천천히 가면 시속 칠십 킬로미터도 안 나와. 그러면 잠이 온다구."

"교수님이 원하시면 제가 노래로 잠들지 않게 해드릴게요!"

"나쁜 생각은 아니군! 베니아미노 질리의 아름다운 로망스*를 부탁해요!"

그녀는 나지막한 목소리로 노래하기 시작했다.

"옛 탑의 처마 밑에 정겨운 제비 친구가 아몬드 꽃이 피니 돌아왔네." 하지만 잘 부르지 못하는데다 가락이 졸립다 싶었는지, 갑자기 장르를 바꿔 펩피노 디 카프리의 〈샴페인〉으로 넘어갔다. 그녀는 더 큰 목소리로 재즈 리듬에 맞춰 노래를 불렀다. 리치 교수가 흥겹게 머리를 흔드는 걸 보고 그녀는 더욱 안심했다. 한 가지 흠이라면 아이가 깬 것이었다.

리치 부인은 반가워서 손뼉을 치며 모레나와 그녀의 아들을 맞이했다.

"어디 보자, 아가야! 편지에 아기 이름이 니콜로라고 했지. 맞아? 정말 사랑스런 이름이야. 끝에 악센트 있는 이름이 모두 그렇지. 맘에 쏙 들어. 솔직히 말해봐, 혹시 파가니니를 염두에 둔 건 아니지?"

모레나는 웃음을 터뜨렸다.

"그런 생각은 전혀 해본 적이 없는걸요."

"너희 집안이 열렬한 음악 애호가라 별걸 다 연관 짓게 되네. 어쨌거나 파가니니든 아니든 이 아이는 정말이지 귀엽고 사랑스럽구나. 이리 줘, 잠시 안아보고 싶구나."

그러면서 부인은 니콜로를 품에 안고 방긋방긋 어르고 달랬다. 맨 처음에 아이는 그녀가 어떤 사람인지 살피더니 결국 좋아하는

---

* 중세시대에 나온 사랑 노래로, 달콤한 가락을 위주로 한 서정적 기악곡.

기색을 보였다.

"니콜로, 넌 진짜 개구쟁이구나. 자, 가자. 너한테 예쁜 선물을 줄게!"

노부인은 아이를 데리고 유유히 사라졌다.

리치 교수와 모레나는 베란다에 자리를 잡고 앉았다. 그곳은 섬 엄나무와 노간주나무에 둘러싸인 아담하고 깨끗한 별장이었다. 교수는 차를 들고 그녀는 물을 마셨다. 그제야 두 사람 사이에 묘한 당혹감이 파고들었다. 리치 교수가 그 아이에 대해 아는 것이라곤 아버지가 없다는 것과 엄마의 그 유명한 성씨를 따르고 있다는 정도였다. 그는 두 사람과 너무 동떨어지지 않은 화젯거리를 입에 올렸다.

"알다시피 조르조는 이제 그 누구도 따라잡지 못할 정도야. 기차처럼 성공 가도를 달린다고 하더군."

모레나는 감격에 겨워 미소를 띠었다.

"그가 잘돼서 정말 기뻐요. 그는 사람들이 보내는 찬사를 누릴 자격이 충분히 있어요!"

"적이 없다는 게 유일한 단점이야. 하지만 그 사람 잘못이 아니지. 음악계가 개개인의 음악적 열정을 죽이는 교육기관으로 완전히 변모했으니까. 그를 못 본 지 오래됐나?"

"거의 일 년 정도 됐어요. 할 일이 많은 사람이라서요."

"그렇지, 세계를 돌아다니니까!"

그들은 화제를 다른 데로 돌렸고, 교수는 모레나가 알지 못하는 거장 코스탄치에 대한 재미있는 에피소드 몇 가지를 향수에 젖은 눈을 하고 들려주었다. 그들은 한참 웃다가 다시 쓸쓸한 기분에 사로잡혔다.

"시간이 지날수록 그와 같은 음악가가 더이상 나오지 않을 거란 생각이 자꾸 들어. 한 시대를 마감하면서 세상을 떠났지. 그 사람한테 예술과 육체는 하나였어! 더욱이 그는 음악은 귀만 즐겁게 하는 게 아니라고 확신했지."

디에고 리치 교수는 쓸쓸한 어조로 말을 맺었다.

모레나가 자리에서 일어나 상쾌한 공기를 들이마시고 있을 때, 머리 위 저 멀리서 천둥이 치기 시작했다. 노교수는 고개를 들어 하늘을 보더니 말했다.

"비가 오지 않았으면 하는데!"

그러고는 다시 덧붙였다.

"미안해. 가서 눈을 좀 붙여야겠어. 이맘때면 저녁식사를 기다리지. 조금 있다 보자구!"

모레나는 그의 양볼에 가벼운 키스를 했다.

그녀는 혼자 남아 파도가 일렁이기 시작한 바다를 바라보았다. 이름 모를 남자들을 절도와 성폭행으로 고소한 후, 모레나는 산 안드레아 델라 발레의 집을 팔고 파리로 이주했다. 그리고 그곳에서 니콜로가 태어났다.

그녀는 디에고 교수의 초대를 흔쾌히 받아들여 처음으로 이탈리아에 돌아온 것이었다. 이미 여름이 끝나긴 했지만 해변에 있는

그들의 별장에서 일주일 동안 함께 지내자고 제안을 받았다. 비는
한두 방울씩 떨어지기 시작하다가 사라져가는 계절의 흔적을 지
우며 세차게 쏟아졌다. 그녀는 아버지와 조르조에 대한 얘기에 마
음이 아프지 않아 다행스러웠다. 니콜로를 돌보다보면, 지난 추억
에 파묻혀 끝도 없는 질문을 해댈 만큼 시간이 한가롭지 않았다.
그리고 어린 아들이 잠들 때마다 그녀 역시 눈을 감았다. 그녀는
아버지의 가장 절친한 친구와 만나는 일로, 지나간 과거가 느닷없
이 떠올라 마음을 뒤흔들까봐 내심 걱정했다.

하지만 그녀는 다시 용기를 얻어 과거의 무거운 짐을 벗어던지
고 앞으로 살아가야 할 미래를 조용히 관조했다. 그래서 이곳에서
보낼 시간이 더없이 행복하게 여겨졌다. 아버지의 형상 또한 점차
희미해졌다. 반면에 존재하는 모든 것을 깊이 사랑한 어머니의 모
습은 더욱 뚜렷해졌다. 그녀는 거의 밤마다 꿈속에서 어머니를 만
나 조언을 구하곤 했다.

마지막으로 바다를 보고는 그녀는 추위에 팔을 비비며 몸을 따
뜻하게 하려고 안으로 들어갔다. 유모차를 탄 니콜로는 카리용에
서 나오는 멜로디에 넋을 잃고 빙빙 도는 나비를 뚫어지게 바라보
고 있었다. 그녀는 활짝 뜬 두 눈에 웃음을 가득 담고 아이에게 다
가갔다.

"오, 나비들이 아주 귀엽네! 자, 보렴, 우리 니콜로를 위해 노래
를 부르는구나!"

다음 날 아침, 폭풍우가 몰아친 밤이 지나간 뒤 태양은 다시 눈
부시게 떠올랐다. 리치 부인은 정원사와 함께 집과 베란다 주변에

널려 있는 부러진 나뭇가지를 주워 모으고 있었다. 작은 나무 몇 그루는 정원의 젖은 흙 위로 쓰러졌고, 별장 현관 앞에 있던 무거운 암포라 항아리는 바람에 넘어져 철창 문이 있는 데까지 굴러왔다. 모레나는 해변에서 멀지 않은 나무 아래로 아들을 데려가, 아이를 유모차에 태우고 자신은 옆에 있는 돌벤치에 앉았다. 그러고는 거대한 물거품을 일으키는 파도를 바라보다가, 쉴 틈 없이 거세게 다가오는 파도 소리에 귀 기울였다. 짧은 순간 그녀는 표류하는 어느 작은 섬에 니콜로와 단 둘이 있다는 착각을 했다. 바다가 그녀를 구름처럼 느릿느릿 떠돌게 하며 그 작은 섬을 떠미는 것 같았다.

그 순간, 나뭇가지가 바스락거리는 소리에 그녀는 위를 올려다보았다. 나뭇잎 사이에서 상처 입은 작은 새가 있는 힘껏 날갯짓을 하지만 날아오르지는 못하고 있었다. 모레나는 어린 아들에게 고개를 돌렸다. 아이는 눈이 휘둥그레져서 턱을 치켜든 채 곤경에 빠져 허우적대는 그 작은 새를 뚫어지게 보고 있었다. 아이는 그것이 나무인지 새인지 아직 몰랐지만, 그늘에서 갑자기 뭔가가 움직이는 소리에 무척 놀라고 말았다. 아이는 당장이라도 울음을 터뜨리려 했다. 그 순간, 모레나는 아이를 와락 끌어안았다.

옮긴이의 말

"인생을 연기하는 사람은 누구인가?"

주인공 모레나는 이러한 질문에 대답하려는 듯 스스로를 끊임없이 탈바꿈하는 인물이다. 그녀는 시간과 공간을 넘나드는 4악장의 구성 안에서 자유롭게 움직이고, 새롭게 정착하며, 또 익숙하게 떠나간다.

모레나는 자신에게 주어진 삶의 무대에서 내려와 자신의 실존을 실험하고 계획하는 여성으로, 그녀의 행보는 언뜻 도피의 연속처럼 보인다. 모레나가 선택한 안젤라와 가브리엘라는 그녀이면서 그녀가 아닌 자아로 등장하고, 그녀는 진정한 자아를 찾기 위해 변신을 거듭하며 다양한 삶을 살아간다. 외형적인 변화뿐만 아니라 스스로 다른 인생을 창조해내는 그녀의 행로는 독자들에게 이해할 수 없는 미스터리로 보일 것이다.

이렇듯 『당신이 사랑한 게 나였을까』는 현실과 환상 공간이 결합한 듯한 독특한 구조와 배경 속에서 한 여성의 이야기가 생동감 있게 전개되는 소설이다. 소설 속에서 모레나의 모습은 마치 알 수 없는 억압적인 두려움에서 도망치려는 듯 보인다. 그녀가 맞닥뜨리는 세계는 위험으로 가득 찬 미지의 공간이며, 그녀는 새로운 인물이 되기 위해 머리 모양과 이름, 신분까지 바꾼다. 그리고 언제나 멀리서 바라보던 낯선 사람들과 낯선 삶 속으로 뛰어든다.

그러나 차츰 모레나가 현실에서 도망치고 있는 것이 아니라 뭔가 중요하고 생명력 있는 것을 찾아나서고 있음을 알 수 있다. 태어나는 순간부터 고정되어 우리를 억압하는 일상으로부터, 아니 일상의 이름으로 거짓 삶을 사는 세상으로부터의 자유로운 도피는 단순한 일탈이 아니라 치열한 실존적인 물음일 것이다.

모레나는 거대한 세상의 소용돌이에 용감하게 자신을 내던짐으로써 그 해답을 찾으려 한다. 그것은 개인의 자유뿐만 아니라 타인을 바로 볼 수 있는 진실의 눈을 가지려는 시도이다.

영화 〈인생은 아름다워〉의 시나리오 작가로 큰 성공을 거둔 빈첸초 체라미는 『당신이 사랑한 게 나였을까』와 함께 오랫동안 비워두었던 소설가의 자리로 돌아와 뛰어난 작가적 역량을 발휘한다. 영화와 문학의 결합을 연상시키는 『당신이 사랑한 게 나였을까』는 악장이라는 독특한 구성과 시간을 넘나드는 스토리로 상상의 공간을 열어놓는다.

이야기는 모레나의 변형된 삶을 중심으로 하면서, 그녀를 사랑하는 두 남자, 클라우디오와 조르조의 이야기가 교차하며 전개된다. 그들은 한결같이 꿈꾸는 존재들로, 그 꿈을 현실에서 실현하고자 한다. 모레나가 삶 자체를 새로운 시도 속에 몰아넣으며 여러 인물로 탈바꿈해서 살아가는 동안, 클라우디오는 영화를 만들기 위해 이슬람교의 창시자 무함마드의 시나리오를 완성하고, 조르조는 작곡가로서의 원대한 이상을 실현한다. 그러나 그들의 삶은 마치 환영에 이끌려 살아가는 듯 보인다.

연인들이 집착에 가까울 정도로 자신의 꿈에 몰입하는 것과 달리 모레나는 언제든지 그녀가 서 있는 자리를 떠날 수 있는 자유로움을 지닌, 어떠한 얽매임도 없는 진정한 삶의 예술가이다.

모레나의 삶은 우리 모두가 고민하고 해답을 찾고 싶어하는 자신의 정체성을 모색하는 과정으로 볼 수 있다. 현재와 과거를 오가는 이야기 안에서 진정한 정체성을 찾아 세상으로 뛰어드는 그녀의 열정을 발견하게 된다. 그러나 그 열정은 소란스럽지 않으며, 조용하고 신비롭게 주변에 스며든다. 그러고 나면 모레나의 삶에서 하나의 목소리가 들려온다. "당신의 환영은 무엇인가." 그 물음은 곧 읽는 이의 마음에 닻을 내리고 해답을 찾게 만들 것이다.

2008년 여름
한리나

옮긴이 **한리나**
문학의 심연에서 서로 다른 문화가 소통하기를 꿈꾸며, 이탈리아 소설과 동화를 우리말로 옮기고 있다. 옮긴 책으로는 『페데리코 펠리니의 영화 만들기』 『정말 그럴까?』 『어디 있니, 앨리스?』 『따라와 볼래?』 『그대로 있어줘』 등이 있다.

문학동네 세계문학
당신이 사랑한 게 나였을까

1판 1쇄 2008년 9월 8일 | 1판 2쇄 2009년 1월 9일

지은이 빈첸초 체라미 | 옮긴이 한리나 | 펴낸이 강병선

책임편집 류현영 안미선 | 디자인 김리영 이원경
마케팅 장으뜸 방미연 정민호 신정민 | 제작 안정숙 차동현 김정후

펴낸곳 (주)문학동네 | 출판등록 1993년 10월 22일 제406-2003-000045호
주소 413-756 경기도 파주시 교하읍 문발리 파주출판도시 513-8
전자우편 editor@munhak.com | 전화번호 031) 955-8888 | 팩스 031) 955-8855

ISBN 978-89-546-0625-7 03880

www.munhak.com